U0542918

中国力量

《知音》编辑部 著

中国致公出版社

[序一]

涓涓不塞，将为江河

你是什么样子，你的国家就是什么样子。你优秀，你的国家便不会平庸；你热烈，你的国家便不会冰冷；你清醒，你的国家便不会沉睡；你的梦想有多雄奇，你的国家就有多壮丽。正是每一个个体的力量，汇聚成了国家的力量，中国的力量。

知音出版的这本《中国力量》，让人们看到了国家的样子，看到了在各行各业埋头苦干的人、拼命硬干的人、勇往直前的人、舍生取义的人……

时常有人问我，当年，在戈壁荒漠开启为之一生的航天事业时，孤独和风险如影随形，那一群开拓者们可曾有过半分思量？其实，我们心中只有一个念头，尽最大努力，一如既往地勇敢和充满希望，那由爱而生的勇气，足以抵抗所有的孤独；那精益求精的认真，足以让我们一次次化险为夷。

身处这个时代，我们每个人都应该是中国力量的组成部分。

从这个意义上来说，“记录中国时刻、讲述中国故事”的知音人，勇立潮头，用手中的笔，激发深藏于民众之中的磅礴伟力，传递家国天下的爱国情怀，凝聚休戚与共的共同意识，同样也是中国力量的一部分。

涓涓不塞，将为江河。个体有担当，国家有力量。

钟南山

2021.4.26

[序二]

每个时代，都有普通人汹涌的力量

刘学明

《知音》创刊 36 年，曾经家喻户晓，被誉为“国民杂志”。以故事鲜活、真实、可读、接地气而闻名。当然，任何一本通俗刊物的存在，总是褒贬相间。喜爱者趋之若鹜，不喜者拒之千里。在历史的变迁中，《知音》初心未改，高扬“人情美、人性美”，始终努力用故事把尽可能多的普通人融入进来，让个人的悲欢离合与时代的滚滚洪流产生某种交集。

2018 年，《知音》重磅推出《中国力量》栏目，旨在报道改革开放四十年中做出卓越贡献的各行各业的代表人物。不同于其他媒体的“宏大叙事”，在《知音》的笔下，这些勇立潮头的典型被还原成普通人，重在书写他们“舍小家为大家”背后的喜怒哀乐，不回避其间人情的羁绊、人性的挣扎。在这里，英雄不只是让人膜拜与敬畏的高远，更是普通人深沉的懂得与痛惜。娓娓道来的情感家庭故事，烟火十足的日常生活细节，自然朴实的叙述语言——当这一切被赋予了某种独特而柔软的温度，便是有血有肉、铁骨柔情的“中国力量”。

他们是今天的“中国力量”，也是一个时代的中国记忆。而这记忆，是英雄书写的丰碑，更是普通人亲历的现实。这里有英雄“三过家门而不入”的决然，也有妻儿“望穿秋水”的忍耐；有楷模“精忠报国”的大义，也有老母“临行密缝”的期盼……“关乎人文，以化成天下。”《知音》深知文化传播的使命，从未放弃用自己的方式，目送伟大时代的流光和背影，开掘逐渐被遗忘的、朴素而美好的内心。

过去三年里，《中国力量》栏目共计报道了百余位卓越模范人物，有共和国勋章获得者黄旭华、“两弹一星”元勋孙家栋、时代楷模王逸平，也有“中国天眼”之父南仁东、“蛟龙号之父”徐芑南、“高级麦客”王辉……他们中的很多人是央视金牌节目《开讲啦》《朗读者》的重磅嘉宾，是“感动中国”的年度人物……这些报道除了《知音》平台的文字首发，也制作成相关音频、短视频产品在喜马拉雅、懒人听书等平台再度延伸传播。我们欣喜地看到，“中国力量”在为数甚众的读者心中，在更广泛的普通人世界里，产生了持续的回响，这是《知音》的幸运，也是《知音》的光荣之路。

信息巨变，科技爆炸，流光溢彩，也泥沙俱下。

普通人是人潮之众，他们需要一种向上的声音，需要典范的光芒，才不被喧嚣的大潮淹没。他们需要一种力量，有勇气红光满面地表达：我要成为像某某一样的人。在大时代中做一个坚强的小人物，在大时代里做一个仰望星空的普通人。

每个动人心魄的“好故事”，每个时代的典范，都应该得到更大的珍视。

为此，我们将《中国力量》栏目中的优秀稿件结集成册，谨以此书献给无数个搏击时代潮头的英雄楷模，也献给更多在人海人潮中汹涌的普通人。

普通却汹涌，汹涌方澎湃。

他们，都是中国力量。

目录

CONTENTS

第一章

知音时刻，真诚记录

第二章

中国风骨，铭记见证

❖ 第三章 ❖

家国情怀，初心永恒

第四章

搏风击浪，赤胆忠魂

第五章

青春作赋，玉壶冰心

第六章

平民英雄，凡人力量

中国力量

第一章

知音时刻，真诚记录

我们的价值在哪里

陈宝岚

2008 年夏天，杜丽在北京奥运会上夺了首金，一战成名，成为奋力拼搏的榜样。杜丽的故事传奇——年幼时，父母离婚，她由继父培养成为奥运冠军。那时，铺天盖地报道的，都是继父浓浓的爱和呵护。而生父则以重男轻女、抛妻弃女的“不堪”形象，曝光在世人面前。

在熠熠生辉的榜样面前，阴影格外显眼。

我采访了杜丽的生父石先生，那是一个倔强的、忐忑的，但又格外欣喜的父亲。

女儿受众人敬仰，疏离的父爱无法再疏离，石先生说：“我不怕委屈，我真心祝福女儿。只要她放下芥蒂，我愿意承受一切。”

那个时候，《知音》的月发行量超过 500 万册，关于石先生的文章是想告诉世人一些真相和当事人的苦衷，他更希望女儿看到一颗父亲的心。

当一个人成为榜样，与之关联的亲人，哪怕不能成为榜样光环里的闪亮部分，也拒绝做阴影，而会努力让自己成为一个更好的人，成为一道配得上榜样的光，哪怕微不足道，哪怕卑微如斯。

这是只有榜样，才有的力量。

2012 年的冬天，我接到了一封特殊的信。写信人是重庆一所监狱的犯人，他是一名死缓犯人，他看到了我编发的一篇头条文章。文章内容是一个男孩得了不治之症，妈妈陪着他历尽千辛万苦去治疗；生命即将走到尽头，妈妈陪男孩在海南定居，母子俩一起和死亡赛跑，把每天当作最后一天度过……这名犯人说：“我原本就打算在监狱里了却残生，但看了这篇文章，我要将这个男孩树为榜样。从写信之日起，我除了买牙膏，在狱中赚的每一分钱，都要攒下来，一分为二：一半寄给这个男孩——我的榜样，另一半寄给我的妈妈。从写信之日起，我要重新活一次，做一个向上的人，做妈妈的好儿子……”

我收到这封信时，患病男孩刚刚去世了，我通过狱警转告了这名写信人：好好生活，你可以活成自己的榜样，比如早日减刑，比如早日尽孝，比如从此成为一个奉献给他人爱和热的让人称道的人。

那个时候，我经常收到读者的来信，关于榜样的分量，这一封最为沉甸甸，它里面有一颗悬崖边上重新觉醒的灵魂。

有一些价值，总是在经历过很多年以后，再回首，才察觉到它的后劲。

这是只有榜样，才有的延伸。

2018 年 10 月，我主编《知音》下半月版。《知音》和许多传统媒体一样，日渐式微。转型迫在眉睫之际，如何让《知音》的传统栏目焕发新机，成了摆在我们面前的一个课题。时任《知音》总编辑的王唯和我们三位主编反复讨论：《知音》的稿件区别于其他正面报道，我们关注婚恋，关注情感，切入点更微小，但在弘扬正能量上面，对读者的“杀伤力”并不含糊，切入点与众不同、视角区别于其他媒体，反而是我们的优势。如果我们专门推出一个栏目，报道各行各业的杰出代表人物，是不是也能起到和其他媒体相互补充的社会效益？

于是，《中国力量》栏目就此开启。

《知音》擅长书写小人物的悲欢，突然增加一个报道专家和权威的栏目，对编辑团队和作者团队都是莫大的考验。大家抱怨过、碰过壁，但也渐渐找准了步伐。

2019 年 6 月，我刚刚担任执行副总编辑不到一个月，第 23 期杂志已下了印厂，稿件《泪忆英雄机长：一生铁骨柔情，一世壮志凌云》一文的主人公、英雄机长的遗孀突然转达烈士所在部队的意见：该文在如实记录遗孀怀念烈士的日记时，提到了“2019 年国庆阅兵”这一信息，而当年国庆是否阅兵权威机构并未公布，怕此文发表后导致读者误解，希望我们把这句话删掉。

此时，杂志已经印完，我们紧急联系了印厂，将该页进行了替换。烈士的遗孀和所在部队分别给湖北省委宣传部和知音集团发出了感谢信，对我们的严谨给予了肯定。对万人敬仰的烈士有多尊重，就代表我们对榜样有多敬畏。

这是只有对榜样，才有的郑重。

三年来，《中国力量》栏目已累计报道各行各业的先进人物、权威和专家超过百余人。没有最细微，只有更细微。没有最严谨，只有更严谨。主编们和编辑们用敬仰、用感动、用热泪盈眶的视角、用心潮澎湃的心境，尽可能地展现了一个又一个典型背后的喜怒哀乐、儿女情长。

如果说这些人物的事迹随着各种报道已经耳熟能详，那《中国力量》从一个侧面让人们更立体地看到了他们伟岸背后的柔情，坚强背后的深重，家国背后的温度，还有热爱背后的无悔。

在《中国力量》的笔下，他们是父亲，是儿子，是丈夫，是妻子，是和家庭一起成长的一分子。这中间，有缺憾，有亏欠，有难过，有悲喜，有泪水，更有执着。

这个世界，不只有大江大河，也有溪水潺潺。一个人，不只有雄心壮志的奔赴，也有细水长流的给予。

区别于典型人物的事迹报告，着眼于他们作为一个家庭成员的喜怒哀乐，让每个榜样的故事更接地气，更有血肉，更易于被普通读者看到。

让每个典型人物的故事更有传播的价值。

我想，这就是《中国力量》的价值所在。

星空之下，家国情怀

胡 平

美国已故大演说家、“成功学家鼻祖”罗曼·文森特·皮尔说过一句名言：“细节决定成败。”若改造一下这句话，可以说：细节亦见情怀。

《中国力量》栏目中的模范人物，无论是著名植物学家、复旦大学研究生院院长钟扬，“中国天眼”首席设计师南仁东，还是“中国核潜艇之父”黄旭华和中国大飞机 C919 名誉总设计师程不时……他们一生的故事不说是惊心动魄，也是命运跌宕。如果把一棵大树的枝干比喻成情节，枝干挺拔、遒劲，其情节生动，撞击心灵；那么比情节更细微的细节，可称为什么呢？那就是树上的一朵朵繁花，绚丽夺目。如果说情节是一部大型交响乐，一首激昂的进行曲，那么细节就是一个个动人的音符，一段段美妙的小夜曲。

在这些杰出人物的身上，我看到星空之下，那些如繁花、如音符般优美动人的小细节，折射出了大情怀。

钟扬的麻袋

钟扬教授站在西藏拉萨布达拉宫的高台上远眺，只见雪山苍茫，拉萨河蜿蜒而去。

走入高原，但见茫茫林海，峭壁林立，皑皑雪山，雪峰耸立，云遮雾罩，神秘莫测。山秀、水秀、树秀、草秀、云秀、雾秀、兽秀、鸟秀……拉萨河和雅鲁藏布江大峡谷之水，在高原上奔流不息。

置身于世界上最雄伟的山脉，也是地球上最后一块秘境，钟扬身上燃烧着激情。

作为一名植物学家，多年从事植物分类学研究，钟扬太了解这个世界生态的灾难性恶变。钟扬在演讲中曾解释自己为什么要到西藏采集种子，他描述出一幅令人忧患的画面："地球的 8 万种植物面临灭绝的危险，这占到当今已知植物种类的 20%。专家们估计当今生物多样性下降的速度是物种自然消失速度的 1000 至 10 000 倍。地质史上前五次的物种大面积灭绝都是因为天灾，与自然条件的突变有关，而导致当前第六次大面积灭绝的是人祸，其中大量碳排放引发的全球变暖，城市扩张，农业的单一化、化学化、转基因作物推广，则是导致物种灭绝的主要因素。"

在世界大部分地方都陷入生态危机的时候，与工业化相对隔离的西藏，却有着丰饶完整的植物资源。作为国家重要的生态安全屏障，由于种种原因并没有对国外完全开放，因此西藏可以说是特定条件下大自然留给我国科学家的一块研究宝地。

西藏虽然拥有数不尽的植物宝藏，但它们从来没有被彻底盘点过。钟扬深知要做这项前无古人的工作，会遇到很多困难，甚至要经历想象不到的险境，需要无畏的勇气和坚毅的行动！

5 月，西藏千千万万的植物生机盎然，是植物学家从事研究的好时机。每年这个时候，钟扬都要亲自上高原，在接下来的 150 天里，他和团队成员在高原上艰苦跋涉，寻找和采集植物种子，随身携带的就是麻袋。16 年总共采集到上千种高等植物的种子，占全西藏蕴藏量近五分之一，这些种子可以保存的时间长达400年。

最后，钟扬把宝贵的生命献给了这片高原。他曾说："一百年以后，我肯定不在这个世界上了，但是我们的种子还在，它会告诉我们的后代有关生命的故事。"

有旅游专家说，"楞"上有风景。

中国的地势有三个台阶，三个台阶上有两条楞线，两条楞线上有无数美景。其中，一条楞线即青藏高原的边缘线。寻最美的山，要在青藏高原这条封闭的边缘线上找，即第一台阶向第二台阶过渡的楞上。这里因为有巨大的高度差，冰川向下掘蚀，河流向下深切，高山随之出现。青藏高原是我国极高山（海拔大于4500米）的分布区，极高山上有雪峰、冰川，也是中国大地耸入云端的冰雪圈，一座座雪峰仿佛是多棱的钻石，晶莹闪耀，光彩照人。

西藏的山，是雪域自然的大美与真美，它使人的心灵受到洗礼和震撼，陶冶和净化。也许正是这满世界纯净的雪山、冰川，奔涌的雅鲁藏布江、拉萨河，郁郁苍苍的原始林海，无人区风的寒冷与沙的声音，星空的低语……让人变得纯朴、深邃、博大、豁达。在青藏高原这片巨大的幕布上，人间的一切，生与死，爱和恨，新生或老去，都不是孤零零存在的，人生短短几十年，在自然面前不过一瞬。是这世界"第三级"的优美、高冷、严峻，给予了钟扬自由、开阔的思想和生命的韧性，让他在这片洁白、晶莹的世界里，超脱于物质之上，获得科学的真谛。

在高原上，崇高的精神如落霞之环照耀世界。

南仁东与他的狗

"我们是谁？我们从哪里来？茫茫宇宙中，我们真是孤独的吗？"

这是南仁东说过的话。

1990年，旅行者1号探测器即将飞出太阳系的时候，在距离地球60亿公里的地方，美国国家航空航天局命令它回头再看一眼，它于是拍摄了60张照片，其中有一张上正好有地球，它只是一个小小的亮点。天体物理学家卡尔·萨根就这张地球只是一个小亮点的照片，说了一段著名的话："在这个小点上，每个你爱的人、每个你认识的人、每个你曾经听过的人，以及每个曾经存在的人，都在那里过完一生。"

太阳有130万个地球那么大。人类目前已知的最大星体盾牌座UY，体积是太阳的210亿倍。而盾牌座UY不过离地球6000光年，银河系的直径却有10万光年，地球对于银河系来说，只是个微不足道的小行星。实际上，我们能观测到的星体还都只是在银河系范围内，银河系在茫茫宇宙中也不过就是一粒尘埃。宇宙中还有其他星系，每个星系里有大约一万亿颗恒星。每颗恒星可能都有一个行星系。我们从地球上观测到的那些星系发出的光线，来自130亿光年之外的距离。根据大爆炸理论计算，我们看到的画面实际上存在于遥远的过去，在宇宙诞生的8亿年之后。

宇宙中充满太多的奥秘。建造"天眼"就是为了探测宇宙的奥秘。而这是一项多么伟大而又艰难的工作！"天眼"尚在母腹，就遭到各种攻击，差点被扼杀。南仁东长期疲劳不堪，积劳成疾，被查出肺癌。在最困难的时候，南仁东的学生、事业伙伴曾见到他坐在地上抱头痛哭，那哭声是非常压抑的。

"我们的国家也没有退路，必须从高科技中冲出一条自己的路。如果做不成，我宁愿去死！"南仁东为建成"中国天眼"，抱定坦然赴死的决心！

一位诗人说，神没流过的泪水不值得流。南仁东不是神，但他的泪流得值。

在《“天空之眼”眺望苍穹：雷达专家别妻离子 20 年》一文中，因篇幅所限，有一个小细节并没有放进去，然而它却深藏在我的脑海里，每每想起便觉动容。

在贵州十万大山里的“天眼”工地，有一只名叫凼凼（“中国天眼”便建在山凼凼里）的流浪狗，总喜欢紧紧地跟在南仁东身后。南仁东喜欢它身上有一种不一样的野性，不管自己吃什么，都会与它分着吃。人们看到坐在砖头上吃饭的南仁东，有时与它相视良久，好像彼此能看懂对方。

2014 年 11 月，“中国天眼”馈源支撑塔制造和安装工程通过验收。已经 69 岁的南仁东爬塔，凼凼也跟着爬塔。他爬不动了，坐下歇歇，凼凼也停下来，还用嘴亲亲他的脚。

2016 年 9 月 25 日，“中国天眼”举行落成启用典礼。第二天，南仁东要回北京做化疗手术，他同大家告别。在基地大门口，南仁东再一次对凼凼说：“你就在这里，别跟来了。”那也是他与凼凼最后的告别，凼凼眼里充满了不舍……

从这个很小的细节中，我好像体会到了一位科学家的孤独。

天才以及很多有卓越才能的人，往往都是人群中的孤独者，他们独立、勇敢而坚韧。而且，越有思想、越有独创精神的人，有时可能更接近和喜欢孤独。

一位伟大的科学家，一位孤独的人，总是喜欢仰望星空。当他在星夜抬起头来的时候，有满天繁星在对他热情地闪烁，他满足于这种孤独。星空之下的孤独，与思想与创造相伴，孤独甚至会给他带来一种无穷的力量。

思想家、艺术家和科学家的孤独，有时恰恰给他们的创作和研究带来灵感，就像他们头顶上的星空，可能会给他们带来某种启迪和“神谕”。

孤独是一种大情怀，大境界。很多时候，没有“独上高楼，望尽天涯路”的孤独，没有“衣带渐宽人不悔”的求索与奋斗，就不可能有科学的发现与创造。

王逸平与他的“病程记录本”

在法国尼斯一家酒店房间的阳台上，面向洒满夕阳光辉的地中海，王逸平感慨地对同事沈建华研究员说：“如果一个药，全球的医生在开处方时，都会首先想到它，那才是我理想中成功的药。希望此生可以做成这样一个药。”

尼斯依山傍海，那是巍峨的阿尔卑斯山和美丽的地中海。王逸平站在酒店阳台上，看到的不光是山，也不光是海，而是世界。从一个小小的阳台，能看出世界之大。

王逸平喜欢欣赏高山大海，因为它们总能让人体会到一种亘古不变的震撼。人不过是这个世界漂泊的过客。与雄奇、充满许多未知秘密的大自然以及无边无涯的时空相比，人类仅仅是沧海一粟，微不足道的过客。人都不知道下一秒会发生什么。人在有限的生命中总得做点有价值的事，如果还有时间还有机会，就要珍惜现在，把握当下，勇敢地去做自己必须做的事，这是一种责任和使命，成功当然最好，就是失败，也会为后人留下宝贵的经验。

美国尼克松总统执政期间，曾提出了两个雄心勃勃的计划：一个叫登月计划；另一个是人类战胜肿瘤计划。登月计划很早就实现了，而战胜肿瘤到现在依然是人类面临的一大难题。

没有药，或没有好药，医生纵有救死扶伤之心，也只能徒叹奈何！

就像农民没有田园土地，工人没有厂房机器，士兵失去手中的剑戟，音乐家失聪。没有药，重症病人就会被一股看不见的力量吸入宇宙中的黑洞，那里除了有“死神”在等着，别无其他。

如果有了药，处在命运悬崖上的重病患者，就不至于跌进生命的无底深渊，“死亡通知单”也可能只是一份暂时的“警告”通知书，尚可挽救！

一位药学家，一生能研发出一种新药就很了不起了。科学家在数万个化合物中才能发现一个候选化合物，其中只有10%左右的候选化合物能够进入临床实验，而最终只有10%的新药能上市。新药研制科学家和制药行业面临的困难，注定新药研发将经历“九死一生”。

原创新药的稀缺，与它的创制难度成正比。新药尤其是首创药研发是一个昂贵、漫长、耗费大量资源且高风险的过程。“10亿美元，15年时间，九成失败率”，是10年前人们常说的单个新药平均研发成本，近几年该成本还在急剧上升，花费几十亿甚至上百亿美元才能研制出一种新药，如今已不算新闻。

中国看似医药大国，实则是创新药弱国。在医院里，王逸平曾经发现很少有中国人原创的新药，而从国外进口的药品，有些虽然疗效好，可价格昂贵，普通病患者根本用不起，抓不住这根救命的稻草。病房里那一双双渴望、充满希冀的眼睛，打动着他年轻的心，让他心底迸发出一个朴实的梦想：

“我要做药！”

王逸平有一种使命感。他说：“小小一粒药，承载着国家对民生的关切，也承载着科学家的责任。让广大患者都能用得起药，让中国百姓都能用上放心药，我们这一代人责无旁贷。”

原创新药的无限潜力，恰恰自艰难中磨砺而来。王逸平研究团队的原创新药丹参多酚酸盐针剂，就是一个典型的成功案例，给无数病人带来了福音。

王逸平刚过而立之年，便患了克罗恩病，自己也陷入无药可治的困境。他随身携带着“病程记录本”，那上面记载的其实是他与生命顽强搏斗的历程。

他在与生命赛跑，与时间赛跑！

俄罗斯诗人普希金写过一首《生命的驿车》：

尽管有时满载着重荷，
生命的驿车仍急如星火；
鲁莽的车夫……白发的时间
驾车飞驰，永不离座。
清晨，我们坐进车里；
快马加鞭，兴高采烈，
我们蔑视懒惰和安逸，
一路高喊：“快些！……”

中午时分，那股锐气大减；
颠簸的驿车叫人提心吊胆，
翻过陡坡，穿越沟涧，
不住地叫喊：“当心，笨蛋！”

驿车照旧奔驰不息，
傍晚，我们才稍稍适应：
睡眼惺忪；来到过夜地：

时间老人继续策马前行……

王逸平就像那个驾驶着生命驿车的人，急如星火般的在荒原、草地、陡坡与沟涧之间奔驰，隆隆地驶过清晨、中午，哪怕生命已经到了黄昏时分、到了最后，他仍在努力“策马前行”。

台湾作家简媜说：“生命是一条永不回头的河，不管发源地何等雄伟，流域多么空阔且肥沃，终有一天，这河必须带着天光云影流向最后一段路。那闪烁的光影不是欢迎，是辞行。”

王逸平的“辞行”，闪烁着生命的光影。

黄旭华、程不时的小提琴

黄旭华在大学里就学会了小提琴、口琴，还会指挥。无论在什么条件下，黄旭华的生活总是乐观且丰富多彩的。他既能气定神闲引吭高歌，也能潇洒指挥气势磅礴的大合唱。他不仅能上台表演戏曲歌剧，还能坐下来潜心创作，他“作词作曲”的歌曲，讴歌了建设核潜艇的英雄气魄，礼赞了宝贵的核潜艇精神。

空闲时，黄旭华为家人演奏一些动听的乐曲，既可以换换脑子，也能从家人开心的神情中，感受到工作给他带来的激情与快乐。

程不时对小提琴和音乐的爱好，与黄旭华相比起来丝毫不弱。

我很好奇的是，世界上很多伟大的音乐家都有类似的爱好。

爱因斯坦一生钟情音乐，小提琴不离身，即使在严谨的学术会议上，琴盒就摆在椅子近旁。爱因斯坦每天都要拉琴，还在德国柏林和美国为慈善募捐演出。演奏乐曲时，爱因斯坦常常还在思考未知领域的科学问题。他妹妹曾经回忆说：“在演奏中，有时他会突然停下，激动地宣布，我找到了它！”这个“它”，就是物理学科的某个新发现。在悠扬的琴声中，这位大科学家似灵感降临。或许，爱因斯坦那旷世的“相对论”，就有来自琴声和音乐的启发。

1992 年圣诞节，英国广播电台有一档叫作《沙漠孤岛》的无线节目采访了伟大的物理学家霍金。假定他被弃置到一座沙漠孤岛上，让他选一张随身携带的唱片。霍金选择了他钟爱的“孤岛唱片”，其中包括勃拉姆斯的《小提琴协奏曲》、贝多芬的《弦乐四重奏》、莫扎特的《安魂曲》、普契尼的《图兰朵》等。

因“渐冻症”被困在椅子里的霍金，一生热爱听古典音乐，虽然他不能像爱因斯坦那样自由自在地拉小提琴，却在音乐影视方面参与了许多作品的创作，如他利用电子发声器和英国著名的迷幻摇滚乐团合作，录制了摇滚作品。

对小提琴和音乐的爱好，证明科学家是一群快乐的人。这种快乐，正是建立在对科学的研究过程中，当一个科学奥秘被发现时，他们怎么会不快乐呢?

乐(yuè)者，乐(lè)也。美好动听的音乐，总是会给人带来快乐。两千多年前的孔子，在学习音乐——4200 年前舜帝传下来的“韶乐”时，迷醉到了“三月不知肉味”的地步，可见音乐的魅力，它是能够深入心灵的。

一切在自然中存在的声音，如鸟鸣，如雨声，如雪花飘落的声音，如大海的浪涛声，海底大潮的流动声，就如同一个乐曲的章节，它们形式完美、韵律清新，与人心脏跳动的声音、热血奔涌的声音，似乎就在同一个节奏上，所以人们能产生心灵上的共鸣。

音乐是有魔力的东西，能让人的心灵变得美好宁静，也能让它壮大充实，唤起人们对世界的认识和理解。音乐让人充实，也让人变得柔和、安静，让人在黑暗和迷茫中，能够看到一丝微光，感受到一点热度，获得一点启迪。当贝多芬演奏《英雄交响曲》的时候，唤起的正是他扼住命运咽喉的勇气与斗志。

中国古代有集“诗、乐、曲、舞”于一体的韶乐之美，而外国古代思想家认为数字与音乐是紧密接合的，甚至认为音乐与行星之间彼此和谐。且不说音乐所创造的美、营造的浪漫意境，它对大江大河的抒情表现，对生活的诗意描绘，对人类想象力的开拓，都有着重要的启示作用。

黄旭华、程不时在拉小提琴的时候，他们有没有听到大海奔腾的声音？有没有听到飞机穿越云层、飞向天空的声音？我相信他们一定听到了。

他们找到了星空之下、大海之上，一种家国情怀的声音。

在艰苦的研究、伟大的发现中，有美妙的音乐相伴，不仅使科学研究多了一些情趣，而且在音乐中，他们找到了一种思维模式，找到了一种科学文明。

父亲留给儿子的最后声音

胡平

2018 年 9 月 14 日，中国地质大学（武汉）教授、构造地质学家李德威临终之际，借用护士手中的笔，用颤抖的右手写下了十个字：“开发固热能，中国能崛起。”

56 岁的李德威教授走了！他生前并不为公众所知，身后却在网络上被刷屏。弥留之际，他留下的十字遗言，引起了社会广泛关注。

一位普通的网友，写诗悼念李德威教授：

你是一匹消耗殆尽的骆驼，
累倒在没有终点的途中。
你是一匹竭力奔驰的骏马，
失蹄于攀岩顶巅的险峰。
你从来就不屑于世俗的幸福，
却甘愿在艰难的求知中跋涉而行。
你的铿锵步履印记在深山幽谷中，
步步都不愧为好汉的一生……
草木含悲，
青山泪涌。
高山就是你的坟茔，

大海就是你的胸襟，
流云就是你灵魂的旅程。
在芸芸奋进者的墓碑里，
一定会找到你的姓名。

2019 年 1 月初，笔者去李德威教授家中采访他的爱人、武汉大学附属人民医院夏芳教授。当年，李德威和夏芳同在湖北省黄冈市张家畈镇中学读书，考到武汉后，两人相恋结婚。儿子李喆曾被誉为“天才围棋手”，13 岁便去了北京。李德威每年都有三四个月时间带着学生在西藏做野外科考，一家人常分居三地。

夏芳教授向笔者提到一个细节。2018 年端午节后，李德威住进北京友谊医院，她和儿子守在病床前。28 年来，这是一家三口难得的“团聚”，也成了一家人最“美好”的记忆。这些日子里，李德威罕见的表现得很温情。他对夏芳说：“你是这个世界上对我最好的人。”

就在这段“团聚”的日子里，李德威躺在病床上，分 11 次，断断续续地向李喆讲述了他在青藏高原野外科考的 11 次历险，李喆做了录音。

笔者后来又到中国地质大学，采访了李德威教授的弟子刘德民副教授和汪校锋博士，得知了这 11 次历险更详尽的细节。

2000 年 7 月的一天，李德威和刘德民背着行李，在雅鲁藏布江下游大峡谷徒步考察，行李中装着压缩饼干、面包，还有地质锤、罗盘和放大镜等地质工具。他们在当地聘请了一个藏族向导，向导带着他们穿越雅鲁藏布大峡谷。

这是雅鲁藏布江下游一段比较大的支流，宽一两百米、水流湍急的江面上没有架桥，如果要走到下一个考察目标，需要绕上好几天。

江面上有一条绳索，绑在两岸的大树和石头上，在雾气蒙蒙的江面上，像一条凌空颤悠的钢丝。为了节省时间，李德威决定攀绳而过。藏族向导拿出身上另一根装有滑轮的绳子，系在江中那根粗大的绳索上，再把人绑在几根木棍做的简易“座位”上，人坐在上面，双手抓着在江面上飘荡、晃悠的绳索，从一两百米宽的江面上溜索过去，一次只能过一个人。藏族向导首先完成了这个危险的高难动作。

刘德民也顺利过去了，轮到李德威了。他刚滑到江中心，由于绳子起了毛，他被卡住了，上不着天下不着地地悬在半空，身下是滔滔江水，湍急的水流声夹杂着在大峡谷里流窜的呼啸的风声，回响在耳畔。藏族向导和刘德民在岸边瞪着眼干着急，他们帮不上任何忙，李德威要是从上面掉下去，转瞬间就会被翻滚的江水吞没。

李德威非常沉着冷静。他的身体悬在半空中，用手慢慢扭出被卡住的绳索，经过一个多小时，终于成功地滑到了对岸。刘德民一把抱住导师，眼泪掉了下来。对岸有个只有几户藏民的小村子，李德威拿出口香糖分给藏族孩子们吃，孩子们还没见过口香糖，十分好奇，吃得很开心。李德威笑着对刘德民打趣道：“要是掉到江里，连口香糖也吃不成了。”

2003 年 7 月，李德威在野牛沟再次遇险。当时，他带着刘德民、汪校锋等人从山沟里往山上走，忽然被百余头体型硕大的野牦牛团团围住。野牦牛有攻击性，其中孤独的野牦牛对人的攻击性更强，既不能呵斥又无法驱赶，要是被它们攻击，在这片无人区的野牛沟里，他们几个人转瞬之间就会被踏成肉泥。

李德威身上的衣服正反两面都可以穿，正面是黑色的，反面是红色的。情急之下，他脱下衣服反穿，露出红色的一面，过了一个多小时，野牦牛逐渐散开，直到它们走得很远，刘德民才敢掏出相机，远远地给它们拍照，在野牛沟的草地上，留下一个个黑色的身影。

采访中，笔者不解地问刘德民副教授，西班牙斗牛士斗牛时，不断地摇动一件红色的披风，证明牛对红色更敏感，为什么他反而要把衣服反穿，露出红色的一面，这样不是会更加刺激这群野牦牛吗？

刘德民解释说，大家以为红色代表的是血腥，牛对红色敏感，看到红颜色就会兴奋，以至于发怒。其实，这是错误的。牛真正敏感的是那件披风，牛天生就觉得自己是个很厉害的动物，没有动物可以在它面前嚣张，尤其是一块布，它对飘动的东西本来就很有抵触情绪，而牛在出场之前，都是被人长时间地关在牛栏里，变得暴躁不安，再加上红披风的不断晃动，它认为这是在向自己挑衅！所以它一出场，就恶狠狠地找人报复。至于为什么要把布做成红披风而不是别的颜色，是因为人对红色比较敏感，可以引起情绪的兴奋和激动，增强表演的效果，这是人自己制造的效果。实际上，牛是名副其实的色盲，没有办法分辨颜色，它的眼里只有黑色和白色。因此，李德威教授把衣服脱下来反穿，野牦牛见到红色好像什么都没看到，反而退去了。这是他们在野外积累的生存经验。

还有车子陷在可可西里无人区流沙里，被藏獒咬，遇见灰熊、野狼……11 段历险，每一段听来都惊心动魄，李德威却平静得像是在讲别人的故事。这是他留在这个世界上最后的声音，作为一件特殊的礼物送给了儿子……

父亲去世时，李喆还在北京大学读哲学研究生。地质与哲学研究，其实有许多相通之处。李德威曾对李喆说，想把地质和哲学结合在一起讨论……可惜他失约了。

2020 年 1 月 25 日，大年初一晚，笔者在夏芳教授的朋友圈看到一份《棋手捐赠倡议书》，倡议书正是由李喆向全国围棋界发起的。他在倡议书中写道："职业棋手享受社会资源，身负社会责任，理应为社会出力。作为一名身处疫区的武汉棋手，我对医护人员和感染患者的困难感同身受，为他们祈祷的同时，希望能尽力给予帮助。在此倡议中国围棋协会的棋手们在协会组织下积极捐助，为一线的医生和患者争取医疗物资，为控制疫情做出力所能及的贡献。"

夏芳在朋友圈给李喆点赞："儿子长大了，有担当了。让人感动的是，消息一出，棋手们都踊跃捐款，儿子仔细记录，不断和同仁们交流，已伏案工作数个小时了。感谢中国围棋协会领导和棋手们的大力支持！武汉加油！中国加油！"

2020 年 3 月，武汉大学专门去信，向中国围棋界的无偿捐助表示感谢。

有人爱说：奔涌的后浪，注定要把前浪拍死在沙滩上。可是他们忘了，后浪前浪，原本都在同一条奔涌的河流中。

身为后浪的李喆，用行动致敬，把生命和爱献给了喜马拉雅山的伟大的父亲！

正是一层层追逐、奔涌的后浪，让人看到了大江大河的伟大气势与力量。

青年就是后浪。青年人的样子，就是未来中国的样子！

父亲留在这个世界上最后的声音，也将成为李喆未来的人生动力。

另一种平凡的荣耀

涂筠

在团队的指引下，我前后报道了许许多多的堪称“中国力量”的人物。无论是国之栋梁，还是平凡草根，他们舍小家为大家的感人事迹都让我无比动容。称他们为英雄，我觉得他们当之无愧。

不过，最让我印象深刻的，除了这些英雄人物本身的壮举外，还有隐匿在他们背后的无名家人们。从某种程度上说，我们所享受到的合家欢乐，很多都是英雄与家人的离别换来的。家人的奉献与伟大，写就了另一种平凡的荣耀。

无数次让人泪奔的采访中，我尤其记得那次，与一个英雄机长遗孀所打的交道。

那是2019年6月17日，平平无奇的一天。我照常在网上浏览，看到一条新闻：4月26日，空军某旅特级飞行员查显伟在执行专项飞行训练任务时，直升机突发机械故障，他在实施迫降的过程中，凭借过硬的驾驶技术，成功避开学生公寓、高速公路、高压电线和居民村庄等危险区域，最后不幸壮烈牺牲。

出于职业敏感，我意识到这是《中国力量》栏目的好题材，连夜通过安徽媒体的同行好友，联系上查显伟烈士所在某旅的上级部门——某集团军政治部一位宣传干事的电话。在表达了对烈士的敬意，并说明采访来意后，对方将烈士遗孀杨芳的电话提供给了我。我马不停蹄地联系上杨芳及其子查煜杨（中国民航大学飞行专业学生）。

采访过程中，杨芳告诉我，她一直是个家庭主妇，丈夫是她的天。就在丈夫牺牲前的那个情人节，他给她送了一枝玫瑰。那时，她刚学会了做干花，心血来潮地将玫瑰保留了下来。哪知，这竟是丈夫此生送她的最后一枝玫瑰。杨芳失声痛哭道："涂老师你知道吗，我一看到这枝玫瑰，就想他想得难以控制，我真的想随他去啊……"

聆听着杨芳痛彻心扉的哭诉，我也潸然泪下，柔声安慰她要坚强，她还有儿子，儿子失去父亲已经很可怜了，断然不能再失去母亲。似乎是我的安慰起了作用，杨芳平静了些，继续回忆起了往事。

我知道，让一个失去挚爱不到两个月的人回忆爱侣离世的过程，还是挺残忍的。于是，我建议要不换个时间再聊，杨芳却表示："我现在就跟你说，我想请你把它记录下来，我怕我下次不愿意再回忆，也怕自己忘了。"

她告诉我，丈夫走了，她的天塌了，心也碎成了一万瓣。她每天写一篇日记，回忆属于两人的往日时光，也把对丈夫的思念和不足为外人道的痛楚诉诸笔端……

就这样，杨芳在电话那头聊一会儿哭一会儿，也将连日来的压力统统释放了出来。我告诉她，为母则刚，希望她未来的日子能坚强面对；而且我也是一位母亲，如果她愿意，可以随时打我电话，有什么困难也可以随时找我。她边哭边答应我，还不忘连声说"谢谢"。

采访完杨芳，我又打电话给正在天津上大学的查煜杨。谈起爸爸，小伙子哭得我的心都疼了。他告诉我，爸爸去了天堂，他仍会在跟爸爸的微信对话框里留言："我好想你，爸爸。我好后悔在你出事的前几天，因为玩游戏而没给家里打电话。我真的好后悔，没有在你生前好好地和你说一句'我爱你'。我好想亲口和你说：'爸爸，你是我的英雄，我爱你！’”“你的飞行技术是最棒的，但我不想你成为英雄，我只想你能老老实实地陪在我和老妈身边……”

一番采访下来，我沉浸在英雄机长与妻儿之间的深情中，边写稿边流泪，完成纪实稿《泪忆英雄机长：一生铁骨柔情一世壮志凌云》一文。

真实自有万钧之力。文章发出来后，很多《知音》读者给编辑部打来电话，称赞这是一篇感人至深的好文章，他们从英雄身上感受到了强大的精神动力。而手捧着当期《知音》杂志，杨芳更是边看边流泪，说“涂老师把我丈夫写活了……”

文章得到了主人公和读者的认可，我深感欣慰。本来按理说，我的采访报道已告一段落，该抽身到下一程工作中去。但我还是放心不下烈士遗属。尤其是杨芳，20 多年来习惯了依赖丈夫的她，经常沉浸在悲痛中难以自拔，也多次向我流露过消极情绪。

我深深意识到，对烈士的景仰，也应该体现在对烈士遗属的呵护上。于是，我依然经常跟杨芳打电话、发微信，耐心开导她。渐渐地，杨芳的忧伤情绪在化解，并对我产生了认同和信赖。当得知我是国家二级心理咨询师后，杨芳向我提出一个“不情之请”：如今她最放心不下的是儿子查煜杨，希望我能帮她多关心一下孩子。我当然一口答应，同时也向杨芳提出一个“交换条件”：她一定要坚强、乐观地生活下去！杨芳感激涕零，答应了。

接下来的日子里，每到周末，我会致电查煜杨，对他嘘寒问暖，关心他的学习和生活，以及情感动态。查煜杨也向我敞开了心扉。得知很快就是他的生日，我专门快递了《肖申克的救赎》和《解忧杂货铺》两本书，作为生日礼物送给他。查煜杨非常开心。

此外，我还利用心理学专业知识，对杨芳进行心理辅导，教她如何重建自己。我告诉她，我会做他们母子的坚强后盾，我的手机 24 小时为他们开机。不到一个月时间，我和杨芳母子之间就有了数百条的微信聊天和通话记录。

慢慢地，杨芳从以前不敢去丈夫单位，甚至要绕道走，到勇敢地迈出第一步；从不愿跟人说话，到开始与人交流；从跟儿子通话不到几分钟就“词穷”，到跟儿子有了交心长聊……我很欣慰地看到，她在渐渐走出心理阴霾，树立起面对未来的勇气。我们俩也变得亲如姐妹，无话不说。

2019 年八一建军节前夕，集团董事长刘学明收到了一封来自中国人民解放军某部政治工作部（查显伟烈士所在部队）的感谢信，信中对我在宣传阵线上认真采访、拥军爱属、不求回报的奉献精神表示感谢，并对知音传媒集团表达了诚挚的谢意。信中说：“该文用大量真切感人的细节，深度还原了查显伟烈士短暂而光辉的一生，遗孀杨芳对他痛彻心扉的回忆与满腔深情跃然纸上，令人潸然泪下。”

8 月下旬，当时的湖北省委宣传部部长王艳玲，也收到了烈士查显伟遗孀杨芳写来的感谢信，对我给予他们一家人的帮助表示衷心的感谢。

最让我开心的是，如今的杨芳已经完全走出了丧偶的心理阴影，在一所院校图书馆工作，每天忙碌而充实。而查煜杨也即将从民航大学毕业，他希望能继承父亲的遗志，成为一名光荣而优秀的飞行员，为国家、为人民奉献自己的光和热。

这些，都让我深深觉得，我所有微不足道的付出是值得的。

致敬英雄，也致敬英雄背后的无名家人们，因为人间值得。

春风十里，又见樱花开

包奥琴

2020年，我采访了筑梦武汉站的“大国工匠”、采访了来自沈阳战功赫赫的援鄂护士长，也组来荣获“时代楷模”公安队长的稿件。每次当我们身边有人遇险、受灾时，他们总是不计后果地冲锋陷阵、勇往直前，那份勇气让我每次想起都会忍不住泪目。

记忆里最深的是我采访的那位公安队长，他叫杨春，是一位从业28年的老民警。多年来，他始终奋战在工作的第一线，为维护社会治安做出了很大的贡献。然而，因为长期超负荷工作，2019年1月23日，杨春在加班时突发心肌梗死，不幸因公殉职。2019年8月，中宣部追授杨春同志“时代楷模”称号。在妻子和女儿看来，她们失去的不仅仅是冲锋在前的硬汉，更是让家人依赖的靠山，是充满柔情的丈夫和爱护女儿的好爸爸。

杨春生前在工作上兢兢业业，时常加班，很多同事都佩服他，觉得他是一个铁人。但很多个加班的夜晚，遇到卡壳的时候，他也会偷溜半个小时回到家，帮女儿洗个头、吹干头发，再回到工作岗位上。当我看到杨春给女儿吹头发的那张照片时，整个故事在我心中“活”了！我相信，有这样一个爸爸，即使他已经不在了，以后的人生路，只要一想起来，他的女儿一定感觉很温暖。还有，每一个加班的夜晚，为了不打扰妻子睡觉，他都会给妻子留下小纸条，告知妻子自己的动态，然后写一句情话，这些“情话”至今都被他的妻子收藏着。

杨春刚去世时，他的妻子和女儿都不愿提起，也不接受任何采访。特别是他的女儿，还不能接受爸爸不在的事实，一直认为爸爸在加班，每天晚上都坚持给爸爸发短信，说：“爸爸我求你了，你快回来吧。”不知有多少个凌晨，她睡不着，就给爸爸发信息：“我想你了。”

后来，她知道爸爸在给了她无与伦比的爱的同时，也把心掏给了一切需要他保护和帮助的人们，成为这个城市不可复制的英雄。她也开始向爸爸学习，当选了省少代会代表。她在信中说：“亲爱的爸爸，请放心吧，我会挑起您肩上的重担，照顾好妈妈，虽然我永远也取代不了您在这个家的位置，可我会与她坚强地活下去。等到多年以后，我们在那个遥远的地方相聚，我一定会很骄傲地对您说：看吧，我们活得多好！我最爱最爱的爸爸，请一路走好！我永远永远爱您！”这个才 12 岁的小女孩，让人很心疼，也很坚强，几乎是一夜之间就成长起来，照顾妈妈，为爸爸增光……这种力量一定是爸爸给她的。

有时候想想，他们功勋赫赫，却也是我们普通人中的一员。他们也是别人的丈夫、孩子的父母，在给予别人一份关爱的同时，他们的家人也在为他们担忧，在默默支持和付出。

我希望能记录这一刻，记录他们带给这个社会的力量；也让他们能够感受到来自爱人、亲人的爱，来自我们的敬佩！

一转眼，2020 年已经过去了。冬去春来，武汉的樱花也快开了，让我们一起期待吧。

采访是一场贴地飞行

艾 容

2019 年冬天，我参加一场文学研讨会，认识了一位编剧，自然聊到工作和题材。会议结束前，编剧突然告诉我，他认识一位朋友，是个国家干部，获得过国家表彰，他本人也是文学爱好者，著作等身，一直信不过由别人写他的故事。在编剧朋友的推荐下，我加上了他这位朋友的微信。

这位微信名叫“若水”的主人公本名惠随琳。按照惯例，我写了一个简短的采访提纲。但几天后，如水丢给我一个行程表，原来他是湖北省枣阳市的一位政府官员。看着新闻链接上那个穿着青灰套装的中年人，我有些犹疑。

于是，我跟编剧朋友联系，打算去亲自拜访，可惜后来未能成行，但是若水告诉我，他一般晚上八点后会处理微信上的工作。虽然这个题材就这样搁浅了，但此后每天晚上八点后，我会给他丢一到两个问题。陆陆续续过了半个月，我大致了解了他的故事。

惠随琳先后在《人民日报》等全国百余种报纸杂志上发表稿件 1300 余篇，每年义务为广大青少年开作文公益讲座 20 余场。

而这位正能量满满的国家干部还是一位十足的大孝子，他的父亲因高血压病诱发脑出血，导致瘫痪，生活完全不能自理。其母亲也因冠心病、骨折、胰腺炎、高血压等病屡次住院治疗。人到中年，面对突如其来的生活变故，他毅然选择亲自照料双亲。

其实，我们的杂志故事大多是关于人情人性的。这就必须挖出一点家庭故事，但是通过聊天，我发现若水是一位十分低调的人。他的父亲退休前曾经是一位中学语文教师，家教十分严格。他自己又是政府工作人员，不喜欢讲苦难，也不愿讲夫妻故事。二度折戟，难道这个故事就此打住？

不不不，作为一名合格的《知音》编辑，我们的韧劲超乎想象。

我们认识过后，聊得最多的是文学作品，从作家轶事到诗词歌赋。渐渐地，惠随琳还会将自己父亲的故事讲给我听，这位老爷子也对文学充满了热爱。瘫痪在床后，惠随琳将自己的书房搬进了父亲的卧室。虽然父亲长年不能下床，但惠随琳将这个房间打扫得干净整洁，处处散发着绿植的清香。

听到这里，我心头一惊。通常情况下，瘫痪病人的房间会有异味。但他的做法跟其他人截然相反。这点深深打动了我，支撑普通人负重前行的，并不是多么高大光鲜的梦想，而是圆满度过时光的每一秒馈赠。商量过后，我提出从书房这个角度着手，他笑着首肯。于是，顺着这个书房，我开始做更深入的采访。

原来，每天吃完饭后，一家人会聚集在老人的房间里，各自占领一方书桌，看书、学习、练字。一方面是对老人的陪伴，另一方面也利于家庭和睦。久而久之，儿子惠孜贤也取得不俗成绩，在《现代少年报》等省内外少儿刊物上发表文章，并多次在作文竞赛和演讲比赛中获奖。

书房故事聊完后，我们顺理成章聊到他的妻子。这时，三缄其口的主人公才告诉我，他的妻子在当地一家大型商场工作。两人的认识也是从情书开始，结婚十余载，他仍然保留着当年的情书。就这样，他讲了许多家庭故事，这个可以说是意外收获。

按照《知音》流程，我完成了采访、编辑、成稿的过程。期间，我的主编给予了我悉心指导，这篇稿件后来取了一个很文雅的名字——《“最美家庭”至孝起锚：8年救父卧冰哭竹扇枕温衾》。

2019年，惠随琳家庭荣获“全国最美家庭”称号。稿件刊发后，他的家庭故事流传得更为广泛。2020年12月，惠随琳家庭荣获“全国五好家庭”称号。

这样的故事还有很多，一本杂志并不是尾页标明的8元这么简单，它身上承载的是一辈又一辈文字人的敬惜纸字。

今年是我在《知音》的第八个年头，细想来，这份工作给予了我一些超能力，在人群中找到故事。如果采访是一场贴地飞行，这种超能力拈花指星。文档打开，想起曾经每个月从武汉站或者天河机场出发，奔赴下一座城市的日子。漂泊半月，在异乡咖啡馆、酒肆、旅店落笔写下途中捡拾的故事。采访过的人似璀璨的星，吉光片羽永不凋零。这些经历，让我成为知音人。

愿人们沉睡时，梦到永不落地的星辰。愿人们喝醉时，想起年少时读过的诗篇。

C H I N A

P O W E R

中国力量

第二章

中国风骨，铭记见证

“国家功勋”孙家栋：天域苍穹，那青丝白发的凝望

王建蒙

2019 年 9 月 29 日上午 10 时，中华人民共和国国家勋章和国家荣誉称号颁授仪式在人民大会堂隆重举行。我国著名航天技术专家、中国科学院院士孙家栋获得国家勋章，他坐着轮椅，接受了习近平总书记的授勋。

孙家栋院士已经九十高龄，此前曾获得“两弹一星”功勋奖章、国家最高科学技术奖和国家科学技术进步特等奖，作为中国航天科技事业创新发展的推动者，孙家栋还荣获“改革开放先锋”称号。他是中国第一颗人造卫星的技术负责人，中国探月工程、中国北斗卫星导航工程首任总设计师，是中国航天事业的主要开拓者之一。

《知音》特约记者王建蒙是航天领域的技术专家、中国作家协会会员，也是孙家栋的“忘年交”。年初，王建蒙曾与在海南工作兼休假的孙家栋、魏素萍夫妇朝夕相处了三个月，在一个饭桌吃饭，一起散步、聊天。孙家栋的话题不外乎两个：一是道不完的航天情，二是说不完的家庭事。

他在忙国家大事，不怨他

孙家栋、魏素萍两位白发老人腿脚都不方便，一个人坐轮椅，另一个人就在后面推着。在蓝天白云下，他们脸上洋溢着开朗的笑容，

那种恩爱之情让人羡慕和感动。

记者：孙老、魏阿姨好！时间过得真快啊！半个多世纪前，还记得你们最初相见的那一刻吗？

孙家栋：说来话长，转眼已经70年了。1948年，我从辽宁省瓦房店市考进哈尔滨工业大学，后来到苏联留学。1958年，我从茹科夫斯基工程学院飞机发动机专业毕业后回国，被分配到国防部第五研究院一分院从事导弹原创工作。

1959年五一劳动节，我只身前往哈尔滨相亲。在秋林百货公司二楼，我跟素萍第一次见面，她圆圆的脸上有一双好看的大眼睛，我立马对她有了好感。站在那儿聊了几句，她就把我带到她家去见她妈妈。她妈妈觉得我的眼睛一个大一个小，生怕我五官不端正，所以把我支到外面，在光天化日下仔细端详后，觉得我相貌还算端正，身材个头也算满意，言谈举止间觉得我这人还算老实厚道，终于通过了审核。

记者：通过了“审核”，爱情就顺风顺水了吧？

孙家栋：之后我们开始互通书信。过了 100 天，素萍从哈尔滨来到北京，到医院心血管科当医生。今年 8 月，就到了我们结婚 60 周年的纪念日啦。

孙家栋推着坐在轮椅上的老伴一边走一边说，素萍扭着脖子回头望着孙家栋。

孙家栋（笑）：你看，人家今年 87 岁了，眼睛还是那么大，还是那么有神，可我们老孙家遗传给我的眯眯眼却是越来越睁不大了。

记者：孙老为中国航天事业做出了巨大的贡献，家庭幸福也成为事业的强大助推力。

孙家栋：我们结婚后，正赶上导弹研制初期，我天天从早忙到晚，家里的事根本顾不上。1962 年，儿子出生时，正赶上我国独立研制的第一枚中近程火箭发射试验遇到问题，我承担了技术设计任务，一头扎入故障分析中，根本无暇顾及夫人。

1967 年，女儿出生时，同事蹬着三轮平板车把素萍送入产房，我正忙于组建空间技术研究院的卫星总体机构，没空去。第二天晚上，我才去了医院，可又到了关门的时间，我盯着女儿粉扑扑的可爱脸蛋，都没来得及抱抱女儿，在夫人床边停留了十几分钟，安慰了夫人几句，便匆匆离去。

记者：孙老，搞导弹、卫星研发，除了艰苦，还要当无名英雄。这一点是不是最难让家人接受？

孙家栋：当时中国研制导弹、卫星刚起步，上不告父母，下不告妻儿，我们必须坚持这个原则！

魏素萍：深更半夜的只要电话铃一响，他总会一骨碌从床上跳下，跑到外屋接电话。有一次，他一手捧着电线不够长的电话，一边斜着身子伸长脚尖把门关上，也许是风的作用，“咣当”的关门声把我惹恼了："这家里就我俩，你工作上的事就是再保密，也不至于这样防备我吧？难道我是坏人不成，这职业病也不能这样对我摔门！"他也不辩解。

孙家栋：工作不能有丝毫大意，即使对亲人也不行。

记者（笑）：阿姨对孙老的事业有很大的付出和牺牲，"军功章也有您的一半"。

孙家栋：老伴这是对我的默默支持和奉献呀！

半夜看月亮，谁解其中味？

走着走着，孙家栋问老伴是不是该换班了。老伴从轮椅上下来，孙家栋坐上轮椅，老伴推着他。两位老人满脸堆笑，心境像孩子一般。

记者：作为我国第一颗大容量通信卫星工程总设计师，孙老肯定经历了很多难忘的大事。

孙家栋：1994 年 11 月 24 日，火箭、卫星都已测试完毕，太平洋上的远洋测量船和分布在国内不同地点的航天测量站，都已完成各项准备工作，发射场的各项工作也已就绪，卫星发射进入最紧张的时刻。这天，素萍突然感到自己的半边身子失去知觉，尽管医院竭尽所能对她进行了紧张的抢救和治疗，但她从面部到胳膊、腿脚却不由大脑支配，由于嘴角不协调，说话也变得不清晰。

消息当天传到远在千里之外的发射场，几乎人人都知道了这件事，大家却不敢告诉我。航天发射前的情景，若用战争形容，那便是临战前夕，作为临战前的技术负责人，我要考虑的事情太多了，要保证每个异常现象都逐项逐个归零，要绝对做到火箭、卫星不带问题上天，我肩负着重大的责任！

后来我才知道，北京单位的同事尽可能为素萍妥善安排了所有事情，发射现场的同事在这个节骨眼上不敢把她的病情告诉我，不知道素萍病倒入院的唯一一个人，竟然就是我。

一周后，卫星被成功送入太空。多日积攒的疲劳和紧张突然一放松，我浑身像散了架似的无力，而在北京与美国航天代表团的谈判还接力般的等着我回去主持。我支撑着疲惫的身体，咬牙完成了谈判，在会谈文件上签了字后，当天便累倒了，医院用担架把我抬进了航天医院。我躺在病床上输液时，想起在西昌与老伴通电话时，总是催她快讲、快讲，这时突然惦念起老伴来，她这一段时间为什么没有一点消息？莫不是她那里有什么情况？

我跟同事一问，才弄清老伴在卫星发射那天突然病倒的情况。后经再三要求，我和老伴住在了北京同一个医院接受治疗。看见躺在病床上满身管子、电线的老伴，我满怀歉疚。

记者：阿姨，您是不是也很担心孙老？

魏素萍：我看到家栋苍白的脸上写满了憔悴和疲惫，就猜到他肯定也生病住院了。我患了脑血栓，尽管言语吃力，但连说带比画，向医生表达要如实了解孙家栋的病情。后来，医生同意了我的请求，并按他们的想法，把我们安排进了同一间病房。

孙家栋：素萍出院后，半边身子麻木，说话不清楚，吃饭、喝水不利索，我看在眼里急在心上。为了让她的四肢恢复正常功能，我在精神上鼓励她，在生活上照顾她。即使再忙我也要挤出时间，和她一起锻炼身体。一年后，素萍竟奇迹般的康复了，让身边的人都惊讶不已。

记者：是什么力量使阿姨这么快恢复了正常呢？

魏素萍（眼眶湿润）：是家栋用爱心，使我的身体发生了奇迹！这一年，他体重一下子减了 20 多斤。他还开心地打趣道："这个减肥办法真好，就连最难对付的脂肪肝，也一下子恢复正常了。"

记者：2004 年，中国航天具有划时代意义的探月工程全面启动。这年，孙老您已经 75 岁了，还是扛起了总设计师的重任。最大的困难是什么？

孙家栋：我心里非常明白，深空探测的第一步，肯定会出现许许多多意想不到的困难，中国航天就是在克服困难、规避风险、顶着压力中前行的。实现中国人奔月、绕月、落月和从月球上回到地球家园，是中国航天发展的必由之路！

多年来，我已经养成了一个习惯，那就是脑子里只要装上了问题，便会感到茶无味、饭不香，甚至终日沉默寡言，冥思苦想。

魏素萍（插话）：一天半夜，我一觉醒来，发现床上的孙家栋不见了，细听旁边的书房和卫生间里没有一丝动静，吓得我大叫："家栋！家栋！"阳台上传来了孙家栋的声音："好好睡你的觉，别一惊一乍、

大惊小怪的，我在阳台上看月亮。”

记者（笑）：孙老，作为总设计师，您工作这么紧张，还有闲情逸致半夜起床看月亮？

孙家栋：那天晚上，我已经睡了一觉，看着从窗帘缝透过的一缕明亮的月光，脑子里浮现出白天思考的问题，顿时睡意全无，干脆爬起来蹑手蹑脚来到阳台。夜深人静，万籁俱寂，繁星满天，我盯着挂在空中的那轮明月，随着月亮从树梢的标志物一点点移动，我仿佛看到了月亮上蓝白影像上的名堂，绞尽脑汁地结合探月工程中的一些问题，产生了丰富的联想。

此时啊，真成了“举头观明月，内心解百思”。

布鞋踏出航天路，他是个好男人

记者：2007年，中国探月工程首战告捷！在这成功的欢喜时刻，全国的电视观众在电视屏幕上看到一个摄影师抢拍到的镜头，孙老您走到一个僻静的角落，悄悄地背过身子、掏出手绢偷偷擦眼泪。这是何等的令人感动！

记者：在西昌卫星发射中心参加指挥北斗导航定位卫星的发射时，听说您从北京航天医院拔掉输液针头，赶往机场奔赴西昌卫星发射场。

孙家栋：这么重要的时刻，我怎么能缺席呢！

记者：有一个关于鞋的细节，足以证明您对中国探月工程所做的贡献。

魏素萍（笑）：那几年里，家栋不停歇地飞来飞去，一会儿跑到发射场，一会儿跑到测控天线工地现场，一会儿检查卫星生产，一会儿查看火箭总装。我心疼他，对他说："你天天上了汽车赶飞机，下了飞机赶会议，总停不下来。你又不喜欢穿皮鞋，觉得脚丫子太累，我还是给你买软乎的布鞋穿吧。"我每年得给他买四五双布鞋，咱不能说是布鞋不结实，主要是家栋穿鞋太费。

记者：为了中国的探月工程，孙老一年要穿破好几双布鞋，正说明他为了航天工程走了很多、很远的路——一年几双布鞋所踏出来的是航天拼搏路，是一位科学家脚踏实地的奋斗之路！

魏素萍（笑）：你这么说，他恐怕要飘起来了。

记者：孙老与鞋的故事，我也亲身经历过。有一次，我和孙老一起到新加坡出差，趁有一点闲暇，孙老提出想找个卖女鞋的地方。我不知道他买女鞋是什么意思，到了鞋店才知道，他是想给阿姨您买双合适的软鞋。孙老就像变戏法似的掏出一张纸鞋样，说这是他让阿姨站在纸上比着脚画好剪下来的，边说边把纸样塞到鞋里比试，我们在场的人都大为感慨，孙老是位大科学家，却这么温柔细致，我们都被他对阿姨的体贴感动了。

魏素萍：家栋很不容易。他腰肌劳损的毛病几度加重，剧烈的疼痛常常让他步履艰难。大脑供血不足的旧疾，让他每天疲劳至极，经常头晕目眩。而皮肤过敏时，他需要使用激素才能控制病情。他同时还要照顾我，不是我夸他，他是个好男人……

编 后

已经 90 岁的孙家栋，自称“90 后”，每个月依然从东飞向西，从北飞向南，只争朝夕、不知疲倦地推动着中国航天事业的跨越式发展。

我国首次颁发国家勋章，孙家栋便获得了这一殊荣。2019 年 9 月 29 日，当记者从电视上看到孙家栋坐着轮椅，接受习近平总书记亲自给他颁发国家勋章时，不禁百感交集。

授勋后，记者向孙家栋院士致电祝贺！孙家栋说，他一生获得了很多荣誉和奖项，但这枚国家勋章无疑是最高的荣誉。他说，自己是 23 位“两弹一星”科学家中还健在的三位之一，其实，这项国家最高荣誉更应该属于他们，他不过是替先驱者代领了这枚最高奖章。同时，他也意识到重任在肩！只要一息尚存，他就会奋斗不止，继续为中国航天事业贡献余生，鞠躬尽瘁，死而后已！

追忆地球物理学家黄大年：
家国两难全，情义在心间

涂 筠

黄大年，国际知名战略科学家、著名地球物理学家。曾任吉林大学新兴交叉学科学部首任部长，吉林大学地球探测科学与技术学院教授、博士生导师。2009年底，他回到祖国，带领团队创造了多项“中国第一”，为中国“巡天探地潜海”填补了多项技术空白，为深地资源探测和国防安全建设做出了突出贡献。2017年1月8日，黄大年因积劳成疾罹患胆管癌，医治无效，在长春逝世，享年58岁。

2017年5月，习近平总书记做出重要指示，强调要以黄大年同志为榜样，学习他的爱国情怀、敬业精神和高尚情操。《知音》记者涂筠独家采访了黄大年先生的胞弟、在广西地质学校从事行政管理工作的黄大文，了解到黄大年先生不为人知的成长经历和家庭生活。这位杰出的科学家，不仅怀有深沉的报国情怀，对家人也有一腔柔肠。以下是黄大文的自述。

侠义与担当：少年强则中国强

我的哥哥黄大年出生于1958年8月28日，比我大3岁。我们兄弟俩出生于广西南宁，壮族人，我们的父母都是广西地质系统的教师。做地质人这一行的流动性大，少年的我们过着到处迁徙的生活。我们

前后读了四个学校，才把小学读完。在不断适应新环境的过程中，哥哥养成了坚韧好强的性格。

他这一生，无论负笈海外还是归国创业，都是靠自己，他的字典里从来没有一个“怕”字。

我们这代人从小接受了很多英雄主义教育，哥哥在少年时代就怀有英雄主义情结。

哥哥一直引以为豪的是他十一二岁时救过一个溺水的同学。当时，他在位于贵县（现广西贵港市）的广西西江农场上学，孩子们放学后喜欢到七里桥下的河里游泳。哥哥的同学李忠桂一次突然滑入深水区，眼看就要被没顶，所有的孩子惊慌失措地大喊大叫，哥哥却快速游过去抓住了他。一番生死挣扎后，哥哥终于将李忠桂救上岸。他四仰八叉地躺在地上，好一会儿才缓过劲来。这事被父母知道了，母亲后怕地抓住哥哥的手，红着眼睛告诉他，遇到这种事必须先求助大人，不能盲目施救，否则有可能把自己的命也搭上！但哥哥却不以为然。没想到接下来，他又干了一件惊天动地的大事！

从我家到西江农场小学有两公里的路程，中间要经过一条无人值守的铁路。一天，哥哥和他的同学刚路过铁路时，一辆拖拉机突然在公路和铁路交会处熄火了，司机跳下车摆弄半晌也无法启动。就在这时，不远处传来了火车的轰隆声！见状，哥哥立刻脱下上衣，朝火车开来的方向挥动。由于前方 200 米是一个拐弯，火车司机根本看不到转弯后的情况，哥哥便挥动衣服在铁路上跑了200多米，火车终于在离哥哥100米处紧急刹车，避免了一场重大事故。哥哥因此受到了学校和地方政府的表扬。

当哥哥说起救人的情景时，父亲一直黑着脸。母亲则喘着粗气，朝哥哥的头顶打了一巴掌。哥哥愣了，委屈地说：“我这是学习解放军英雄欧阳海呀！”母亲一把搂住哥哥，哭道：“我不要什么英雄，我只要我的儿子活得好好的！”哥哥读懂了母亲的眼泪，他安慰道：“爸、妈，以后我会注意的，我要做让爸妈骄傲也安心的英雄！”

哥哥说到做到，他不仅学业优秀，成绩门门领先，每学期都是三好学生，还经常锻炼身体。高中阶段他转入贵县附城高中（现贵港市港北区高级中学）就读。20世纪70年代，学生都要参加劳动。哥哥似乎对劳动格外钟情，每年农村的春耕、夏季的“双抢”和秋收，他干起活儿来一个顶俩。高二假期他回到家时，几乎长高了一个头，黑黑的脸，壮硕的胸膛，我有点不敢相认。哥哥一脸神秘地带我去看他的“宝藏”——满满一箱书。哥哥的远见卓识，使得他走在同龄人的前面。然而，由于特殊的历史原因，哥哥高中毕业后并没有机会上大学，而是在1975年10月，通过招考进入广西第六地质队从事物探操作员工作，这也是我高中毕业后工作的地方。哥哥在广西第六地质队首次接触到了航空地球物理。从那时起，一直到他去世，他终生都没有离开过这个专业。

闪耀英伦的科学家，难凉炎黄热血

1977年，国家恢复高考。哥哥考上了心仪的长春地质学院（现吉林大学）应用地球物理系。“把失去的光阴夺回来！”哥哥写信把这句话也赠予了我。1982 年，哥哥本科毕业，留校任教，一年后考取了硕士；硕士毕业后，他继续留校任教，从助教做到讲师。1991 年，哥哥破格晋升为副教授。在这期间，他也收获了美好爱情。那年暑假，我的准嫂子张燕穿着白裙，像一只白天鹅飞进了我们家。张燕毕业于吉林省中医学院，后留校任教。母亲笑得合不拢嘴，打趣道："大年只会拼命学习，你这只白天鹅怎么会看上我家的呆头鹅？"张燕急忙"辩护"："他一点也不呆，会打篮球，会跳舞，歌也唱得好。"哥哥连声附和："'白天鹅'就是我唱了一首《我爱你，中国》拿下的。"大家都被逗笑了。

当晚，我们哥俩抵足而眠，我"虚心"求教："哥，你是怎么学会这么多恋爱高招儿的？"哥哥说："爱情的力量让人无所不能。只有你优秀了，才会吸引优秀的人到你的身边，这样的爱情才是美好的。所以，你得多加修炼。"我嘟囔着："又来这套，不就是让我好好学习吗？""对，恋爱的前提是先把自己变优秀。"

不久，哥哥就和张燕在长春喜结良缘，夫妇俩就住在省地矿局的岳父母家里。

1992 年春，哥哥风尘仆仆地回到南宁家中。"我要出国了！"他难抑兴奋。这年，"中英友好奖学金项目"启动，通过层层筛选，哥哥拿到了全国 30 个公派出国名额中的一个，即将被派往英国利兹大学地球科学系攻读博士学位。我们全家都为他感到高兴。哥哥悄悄把我拉到一边，郑重地说："我离家远，爸妈年纪大了，我没法照顾到，你要多担待点。"我说："放心，我一直照顾着呢。"哥哥面有愧色，手放在我的肩膀上微微颤抖，我能感受到他复杂的情绪。他是长兄，却常年在外，无暇顾及父母家人，他的内心肯定歉疚不安。

关山阻隔，鹏程万里。哥哥在英国安顿下来后，将妻女接到了英国。在利兹大学，哥哥继续发挥“拼命黄郎”的精神，1996 年 12 月，他以第一名的佳绩获得该校地球物理学博士学位，成为该系获评优秀学生中唯一的海外学生。

博士毕业后，哥哥回到了祖国的母校。此时，国外同行在航空地球物理方面的研究不断出新，哥哥很焦虑，唯恐落后。次年，经单位同意，他又前往英国，继续从事探测深水油气和水下隐伏目标的研究。

2002 年 3 月，父亲病重之际，哥哥正在 1000 多米深的大西洋深处攻克“重力梯度仪”项目，父亲强撑着给哥哥打电话，请张燕转告长子：“大年，我们见不着了。你要记住，你是有祖国的人！”父亲溘然长逝。回到海面上的哥哥听到妻子转告的父亲遗言后，面对茫茫大海，朝祖国的方向“扑通”一声跪下，泪流不止。两年后，母亲病逝，离世前在给哥哥的电话里念叨着：“大年，你要记得你爸的话，别忘了你的根。”哥哥泣不成声：“妈，我一刻也不敢忘记。”

父母离世时，哥哥无法归国送终，这是他永远的遗憾，每思及此，他就神情黯然，眼眶涨潮。但他牢记父母的话，他要用实际行动告慰父母。2009 年 4 月，哥哥接到吉林大学传来的邮件，国家正在进行海外高层次人才引进的计划，他成为入选专家之一！哥哥难抑激动，第一时间把这个“好消息”告诉了嫂子：“祖国发出了召唤，我要回国！”“你真的舍得抛弃多年奋斗得来的这一切吗？”嫂子有些着急，摇头道，“我不同意！”

天堂里的哥哥，请务必保重身体

我的嫂子是个识大体的人，但作为妻子，她得为整个家庭考虑。一方面，夫妻俩奋斗了 18 年，在英国的事业都达到了一定高度；另一方面，侄女黄潇在英国念书，无论转回国内还是分离，都不现实。哥哥一次次试图说服嫂子，但她始终不同意。令人意外的是，侄女黄潇却站出来支持父亲，她说："爸爸，您带着我妈回去吧。我知道，为祖国工作能让您快乐！妈，您就放心我吧。"哥哥搂着我侄女的肩膀，对嫂子说："最终表决，二比一，批准回国！"

2009 年底，哥哥携妻回国，任吉林大学地球探测科学与技术学院教授，参与我国"深部探测技术与实验研究专项"计划，作为该计划第九分项"关键仪器装备研制与实验"的首席科学家，他以吉大为中心，组织全国优秀科研人员数百人，开启深地探测关键装备攻关研究。

哥哥对家人永远心怀愧疚。一次家庭聚会，哥哥悄悄对我说："我挺对不起你嫂子的，回国前，她不得不把经营多年的诊所卖了，哭了好几回。还有潇潇，我们把她一个人扔在英国，我很难受。"那天他破例喝了点酒，我看到他眼睛里闪着泪光。

2016 年元宵节，他在微信朋友圈写道："办公楼内灯稀人静，楼外正是喜气洋洋。我们被夹在地质宫第五层，夹在'十二五'验收和'十三五'立项的结合部，夹在工作与家庭难以割舍的中间。没人强迫，只是自找，总想干完拉倒，结果没完没了，公事家事总难两全。"9 月 10 日，教师节，他写道："可怜老妻一再孤独守家，周末、节日加平时，空守还是空守，秋去冬来，在挂念中麻木，在空守中老去。"不知嫂子看了这些话是怎样的感受，反正我看完后，拿着手机走到阳台上，怅然而怆然，眼泪不知不觉流了下来。

远在英国的黄潇也时常令他牵肠挂肚，哥哥每次和我见面都要说起女儿，一脸幸福的同时带着淡淡的忧伤。2016 年 5 月，黄潇在英国举行婚礼，丈夫是英国人，她的大学同班同学。我因为工作原因没有参加，妹妹黄玲出席。她回国后，给我看了婚礼视频，印象最深的是哥哥的新婚致辞，他指着黄潇手腕上佩戴的一只旧手表说道，“我的女儿是一个很懂得感恩的人。这是我结婚时，岳父送给我们的礼物，我一直放在家里，今天戴在黄潇手上。这块表虽然走不动了，但我相信女儿知道，多少年前，姥爷是如何把妈妈交给我的。现在我也希望新郎像我们中国人一样，有这样的家庭观念，照顾好潇潇。”此时他不再是一个杰出的科学家，而是一个伤感的父亲，小心翼翼地捧着女儿的幸福，转交给另一人。谁也没有料到，参加女儿的婚礼，却是他们父女俩此生最后一次相聚。

超负荷的工作，长期的体力透支，使得一向健壮的哥哥身体每况愈下。2016 年 11 月 29 日，他晕倒在出差的飞机上。回到长春，哥哥被强制体检，结果比预料的更糟：胆管癌！嫂子哭着把这个坏消息告诉了我，我当天乘机赶往长春。在病房里，哥哥一再宽慰我们：“没事的，这点小病打不倒我。”

12 月 14 日，哥哥被推上手术台。晚上 8 点，哥哥被推出手术室，医生说手术顺利。术后哥哥的病情时有反复，24 日终于趋向稳定，可以吃些流食。不料，他竟然又开始工作了！肝胆胰外科 1265 病房成了哥哥的又一个办公室：不停有学生来问问题，有同事汇报工作进展，有项目找他签字，有各级人士探望……护士们为此还和哥哥起了冲突，遗憾的是他仍舍不得放下工作。

2017 年 1 月 4 日傍晚，哥哥突然内脏大出血，转氨酶升高、肝功能有衰竭倾向，陷入重度昏迷。此时，远在万里之遥的英国，一声嘹亮的啼哭破空而来——黄潇分娩，为哥哥生下了外孙女。名字是哥哥早已取好的：春伦，长春的“春”，伦敦的“伦”。这是哥哥一生最难忘的两个城市。妹妹拿着手机哭着冲进 ICU，把春伦的照片举到大哥眼前，但他却再也没有睁开眼睛。

2017 年 1 月 8 日 13 时 38 分，我的哥哥黄大年，永远地休息了。我一直不敢相信，哥哥就这样走了。他一定走得不甘心，他甚至没留下一句遗言，他还有太多的工作要做，他还说过退休后要带家人周游世界……

哥哥从艰苦的环境中一步步成长为世界级科学家，他付出了太多太多，也得到了很多。他的身上充满了正能量，对事业永远饱含激情，积极向上。我们的时代需要这种精神，我们的年轻人更需要这种激情。我祝愿大家好好生活，好好工作，保重身体。我想，如果哥哥还活着，他一定也会这样祝愿大家。

半生忠骨半生柔肠：
核武专家于无声处的告白

李小蕾

他毕业于山东大学物理系，是翩翩英才、核武专家。他与妻子的二十六载年华，辗转于高原、戈壁、深山中。绝世孤寂里，他们为祖国的核事业苦苦耕耘，却把父母和一双儿女丢在家。

当双鬓斑白的他带着妻子回山东老家后，儿子被确诊为二级智力残疾，女儿患上了精神分裂症，妻子不堪重负，也出现精神问题……

他一肩挑起了这个家，从未因为功劳要政府帮忙，凡事亲力亲为。在奔波的间隙里，他追忆禁地生活，在网上连载的45万字纪实小说《禁地青春》，点击量达数千万之多，还被改编成电视剧《青海花儿》在央视热播。

2018年7月，他登上央视《朗读者》的舞台。他叫魏世杰，以下是他的故事——

半生忠骨：我就是那戈壁上的骆驼刺

2007年，临近春节时分，正在山东省青岛市黄岛医院守护妻子的魏世杰接到电话，“老魏，你的女儿吞了药，我打了120……”魏世杰努力迫使自己镇定，将妻子托付给护士照顾后，匆匆赶往急救室。

救护车将他的女儿海燕送来后，医生们围着她插管、洗胃，魏世

杰含泪看着女儿口中吐出大量液体。三天前，妻子陈位英刚刚割腕，而今天，海燕又想舍命而去，这两个女人自杀的理由何其相似，她们都不想再成为这个家的负担……

魏世杰，1941 年出生于山东省青岛市即墨区，1964 年从山东大学物理系毕业后，被组织挑中，选为青海省海晏县基地的工作人员。该基地是中国首个核武器研制基地，也是我国第一颗原子弹和氢弹的生产地，曾有超过 10 万名科研人员在这里隐姓埋名。这里，平均海拔 3200 米，全年高原气候，我国最顶尖的相关科学家都在其中……

魏世杰在进入基地前，和其他三位来自名校的优秀大学生在一个农村接受了为期一年的社教（思想培训），并成为挚友。到基地后，他们发现，这里是一个封闭的大社区，分厂区和宿舍区，街道上有理发店、小卖部。但因经过严格的保密训练，这里的人忙碌谨慎，从不探问其他人的工作。

魏世杰的工作主要是研究、测试炸药部件的性能，向死而生的日子里，魏世杰很豁达。

1967 年 6 月 17 日，我国第一颗氢弹爆炸成功，因为国家保密工作极其到位，魏世杰和同事们也是从报纸上看到的消息，他内心非常激动，因为，来基地的科研人员们都是在接受工作后，慢慢领悟到他们是在搞“核研究”的。走在路上，基地的人们脸上都洋溢着喜悦，

大家都会意一笑。

魏世杰感到了一种前所未有的自豪，虽然他对核武器研制的贡献微小，但他很知足。

1969 年，时年 23 岁的女同事陈位英向魏世杰表达了爱意。陈位英是湖南省长沙市人，在基地里搞化学研究，魏世杰被她打动，二人于当年结婚。陈位英很孝顺，节衣缩食，将工资寄给公公婆婆，为让丈夫专心研究，她承担了大部分家务。

1970 年，陈位英回家乡长沙生下了女儿海燕，当她带着才 3 个月大的女儿海燕回到青海时，才知丈夫因为一起冤假错案身陷囹圄。为鼓励丈夫，陈位英经常抱着女儿在魏世杰被关押处附近转悠，铁窗里的魏世杰从孩子身上看到了希望，他在被关押 1 年 2 个多月后，终获自由。

魏世杰终于能亲吻女儿粉嫩的脸颊。因为高原条件恶劣，海燕营养不良，缺乏钙质的她还不会走路，魏世杰红了眼眶。“世杰，你终于洗清了冤屈。”陈位英哽咽道，“如果觉得苦，咱们回老家吧。”魏世杰含泪说：“我不走，这里需要我。”戈壁上的风与沙，呵气而成的霜，都见证了他们的青春与付出。

因这里气候恶劣，不利于海燕成长，魏世杰和妻子忍痛将她送到青岛父母家，请父母代为照看。1973 年，魏世杰所在的基地被转移到了四川一处深山之中，这一年，儿子魏刚出生了。四川气候条件不错，他们便把海燕接到身边，一家四口终于团圆了。

然而，魏刚上小学后，老是被同学欺负，因为他“心眼慢”。魏世杰的父母听说后，把孙子接回山东抚养。魏刚不会做作业，还经常尿裤子，老人们不想他又被同学欺负，遂包揽了全部功课，一遍遍在家帮他复习课本。对魏世杰夫妇，他们总是报喜不报忧。魏世杰夫妇俩每 3 年才有一次为期 16 天的探亲假，他们发现，儿子确实有些“钝”。不过，魏刚被照顾得很好，他们也算知足了。

因“后方稳定”，魏世杰全情投入到工作里，先后出任课题组组长、科技委秘书长等职务，17 项科研成果获多项国家大奖，他还多次获院、所两级的先进工作者等光荣称号。1981 年 6 月，魏世杰加入了中国共产党！时光匆匆，1990 年，魏世杰接到消息，母亲因白内障失明了，想到自己这么多年来从未侍奉双亲，魏世杰向单位申请调回家乡，不久，他被安排在青岛市黄岛开发区科委，从事科技计划和专利管理工作。

他和妻子把父母接到家中，两位老人似乎完成了要儿子回家的心愿，不久后就相继故去了。父母去世后，魏世杰和妻子才意识到儿子魏刚身上的问题有点严重。魏刚看电视剧时，老说自己看不懂，基本的家务也不会做，联想到母亲去世前还在费心教魏刚算术，魏世杰很担忧，他和妻子把儿子送医检查，魏刚被确诊为“先天性智障、二级智力残疾”。医生说，陈位英是在高原上受孕的，高原供氧不足，魏刚很可能因在母体内孕育时缺氧，引起各器官产生功能性病变，魏刚的病情只会随着年龄增加而加重。魏世杰和陈位英如遭雷劈，他们没想到，儿子的情况竟如此糟糕。

魏刚虽笨拙，但不吵闹，而姐姐海燕则让家人省心许多。她热爱乒乓球运动，毕业于青岛矿山大学计算机专业，还辅修了财会专业，拿了双学位。毕业后，她进入一家事业单位工作。

日子苦中有乐，魏世杰万万没料到，海燕和妻子也先后出了问题……

半生柔肠：守卫“受伤”家人的“生门”

2000 年的一天半夜，次卧里传来海燕的号啕，海燕大喊：“地上有一根头发，快给我捡起来！”魏世杰觉得女儿是在故意捣乱，生气之下，拍了海燕两下，海燕委屈万分，非要父母把头发捡起来才睡。第二天一早，海燕一切如常地去上班了。此后几天，海燕时而清醒，时而异常。

夫妻俩带海燕去了北京、上海等地的大医院，检查结果如出一辙：海燕也因在高原上所孕育，宫内缺氧影响了她的脑神经发育。这类疾病的发病时间不同，有的人出生时就有症状了，而有的人则是成年后才发病。陈位英泣不成声，魏世杰心中也很酸楚，他更后悔之前“凶”了女儿，原来，海燕是病了。

陈位英有严重的糖尿病和高血压，每天早上，魏世杰起床后都要给老伴打一针胰岛素。随后，他们会按照医生嘱咐为女儿将一天三次的药都按量配好。然后，一个照看一双儿女，一个买菜。

2006 年秋天，魏世杰的身体实在扛不住了，他高烧 40 度，浑身像散了架。邻居们见状，有的留下替他照顾家人，有的则陪他和陈位英上医院。陈位英心疼极了，和病床上的丈夫说："刚才，护士们听说了我们的情况，主动给我们联系了精神病院，说是可以让海燕去……"魏世杰喉头哽了又哽，颤抖着说："其实，我前不久偷偷去精神病院看了看……"病人们被锁在房内，定时放风，他们在操场上一圈圈走着，傻笑着，像被抽走灵魂的纸片人。魏世杰看了，心如刀绞。征询医生意见后，他决定定期带女儿就诊，给海燕一定的自由。

魏世杰对妻子说："有时候，我幻想海燕是在恶作剧，她是为了惩罚我多年不顾家，但是，我看到她的眼神越来越呆滞，我，我就觉得很崩溃……"陈位英极少看到丈夫如此脆弱，她放声大哭，魏世杰用手捂着脸，眼泪还是涌了出来。

魏世杰病愈后，他开始锻炼身体，不敢生病，因为他一停摆，整个家都要停摆了。丈夫坚强如斯，可陈位英因为受到儿女的影响，加之心事过重，2007 年夏，她也患上了精神分裂症。

从此，魏世杰一人得照顾家中三个病人，清醒之际的陈位英眼见家中境况如此，割腕自杀，好在魏世杰发现及时，将她送医。陈位英醒后，难过地说："我看你太累了，我要是走了，你可以减轻很多负担。"魏世杰泪流满面。

因为魏世杰要在医院陪伴妻子，邻居们代为照顾海燕和魏刚，偶尔清醒的海燕得知父母已不堪重负，她写下遗书："我的爸爸妈妈是最好的爸爸妈妈，我这辈子是不能报答你们了，只能等下辈子了。"她服下了大量安眠药，幸亏邻居及时发现……

这便是本文开头的那一幕。因为妻子和女儿被安排在两个不同的病房，当窗外焰火升腾，鞭炮声声响起时，魏世杰心酸得厉害，他分别对妻子、女儿说："你们活着，我才有活下去的勇气。"

于无声处：那是对国与家最深情的告白

随着魏世杰年龄渐长，加上妻子发病时不肯见他，2015 年初，魏世杰将陈位英送去了疗养院。他常去看望妻子，为她梳头。有时，清醒的陈位英会伸手轻拭着他的汗水。妻子温柔的样子一如他们在戈壁上初见时，泪水打湿了魏世杰的眼眶。

每天，安顿好家人后，魏世杰会抽出两小时进行写作，这是他最快乐的时刻，能让他暂时抽离现实。

早在从基地回家乡后，他就开始写作，第一部长篇小说《东方蘑菇云》于 1992 年出版。1997 年，魏世杰退休后，一面照顾家人，一面投入到写作中。从 2009 年开始，他在天涯上写连载，帖子取名为《核武老人 26 年亲历记》，没想到，帖子极受关注，点击量在当年就达 600 万。之后，这部 45 万字的小说被整理出版，命名为《禁地青春》。

《禁地青春》是魏世杰生活的真实写照，是为核基地的大小人物画下的“清明上河图”。2012 年，这部小说被改编为电视剧《青海花儿》，在央视 8 套热播。他被称作核武专家中的作家第一人！

魏世杰的故事引起了社会各界的关注，但无论是政府提供的福利政策，还是网友们众筹想为他请保姆，都被他谢绝了。魏世杰说，前半生，他研究核武器，把自己的一切都奉献给了祖国；后半生，他尽了一个父亲和丈夫的角色，把自己的全部给了这个家，他甘之如饴。

魏世杰笔耕不辍，又撰写了《禁地青春二》。去看望陈位英时，他为妻子朗读了一个片段：“因为太突然，我竟然愣住了，不知所措，这是真的吗，还是一种幻觉？‘爸爸！’海燕扑到了我怀里。我抚摸着她的头发。这是真的，他们回来了。海燕恢复了少女般的活泼、天真、朝气蓬勃……”魏世杰含着泪，却又乐呵呵地看着因生病而一脸茫然的妻子，说道：“这是我的一个幻想吧，小说里，我把你们的病都治好了，至少是对我心灵的一个安慰吧。”

魏世杰拉着陈位英的手，深情地说：“我对你，尤其是对孩子们，都有一种补偿的心理，因为在上半生，我基本没有管过你们，现在你们都病了，我要尽我最大的努力，减轻你们的痛苦！”儿女的病，原罪在他们身上，魏世杰有太多的歉疚，他愿为儿女付出。妻子陈位英是战友，更是爱人，他们一路上经历了风风雨雨，他责无旁贷。

2018 年 7 月，《朗读者》录制现场，董卿采访了魏世杰。她问魏世杰有没有埋怨过上天不公，毕竟作为一个已经 77 岁的老人，在一般的家庭，都是被人照顾的。魏世杰从容地说，他从没有这个想法，因为照顾自己的亲人，是不会感到太痛苦的。人生就像一个硬币的两面，要热爱幸福的生活，也要热爱苦难的生活，这才是真正的热爱生活。

董卿又问及魏世杰对“父亲”这两个字怎么看，魏世杰说：“父亲，就是孩子最大的支柱，当他们遇到问题的时候，父亲就要挺身而出。”董卿动情地追问：“即便您知道他们已经无法回报您了……”魏世杰毫不犹豫地说：“不需要回报，父亲从不要求孩子回报。他们也知道关心我，虽然没有常人那么多，但只要有一点点，我已很温暖了。”

“当我们满怀愉悦的心情去做着所有事情的时候，生命也就不断延伸着……”这段话，是他生活的真实写照。

节目播出后，许多网友在魏世杰的微博上留言，有人说：“您是世界上最好的父亲，您的孩子们有您，是他们的福气。”

暮年出征 “蛟龙”潜海：
那是生命深处的炙热洋流

江明 张勇

2018 年 1 月 8 日，“蛟龙号”荣获 2017 年度国家科学技术进步奖一等奖，当徐芑南接过习近平总书记颁发的奖状时，他激动地说：“这是我一生最难忘的日子！”

徐芑南被誉为“蛟龙号之父”。他接受这一任务时，已退休 6 年，正在美国与儿孙过着颐养天年的舒适生活。为了深潜梦、海洋梦和强国梦，他再度出山，妻子方之芬毅然随他一起回国，相伴出征。徐芑南带领一批科技工作者，经过十年的艰苦打拼，终让“蛟龙号”遨游于 7000 余米深的海洋。

从风华正茂到霜染鬓发，“深潜”贯穿了徐芑南的一生，其报国情怀令人动容。

不眠之夜：一个越洋电话勾起古稀老人深海梦

2002 年 1 月 25 日傍晚，美国旧金山。

66 岁的徐芑南和夫人方之芬正在逗孙子玩。家中电话突然响了起来，远在中国无锡的中国工程院院士、曾任中国船舶重工业集团第七〇二研究所所长的吴有生在越洋电话里欣喜地说：“老徐，载人潜水器正式立项了，快回来吧！”

一语勾起深海梦。徐芑南激动地放下电话，激动地对妻子说："立项了，终于立项了，赶快订机票回国。"方之芬抓着他的手说："你千万别激动，当心心脏病发作，这事我们全家得商议一下。"

得知父亲要回国，儿子儿媳坚决不同意："爸，您搞了一辈子科研，浑身是病。您和妈妈就在这儿安享晚年，我们不同意您回去。"徐芑南摇头："我研究了一辈子潜水器，大深度载人深潜器是我的梦想，美国有，法国有，中国也一定能研制出来。我要回去，一定要回去！"

在旧金山，这是个不眠之夜……

1936 年，徐芑南出生在浙江省宁波市镇海。

17 岁那年，徐芑南考入上海交通大学造船系船舶制造专业，毕业后被分配到中国船舶科学研究中心，被派去做潜艇模型的水动力试验。

之后，徐芑南到某潜艇基地当兵。从潜艇基地回来，他开始主持"深海模拟设备及系统"的设计和建造任务。当时，国外对中国实行严密的技术封锁，徐芑南和课题组成员用 3 年时间，自行研制出了具备国际先进结构形式卡环密封的压力筒设备。

20 世纪 70 年代，徐芑南又开创性地提出了双层壳、定比压力的新结构形式，并建成了我国最大压力筒设备及系统。之后，他相继担任了 4 项潜水器的总设计师。90 年代初，徐芑南担任我国第一台自行

研制的大深度无缆智能型水下机器人“探索者”号副总设计师，所设计的深潜器的控制方式由载人手控、带缆遥控，发展到无缆智能控制。

1992 年，七〇二所向国家科委提出研制 6000 米级大深度载人潜水器的报告，因当时条件有限，一直未获批准。1996 年，已过花甲之年的徐芑南因疾病缠身，办理了退休手续。1998 年 1 月，他和妻子方之芬移居美国旧金山，与儿孙共享天伦之乐，但心中仍有挥之不去的遗憾……

退休 6 年后，徐芑南这个藏在心中的梦，被一个越洋电话再度激起。他等不起，也不想等，满脑子想的就是尽快回国，造出中国的载人潜水器。

方之芬担忧地说：“我知道你的心愿，但回国担任如此大项目的总设计师，健康人的身体恐怕都难以承受，更何况你是一个疾病缠身的人。”徐芑南焦急中带着不悦：“如果我不回去，就会整天想着国家在研制深潜器，那我的头岂不是更痛？只要控制好血压和心脏，就没有什么不行的。”

一家人沉默不语。徐芑南身患心脏病、高血压、偏头痛等多种疾病，左眼仅有一点微光。让他一个人回去，家人如何放心？

旧金山这个夜晚，夫妇俩睡意全无。方之芬说：“孩子们是担心你累坏了身体，我们全家人最想要的，不就是一个健康的你吗？”

徐芑南说：“载人深潜器是我几十年来都想完成的心愿，是我这辈子的梦想。现在国家需要我，这是个千载难逢的好机会，让我回去吧，只要能帮助国家做出载人潜水器，我的病肯定能好。”

方之芬也是宁波镇海人，毕业于华东理工大学，退休前是七〇二研究所高级工程师，是徐芑南科研事业的好助手，她最懂丈夫。当年一起工作时，徐芑南不管病有多重，人有多累，只要一提到潜水器，他就立刻精神起来，要是离开了潜水器，他就像丢了魂一样。现在大深度载人潜水器正式立项，国家召唤他，怎么可能拦得住！

方之芬柔言细语：“我呀，是拦不住你喽！”说完，她起身拿笔思考，记录着归国需带的物品。

徐芑南开心地揉着方之芬的双肩：“我就知道，你肯定会支持我。”

第二天，方之芬对儿子、儿媳妇说：“让爸爸回去吧，科技报国是我们这代人的激情与梦想，早已融入血液中，如果不让他回去，他的病会更重。”

儿子、儿媳妇只好勉强同意了，但依旧担心父亲的身体，方之芬莞尔一笑：“有我呢！”原来方之芬已做好了与丈夫一起回国的决定。

暮年出征：那是生命深处的炙热洋流

三天后，徐芑南和方之芬带着一整箱花花绿绿的药品，从美国旧金山回到了江苏无锡七〇二所。徐芑南作为业内公认的深潜器开拓者、领路人，是总设计师的不二人选。按照国家 863 计划重大专项总设计师的要求，其年龄不应超过 55 岁，而徐芑南当时已经 66 岁，国家科委特地为他破例。

大深度载人潜水器立项前，我国研制的载人潜水器最深只有 600 米，要在短短数年内实现从 600 米到 7000 米深度的跨越，难度很大。当时，七〇二所水下工程室正处于人才青黄不接的“断档期”，加上国外技术封锁，一切都得从零开始。“蛟龙号”研制之初，面对一群初出茅庐的毛头小伙，徐芑南既像严父，又像慈母。

由于长期用眼过度，徐芑南右眼视网膜脱落，纸上的资料，他只能用高倍放大镜，一个字一个字地看。实验室里的那些仪器、电脑数据，他几乎看不见，伴其左右的方之芬成了他的“眼睛”，把数学公式、海量数据、精密推算过程，一点一点地念给他听，徐芑南一边用耳朵听，一边用脑子记，夫妻俩一念一听，只为尽快实现“中国深度”。

有一年过春节，儿子全家回国探亲，徐芑南欢喜地抱着孙子亲了又亲，随后对他们说：“你们知道吗，我们这里负责安装的工人师傅常年不休息，头发都熬白了。”儿子、儿媳心里清楚，这样的团聚，父亲都嫌浪费时间，生怕耽误正在进行的工作。

2008 年 3 月，无数次在图纸上、脑海里、梦里见到的潜水器，终于完成了总装，成型“出炉”，并通过了国家海洋局组织的出所检测确认。同时，它有了一个响亮的名字——“蛟龙号”。

徐芑南激动地拽着方之芬的手，说：“你看看，它就像我的孩子，我是看着它一天天长大的。”

方之芬笑着说：“是不是把你这个‘孩子’告诉咱们的儿子？”徐芑南搓着手说：“对啊！对啊！”电话里，他爽朗地对儿子说：“爸

爸研制的蛟龙号要海试了。”儿子兴奋地说：“我看到新闻了，现在全世界的目光都注视着你们，老爸好样的！”

2009 年 8 月，“蛟龙号”从江苏省江阴市苏南国际码头出海进行第一次海试，已经 73 岁的徐芑南坚持要求登上“向阳红 09 号”工作母船参加海试，面对领导和同事的劝阻，徐芑南说：“作为总设计师，如果不参加试验，就是失职。”

每次出海做试验前，徐芑南坚持与工人师傅一起先上船考察。每次潜水器下潜，徐芑南从不坐在指挥室里，而是一连几小时值守在水面控制室，盯着海面，不放过水声通信传回来的每一句语音。

50 多天严谨而艰苦的海试，让徐芑南每天都处于高度紧张状态，头痛病经常发作，心脏有时竟然跳两下停一下，他清楚自己的身体已经透支了，他没敢告诉方之芬，而是偷偷增加每天的吃药量。

一天，听完海试汇报后，徐芑南感到特别疲惫，想休息一下，就往舱室走，待他走到二层平台时，忽然眼前一黑，脚一软，栽倒在地。身边的人吓坏了，大声叫喊，正在舱室收拾东西的方之芬急忙赶到：“老徐心脏病犯了，赶快平躺下来，让船医拿硝酸甘油来。”她冷静地处理着，一会儿，徐芑南呼出一口气，慢慢睁开眼睛，看着围着他紧张焦虑的大伙，他说：“你们忙吧，我躺一会儿就好了。”

“海试领导小组”得知后，立刻决定将徐芑南夫妇俩送到三亚港某基地休息，可徐芑南就是不愿意离开。负责海试的总指挥刘峰心疼地劝说：“徐总，您不走，我心不安啊！您上岸休息，我随时和您保持通信畅通，及时向您汇报。”

方之芬也劝说丈夫：“老徐，你也别让大伙担心，先上岸休息休息，等好了，我们再回到船上。”

方之芬身背药盒，随徐芑南一起到三亚港某基地休息。

“蛟龙”潜海：7062米中国深度无憾此生

在此后3000米、5000米的海试中，“海试领导小组”考虑到徐芑南的身体，决定不让他上船，而是让他在陆基保障中心通过视频现场指挥。如同自己的孩子远行，“蛟龙号”的每一次海试，都牵动着徐芑南的心。

2011年8月18日，“蛟龙号”成功冲刺5000米深海，完成了136项科学实验。这次下潜，“蛟龙号”还采集到了素有“海底黑色黄金”之誉的锰结核矿石，令科研人员大开眼界。

2012年6月24日，“蛟龙号”3名潜航员与“天宫一号”3名航天员成功实现“海天对话”，“神九”上天，“蛟龙”入海，奇迹属于中国！

2012年6月下旬，“蛟龙号”远赴太平洋马里亚纳海沟进行7000米深海试验，徐芑南和总工程师约定，随时随地发送邮件。每天，徐芑南和方之芬守候在电脑前，收发随时传来的邮件，方之芬又一次成了他的“眼”，针对每一个问题，徐芑南给出意见后，方之芬快速发出。

6月30日，“蛟龙号”深潜开始，待在北京海试陆基保障中心指挥室里的徐芑南，眼睛一直凝视着大屏幕，身边的方之芬紧张得不得了，紧靠在他身边，各种药品伸手可及。

当“蛟龙号”下潜最深达7062米，完成了全流程功能验证等各项深海科考试验，顺利返回海面之后，徐芑南兴奋得像个孩子，他转身拥抱着方之芬，欣慰地说：“曾经以为这辈子这个梦想实现不了了，但现在却得到了这么好的结果，我无憾了！”旁边的同事兴奋地鼓掌。

此次深潜，不但刷新了我国载人深潜新纪录，还创造了世界深潜奇迹，这标志着我国系统地掌握了大深度载人潜水器设计、建造和实验技术，成为继美、法、俄、日之后世界上第5个掌握大深度载人深潜技术的国家。

2013年12月，徐芑南以77岁高龄当选中国工程院院士，是当年新当选院士中年龄最大的一位。当他在无锡七〇二所办公室里得知这个好消息时，非常高兴地对大家说："这是对七〇二所全体同志工作的肯定，特别是对年轻同志的一种激励。"

2017年10月，继"蛟龙号"之后，又一艘载人深潜器"深海勇士"圆满完成载人深潜试验，成为我国深海装备又一利器。2018年1月，"蛟龙号"荣获2017年度国家科学技术进步奖一等奖。

从风华正茂，到霜染鬓发；从一个具有报国情怀的青年学子，到世界级深海载人作业潜水器设计师，"深潜"贯穿了徐芑南的一生。徐芑南却很低调谦逊，每句话里都是"我们"而非"我"，在他的心里，"蛟龙号"的成功是国家荣誉，是团队的奉献，他只是一个牵头者、组织者。

在接受《知音》特约记者采访时，已经82岁的徐芑南说："我这一生里，有三个地标。一个是我的祖籍浙江镇海，一个是出生、成长的上海，还有一个就是江苏无锡。在江苏，我待的时间不是最长，但寄托的感情最深，因为这里是我圆梦的地方。"

“药神”的生命竞赛：天上有颗不舍的心

远志 婉东

新药研发将经历“九死一生”。一位药学家，一生能研发出一个新药是一生的荣耀。

中国科学院上海药物研究所研究员、著名药理学家王逸平，用多年时间研制出针对心血管病治疗的中药粉针剂丹参多酚酸盐，让2000多万名患者受益。而从30岁起，王逸平就得了罕见的克罗恩病，经历了常人难以想象的痛苦，时刻都在与时间赛跑！2018年4月11日，王逸平突然倒在了办公室里，他的英年早逝是中国科学界的重大损失。当年11月，王逸平被中宣部追授“时代楷模”的荣誉称号。

在这与生命竞赛的历程中，妻子方洁一路陪伴，那份开始于音乐旋律里的真情，始终温润醇厚。

与生命赛跑：13年研发成功心血管新药

1963年2月15日，王逸平出生在上海市，父亲是工程师，母亲是会计。1980年，王逸平考取上海第二医科大学医学系。1984年，王逸平在上海瑞金医院实习。一天，他去癌症病房例行查房时，一位病危的老人举起手紧紧地抓住他，用颤抖的声音说：“医生救救我，我不想死，救救我……”声音里充满了绝望的哀求，让王逸平既心酸又无力。

在医院里，王逸平发现很少有中国人原创的新药。从国外进口的某些药品虽然疗效好，可价格昂贵，普通病患者用不起。他心底激发出一个朴实而伟大的梦想：我要做药！于是，本科毕业后，他报考了母校药理学专业硕士研究生，并收获了爱情……

1988年，硕士毕业的王逸平进入中国科学院上海药物研究所工作，开展了抗心肌缺血作用机制等临床药理研究工作，1990年成为助理研究员，1993年提前两年被破格晋升为副研究员。

迈入而立之年，他和毕业后分配到上海市第六人民医院当医生的方洁步入婚姻殿堂，小两口感情甜蜜，生活幸福。可就在这时，他被查出患了罕见的克罗恩病。它是一种原因不明的肠道炎症性疾病，临床表现为腹痛、腹泻、肠梗阻，伴有发热、营养障碍等肠外表现，没有根治方法。

王逸平被切除了1米多小肠。他清楚这病没有合适的治疗药物，自己的健康状况只会越来越差，生命对他来说变得异常珍贵……

除了妻子，王逸平没有告诉任何人。在经历短暂的脆弱后，他变得镇定起来，知道这是一场持久战！

1994年，因科研能力和成绩突出，王逸平成为上海药物研究所当时最年轻的课题组长。此时，上海药物研究所博士研究生宣利江，因为丹参水溶性成分的活性筛选需要，找到了王逸平。

心血管病是人类健康的“隐性杀手”，让人谈之色变。王逸平和宣利江觉得可用丹参乙酸镁为核心来研制丹参新制剂，控制和治疗心血管病。上海药物研究所的丹参研究团队就这样悄然诞生了！

王逸平比别人早上班晚下班，脑子里想的全是药、药理，希望能够用研究成果给人们带去健康和幸福！他天生是个做药的人，对药有种敏锐的直觉。在做了无数次药理活性实验后，他发现丹参多酚酸盐可以通过多种机制和途径保护心血管系统。

明确成分、明了机理，只是新药面世迈出了万里长征中的第一步！实验室可以不计过程、成本，工业化生产则需要具有规模化和可行性。在经历一次次的摸索失败之后，王逸平带领研究团队找到了一条具有专利技术的工艺路线，通过这一工艺路线，可使含量接近 100%。

2000 年，上海药物研究所将丹参多酚酸盐技术转让给了上海绿谷制药，并将申报临床试验的资料报送到国家药监局。等待是漫长的！

2002 年 9 月，王逸平终于等到国家食品药品监督管理总局药审中心的临床批件。此时，他已拿到博士学位，成了研究员。临床试验要做三期。二期试验期间虽然遇到“非典”，但他们仍在 2003 年 11 月前，顺利完成了试验所需的病例观察。临床三期试验时，王逸平主动要求增加连国家药审规定都没有的运动平板试验，这是被称为心血管药物的国际黄金评判标准，试验要求非常苛刻，传统中药一般都不敢冒险按照这样的标准试验。它要让病人在运动中测试药效，一旦出现死亡病例，新药就将被“一票否决”。

王逸平在经过伦理批准之后，确定人体探索试验，以身试药。试验结果显示，注射用丹参多酚酸盐疗效和安全性非常好，2005 年 5 月拿到新药证书，被国家发改委列为高科技产业化示范工程。自 2006 年起，它以超过 100% 的年增长率不断扩大市场。王逸平研究团队相继获得上海市技术发明奖一等奖、国家技术发明奖二等奖，也使得中药国际化走出了具有历史意义的一步，丹参被美国药典收录。

药神忍痛 25 载：历经另一种“九死一生”

“1 个新药 = 筛选 10 000 个先导化合物 +10 到 15 年时间”，这是国内外业界公认的风险，新药研发将经历“九死一生”。对王逸平来说，还要经历另外的“九死一生”！他很多东西不能吃，营养不良、贫血，体重常年只有 100 斤左右。他不敢多喝水，怕引起腹泻。由于喝水少，他得了肾结石。有一次开会，他的肾结石发作，疼得只能横躺在会议室的凳子上。

后来他干脆在办公室准备了药物和止痛针，一旦病情发作的时候，就给自己打针缓解疼痛。

王逸平在手册上记录着他的日常科研工作，也穿插着他手写的《Crohn’s 病程记录》。其中，185 篇日记中，频繁出现“疼痛”“腹痛”“便血”“尿血”“痛醒”等字样。

“选择了新药研究，就是选择了科学长跑。”

就在进行丹参多酚酸盐研究的同时，王逸平还持续主持对硫酸舒欣啶的药理学研究，这是一种抗心律失常的新药，是国家科技部“十五”重大专项“创新药物和中药现代化”项目。

2010 年 6 月的一天，在法国尼斯一家酒店房间的阳台上，面向洒满夕阳光辉的地中海，王逸平对同事沈建华研究员说：“如果一个药，全球的医生在开处方时，都会首先想到它，那才是我理想中成功的药。希望此生可以做成这样一个药。”

第二天，王逸平病情发作，尿血、腹部绞痛异常，不能站立。疼痛时，他将自己泡在旅馆的浴缸中，靠热水缓解痉挛和绞痛，连续泡了三天。

有同事劝王逸平休息半天工作半天。他说：“工作，才能减轻我的痛苦。”

2015 年 10 月 1 日，他在《Crohn’s 病程记录》中记道：“9 月初有多次出现痉挛性腹痛，持续时间较长，尤其会出现在餐后……9 月中旬会出现持续性的阵痛（隐痛），腹部出现肠型，大便会 2~3 天 / 次，怀疑有不完全性肠梗阻。”

王逸平与病魔的赛跑接近白热化，他想为新药研发争取更多的时间。他好几次外出时突然发病，腹部剧痛、便血虚脱，几乎昏迷，他只能用手机向家人和同学求助。一次，方洁和亲友赶到他发病的地方时，他已经瘫软在地，大家把他架到车上，抬回家里。然而，他症状稍微缓解，又要去上班工作，方洁含着眼泪求他在家多休息一下，说：“你要顾惜一下自己的身体，不要这么拼命。”他笑笑说：“我算是个幸运的人。有的人一辈子一个药都没有搞成功，我不仅搞成功一个，还有多个已经看到曙光。不能松懈，得抓紧！”方洁知道阻止不了他。

此时，王逸平的女儿王禹辰已去美国留学，他忙得没时间去美国看望女儿，只能把女儿发给他的照片，细心地保存在手机相册里。

天上有颗不舍的心：你在亲人心中活成永恒

王逸平认为我国复合型高等药学人才缺乏。他培养学生，关键是看是否具备创新精神，是否对科学有兴趣、有热情。在学生进展不顺利的时候，他说实验室和庄稼地一样也有大年和小年，压力不要太大，慢慢来，只要时刻提醒自己，随时要有再战一个回合的勇气，也要有十年磨一剑的耐心。

2018 年 2 月 27 日，在上海药物研究所的一次会议上，王逸平提出“要把年轻队伍培养起来，后继有人非常重要”。正因为意识到自己可能生命无多，他才更意识到人才培养的重要性。

3 月 25 日，王逸平去成都参加“抗动脉粥样硬化的天然化合物的发现与早期安全性评价”科研项目验收会，这个项目所取得的成果和

展现出的良好前景，受到与会专家的一致称赞和高度评价。

第二天，王逸平在《Crohn's 病程记录》中记道："今年以来，上腹部间歇性疼痛时有出现，午餐后经常会出现痉挛性疼痛（酸胀）。腰部不适……"这是他记录了九年的病程日记中的最后一条。

2018 年 5 月 9 日，是王禹辰在美国毕业的日子。四年里，父亲没来看过她，她与父亲相约：她的毕业典礼，他要和母亲一起来，亲自感受一下她的快乐！王逸平答应到时在美国待一个星期，陪陪女儿。他和妻子订好了机票，等待着这一次的团聚！

4 月 5 日清明节，王逸平和弟弟王国平去苏州给父母扫墓。回来后，他对方洁说："我至少还能工作 10 年，还想做出两个新药。"他自信满满，哪知躲在暗处的"死神"，已经悄然逼近。

4 月 10 日早上 7 时多，王逸平在研究所食堂遇见科研处副处长李剑峰，讨论起硫酸舒欣啶。王逸平和 82 岁的老所长、药物化学家白东鲁一起研发硫酸舒欣啶这种抗心律失常的新药，一做就是 21 年，经历了一次又一次的失败，终于获得国家药监局批准，于 2018 年 1 月完成二期临床试验，获得中国、美国、英国、法国、德国等国家的发明专利授权。他和李剑峰约好 4 月 26 日去国家药审中心汇报后续推进工作。

4 月 11 日，王逸平本应出现在武汉的学术讲座上，但他迟迟没有现身。工作人员将电话打到上海药物研究所，大家感觉到不对劲。一位学生和保安拿着钥匙打开王逸平办公室的门，才发现他倒在沙发上，当时还以为他昏迷了，赶紧拨打了 120。急救人员到场后，却带来了谁都不愿相信的消息。

王逸平倒在了岗位上，沙发上还有一根实验的针头。

王禹辰万万想不到离自己毕业典礼和全家团聚还不到一个月时，父亲却突然"爽约"了。她赶回上海，面对父亲的遗像，哭得几乎晕过去。

王逸平离世后，有700多人前去参加追思会。那天晚霞满天，学生们还在做着未竟的课题："这是和王老师有联系的最后一件事，不能让他失望。"

方洁带着丈夫的护照，去美国参加了女儿的毕业典礼。"你真的已经离我们而去了吗？终于明白，任世间哪一条路我们都不能再与你同行！午夜梦回时分，依然痛彻心扉……"方洁在上海药物研究所纪念王逸平的专辑网页上留言，写下她对丈夫无尽的思念。

2018年11月16日，中宣部追授王逸平"时代楷模"荣誉称号。发布仪式现场，响起王逸平生前最喜欢的一支舞曲《友谊地久天长》。那一刻，方洁悄悄地抹起了眼泪。时光不能倒流，但她会在明日的时光里，永远记着她心中的爱人……

王逸平用多年时间研发的丹参多酚酸盐，迄今在全国5000多家医院临床应用，累计销售额突破250亿元，让2000多万名患者受益。还有几种新药也即将取得成果，可天不假年，他带着遗憾走了！世界上没有所谓的"药神"，只有把造福苍生看得比自己生命还重要的伟大而又平凡的人。

“中国天眼”南仁东：
云汉迢迢，永不停歇

王宏甲　星星

2019年新年前夕，习近平总书记在发表新年贺词时说：“此时此刻，我特别要提到一些闪亮的名字。今年，天上多了颗‘南仁东星’……”

南仁东是著名天文学家，国家天文台副台长，是我国独立自主建设的世界最大的500米超大口径球面射电望远镜（又称“中国天眼”）首席科学家兼总工程师。在贵州的大山里，由他主持建成了“中国天眼”，创造了一项世界奇迹！在生命的最后几年中，南仁东与晚期癌症进行着殊死的搏斗！他去世后，被中宣部追授“时代楷模”荣誉称号。

在妻子郭家珍的眼里，南仁东“化作了天空中最亮的一颗星……”

追逐世界脚步：天文专家跋涉在万重大山

1978年11月，南仁东到中国科学院仅仅读了两个月的研究生，就给学校留下一封信，放弃了别人求之不得的读研机会，打起背包回到了吉林省通化市无线电厂，让妻子郭家珍大为惊讶……

南仁东，1945年2月19日出生于吉林省辽源市，父亲是辽源矿务局工程师。当地有座龙首山，南仁东小时候喜欢到龙首山上去看星星，对浩瀚而又神秘的星空充满了好奇和想象。

1963年，南仁东以吉林省理科状元的成绩考进清华大学无线电系。

1968 年，南仁东毕业后被分配到吉林省通化市无线电厂工作，并和女友郭家珍结婚。在这里，他们有了两个女儿。

1978 年，郭家珍鼓励已经 33 岁的丈夫报考研究生。南仁东每天下班后复习功课。冬季的东北很冷，屋檐下结着冰凌，墙上一层霜。南仁东戴着帽子躺在被窝里看书。这年 8 月，通知书来了，他被中科院研究生院录取为天体物理研究生，师从新中国诞生之初回国的第一批科学家、中国现代天体物理学奠基人王绶绾教授。天体物理是尖端专业，招收的研究生没几个人，冷冷清清的。入学之初的学习地点在北京天文台沙河观测站。两个月里，他特别思念家人和工厂里火热的研发生活，觉得在这里琢磨星空是浪费时间，于是冲动地留下一封信，打包回东北了……

郭家珍急着劝他返校，他不听。她找南仁东的朋友和父亲劝说他，中科院研究生院也把电话打到厂里来了，在大家共同劝说下，南仁东才同意返校。

南仁东几乎是被“逼”回了北京，开始在中科院读研究生。一旦投入到天文学的学习中，他却又萌发了强烈的兴趣，不甘人后。他与导师一起或独立取得多项研究成果，努力追逐世界天文学的脚步。

1981 年，南仁东毕业后到中科院北京天文台任助理研究员，第二年又跟王绶绾院士攻读博士学位，取得了不少重要的研究成果。

其间，郭家珍和女儿来到北京，一家人团聚了。

1993 年 9 月，国际无线电科学联盟第 24 届大会在日本东京召开。多国天文学家共同提出：需要选择能够避免电波干扰的合适地区，抓紧建设一个新一代功能超强的大射电望远镜 (SKA)。

南仁东时任北京天文台副台长 (国家天文台前身)、北京天文学会理事长。他说：“这是一个必须抓住的机会。”他提出：一是大射电望远镜的台址必须选在中国，二是中国不出资或者少出资。

1994 年春夏之交，南仁东开始着手选址工作。贵州 70% 属于喀斯特地貌，山区又能避免无线电波干扰，南仁东等人把目光盯在了通过遥感技术捕捉到的 3000 多个山区洼地，通过实地考察，从中筛选出 100 多个，再一个一个“用脚去选”，希望找到一个最理想的能自动排水的洼地，地质要稳定，属于非地震带，而且地下没有重要矿藏等。

在贵州的万重大山里，由当地干部和农民带路，他们穿着雨衣、解放鞋，用柴刀、拐杖在丛林中辟路。1996 年，听说平塘县克度镇新发现的大窝凼有希望，那里的农民于是在荒山野岭、岩石嶙峋的地方自发修了 13 公里的通车路，一直修到大山深处的大窝凼前。要按市场价格，几千万元也不够，当时地方政府只能给农民补些粮食和棉花。

这一切，都让南仁东十分感动，把“大射电望远镜”争取到中国来落户，意味着世界多种尖端的先进科技将因此流向中国，谁掌握了这些前沿的科技能力，谁就拥有了科技战略的制高点！

那几年里，南仁东常年奔波在贵州的十万大山里，家人难得见到他。他就像当地农民一样，变得又黑又瘦。郭家珍心疼他，每次他从贵州回来，她和两个女儿都希望他多休息一下，他总是说时间不等人！转眼之间，他就又背起包要走。郭家珍给他准备好防雨鞋，还有防蚊虫叮咬和治疗蛇伤的药，叮嘱他注意身体，注意安全。他呵呵一笑，踌躇满志。

1997 年，为了在国际上争取主动，南仁东决定搞一个中国推进“大射电望远镜先导单元”计划，即中间建一个 500 米口径的射电望远镜，周围还有数十个小口径的望远镜，构成平方公里阵列。这个 500 米口径的大射电望远镜取名为 FAST。

强忍癌痛折磨：云汉迢迢永不停歇

1999 年，中科院首批重大项目“FAST 预研究”启动。然而，此时国内外都出现了阻止建造 FAST 的力量。国际上的一些天文学家对中国有偏见，不愿意让这么尖端的项目落户中国，有些强势的发达国家宁可让这个项目落户到非洲。FAST 尚在母腹，便已经遭到攻击，有人说南仁东是“疯子”。有老同事告诫他，搞大科学工程，风险大，耗时长，写不了文章，出不了成果，得不偿失。

南仁东义无反顾，一脚踏上了这条不归路，可是它荆棘丛生，难度超出他的预想……

这些年里，南仁东经常胸部剧痛，有时甚至呼吸困难，但他不敢去医院，他怕自己一住下来就走不了，FAST 项目就得停下来……

2006 年，中国在大射电望远镜台址竞争中最终失利，该项目由国际组织确定在南非和澳大利亚建造。大射电望远镜计划遭遇滑铁卢，但中国仍是参与大射电望远镜平方公里阵列建设的成员国。

这反而逼出了南仁东的斗志！在他的积极争取下，中科院开始着手正式申报 FAST 立项。2007 年 7 月，国家发改委正式批复，意味着这个艰巨的工程，将要完全依靠中国自己的科技力量去完成！

2008 年 12 月 26 日，中科院和贵州省人民政府共同举行 FAST 奠基典礼，奠基石上刻着南仁东撰写的对联："北筑鸟巢迎圣火，南修窝凼落星辰"。

FAST 的设计，经历近百次的试验和失败，南仁东与技术人员沟通改进措施，终于攻克了一个个世界性难题，解决了索网、馈源舱等许多核心技术。

2011 年 3 月，FAST 正式动工建设，全国近 200 家企业、大专院校、研究所 5000 余人，参与了这个大科学的工程建设。在贵州腹地的大山深处，几千人奋战在烈日下、暴雨中，南仁东也不舍昼夜地奋战在现场，他常常戴着两个眼镜查看施工现场成千上万的零部件，不放过任何一点瑕疵。

2015 年 3 月，南仁东病倒了，医生检查竟是肺癌晚期。这年他刚 70 岁，回到北京手术后身体虚弱，嗓音沙哑到说话都困难，断断续续。南仁东在北京顺义的女儿家疗养，郭家珍每天细心照顾着他，尽量跟他说一些无关的话题，希望转移他的注意力。可是，南仁东并不安心疗养，每天仍旧电话不断，仍一心牵挂着贵州的万重大山，不放心还没完工的 FAST！

2015 年 8 月 2 日，FAST 第一块主动反射面单元终于开始吊装，南仁东强烈地感到自己在病床上待不住了。他不听妻子和女儿的劝说，不久就出现在 FAST 现场，还带去几大包衣服，这是他和妻子在北京市场亲自挑选的，要送给安装 FAST 的民工们。

2015 年国庆前夕，FAST 神经系统建成。11 月 21 日，南仁东在现场目睹了馈源舱成功地升起在大窝凼的上空。他举起右手遮在安全帽前，阳光照耀在他仰望着的脸上，他沧桑的脸庞微笑着，流淌着泪水，他那胡子已经变得花白了。

巍巍“中国天眼”：天上有颗“南仁东星”

2016 年 9 月 25 日，FAST 将举行隆重的落成启用典礼。典礼前一天，南仁东赶到基地。他戴上安全帽，一步一步向 138 米的 FAST 庄重地走去，之后沿着平台，和一直跟着他的流浪狗凼凼踏上 FAST 高高的圈梁，一个有 30 个足球场大的超级望远镜球冠反射面一览无余，火红的夕阳在巨大的球冠反射面上射出绚丽无比的万道金光。此时，南仁东早已泪流满面。他双手扶在圈梁的栏杆上，俯身朝下看，串串泪珠滴了下来。

时任国务院副总理的刘延东在讲台上宣读了习近平总书记发来的贺信：“浩瀚星空，广袤苍穹，自古以来寄托着人类的科学憧憬。天文学是孕育重大原创发现的前沿科学，也是推动科技进步和创新的战略制高点。500 米口径球面射电望远镜被誉为‘中国天眼’，是具有我国自主知识产权、世界最大单口径、最灵敏的射电望远镜。它的落成启用，对我国在科学前沿实现重大原创突破、加快创新驱动发展具有重要意义。”

这天是农历八月二十五，满天繁星。南仁东在观测系统前观看到深夜，张承民等都不忍劝他走……

“中国天眼”是当今世界探测距离最远的射电望远镜，可以达到 137 亿光年之外。它的球面反射面积有 25 万平方米，相当于 30 个足

球场大小，是目前世界上唯一能够变形的射电望远镜，是世界天文史上的一个奇迹！

2017 年 1 月，10 位科学家获 2016 科技创新人物奖，南仁东名列首位。而此时，他在经历治疗后头发花白而稀疏，在颁奖盛典的舞台上，他双手自握着躬了一下身，声音沙哑，断断续续："我在这里，没有办法把千万人二十多年的努力，放在一两分钟内说完……我在这个舞台上，最应该做的，就是感激，感激……这二十二年艰苦的岁月里，贵州省各族四千多万父老乡亲，和我们风雨同舟，不离不弃……"

2017 年 9 月 15 日，南仁东已经到了弥留之际，他双眼含泪，对守在他身边的老伴和女儿等亲人说："我好想再去贵州看看啊……"这天午夜 11 点 23 分，南仁东与世长辞……

2017 年 10 月 10 日，南仁东去世后第 25 天，中科院和国家天文台举行新闻发布会，首次发布"中国天眼"发现六颗已得到国际认证的脉冲星。

2017 年 11 月 17 日，中宣部追授南仁东"时代楷模"荣誉称号。2018 年 4 月 28 日，中央电视台报道，国家天文台发布消息："中国天眼"率先发现一颗新毫秒脉冲星，并得到国际认证。

2018 年 10 月 15 日，经国际天文联合会小天体命名委员会批准，国际永久编号为"79694"的小行星被正式命名为"南仁东星"。这颗小行星是中国国家天文台于 1998 年 9 月 25 日发现的，而 9 月 25 日也正是"中国天眼"落成启用之日。

“中国天眼”建成后，贵州省平塘县克度镇成了“地球上看得最远的地方”，被游客誉为“天文小镇”，耸立在镇中心 99.99 米高、有 27 层的天文时空塔，给人一飞冲天去探索宇宙的冲动……

4 月 5 日清明节前夕，郭家珍来到“中国天眼”现场凭吊丈夫，在悼文中深情地说：“亲爱的仁东，这里原本是你的主场，我来了，你却走了，代替你的是一座雕像。面对它，我多想迎向你那坚毅且深邃的眼神，再跟你来一次心灵的碰撞，只可惜泪水模糊双眼，我什么也没看见，你是不是看见了我？在我眼里，它就是你的纪念碑……正如你曾经说过的：‘这是一道美丽的风景，科学的风景。’你来世上走这一回，除与我相伴，遍尝人间百味，更重要的使命是在这块生你养你的土地上，为人类探索宇宙奥秘，奉献你的全部智慧和才华……我愿意相信：你的远去，只是化作了天空中最亮的一颗星……”

无问西东：
程不时与他的中国大飞机梦

红 树

随着C919破茧化蝶、飞上蓝天，人们记住了程不时这个名字。

程不时是中国第一架大飞机的设计者，33岁时与从北京航空学院毕业的贺亚兮相知相恋，从此，他们与飞机再没分开过。67年的拼搏，他们终于等来了C919大飞机的翱翔。为了中国的大飞机梦，他们贡献了毕生的心血……

不负少年心：新中国第一架飞机惊艳起飞

1980年9月26日，中国“运-10”飞机首次成功试飞当晚，程不时回家后拿出小提琴，用饱满的激情拉了一曲悠扬的《我爱你，中国》。贺亚兮看丈夫那么兴奋，眼里也闪烁着激动的泪花……

1930年4月，程不时出生在湖南省醴陵市，父亲程炯是留学德国的机械工程师，母亲朱启畴当过小学教师和校长。童年时，程不时就与飞机结缘。那时，他家住在武汉汉阳机场边上，程不时每天仰头看着飞机低低地飞过头顶，心里充满了向往。

1947年，程不时被清华大学航空工程系录取，给他们上课的是钱伟长等后来成为科学巨人的一批名人。

1951年，程不时大学毕业后同20多个同学一起被分配到重工业

部新成立的设计处。四年后，航空工业局成立了“第一飞机设计室”，由全国最大的飞机工厂——沈阳飞机工厂代管，一心想设计飞机的程不时和伙伴们离开北京，来到沈阳。

设计室人员都是一些年轻人，平均年龄才22岁。程不时一到沈阳，就绘制出了飞机总体设计图，命名为“歼教-1”。这是我国自主设计的第一架喷气式飞机，试飞成功时，站在试飞站二楼平台上的程不时只觉得喉头哽咽，流出了激动的泪水。

之后，程不时又设计了“初教-6”和“强-5”。

1963年夏，国家航空局第四设计院一批技术人员来到沈阳飞机厂，这批技术人员中有一个名叫贺亚兮的女孩，刚从北京航空学院非金属材料专业毕业，毕业论文是当年北京航空学院唯一的一个5分，刚毕业就参与了飞机座舱盖“银纹”(一种数量很密集但很细小的裂纹)的研究。

飞机座舱盖银纹问题是程不时他们在设计飞机时经常遇到的问题。他请贺亚兮给厂里的技术人员讲了一次课。贺亚兮一副稚气未脱的学生模样，但面对台下一群长年在工厂里摸爬滚打的老技术员，她一点也不胆怯，说得兴起时返身在黑板上画上几根曲线。她的自信，让程不时不禁刮目相看。

程不时在航空界赫赫有名，贺亚兮对他的才学和成就非常敬慕。一有空闲，她就来找程不时，除了聊专业，就是静静地听程不时谈文学，拉小提琴，在优美的琴声中，贺亚兮被他深深地吸引了。半个月出差结束，贺亚兮依依不舍地回到北京。

经过一段时间的书信往来之后，程不时和贺亚兮确定了恋爱关系。每次见面，程不时都要给女友拉小提琴，贺亚兮最喜欢听他拉《莫斯科郊外的晚上》，两人的恋情浪漫而又幸福。

1965 年冬天，程不时突然接到贺亚兮给他写来的分手信，原来，贺亚兮得了肺病，肺部不但有阴影，而且有小孔，需要住院切除部分肺叶。

程不时坚决不同意分手！贺亚兮住院期间，他在医院陪床，给她端水拿药。出院后，程不时到宿舍里陪伴她，给她拉小提琴。

1966 年秋天，程不时和已经康复的贺亚兮结婚，并很快有了女儿。程不时在沈阳忙他的飞机设计，贺亚兮在北京带女儿住在单身宿舍里。后来，儿子出生，程不时将女儿送到长沙父母处或送到福州岳父母处，请两边的老人帮着带。

1970 年 8 月，国家决定将民用飞机制造厂放在上海，从全国航空工业系统抽调 300 多人组成民用飞机设计组，飞机厂负责人点名将程不时要到上海，他被任命为飞机总体设计组副组长。贺亚兮也被调到了上海。程不时便把女儿接回来，一家四口人住在一间 11 平方米的小房子里，隔壁是水房，墙面常年水渍斑斑，5 岁的女儿得了关节炎。半年后，贺亚兮患有糖尿病的母亲因并发症，右腿被截肢，岳父母来到上海。晚上，程不时和贺亚兮轮流睡一张行军床，另一个人和老人、孩子挤在床上。程不时白天在单位里有干不完的活，晚上还要带回家里继续干，他便把书箱子放到床上，伏在书箱子上画飞机图纸或编计算机程序。累了，想下地走几步，却常常不知道在哪里下脚。

一天晚上，贺亚兮出去买菜，让程不时照顾一会儿孩子，程不时忙着画飞机图纸，突然听见儿子哭嚎起来。他从图纸上抬起头，发现穿着开裆裤的儿子竟一屁股坐在做饭的煤油炉子上。他忙把儿子抱起来，看见儿子的小屁股被烫坏了，赶紧送医院。那年儿子才 3 岁，疼得直哭。儿子养伤的日子，既心疼又内疚的程不时每天晚上都要拿起小提琴，在儿子床前轻柔地拉着《摇篮曲》，直到儿子在他的琴声中渐渐入睡，他又忙着去画图纸。

横槊御长空：“运 -10”飞越喜马拉雅

“运 -10”飞机开始设计研制时，程不时坚定地走自己的路，要设计出属于中国的大型运输机。作为“运 -10”副总设计师，他的办公室设在二楼楼梯上，外面是一个废弃的机场，荒草丛生，晚上加班时，

被蚊虫叮咬得受不了，他就用报纸将脚、手和胳膊包起来。贺亚兮也是设计组成员，完成了“运－10”机尾罩、雷达罩等复合材料部件和铝合金机体的设计。

在“运－10”研制过程中，程不时和伙伴们运用计算机开发出了138个应用程序，使“运－10”首次在我国飞机型号设计中大面积使用计算机辅助设计。当时，程不时常常半夜时想起一个问题，马上爬起来骑上自行车赶往上海市计算中心，工作到凌晨曙光出现，才骑上自行车回家。

1980年9月，历时10年的“运－10”飞机终于研制完成，9月26日首次试飞。那天早晨，程不时、贺亚兮和众多“运－10”设计组人员来到上海北郊的大场机场，亲眼看着这个起飞重量为110吨的庞然大物轻盈地飞向天空，越飞越远，机场上响起了雷鸣般的欢呼声！

“运－10”首次试飞成功后，在国内一些城市做了适应性航线试飞。为了观察验证，贺亚兮比丈夫还早一步乘上“运－10”，在蓝天飞翔。

飞往昆明时，正巧遇上百年不遇的大雪，它经受住了考验；“运 -10”还飞过乌鲁木齐，那是我国东西向最长的航线；当“运 -10”飞越喜马拉雅山主峰时，望着机翼下皑皑的白雪，程不时流下了激动的眼泪。“运 -10”最后降落在海拔 3540 米的拉萨贡嘎机场，成为 20 世纪唯一飞抵世界屋脊的国产飞机。

“运 -10”试飞成功震撼了世界，西方国家纷纷给予很高的评价。英国路透社电讯评价说：“在得到这种高度复杂技术时，再也不能把中国视为一个落后的国家了。”麦道公司副总裁则直言：“‘运 -10’将中国民用飞机设计水平推进了 15 年。”

1984 年 10 月 1 日，在新中国成立 35 周年的国庆阅兵中，“运 -10”飞机的巨大模型代表我国航空工业成就通过了天安门广场，其雄伟的图像通过电视传送到全国和世界各地，载入史册！

之后，程不时又被调任进行“运 -12”的研制。他心里始终有一个大飞机梦。然而，大飞机研制受阻，技术上受制于人，中国至多是国外大飞机公司代工的生产车间，程不时每每想起便觉得十分痛心。

1986 年，程不时虽然提前 4 年退休，但每天会花大量时间撰写对中国自主发展大飞机的意见。他还参加香山科学会议、全国经济界的讨论会等，为“中国要造大飞机”四处奔走。进入 21 世纪后，程不时还在网络上开通博客，写心得体会、科普文章，直抒胸臆：“中国需要有自己的大飞机。”

程不时虽然退休了，但世界并没有忘记他。2001 年 7 月，美国威斯康星州温纳贝戈湖畔，全球最繁忙的奥什科什机场，举行了世界上规模最大的“飞行大会”，程不时携贺亚兮被簇拥着登上中国制造的“初教 -6”飞机，带领“初教 -6”飞机编队腾空而起，浩浩荡荡地飞入大会会场。

“初教 -6”飞机是程不时 27 岁时设计的，美国许多人都在使用这种飞机。程不时参加这次飞行大会时正好 72 岁，他携妻子的出现引起轰动，美国一家刊物引用当初罗马帝国对恺撒大帝取得高卢重大战役胜利的经典描述来形容程不时：“他来了，他看见了，他征服了！”

翩翩一雅士：航空伉俪琴瑟和鸣

2007 年，国家决定成立大型客机项目筹备组，在讨论搞什么机型时，筹备组的意见出现了分歧，有人主张要沿袭“运 -10”的成功经验设计生产单通道大飞机，另一些人则要设计生产双通道大飞机。两种意见僵持不下，筹备组的一些专家私下来征求程不时的意见。程不时无法置身事外。他废寝忘食地给航空部写论证报告，每天工作 11 个小时以上。

程不时在 5000 多字的论证报告中，力主设计制造单通道大飞机，他在报告中写道：要造大飞机，离不开“房子、炉子、床子、锤子”，如果造单通道大飞机，上海飞机厂现有的这“四子”完全够用，但要造双通道大飞机，就得重新建厂房，添置更大的“炉子、床子和锤子”，这将是一笔非常大的投入。同时，他认为造单通道大飞机更适合中国国情，因为，中国只有北京、上海、广州三条航线用得上双通道大飞机，其他航线用单通道大飞机足够了。程不时的论证得到了国家层面的认可。航空部成立了 C919 大飞机专家组，程不时成了专家组的一员。

在 C919 历时近 10 年的研制过程中，程不时废寝忘食地工作，还要照顾已经患病的老伴。病中的贺亚兮最爱听程不时拉小提琴，每当他拉起悠扬的小提琴曲《莫斯科郊外的晚上》和激昂的《我爱你，中国》时，贺亚兮眼里都会闪着润泽的光芒。

耄耋之年的程不时最大的愿望，就是能早日在航线上坐上中国人自己的大客机。这位“空中的梦想家”，深信自己数十年的梦想终将照进现实。

经过全体工程技术人员和专家组成员的共同努力，C919 终于设计制造成功。它继承了“运 -10”的设计技术成果，同“运 -10”相比，它的发动机推力更大，耗油更低，使用的航空材料更加先进，飞机的自动操控系统更完备、更灵敏。

2017 年初，C919 顺利下总装线。5 月 5 日，在上海虹桥机场试飞。那天，原定的试飞时间是下午两点，程不时和所有参加试飞活动的专家组人员，C919 工程设计制造人员，有关领导、媒体记者等 4000 多人早上 8 点就进入了虹桥机场。

为了让妻子贺亚兮感受到中国有了大飞机的喜悦，程不时带上了妻子，因为腿脚不好，他拄着拐杖，和工作人员一起搀扶着贺亚兮来到机场第四跑道 C919 起飞线的正前方，那里聚集着 C919 所有的研究人员。在机场大石头上刻着中国大飞机功臣的手印，他的手印被刻在了大石头上。

试飞时间到了，当 C919 缓缓滑行、爬升、腾空而起时，程不时拄着拐杖站在试飞现场，白发苍苍的他，抬头仰望着天空，看着巨大的 C919 在蓝天飞行，他激动得流出了热泪。直到飞机飞远了，程不时回过头来，看见贺亚兮也在流泪。

C919 成功试飞后，程不时整理了这些年来有关中国大飞机的记录，陆续撰写了中国和世界航空界“世纪回眸”类的文章。程不时除了写稿子之外，把主要精力用来护理贺亚兮。晚上，他拿出小提琴，给老伴拉上一支小提琴曲，贺亚兮静静地听，似乎沉浸在对往昔美好岁月的回忆中……

离家怀乡30年：
骇浪惊涛，此生无悔

小 志

2019年9月29日，新中国成立七十周年前夕，93岁的中国核潜艇总设计师、中国工程院院士黄旭华，在人民大会堂接受习近平总书记颁发的国家勋章。

黄旭华一生充满传奇，新婚不久就神秘消失，来到一个荒凉的海岛扎根，唯一与外部的联系方式就是一个编号为145的内部信箱。他与父母断绝联系30年，当他回到阔别已久的家乡时，父亲、兄长已经去世，看着已是满头银发的90多岁的老母亲，他不禁跪地痛哭流涕……对妻子和三个女儿，他同样心怀愧疚。然而，中国核潜艇取得的一个又一个惊人成就表明，他无愧于国家与人民！

在海上荒岛秘密扎根：一家人难得团聚

黄旭华，1926年出生在广东省汕尾市，原名黄绍强，父母是医生，家中有9个兄弟姐妹，他排行老三。1945年7月，他以专业第一名的成绩，考取当时被誉为“东方麻省理工学院”的上海交通大学造船系船舶制造专业。

1949年毕业后，黄旭华被分配到华东军管会船舶建设处工作，一年后调任上海招商局和港务局任机要秘书。1954年，黄旭华被选送参加苏联援助中国的几型舰船的转让制造和仿制。

其间，黄旭华与在上海港务局工作的李世英恋爱，她漂亮聪明、善良贤惠。两人于1956年结婚。1957年，他们回老家过春节，母亲拉着黄旭华的手说："我和你爸也老了，你要经常回来看看。"他点头答应了。然而，黄旭华没有想到，此后整整三十年，他再也没回过老家。

1958年春，研究所领导通知黄旭华去北京出差。到了北京后才知道，他们不回原单位了。与黄旭华一样被通知到北京"开会"的共有29人，都是舰船方面的专业人才，平均年龄不到30岁。这次会上，他被任命为核潜艇研究室副总工程师。领导再三向他们强调：一定要确保国家机密，不容许泄露工作单位，要隐姓埋名、默默无闻，当无名英雄，而且进了这个领域，就得准备干一辈子。

黄旭华从此隐姓埋名，进入海军工作。海岛上整年风沙弥漫，条件十分艰苦。核潜艇的研发举步维艰。当时就连它长什么模样，大家都没见过，手头只有一位外交官从国外带回的两个核潜艇玩具模型，黄旭华和同事们把它拆了装，装了又拆，而对"真家伙"的内部结构则一无所知。当时没有计算机，所有数据只能靠算盘和计算尺，常常为了一个数据，他们日夜不停地计算，争分夺秒。

黄旭华离家时，大女儿黄燕妮已经一岁。妻子李世英并不知道他去了哪里，也不知道他做什么工作，只知道他是为国家的国防建设做贡献去了。黄旭华到荒凉的海岛上扎根那几年里，在没有任何消息的情况下，她用柔弱的肩膀扛起了家！

1962 年，李世英被调到北京，黄旭华和妻子女儿得以团聚，但他常年漂泊在海上，仍聚少离多。

黄旭华有三个漂亮可爱的女儿。一年里，他有 10 个月不在家，每次从单位回北京小住，李世英就打趣道："又回家做客了？"孩子们也跟着起哄："爸爸又回家出差了！"

小女儿黄峻上小学时，李世英有一次搭公交车被人撞下来，后脑着地，被送往医院，她要求："不要告诉老黄……"病危通知书下了好几回，同事们这才不得不转告了黄旭华。黄旭华匆忙赶到医院时，见妻子伤势那么严重，泣不成声。

经过黄旭华等第一代核潜艇科学研究工作者的自力更生、艰苦奋斗，1970 年 12 月 26 日，中国第一艘鱼雷攻击型核潜艇终于顺利下水。

1974 年 8 月 1 日，被命名为"长征一号"的中国第一艘核潜艇，正式列入海军战斗序列。1981 年，中国第一艘导弹核潜艇顺利下水。导弹核潜艇，相对于陆地核基地，作为水下机动的核弹发射场，是"国家二次核打击力量"。中国，终于成为继美、俄、英、法之后世界上第五个拥有核潜艇的国家。

其间，研究所迁至武汉，黄旭华一家也来到武汉。从那时开始，黄家开始有了周末家庭晚会。黄旭华在大学里就学会了小提琴、口琴，还会指挥。他为妻子女儿演奏动听、激昂的乐曲，从她们开心的神情中，他更能感受到工作和生活带来的激情。

离家怀乡 30 年：惊涛骇浪乐在其中

虽然核潜艇造成了，但一直没有进行深潜试验，因为北方水浅，

深潜试验需要到南海进行。一直拖到 1988 年，核潜艇终于要进行深潜试验了。深潜试验风险很大，任何一条焊缝、一条管道、一个阀门，若承受不起海水压力，都会造成艇废人亡。美国有一艘王牌核潜艇“长尾鲨号”，1963 年在做一次深潜试验的时候，因为意外，艇上 160 名官兵没有一个生还。

1988 年 4 月 29 日试验之前，乘试人员心理包袱很重，担心像美国核潜艇的官兵一样一去不复返，思想波动较大，有个别人还给家里写了信，说：我们要出去执行任务，万一回不来，有未了的事情，请家里代为料理。其实这就是遗书。

黄旭华决定上舰艇参加深潜，大家都劝他不要冒险。李世英知道后，却对他表示支持，她很冷静，只说了几句话：“你是总师，你必须下去，这么危险的过程，你不亲自下去，这个队伍以后你就带不动了；还有，正因为你是总师，所以你必须为这艘艇的安全负责，更要为这艘艇上人员的生命安全负责。”

核潜艇按事先规定的程序下潜，慢慢越潜越深，潜艇顶壳承受着巨大的水压，多个位置“咔咔”作响，声音听起来有点令人毛骨悚然。黄旭华知道这时候一定不能慌乱！他镇定自若地指挥试验人员记录各项有关数据，当深度仪的指针指向了极限深度的时候，艇长说：“各个岗位严格地把你们周边的情况好好检查一下，没有问题的情况下，我们的艇开始上浮。”

核潜艇一直上浮到安全深度，突然间全艇骚动起来，大家跳跃、握手、拥抱。艇长要黄旭华在艇上的快报上提几个字，他虽然不是诗人，但现场的情况令他激动得灵感突发，他拿起笔就写：“花甲痴翁，志探龙宫。惊涛骇浪，乐在其中。”

深潜成功的消息传到李世英耳朵里，她哭了，压在她心里那么重的一块大石头总算落地了。

在南海进行的深潜试验，先后一共进行了五次，终于走完核潜艇研制的全过程……

1994 年，黄旭华当选为中国工程院院士。

1995 年 3 月的一天早晨，黄旭华忽然接到老家打来的紧急电话，里面传来弟弟的哭声：“三哥，妈妈不行了，你快回来吧……”母亲已经 102 岁高龄，不久前先后摔了两跤，导致内脏破裂，生命垂危。为了不影响黄旭华的工作，母亲不愿惊扰他，不让告诉他。直到弥留之际，老人在昏昏沉沉中呼唤着儿子的原名：“绍强，绍强在哪……”

那天下午，黄旭华匆匆赶回汕尾老家，蹲在母亲的病床前，轻唤了一声“妈”，禁不住泪水盈眶。此时母亲气若游丝，但还是认出了他，吃惊而又虚弱地问：“绍强，谁……通知……你的？”老人很想起身好好看看三儿子，却全身无力。

黄旭华哽咽道：“妈，我很想你……”母亲怕他一路劳累，摆摆手，示意他“休息”一下。但过了一会儿，老人又对身边的女儿说：“叫三哥来。”

这次，母亲坐了起来，戴上眼镜，嘴角挤出一丝微笑，对黄旭华说：“你长肥了……”很快，母亲再次陷入昏迷。不知过了多久，当医生的妹妹给母亲把脉后，哭着对黄旭华说：“妈妈走了……”

从回家到母亲去世，前后不过两三个小时。黄旭华泪水纵横。葬礼那天，他在母亲坟头长跪不起。

无愧国家勋章：核潜艇总设计师此生无悔

2014 年，黄旭华当选“感动中国”十大人物，组委会给他的颁奖词是：“时代到处是惊涛骇浪，你埋下头，甘心做沉默的砥柱；一穷二白的年代，你挺起胸，成为国家最大的财富。你的人生，正如深海中的潜艇，无声，但有无穷的力量。”

2016 年，已经 90 岁高龄、担任研究所名誉所长的黄旭华，每天仍去单位上半天班，他说：“我要做好年轻人的啦啦队。”2016 年 4 月，黄旭华参加母校上海交通大学 120 周年校庆。在演讲时，他推开校方为自己准备的椅子，全程站着完成演讲，在场的人都眼睛湿润。

除了工作，黄旭华最为关注的一件事就是国防教育。2016 年 10 月，黄旭华登上央视首个青年公开课《开讲啦》的舞台。当他步入现场时，上海交通大学北京校友会的特别方阵里有一个代表为他送上了一束鲜花，这都是他的校友，他们起立问候：“学长好！”撒贝宁对黄旭华说：“‘学长好！’，一句话代表了多少学子内心对您的敬仰和崇敬。”黄旭华演讲的题目叫《此生无悔》。他讲述了自己和同事参加核潜艇研制的经过。“我们把‘自力更生、艰苦奋斗、无私奉献、大力协同’

这四句话归纳为核潜艇精神，就是这四句话激励着我们核潜艇阵线广大员工知难而进、奋勇拼搏。”在演讲的最后，黄旭华说：“核潜艇阵线广大员工，呕心沥血、淡泊名利、隐姓埋名，他们奉献了一生最宝贵的年华，还奉献了终生。如果要问他们这一生有何感想，他们会自豪地说：这一生没有虚度。再问他们对此生有何评述，那他们会说：自己是中华民族的儿女，此生属于祖国，此生属于事业，此生属于核潜艇，此生无怨无悔！”

黄旭华在台上演讲时，看见老伴在舞台一侧抹着眼泪。面对撒贝宁的提问，他眼里闪着泪光，不无动情地说：“我非常爱我的夫人，我也爱我的女儿，爱我的父母。但是我更爱国家，更爱事业，更爱核潜艇，为了这个事业，我可以牺牲一切。”撒贝宁激动地说：“这是我听过的最震撼、最让人心情久久无法平静的演讲！”

2017 年 11 月 17 日，黄旭华在人民大会堂出席全国精神文明建设表彰大会，习近平总书记看到他站在代表们中间，挪开前排的椅子，握住他的手，一再邀请他坐到自己的身旁。

2019 年 9 月，黄旭华荣获“共和国勋章”的荣誉称号。如今，他仍然会准时出现在办公室里，一周工作五个半天，为年轻一代舰艇人助威鼓劲！

志探龙宫，惊涛骇浪，激情满怀。这就是作为中国核潜艇总设计师的黄旭华，写在中国大地和海洋上充满爱国情怀的无悔人生！

鄂栋臣爱妻痛忆亡夫：我与“中国测绘之父”的似水流年

涂筠

鄂栋臣，“中国极地测绘之父”，国际欧亚科学院院士，中国南极测绘研究中心主任，武汉大学教授、博导。他是中国极地测绘与遥感信息科学研究领域的开创者和学术带头人，参与了 7 次南极科学考察和 4 次北极科学考察，两次在国家南极科考中荣立二等功，为我国极地科考事业奉献了一生。他是全国唯一一位同时参与中国首次南极科考队建立长城站、中山站，中国首次北极科考队赴北冰洋考察、中国北极黄河站建站的科考人员。他留下了“三个一”：绘制了中国人在南极的第一张地图；命名了中国第一个南极地名；带出了一支南极科考成果最丰硕的高校队伍。

2019 年 2 月 21 日，鄂栋臣先生在武汉大学中南医院因病逝世，享年 80 岁。

近日，《知音》记者涂筠独家采访了鄂栋臣的夫人，今年 75 岁的王紫云女士，她含泪讲述了与丈夫半个多世纪相濡以沫的家庭生活，向我们展现了一位平凡而伟大的妻子形象。以下是她的自述——

嫁给“工作狂”啥滋味？他也是个爱家的人

我的先生鄂栋臣，1939 年 7 月出生于江西省广丰区一个农民家庭。

我们相识时，他很少提及他的“苦难史”，后来我断断续续知晓，他年少时吃了太多的苦，11 岁之前，由于战乱，他没有条件上学，成了放牛娃，在此期间，他的父亲和祖母都被侵华日军杀害，他在痛苦中长大，由此养成了坚韧的性格。

1950 年，村里办起了小学，鄂栋臣得以入学，他天资聪颖，又有强烈的进取心，是十里八乡最优秀的学生。1954 年，他考入广丰中学，后凭借优异的成绩被江西省上饶地区保送上了高中。1960 年，鄂栋臣考取了武汉测绘学院，攻读天文大地测量专业。

少女时代的我，家在县城，经常听大姨提起鄂栋臣，大姨与鄂栋臣的妈妈是好友，她对鄂栋臣赞不绝口，引起了我深深的好奇。一天，我终于见到了他，他浑身充满书卷气，干干净净的样子令我忍不住多看了几眼。几天后，大姨问我对鄂栋臣的印象，我说他很优秀。大姨笑着说：“他也喜欢你，你们在一起吧。”我惊呆了，心里也很甜蜜。再次见面后，鄂栋臣说：“我家里穷，恐怕暂时不能让你过上好日子，

但我会努力的。”我说：“没关系，我看中的是你这个人。”

那一年，鄂栋臣接到武汉测绘学院的录取通知书后，由于家里太贫困，他将通知书藏了起来，没有跟我说，后来我从别人口中得知，心急火燎地找到他，质问他为何不去读大学。他说不想让母亲去借钱，遭人白眼。我生气地说：“你还有我啊！我嫁给你，就是一家人，我供你上大学！”他眼睛湿润，嗫嚅着说：“我是男人，不能让女人养！”我流着泪大声道：“你以为这样就有志气了吗？面子有前途重要吗？”鄂栋臣想了想，说：“好！我听你的，我也是真心喜欢你，我要娶你。以后等我参加工作了，工资都交给你。”此后经年，鄂栋臣一直兑现他的诺言，将工资交给我。

不久，我们就结婚了，鄂栋臣也入读大学。当时，我是广丰区肥皂厂的工人，每月工资 7 元，省吃俭用供鄂栋臣在武汉读大学。他每年寒暑假一回到家，都要去村里劳动以挣工分，一天也不休息。我喜欢看他认真努力的样子，无论是学习还是干活儿。

1965 年，鄂栋臣大学毕业后留校任教时，我们的大儿子快 1 岁了。我被调到他老家所在的农村当小学民办教师，两地分居的日子虽然清苦，但有婆婆帮我带孩子，我很知足。后来，武汉测绘学院由军队接管，鄂栋臣成为中国人民解放军总参 705 部队指导员和测绘老师，我也随军来到武汉，一家人终于团聚了。

5年后，已转业的鄂栋臣重回武汉测绘科技大学（现武汉大学）任教，他每天像上紧了发条一样拼命工作，完全顾不上家里的事，彻底成了一个“甩手掌柜”。随着女儿和小儿子的相继降生，我一个人实在忙不过来，只得忍痛把小儿子送回广丰的父母家。

我内心失落，鄂栋臣察觉到了，他回家后主动帮我做家务，却越帮越忙，我“喝令”他放下手头的活儿，说：“你还是去做你的研究吧。”

他歉疚地说：“你这么辛苦，我欠你太多了。”没等我回答，他又无比惆怅地说，“我们国家的测绘事业落后国外太多，我寝食难安呀！”我故意问他：“如果家与事业二选一，你选什么？”鄂栋臣笑呵呵地回答：“当然选家了，我有两个家，国家和小家，我愿意为家献出一切！”我故作生气道：“你这是狡辩！”鄂栋臣认真地说：“我说的是真心话，我努力工作，既是为了我们国家的测绘事业，也是为了一家人能过上好日子。”我心里明白，他是爱这个家的，他自己舍不得吃舍不得穿，为他的母亲、我和孩子却舍得花钱，一回家就教育孩子，抓他们的学习。

只可惜，忠孝两难全。1977 年 3 月，鄂栋臣出国公干期间，我的婆婆突然去世，无法通知他回国奔丧。他归国后，很长一段时间陷入痛苦和愧疚之中，总是喃喃自语，“我的母亲没享过我一天的福，我对不起她啊！她活着的时候，我竟然从来没接她来过武汉……”随即，潸然泪下。

他是一个很传统的孝子。我的母亲得了肠癌，鄂栋臣当时有一笔转业复员的钱，便全部拿出来给我母亲做手术和术后治疗。母亲手术期间，他尽量抽时间陪伴她，安慰她。后来，母亲奇迹般的痊愈了，我想，也许是我丈夫的孝心感动了苍天。

我们的日子平淡如水。他每天都很忙，但只要没出差，他忙到多晚都会回家，他知道万家灯火中，有一盏灯是为他而亮，为他守候。我们习惯于这种家庭格局，只要有他在身边，我再苦再累也觉得安心满足。然而，谁也没有想到，随着鄂栋臣的测绘工作成果越来越多，长时间分别的日子很快到来，让我猝不及防。

南征北战只为留下“中国印”，揪心的守望也甜蜜

1983 年，中国加入《南极条约》。1984 年 11 月的一天，鄂栋臣回到家，脸上洋溢着喜气，激动地告诉我，他被国家选为中国首支南极科考队副队长、党支部副书记。我们全家都为他高兴。晚上，鄂栋臣把大儿子拉到一旁，神情严肃地说：“你是老大，以后，照顾你妈和弟弟妹妹的担子，就落在你身上了。”大儿子说：“爸，您又不是不回来了，搞得这么伤感。”鄂栋臣挤出一丝微笑，我却发现他的眼圈红了。

这一年，鄂栋臣已 45 岁，他对梦想之旅充满豪情和期待，也对家人心怀歉疚和依恋。出发南极之前，我被请到科考队，面对的是一纸“生死状”，我这才意识到南极科考的危险性，迟迟不敢下笔。鄂栋臣见状，拿起笔，稳稳地签下自己的名字，并写下：“我的生死，由我自己全权负责。”我的心空落落的，想哭。鄂栋臣无言地凝视着我，我擦了擦眼睛，说：“你放心地出发吧，我知道，你已经等了很多年了。”鄂栋臣柔声说：“我答应你，一定会平安回来。”

由于当年条件所限，我和丈夫的联系只能通过北京中转。1984 年

12 月 30 日，我终于得到消息：中国首支南极考察队乘登陆艇登陆。我的丈夫和其他队员都安然无恙。我喜极而泣！那晚，我梦见丈夫站在冰天雪地中的雄姿，他热泪盈眶地将中国国旗插在冰雪之巅，那是他半辈子最大的梦想啊！我知道，我对他最大的支持就是不打扰。每次传消息给北京，我总是报喜不报忧，孩子生病、生活中遇到委屈，我都一个人扛着。我深知，每一个取得成就的科学家身后，都有家人在默默支持。从某种意义上说，科学家是国家的人，大多数时候，家人看到的是他远去的背影，只能遥望与守候。在家里，我常和孩子们讨论他们的父亲在南极会遭遇什么，孩子们想到的是企鹅、滑冰；我想到的是他的衣服能不能御寒，晚上睡觉冷不冷。我们都没想到，鄂栋臣的南极之行九死一生，凶险异常。

在被称为“沉舟墓地”的德雷克海峡，科考船遭遇 12 级强风暴，惊涛骇浪中，队员们翻江倒海地呕吐。鄂栋臣冒险冲下船舱，用身体保护贵重的考察仪器，遍体鳞伤，好在十几个小时后，他们总算挺过来了。登陆后，鄂栋臣带领队员在冰雪上开始测绘，作为一名科学家，他在南极也成了搬运工，每天扛着木桩、铁锹、铁镐，依靠简陋的小平板做大比例尺测土，用两条腿去跑水准，好几次差点滑入冰海。半个月时间，鄂栋臣和同事就完成了站区选址和地形测绘。

1985 年 2 月 10 日，鄂栋臣测绘完成了我国第一幅南极地形图，他把极具中国特色的名字赋予南极无名的山川湖泊：长城湾、望龙岩、龟山、蛇山……随后，他与队员们爬冰入海、搅水泥、拧螺丝钉、扛钢梁建站。大年初一，鄂栋臣和队友们给祖国献上了一份新年大礼：中国第一座极地科考站——长城站正式建成！南极冰雪之地，终于有了中国人的立足之地。

半年后，鄂栋臣回家，微笑着向我和孩子们讲述那些令他骄傲的瞬间，却从不提及他置之死地而后生的经历，我也是从队员口中才得知，他多次陷入雪中差点爬不出来；观测时，常遭遇 12 级大风，他只能趴在雪地上一点点地爬回来；为建码头，他在冰冷的海水中差点被冻僵休克。我也从不问他这些令我胆战心惊的事，可每当我抚摸着他被冻坏的瘢痕累累的手脚，不知不觉间，眼里盈满泪水。鄂栋臣说，“我都完完整整回来了，你哭什么呢”，随即用粗糙的手替我擦去泪水。

国家给予了鄂栋臣很多荣誉，但他从不借此来谋取私利。我退休前在武大附近的皮鞋厂打工，属于“大集体”工人性质。我们的三个孩子成年后，都是凭自己的努力找到的工作，从未沾过父亲的光。即便如此，我和孩子们对他也从无怨言，他是一名科学家，他连生命都可以交给国家，他的精神境界像冰雪一样纯洁，我们不能给他带来哪怕一点点瑕疵。

1989 年，鄂栋臣再次奔赴南极，建立了我国第二个南极考察站——中山站。1996 年，他又奔赴北极科考。多年来，他一共参与了 11 次南北极科考，被誉为“中国极地测绘之父”、中国极地考察第一人。我为他骄傲，同时也为常年见不到他而失落，鄂栋臣理解我的心情，每次回家，他都尽量抽时间陪伴家人。

在漫长的分离与短暂的相聚中，我终于等到了丈夫退休。我也早已退休。我很高兴，暗想：老头子，你终于可以陪在我身边了。可是，鄂栋臣却“老骥伏枥”。他退休后仍忙得脚不沾地，心系中国极地科考事业，写了大量理论文章，出了几本科考书籍，带团队和博士生，给远赴极地的学生出谋划策，给学生做科普讲座。他偶尔也会带上我，因为他是个“生活盲”，加上年纪也大了，起居饮食得由我来照顾。这个时候我才觉得，我的丈夫终于有一段时间是属于我的。

老得走不动的我们，牵手撒手都是永远

2010 年，鄂栋臣从中国南极测绘研究中心主任的岗位上退下来，他有些不适应，对我说，搞科研是一辈子的事，他不能停。我根本没法阻止他，只能陪着他东奔西走。一天，他买了一只手镯，颤巍巍地给我戴上。我眼睛湿湿的，对他说："现在国家把你还给我了，我知足了。"他像个孩子一样笑了。

2014 年 4 月，鄂栋臣被查出肺癌。不久，他做了手术，切除了三分之二的肺。医生考虑到他年事已高，便放弃了化疗，使用放疗和靶向治疗。他说话不能连续说，经常气喘吁吁，走路也只能缓慢而行。他非常着急。我劝他，急也没用，不要再操心科研的事，安心养病，你现在是为自己而活。因为职业使然，鄂栋臣几乎跑遍了全国各地，唯有新疆没有去过。病情好转后，2018 年 7 月，他带着我，还有小儿子一家三口，飞赴新疆游玩了十多天。他大口吃羊肉，情绪高涨，仿佛又回到了年轻的时候。然而，从新疆回来，他就感觉到不对劲，说话口齿不清。医生检查出他患有脑梗。他又着急起来："我是搞科研的，脑子坏了就等于废了。"

因为病痛，他的脾气开始见长，有时暴躁得像个小孩，我感到越来越委屈。这一天，他又把瓷杯的杯盖摔碎了，我蹲下来把碎片一点点捡起来，同时擦着眼泪。他愣愣地看着我的身影，突然说："我对不起你，没有达成你唯一的心愿，没有把你调到武大来。"我也愣住了，这是多少年前的事情啊，他居然一直放在心上，内疚了多年。我拉来一把椅子坐在他身边，说："其实你很顾家，这么多年，把工资都交给了我。你会做衣服，还记得年轻时，每年过年，你给孩子们做的新

衣服吗？”他点点头。我们回忆起过往的岁月，回忆起心灵手巧的他自己组装收音机、电视机，给我和孩子们带来的快乐。我深情地说：“老头子，你无愧于国家，也无愧于家庭。”鄂栋臣微笑起来，眼角有泪，依恋地对我说：“以后，我不惹你生气了。”

2019 年年初，他的身体每况愈下。也许他预感到自己到了生命的终点，每次和孩子们视频时都会情绪激动，口不择言地说：“我要死了……”以至于孩子们都不太敢再与他视频。我对他说：“别瞎说，你马上就要度过 5 年危险期了。”我很心疼他，这个 11 次征服南北两极的汉子，如此不服老，却在岁月面前不得不低下高贵的头颅。我也很崇拜他，他心中永远充满了家国情怀，为自己的梦想而奋斗，即使在地球上最冷酷的极地，他也能顶天立地，站成他想要的样子。

2019 年 1 月 21 日，鄂栋臣身体不适住进了武汉大学中南医院。2 月 21 日凌晨，我的老伴，突然离开了我们。他走得太匆忙，一句话也没有来得及向我交代。

鄂栋臣把一生都献给了国家测绘事业，我们的大家庭也很美满，两个儿子都通过自己的努力成为企业领导，女儿事业有成，孙辈也在学业上崭露头角。每个小家庭都延续着大家庭的家风，勤奋好学，温馨和美。我想，他到了天堂也没有遗憾了。如果人类真的有灵魂不死，百年后，我的灵魂还能与鄂栋臣相遇。到那时，我会对天堂里的老伴说：你牵着我，我牵着你，我们无拘无束，在南极与北极的天空遨游，看一看你留下的“中国印”，看一看冰天雪地里的那一面五星红旗，可好？

中国
力量

第三章

家国情怀，初心永恒

地质学家魂归拉萨：
愿得此身长报国

舒 怀

李德威，中国地质大学（武汉）构造地质学家，教授、博士生导师。他常年候鸟般飞赴世界屋脊，饿了吃干粮，困了睡岩缝，足迹遍布青藏高原。

“喜马拉雅”是他的微信昵称，攀登地学高峰是他的终身理想，唯独妻儿成了他深埋心底的遗憾。妻子夏芳在武汉当医生，儿子李喆在北京下围棋，他在西藏科考。三城生活，是他们的日常。2018 年 6 月，他查出患有噬血细胞综合征，病倒在床，一家人才难得地团聚在医院，度过了最后的时光。

在不能言语的弥留之际，李德威躺在 ICU 病床上，借来护士的笔，颤抖着写下十个大字：“开发固热能，中国能崛起。”而为了这简简单单 10 个字，他走了近 30 年，活成了一段雪域传奇——

走进西藏：那一往无前的孤独路

2018 年 1 月，电影《无问西东》上映。妻子夏芳看完，颇有感触，又专门拉李德威去电影院“二刷”。那天晚上，李德威在朋友圈留下一段话：“我仍有勇气走孤独路，心之所向，无问西东……”

1962 年，李德威出生在湖北省麻城市张家畈镇李家冲。夏芳与他

同龄，同在镇中学念书，李德威比夏芳高一届。1978 年，16 岁的李德威考上武汉地质学院［现中国地质大学（武汉）］地质系。次年，夏芳以镇上女状元的身份考入湖北医学院（现武汉大学医学院）。那个年代，小镇考上大学的人寥若晨星。同在省城，夏芳与李德威正式相识。

1982 年，李德威考上本校研究生，夏芳第一时间收到他的报喜信件。李德威揣着他用于野外考察的破旧相机，约夏芳和她的室友去拍照，再以送照片的名义频繁往来。两人很快陷入热恋。

毕业后，李德威留校当了老师。夏芳进入湖北省人民医院，成了麻醉师。1985 年，夏父生病住院。夏芳忙不过来，是李德威每日来端屎端尿，悉心照料。有次，护士问起两人关系，夏芳还没开口，父亲抢答道："他们订婚啦。"夏芳一脸蒙，愈加佩服男友的魔力。

1988 年，李德威随岩矿系的同学杨琇民去了趟青海找矿。他像山羊般跑上跑下，惊呼不已。回来后，他缠着夏芳唠叨，说那里的构造有多“迷人”。当时，全世界地质学家都对青藏高原的理论研究感兴趣，李德威所在的学校更是从 20 世纪 50 年代就开始研究西藏，但每次在学术会议上，永远都是外国专家唱主角。

1989 年，儿子李喆出生。次年，李德威报名参加了学校的“西藏罗布莎铬铁矿大比例尺成矿预测”项目。李喆才 1 岁，夏芳又工作繁忙，她只好把家搬到医院的集体宿舍，请“小阿姨”照顾孩子。

此后，李德威每年都要花几个月时间奔波在青藏高原上。李喆咿呀学语后，常问夏芳“爸爸去哪儿了”。夏芳只能解释：“爸爸学习去了。”“爸爸工作去了。”……渐渐地，她发现孩子看天气预报或地图，总能准确报出北京、上海、成都、西藏等地名。原来，平时“小阿姨”总指着家里的地图，告诉穿开裆裤的李喆“爸爸在那儿”，未承想，他全记住了。

每次，李德威风尘仆仆返家，脸晒得黝黑，胡子拉碴。夏芳心疼，他丝毫不以为然，一个劲儿地说，他又发现了什么新的地理现象。这副样子没吓到李喆，孩子还往他怀里钻。因为李德威的背包里，总有各种各样的标本，像极了机器猫的大口袋。

90 年代电话不普及，李德威在西藏时，与妻子只能书信往来。每次，他必须将写好的信揣口袋里，碰上有邮局的县城再寄。就这样，从西藏到武汉，隔山望水，你盼我的信，我盼你的信，一望就是 20 多天或更久。由于他老换地方，所以，信末总会有个固定版块：李德威告知夏芳，下次写到哪里去。

家国难两全：无数次与死神擦肩而过

到 1994 年，李德威已发表了 50 多篇论文，32 岁的他被破格评为

教授。

不久，李德威从北京学完回来，把李喆接回武汉。想着有亲爹照顾，夏芳总算心安了些。谁知，丈夫在科研上是天才，生活中却一言难尽。

有一次，李德威忙工作图省事，买了点熟牛肉当午饭。父子俩吃完后，轮流拉肚子。他给孩子开了点药，并未太重视。快天亮时，他才发现儿子口唇发青，眼睛翻了起来，吓得他腿都软了，抱起儿子就往医院跑。一检查是中毒性痢疾，再晚点就没命了！过了好久，他才敢告诉妻子。夏芳数落了他好几天。

怪归怪，夏芳也心疼丈夫。有一次，她还没下班，李德威回家后，把电饭锅插上电，就去写论文了。熟料，锅里的饭是几天前的，都长了霉。他想着论题，傻愣愣地吃了。夏芳气得流泪：他哪是不关心她和儿子，他分明对自己都如此马虎！痛定思痛，她放弃了自己对事业的追求，开始以家庭为重。

1995 年，李德威穿越羌塘回来，夏芳发现他腿上有一条长达十几厘米的伤口。反复追问下，李德威才轻描淡写地说，他被小狗“亲”了下，破了点皮，不碍事。而事实上，他在徒步考察时被藏獒咬了，简单包扎后，过了很久才到县里打上疫苗。

从羌塘到喜马拉雅，从可可西里到阿尔金山，从阿里班公错到雅鲁藏布江大拐弯，李德威一次次挑战生命极限，行程数万里，将西藏地区的岩层分布图不断精细化。他提出以盆山耦合、下地壳流动为核心的“层流构造假说”，语惊四座。

对妻子，李德威从来都报喜不报忧。2003年科考回汉，他被查出胃出血。原来，高原上米饭难蒸熟，他长期消化不良，在可可西里时胃出血，疼得趴地上动弹不得，却坚持每天走20多里山路。夏芳大声责怪他，不许他再去西藏。李德威只是笑笑。

这边，父亲无数次死里逃生；那边，儿子却是快速长大。住在地大筒子楼时，李德威和夏芳忙工作，李喆没人管，就天天跑去看邻居下棋。那天，李德威与人下象棋，连输两盘。李喆提出让他试试，他连下四盘，大获全胜。一时间，地大家属区传开了，说李德威家出了个“神童”。李喆8岁时，武汉有围棋培训招生，李德威送儿子去下围棋。11岁那年，李喆通过全国围棋定段赛，成为职业棋手。13岁，他又通过中国国家围棋少年队的选拔赛，需要前往北京继续钻研围棋。夏芳不同意了：“读书好好的，下棋干吗？”李德威却认为机会难得：“人要做自己真正热爱的事情，这才是工作的原动力。”

就这样，一家三口过起了“三城生活”：李德威在西藏科考，李喆在北京下棋，夏芳驻守武汉大本营。只有春节等重大节日，全家人才能短暂团圆。

2008年，震惊中外的汶川地震发生后，学校组织科技赈灾专家组，李德威第一时间报名，瞒着妻儿前去。满目疮痍的灾区，深深刺痛了他。

自此，他把研究地震机理和预测技术视为己任。

同年的北京奥运会上，李喆是奥运火炬手。李德威远在汶川，只能托学生去给儿子加油，在视频面前默默挥手。很久之后，夏芳和李喆才在地大宣传栏的照片上，看到李德威佝偻在汶川的岩石下，穿梭在滚落的碎石间，野营在艰苦的荒山中……

飙泪遗言：开发固热能，中国能崛起

2017 年，全国高校开始鼓励教师自主创业，政府也正大力推动海南开发。李德威振奋精神，多次对夏芳说："我快六十岁的人了，时间不多了！"他坚信，这次机遇能让人们更快更好地认识到他所提出的理论的应用价值，为国家的发展贡献力量。

这场与时间赛跑的比赛，李德威分秒必争。他依托自己建立的热岩系统理论，锁定海南琼北地区作为干热岩重点勘查区，设计实施了一口干热岩开发试验井。在获取热能的同时，还能减灾减排，同时改善资源和环境。他设想，先寻求社会企业合作，再将理论和技术无保留地奉献给国家，以利国民。经过四处奔波，他终于获得了一家上市公司的全力支持。

11 月，李德威在海南开会期间，一直咳嗽，他只随便吃了点药。春节后，他又马不停蹄赶往海南，仍咳嗽不止。夏芳叮嘱他去医院打针，他却抽不开身。

2018 年 3 月，李德威钻探出超过 185 摄氏度的干热岩。这是我国东部第一口参数井，引发了业界的强烈反响。清明节时，在夏芳的强烈要求下，他勉强答应回武汉检查。那天凌晨三点，李德威一进家门，虚弱得连沙发都坐不住了。天一亮，夏芳"押"着他去医院。结果显示是肺炎，她才松了口气。打针第八天，他自觉元气大增，就坚持出院，飞去了海南。

5 月 5 日，李德威主持完海南干热岩学术研讨会，渗出满头虚汗。他发了条朋友圈：“瞬间变老，雄心不死。”夏芳当即催他回来住院。结果，回到武汉，因参加学校重要会议，又一再拖延。

5 月 9 日，李德威发烧 38.8℃，夏芳送他入院。检查发现，他各项指标低得吓人。多位专家会诊，均无法确诊。他一个劲儿地说：“搞复杂了，我就是没休息好！”端午节后，夏芳将他转院到北京友谊医院。在那里，他被确诊为嗜血细胞综合征。

李喆赶来了。那最煎熬的治疗，无奈地成了一家人最“美好”的记忆。28 年来，他们难得地团聚了 2 个月！三人朝夕相处在病房里，一起吃饭，一起休息，一起侃大山。那些天，李德威罕见地温情，说夏芳是这个世界上对他最好的人。李喆也少有地“黏”着父亲，让他给自己讲讲他在西藏的故事。

从遇过灰熊、野狼，到溜过滑索，睡过羊圈；从卡在 30 米高的雅鲁藏布江上，到差点成了野牦牛的猎物，以及半夜三更在喜马拉雅山脉营救同事……李德威说得眉飞色舞，平静得像是在讲别人的故事。李喆听得目瞪口呆，夏芳更是心有余悸。

夏芳知道丈夫不容易。学生偷偷告诉过她，说李德威在西藏就跟“叫花子”一样，实在走不动，会伸手拦车。见他全身破烂，有的司机会带一脚，有的却直接扬长而去……那时，她心里就很不是滋味。如今，她才知道，丈夫这些年何止是不容易啊！

没过几天，他又提出要回武汉，说更方便治疗。夏芳心里清楚，应该是更方便他工作吧。果然，一回到武汉普爱医院，他就召集学生，把 VIP 病房变成了会议室。有时，他咳血出来，嘴角还没擦干净，就继续嘟囔着跟学生交流。每天，他只睡一个小时，其余时间都在床上写写画画，或者陷入沉思。

9 月 9 日，李德威最后一次召集组会，十多名本科生和研究生齐齐地立在病床前，聆听他教诲。

14 日，躺在 ICU 病房，李德威几次用手势示意护士，借用了对方手中的笔。他用颤抖的右手写下十个字：“开发固热能，中国能崛起。”也许是怕自己的字护士不大认识，他又挣扎着写了第二次……

守在门外的夏芳接过纸条时，眼泪瞬间决堤。最后一面，李德威凝视着她想张嘴，却没说出半个字。半小时后，56 岁的李德威离开了这个世界……

2018 年 9 月 27 日，亲友遵照李德威的生前遗愿，将他一半的骨灰撒向了西藏冈底斯山脚下的墨竹工卡县甲玛乡拉萨河谷。10月 16日，在中国地质大学（武汉），李德威生前使用过的 11 件科考实物，被国家博物馆工作人员带走，正式收藏。

李德威走了，带着对妻儿的歉意，带着对开发固热能的憧憬，带着对国家的一腔热忱。可在夏芳母子及亲友心中，在亿万网友心中，他还活着。正如网友所说：“这才是真正的科学家，共和国的脊梁……”

“天空之眼”：
雷达专家眺望苍穹

四 哥

贲德，1938 年出生，中国工程院院士，曾荣获国家科技进步奖一等奖，被评为国家级有突出贡献的专家，南京市第二届“十大科技之星”等。为研制出世界上最先进的雷达，儿子出生几个月，贲德便神秘消失八年，中间只回来过两次。当第一部超远程相控阵雷达研制成功后，他回到家，年幼的儿女都不认识他；而刚刚和家人团聚不久，他又一次消失，十年后再回家，儿子、女儿堵在门口，不让他进家，妻子石慧芝眼里噙着泪水，对孩子们说：“他是爸爸，让他进门吧。”

家国难两全，贲德把一生奉献给了我国的雷达事业，对妻子和儿女的亏欠永远烙印在他心里……

别妻离子：大山深处眺望苍穹

1938 年，贲德出生于吉林省长春市九台区一个农家，上有一个姐姐，下有两个弟弟，他排行老二。

1957 年，贲德考进哈尔滨工业大学雷达专业，大三的时候，因成绩突出被破格提拔为助教。

上大学期间，贲德认识了在营城煤矿第三小学当老师的石慧芝。第一次拜见她父母时，家境贫困的贲德花五毛钱从一名战士手上买了

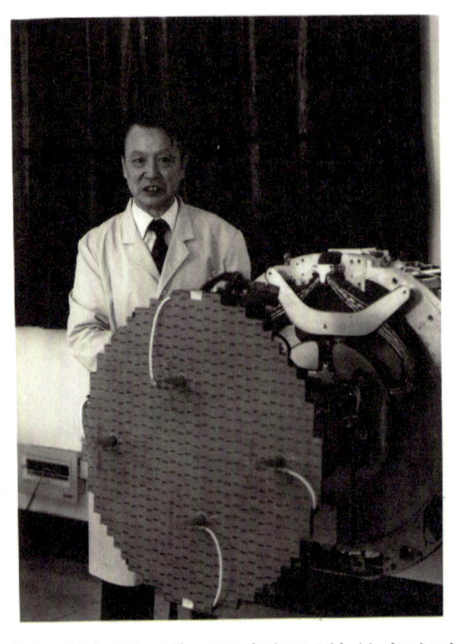

一双准备丢弃的旧棉鞋，上面缝了四五个大补丁。石慧芝的父母惊叹道："哎哟！这个大学生怎么破衣烂衫,穷兮兮的。"

但是，贲德的聪明、勤快和好人品，赢得了石慧芝父母的好感。而为了给贲德缝补衣服，恋爱后，石慧芝就开始学习针线活,针脚缝得工工整整。

1962 年，贲德大学毕业，被分配到中国电子科技集团第十四研究所工作,同事们以他的名字为谐音,给他取了一个外号"笨蛋"。然而，就是这个初生牛犊不怕虎的"笨蛋"，越来越让人刮目相看。

进入十四所第一年，贲德接到了研制一台功率谱密度分析仪的任务。他借助自己很好的外语和数学功底，一边查外文资料，一边将弄懂的技术原理加以数学推导,不仅提前完成了研制任务,而且自加压力,研制出高温条件下仍能保持分析仪频率稳定的温度补偿器，为十四所献上了一份"见面礼"。就在这一年，他光荣地加入了中国共产党。

1967 年，已异地恋多年的贲德和石慧芝结婚。没有房子，所长想尽办法给他们找到一处简易房，两人临时凑钱买了床棉花胎和被套，垫被和水瓶是同事凑钱买的。可不到一个星期，石慧芝就回了东北。

结婚四年后，石慧芝被调进十四所幼儿园当老师，夫妻团圆，可贲德却经常忙得不着家。1972 年 1 月怀头胎时，石慧芝因水土不服，身体情况很糟糕。9 月，她出现先兆流产征兆，为保胎担惊受怕。而贲德正在策划一个"秘密"，隔三岔五出差，无心照顾她。

11 月，儿子出生，贲德欢喜不已，可他无心顾家，因为他谋划的“秘密”，正紧锣密鼓地进入研制前期的准备工作。儿子 4 个月大时，他消失了！

原来，贲德离家进入我国北方某大山深处的无人区，这里是相控阵雷达的研制基地。海拔 1500 多米的高山上，半个山被削成 1000 多平方米的斜切面，上面布满了金属板和天线，离其不远处的一座大山内部被掏空成两层楼高的测试室，里面堆满了控制系统设备，近万个天线，贲德对每条线路都要亲自调试、计算，再调试、再计算，几乎没日没夜。没有床，贲德和同事们把砖头垒起来，垫上木板当床；夏天，山洞里潮湿闷热，怪虫乱爬，他们被叮咬得浑身是包；冬天，气温降到零下 20 摄氏度，山沟子里的风吹到脸上，像针扎上去一样疼。太冷了，他们找来驻地战士的破棉袄，没有扣子，就用草绳或电线扎在身上。贲德把战士们换装丢下的旧鞋子全部拿到山洞里，为了尺码不搞错，他用红漆在鞋子上写上 39、40 等标记。一天下山，看着他们裹着破棉袄，脚上穿着带记号的鞋，当地人甚至把他们当成了一群“劳改犯”。

从雷达总体方案的论证到工程设计及备份系统的安装调试，每项关键技术的攻关，贲德都一丝不苟。他一门心思扑在研制上，把家庭忘到了脑后。

1977 年 5 月，贲德因需要向上级汇报测试成果，才回到南京的家里。看着丈夫，石慧芝落泪倾诉道：“我一个人要上班，要照顾儿子，为了不让儿子掉下床，我做饭忙家务的时候，就用绳子把儿子绑在床上。”已 5 岁的儿子根本不知道爸爸是谁，愣愣地看着贲德。贲德抱着儿子亲着，欲言又止。贲德对妻儿的愧疚挥之不去。第二次离家前，年幼的儿子抱着他的腿说：“爸爸，我想要把枪。”贲德说：“我去给你买一把。”儿子说：“你买不到。”贲德又说：“那我给你做一个。”

儿子说："你不会做。"看着儿子的模样，夫妻俩心中清楚，这是儿子不想让他离开。但是，为了雷达这个"大国重器"，贲德必须前行，一刻也不能停！

铮铮忠骨：舍命擦亮"天空之眼"

4月里的一天，石慧芝再次出现早产迹象，她急忙住进江苏省人民医院，在这一个多星期的时间里，儿子只能东家吃一口，西家住一晚。生产那天，女儿的手先出来，医生临时决定剖宫产，要不是医生的果断决定，要么是大人没了，要么就是孩子没了。先天不足的女儿，出生20天就闹肚子，折腾了整整11个月。石慧芝日夜担心，寝食难安，被折腾得精疲力竭，导致她月子没坐好，营养不够，奶水不足。一位老阿姨心疼不过，买了只鸡，杀好送来。

女儿消瘦得吓人，上幼儿园时，每个孩子一个小痰盂，女儿坐上去，整个人就陷了进去。

当了幼儿园园长后，石慧芝每天7点就要赶到幼儿园，她怀里抱着女儿，让儿子拽着她的衣角。回到家，她把儿子和女儿绑在床上，赶紧去买菜做饭。一天，石慧芝看到卖鱼的人扔掉一条指头大的小鱼，忙对儿子说："你去把这鱼捡回来。"母子俩用它煨了一小锅汤，儿子几口就喝完了。

而在大山里的贲德，每每想到妻子、儿女，就忍不住一阵心酸，他知道妻子心里有流不尽的苦水，可国家利益高于一切。家国不能两全，这是他内心最大的遗憾！

1978年，我国第一部超远程相控阵雷达研制成功，成为继美国和苏联之后，世界上第三个拥有该雷达的国家。相控阵雷达的成功，让

贲德声名鹊起。许多人打听谁是贲德的家属，所里人说每天早上 7 点前在幼儿园门口，怀里抱一个孩子、后面拽着一个孩子，走路带跑的人就是贲德的家属。

1979 年底，贲德从相控阵雷达基地归来，儿子对他一脸陌生，女儿更不认识他。听妻子讲剖宫产时的疼痛及所经历的煎熬，贲德双眼噙满泪水。

贲德仅仅和家人团聚了一个多月，组织上又让他担任研制机载脉冲多普勒雷达（以下简称 PD 雷达）的总设计师。当时，我国飞机上的雷达只能往上看，看不到低空飞行目标，唯一的解决办法就是要拥有 PD 雷达技术。它能将低空飞行目标信号从强于它几十万倍的地杂波信号中分离出来，是当前国际上少数几个拥有“绝对制空权”国家秘不示人的“撒手锏”。

贲德不想再错过儿女的成长，也有点儿想“吃老本”。就在他犹豫不决的时候，他接到去北京的通知，时任中央军委副主席的刘华清请他吃饭，对他说："电视剧《杨乃武与小白菜》中上刑场前要喝断头酒，今天我们也喝断头酒，PD 雷达搞不出来要杀头。"

已担任研究部主任的贲德抱着"提着脑袋保成功"的信念接受了任务，扎进书堆里，主持翻译了一本 PD 雷达导论，用三年多的时间和同事们研究了上百个课题，提出了适合我国国情的研制思路。

PD 雷达测试开始后，贲德又消失了，进入了空军某基地。当时条件异常艰苦，他们住的是简易平房，用的是浑浊的水。夏天杂草丛生，蚊蝇肆虐，工作车热得像烤箱。冬天寒风呼啸，无遮无挡，车内似冷库一般。机场上飞机频繁起降，震耳欲聋的发动机声淹没了人们的讲话声。遇到的问题繁杂多变……贲德拼了，无数次与死神擦肩而过。

每次试飞，贲德都要亲自乘上飞机到达几千米的高空，记录参数，解决技术难题。一次，刚测试到一半，飞机发动机突然出现故障，两台发动机只剩下一台在转，情况十分危急！特别是当飞机高度急速下降，大地上的一切越来越清晰地向飞机扑来的时候，地面指挥为寻找合适的迫降机场高度紧张，幸亏飞行员遇事沉着，采取紧急迫降措施，才最终化险为夷。另一次，飞机在降落时起落架放不下来，飞行员冒着生命危险，趴在起落架部位排除了故障，最终才得以安全降落。而在这些性命攸关的紧要关口，贲德却像什么事也没有发生一样，始终目不转睛地盯着他的测试参数，盯着他的雷达。事后，他对同事们说："飞机的事，我管不了，我只负责雷达能不能发现目标、跟踪目标、锁定目标。"

雷达，就是贲德的命！随着登机测试任务一天天加重，贲德乏力、心慌、胸闷、发热，各种身体不适一天天加剧，那段时间，他的体重迅速从 123 斤降到了 108 斤！

一生亏欠：男儿家国不能两全

这年 12 月，贲德回家，儿子堵在门口说："我家这个旅馆住满了，你去别家住吧。"女儿一脸陌生地看着这个站在门口的陌生男人，不知道该怎么招呼。贲德傻傻地愣在原地，满脸愧疚。石慧芝拉着儿子，搂着女儿说："他是爸爸，让他进门吧。"

在贲德的努力下，我国第一部拥有自主知识产权的 PD 雷达成功问世。而此刻，他心脏早搏也到了每分钟 20 多次，鉴定会一结束，他就住进了医院，医生诊断他得了心肌炎，在医院一住就是两个月，直到现在，他过度劳累时，胸口仍会隐隐作痛。

2001 年初冬的一个午后，十四所的宣传橱窗内张贴出一纸大红喜报，这是贲德光荣当选为中国工程院院士的喜讯。此刻，作为雷达科技开发和对外合作负责人的贲德刚从国外归来，他并没有特别在意这条有关他的消息。

贲德步履匆匆，与几位项目负责人碰头之后，赶回家中。一会儿，他搀扶着病容满面的妻子前往医院。多年来，因为紧张、焦虑、操心，妻子石慧芝有一身的慢性病，尤其是常年失眠，现在他要陪着妻子慢慢调养她的身体，不再离开半步。只要他在家，他总是忙着做各种家务，做各种好吃的饭菜。

贲德担任十四所副所长之后，十四所在产品开发上的投入力度明显加大了。

贲德还在几所大学担任兼职教授，他也特别乐意成全别人。这些年来，十四所总体技术部门送来的一些任务书、总体书，他都十分投入地帮着一字字过目，一段段修改。编辑技术书稿，他从不马虎。不久前，他为一部50万字的《雷达探测技术》的部分稿子做三校，他认真“校红”了不算，还密密麻麻补充了许多修改意见，唯恐出书后留下遗憾。其实，当初书中的许多章节，他都提出了重要意见，但他不署名，而是把署名的位置留给年轻人。他为国家带出了一支阵容整齐的PD雷达研究队伍，也培养了一大批开创型、实力型技术与管理干部。

2018年11月初，得知贲德要办理离休手续，石慧芝开心不已："人家都是结伴散步、旅游，而我始终是一个人，现在你终于可以离休了。"贲德只是笑，从丈夫的笑声里，石慧芝总感觉不大对劲儿。果然，贲德办理手续时，右手离休表，左手返聘书，因为他又接下了一个任务——研制新型雷达。

“你这辈子，除了雷达还是雷达，改不了。”石慧芝指着墙上的花鸟画笑着说，“我现在也退休了，上老年大学学绘画，不指望和你漫步夕阳了。”

贲德带着一丝歉意，微笑不语。

《知音》特约记者到贲老家采访时，石慧芝说：“为了雷达，我家里的‘辛酸史’三天三夜都说不完。”贲德笑着说：“对家庭、对儿女的亏欠永远在我心里，但一切为了报国，至今我还在研制雷达的路上，不能停！”

一粒种子一个世界：“高级麦客”的守望

牛宏泰

痴迷和坚守麦田半个世纪，追逐着自己的小麦“种子梦”，育成并推广了12个小麦优良品种。如今这几个小麦优良品种累计种植面积超过1.5亿亩，新增产值90多亿元。西北农林科技大学教授、博士生导师王辉，是麦田里最坚定的守望者，先后获得陕西省最高科技成就奖及“时代先锋”“三秦楷模”等一系列荣誉称号。

一粒种子，可以改变世界。王辉肩负“粮安天下”的责任、使命，将自己的一生也化作“一粒种子”，融入三秦大地和中国农民的生活中……他患有多种疾病，却一刻也没有停下！对父亲、妻子和四个女儿，他怀着深深的愧疚……

麦田守望者：“你们是我的娃，小麦也是我的娃”

小麦专家王辉的大女儿王宇娟，至今还记得跟父亲的那场“战争”：小学五年级的暑假，她跟着母亲来到父亲的麦田，帮父亲收小麦种子，分几个纸袋装好，由于她疏忽大意，把两个品系的麦种混在了一起。

王辉顿时大发雷霆：“你做事咋这么不认真？”

两个纸袋里的种子长得很像，其实没什么差别……王宇娟委屈得直掉眼泪。她向母亲马桂霞投去求助的目光，哪知母亲在一边一言不发。

“你那些种子比我还重要！”王宇娟发出委屈的抗辩。王辉更加生气：“你是我的娃，种子也是我的娃！”母亲把女儿拉到一边。王辉仍不解气，脸色铁青地把女儿赶回了家！

马桂霞对丈夫说：“孩子又不是故意的。”王辉重重地叹了一口气……

1943 年 10 月，王辉出生于陕西省杨凌区。1964 年，王辉考上西北农学院农学专业，受教于小麦育种大师赵洪璋院士，对小麦育种尤为痴迷。

毕业后，王辉与在杨陵区张家岗小学当数学老师的马桂霞结婚。马桂霞没有享受过花前月下的浪漫。她先后生下四个女儿，孩子们像青苗拔节一样地生长。王辉的心都在麦田里，无暇顾及孩子们的生活和教育，这些全落在她的肩上。

在王宇娟等四个姐妹的眼里，父亲的胳肢窝里总是夹着笔和记录本，一边在麦田中穿行，一边在本子上记下一个个数据，上百个品种的株系结构、叶片形状、分蘖情况等一目了然。

每年盛暑时节，父亲蹲在半人高、密不透风的麦田里，从早到晚，一蹲就是好几个小时。田间的闷热简直能把人蒸成红薯，蚊虫又不时来叮咬，咬得父亲一天一身斑疤、一天一身肿块。

王辉早上天刚亮就出门，晚上 11 点多才回家。在杂交、收获和晾晒时节，由于抢时间，他中午基本不回家，午饭由家人送到地里，有时自备干粮。

周末或寒暑假，马桂霞去给丈夫打下手，孩子们也被父亲“抓壮丁”，顺便享受一下“天伦之乐”。王辉带她们去试验麦田、晒麦场、实验室，教她们把一粒粒麦种点在划好线、开好沟渠的垄行间的土地里；在烈日下给麦穗脱粒、晒麦子、装袋。在实验室，他把几百、上千斤麦粒按照品系品种一一挑拣，称千粒重，装袋做标签，孩子们也在一边帮忙。

那次，王宇娟就是因为给父亲帮忙，把种子装错了袋子，受到父亲的责骂……

那天晚上，马桂霞回家见大女儿眼睛红红的，连晚饭都不吃就上床睡觉了，她悄悄地对王宇娟说：“这个品种，你爸爸已经培育了三年……因为你的疏忽，你爸的心血白费了。”王宇娟浑身一激灵。

其实，骂完女儿，王辉一直感到内疚不安。他端着饭菜，进来对王宇娟说：“爸爸不该骂你，别生气了，快吃饭吧。”王宇娟端过父亲手中的饭菜，轻声道：“爸爸，对不起。”王辉拍拍女儿的头。

为了保证麦种品质的纯正，王辉最后放弃了这两个品系，放弃了三年的辛苦研究……

一粒小小的种子，关系着国计民生。中国是一个人口大国，不能把吃饭问题寄托在别人身上，必须自主创新育种，有自己的种子产业。一个品种的育成和推广，可以改变整个麦区小麦的生产水平，提高它的产量和品质。王辉的心全都在这上面。

四姐妹像母亲和别人那样，也称父亲是“高级麦客”。“麦客”年复一年地到种小麦的人家挥镰帮助割麦，谓之“赶场”。王辉同样一年年“赶场”。

他成了一位坚定的麦田守望者！

家国难两全：一粒种子一个世界

王辉在教学标本区的两亩试验地里搞起了育种研究，整地、施肥、播种、管理、收获一身扛。他从工资里抠钱买试验用品，设备也从家里“顺手牵羊”，忙不过来，就让老婆、孩子、亲戚齐上阵。

小麦育种工作非常枯燥、艰苦。同时，育种工作也面临着很大的风险。常规育种，往往出一个品种，要经过八年以上时间。1991 年，王辉的第一个小麦品种“西农 84G6”终于诞生。

这时，三女儿王宇蓉考大学。第一年，王宇蓉因为没有发挥好，高考没考好。她觉得家庭经济条件不好，二姐在上大学，小妹还在上中学，她不愿复读，非要去南方打工。王辉自责没有过问女儿的学习，语重心长地劝说，给王宇蓉讲非上大学不可的道理，王宇蓉还是听不进去，最后王辉几乎发了脾气：“你不上大学，就等于我小麦育种没育好，育出的是劣质种子！”

王宇蓉赌气道：“好，我就是劣质种子，只有你的‘西农 84G6’是优质种子，那你想想你在我身上花了多少时间，在种子上花了多少

时间。”

王辉一愣，女儿问得没错，他在女儿们身上花的时间确实太少了。半晌，他愧疚而又不无动情地揽过女儿：“种子是爸爸的命，你更是爸爸的命！”

王宇蓉怔住了。种子是父亲的生命，可见父亲把她上大学看得有多重！那一刻，她读懂了爸爸，噙着眼泪说：“爸，我去复读。”王辉说：“我去给你找复读学校。”父女俩就此和解。

自“西农84G6”后，王辉又相继育出“西农2611”“西农2208”等多个小麦品种，它们均具有早熟、抗病、抗倒伏、高产、优质的特点，农民争相种植。王辉成了教授和博士生导师。

而最让王辉感到满意的是，女儿们毕业工作之余，仍到地里、实验室里帮忙，什么“扬花”“授粉”“杂交”“接病”“千粒重”“穗粒数”这些专业术语，她们都如数家珍，俨然成了半个“专家”。

王辉每天重复着单调而枯燥的工作，满身泥土，整天被风吹日晒，黝黑得像“黑包公”，“远看像讨饭的，近看像烧炭的，走近再看是农学院的”……在别人眼里，他和农民没什么两样，甚至“比农民还农民”。他却心甘情愿做“一介农夫”。

两年后，王辉又成功育出“西农979”，并通过了国家鉴定。它生长健壮，抗寒耐冻性好，灌浆速度快，成熟期早。优质高产的“西农979”粒大饱满，皮薄色亮，黑胚率低，商品性好，是一个优质、高产、多抗、广适兼得且农艺性状优良的好品种。在黄淮南片麦区广泛种植后，有的地方亩产近千斤，而当时其他品种小麦亩产都在五六百斤上下。

马桂霞称王辉把“西农979”当“情人”。因为有了这个“情人”，王辉对亲人有很多亏欠，尽管老家离学校仅两三公里路，但他很少有精力照管家人。年过八旬、体弱多病的老父亲想念儿子了，只能自己拄个拐杖，颤颤巍巍地来学校看他。

2007年，老父亲去世，王辉在父亲灵前长跪不起……那段时间，他常在没人的时候流泪，抹把脸又去小麦育种地，麦子随风沙沙作响，化作最温存的慰藉。

像这样的遗憾和愧疚，多得数不过来。可是王辉顾不得两头，他对孩子们说：“尽忠不尽孝，尽孝不尽忠，我已经对不起家人了，不能再对不起等种子下地的老农们。”

与生命赛跑！麦地是最幸福的乐园

“西农979”的优秀表现，使其成为全国推广面积居第四的冬小麦品种，年推广面积稳定在1500万亩，累计推广面积近亿亩，累计新增产值70多亿元。王辉荣获2012年度陕西省科学技术最高成就奖和“时代先锋”“三秦楷模”等一系列荣誉称号。面对荣誉、光环、奖项，他依旧很淡然，又盯住了一个新目标。

2013年，70岁的王辉正式退休，但他并没有在家享受天伦之乐，照常去试验田。育种是一条永远没有终点的路，因为现在的种植条件更新换代太快，一个新品种的生命周期只有五年到八年时间。

2014 年 4 月，因为开春忙碌，王辉病倒住院。医生发现他有糖尿病。其间，王辉还出现了吐血的情况，血色素低到 50 多。这次是因为食道静脉曲张造成胃出血，并进而引发长期贫血。

父亲有这么多的病，事业上也功成名就，守在病床前的小女儿劝他别再操心小麦的事了："咱休息吧！"王辉说："小麦育种还没弄完呢。"

2015 年 7 月，收获的季节。一天，王辉带着老伴和两个学生，正在他的小麦试验田里忙碌。太阳当空照着，他脸上、身上全是汗水。突然，他身子一歪，倒在了麦田里。马桂霞和两个学生忙把他扶起来，送到西安交通大学第二附属医院。女儿女婿们闻讯赶来，焦急地等待着医生检查的结果。

经过详细检查，医生发现王辉大便黑血、隐血，并顺藤摸瓜找到长期贫血的病根所在——门动脉高压。医生建议王辉做脾脏切除手术。

王辉考虑再三，坚持做保守治疗。由于病因没有根除，他的身体状况总是时好时坏，医院两次向他下达了病危通知书。

王辉想与时间赛跑！ 2016 年夏收前，他在烈日下一一巡查、检视即将收获的试验品种，手背上粘着刚打完吊瓶的胶布，草帽下是一张明显疲倦憔悴生病的脸，旁边还站着一个手提药箱、不断催促他赶快回医院的小护士。原来他是从医院住院部逃出来的，被细心而又十分负责任的护士发现，后经与医院商量，护士带着药箱陪护他到麦田里。

别人退休又是养生又是旅游，而王辉一天不见小麦就心不安。2017 年 3 月，在老伴和女儿们的一再劝说下，王辉做了脾脏切除手术，每天还得打四支胰岛素，每三个月去医院保养、调理一次，每两周去查一次血。待病情稍一稳定，体力和抵抗力有所恢复，他又开始在三秦大地奔波。以前，四个女儿被王辉"抓壮丁"，现在除了女儿、女婿，还有外孙、外孙女，孩子们每次来看他，只能在小麦试验地里找到他，还得给他当帮手“义务劳动”。“没工资，全是白干。”王辉说。孙辈高兴地把小麦试验地当成他们接触自然的乐园，跟外公的感情也更加亲近。

如今，76岁的王辉带着满身病痛，开着汽车，到全国和全陕西省各个小麦产区跑得“马不停蹄”。

2019年5月30日，中央电视台一套在《焦点访谈》头条，报道了王辉的小麦育种最新研究进展。

夏日到了，像花朵般的孙辈来到王辉的试验田里。正值放暑假，他们可以在这里好好地放松一下，感受一下夏季的麦田之美。看着孙辈们天真欢乐的样子，王辉内心无比满足。

大漠孤烟瓜瓞绵绵：
女院士一念执着，一世痴情

陶昌馨

新疆的哈密瓜香甜脆爽，誉满全球。但鲜有人知道，这甘甜如蜜的瓜凝结着一位女科学家一生的痴情——她就是我国西瓜和甜瓜育种领域唯一的院士吴明珠。人们亲切地称她为“甜瓜女王”。在中国乃至世界园艺界，园艺工作者终其一生能研发出一两个品种已属不易，吴明珠却育成“红心脆”“含笑”“皇后”等20多个瓜果新品种，创造了数十亿元的经济价值。

辉煌的背后，是一位执着的女科学家一生的付出。60多年前，吴明珠怀揣理想，只身从北京奔赴新疆。她的丈夫杨其祐是我国小麦遗传育种专业的研究生，为了爱情，为了理想，他无怨无悔地来到大漠戈壁支持妻子，献出了自己的汗水和心血、青春和生命。临终时，没有官衔，没有职称，

年仅57岁！曾任中国工程院院长的宋健说：“吴明珠是值得大书特书的一位女杰，我们共和国是由吴明珠和杨其祐这样的基石铺垫起来的。”

2019年4月，《吴明珠传》正式出版，讲述了她平凡又伟大的人生：择一事，终一生，不为繁华易匠心。

从北京挺进大漠：燃烧的理想激荡着青春与爱情

“其祐，我要到新疆去了！组织上已经批准了！很快就走！”

1955年，新疆维吾尔自治区领导专程到北京向中央要人才，特别是园艺人才。得知这一消息，从西南农学院园艺专业毕业的吴明珠感觉自己好像激情四溢的火球，坚定而热切地递交了到新疆工作的申请！在申请获批后，吴明珠兴冲冲地来到北京农业大学，在实验室告诉男朋友杨其祐这一消息。

毕业前夕，杨其祐考上了北京农业大学小麦专家蔡旭的研究生，吴明珠被分配到四川重庆西南农林局经作处工作，分别之际，这对同窗四年的青年终于确立了恋人关系。但两人一个在重庆，一个在北京，没有见面的机会。一年多后，吴明珠进入中共中央农村工作部工作，来到北京，杨其祐十分高兴，觉得是上天把吴明珠送到了他身边。

周末休息的时候，吴明珠有更多的机会和杨其祐在一起。两人时常畅谈理想和未来，一起去爬长城或者去颐和园划船，也会讨论如何实现园艺育种家的梦想。吴明珠告诉杨其祐，她希望到生产第一线去，最好是到边疆去，到新疆去，因为那里的地理条件适合培育各种水果，学园艺的人，只有去田间地头才能做出实实在在的成绩。杨其祐很支持吴明珠的想法，作为北京农业大学的研究生，他深知，不管是何种植物，只有脚踏实地地在田间地头，才能培育出优良的品种。正是在

那时，吴明珠和杨其祐就商量好：不论谁先得到去基层工作的机会，对方都要积极支持。

虽然吴明珠和杨其祐对支援边疆早已达成共识，但当事实就在眼前的时候，杨其祐还是有些吃惊。他问吴明珠："已经决定了吗？你爸爸妈妈知道不？"吴明珠说："我到边疆就是去做实际工作！他们会支持的！"吴明珠的话又急又快，抑制不住满脸的喜悦。杨其祐又担心地问："你伤口好了吗？好了再走，行吗？"原来，吴明珠因为一个淋巴结核化脓，不久前才做了一个开刀手术，伤口还没痊愈。吴明珠回答道："没事了！快好了！"杨其祐沉默了一阵，又静静地看着吴明珠，好一阵才问："我毕业后也去新疆吗？你知道，新疆不适合种小麦！"吴明珠怔了一下，叹口气说："这个嘛，我也没有想这么多！我先去新疆再说吧！"杨其祐再次沉默了一阵，但还是慎重地对吴明珠说："我们有约在先！现在，你先获得机会，我会支持你！"

11 月底，吴明珠奔赴新疆，交通工具是大卡车！寒风凛冽，西北风刮脸刺骨，吴明珠把预备好的军大衣穿上，把厚围巾裹在头上和脸上，只露出两只眼睛，好奇地张望着外面的世界。随着车子行进，大片草原开始出现，但沿途很少看见有炊烟的人家，越往西行，戈壁、沙漠越来越多地出现在眼前。吴明珠一行在路上颠簸了半个月时间。她在心中默想：边疆土地太宽阔，太需要人建设了，我的选择是正确的！

吴明珠报到的单位是新疆地委农村工作部。迅速地把简单的行李安置好，吴明珠就向领导汇报了自己希望到基层去考察的想法。领导派了一位维吾尔族青年，骑马引领吴明珠到各乡查看瓜果情况。吴明珠经过多方考察，认定鄯善县是个培育瓜种的好地方。1956 年 8 月，她申请调至鄯善县农业技术推广站，开始她培育瓜种的第一步：瓜种资源收集。

吴明珠从小在江南长大，身体柔弱，鄯善的生活对她是一场严峻的考验。这个身高只有 1.55 米、体重才 30 多公斤的南方姑娘，凭着一股不肯服输的狠劲，很快学会一口流利的维吾尔语！年轻的吴明珠身体感受着风沙的吹打、烈日的炙烤，内心却充满奔向远大目标的快乐，感觉自己像奔跑在蓝天白云下面的马儿，像云像雨又像风！当地农民都喜欢上了这个教他们学科技的南方姑娘，夸她“像孔雀毛那样美丽，像钢铁那样坚强”，还给她取了一个美丽的维吾尔族名字“阿依木汗”，意思是“月亮姑娘”，有着金子般的美丽心灵。落户鄯善农技站后，吴明珠学会了骑马。在辽阔的大戈壁和大沙漠里，当吴明珠骑着马在阳光下奔跑的时候，她感到无比踏实和愉悦。她写信告诉在北京的男友杨其祐：“这是一个物种宝库，一定可以选育出优质新种！”

1957 年 9 月，研究生毕业的杨其祐到了乌鲁木齐的新疆大学。新疆并不适合种植小麦，所以，从专业发展的角度看，杨其祐在新疆工作并非最好的选择，但是，他践行了他们两人在北京时的诺言，为心爱的人做出了巨大的牺牲！

大漠孤烟瓜飚绵绵：“我在干着两个人的工作”

1958 年春节，杨其祐从乌鲁木齐坐车来到鄯善县，来与吴明珠结婚。吴明珠在县政府向同事借了房间，当时什么都没有，窗帘、桌布都是借的，两人只买了五十块钱的糖。晚上，她的同事老王站在十字路口喊："吴明珠今晚结婚，请你们去吃糖……"大伙都来了，又唱又闹！那晚，杨其祐唱了一首歌，"蓝蓝的天上白云飘，白云下面马儿跑……"吴明珠觉得：杨其祐的歌唱得那么高兴，唱得那么好！

后来，当新疆大学和八一农学院合并时，杨其祐申请来到鄯善县农技站工作。当时，研究生是珍贵人才。大家有什么不懂，都去问杨其祐，他都能把事情的来龙去脉说清楚，而且还和大家一起干，帮助大家修水渠，打坎儿井，还搞食用菌，而且大家最为头疼的外文资料，更是只有杨其祐能够认识和翻译出来，于是，大家给他起了个美名叫"洋博士"！

多才多艺、性格开朗的杨其祐，使吴明珠的生活更充实、更完整，她更加心无旁骛地追求理想。20世纪50年代后期到60年代初期，她和同事们走遍了吐鲁番市的鄯善、吐鲁番、托克逊3个县的300多个生产队，一块瓜地、一块瓜地地调查收集，最后收集筛选出100多份农家材料，又用两年的时间整理出44个地方品种和一份野生甜瓜资源，其中包括驰名中外的甜瓜品种"红心脆""黑眉毛""蜜极甘"等名优品种，挽救了一批濒临绝迹的资源，为新疆甜瓜的发展奠定了坚实的基础！

1973年，为了加快育种速度，吴明珠带上助手，来到海南岛崖城开辟了"南繁"基地，相继培育出了"含笑""火洲一号""伊选"3个优良品种！吴明珠主持选育的经过省级品种审定的甜瓜、西瓜品种达23个！推广种植面积覆盖北疆及吐哈盆地主要商品瓜的80%。

吴明珠成了当之无愧的"西部瓜王"！

可是，过度劳累，生活又太艰苦，杨其祐得了胃癌。吴明珠放下工作，专心陪着丈夫。杨其祐非常痛苦，但是他从未当着吴明珠的面表露出来；吴明珠心里再难受，当着丈夫的面，也从来没流过泪。

住院时，有一天，杨其祐笑眯眯地用手指比画个“三”给吴明珠。吴明珠不解地问他是啥意思。他说，三连冠嘛！吴明珠这才恍然大悟，原来指她育出的三个优良品种：“含笑”“火洲一号”“伊选”。她说道：“我的成果，一半都是你的。”杨其祐开心地笑了，说道：“是啊，这是我们共同的事业，共同的理想。”

吴明珠总觉得自己亏欠丈夫太多。“我……没照顾好……你……”吴明珠说出了心中的悔恨。“两人在一起生活，说不上谁照顾谁，互相照顾嘛……”杨其祐的一句话令吴明珠如释重负。“你到新疆来，没能发挥你的才能，你不后悔吗？”吴明珠又问丈夫。“我无怨无悔。”杨其祐答道。

听说杨其祐病重了，吐鲁番的同志们，新疆农科院的同志们，纷纷派代表到南京来看望他，一些维吾尔族同志写信来慰问他。吴明珠一封封地给他念，杨其祐的泪水终于涌出来了。

临终那天晚上，家人和同事都劝吴明珠回去休息，让儿子杨夏守着。但吴明珠走进丈夫的病房，对儿子说：“你让我给你爸爸洗最后一次脸吧！”当时，杨其祐本来已经停止了呼吸，听见妻子的声音，眼睛竟突然睁开了，杨夏抹都抹不下去！

夜，寂静得不能再寂静了！吴明珠仿佛又听见丈夫那嘹亮而又富有韵味的歌声：“蓝蓝的天上白云飘，白云下面马儿跑……”她仿佛还听到杨其祐念国际音标的朗朗声在边陲小镇夏夜的星空回荡。

杨其祐走了！临终时，他没有官衔，没有职称，年仅 57 岁！

择一事，终一生：斯人已逝，我不再是“远方的妈妈”

杨其祐去世后，儿女希望吴明珠从新疆回南京的姥姥家团聚。他们说:“我们没有了爸爸,不能没有妈妈,你们都奉献了,我们怎么办?”

吴明珠却告诉儿女：“我从你爸爸身上知道了什么是奉献，我的事业里有他的希望，让我留下吧！”5天后，吴明珠又回到育种基地，不久又去了海南。从那以后，吴明珠更加发奋工作，每年搞三季育种，吐鲁番——海南岛两头跑。她总觉得，她一个人应该做两个人的工作才对得起死去的丈夫。她不停地工作着，不愿意回家。因为只有忙起来，她才能把什么都忘掉，只要闲下来，眼前就会浮现出丈夫的身影！

杨其祐去世了，但他的精神依然是吴明珠生命之舟中永远的港湾和依靠。每当给丈夫扫墓，吴明珠就会带着她的新品种甜瓜去告慰丈夫；当吴明珠评上中国工程院院士，她无限喜悦地在心里告诉丈夫:“其祐，我评上中国工程院院士了，要是没有你，我不会有今天。我多想你，多想咱们在一起的日子，我这辈子没照顾好你，让你为我吃了那么多苦……”

专著出版，自己承担了国家“863”计划，承担科技部、农业科技成果转化基金项目科研课题，“84-24 早佳”在上海、浙江一带成为最受欢迎的早熟瓜品……这些好消息，吴明珠都会在心中默默地告诉丈夫杨其祐的在天之灵，希望同他一起分享快乐，因为这所有的成功，都有丈夫默默的付出和奉献！这些无言的告慰，是吴明珠对因支持自己而过早逝去的丈夫的回报！

为了瓜的事业，吴明珠不仅愧对丈夫，也愧对儿女杨夏与杨准。1959 年，儿子呱呱落地三个月后，吴明珠就含泪把他交给母亲带回了南京老家。1965 年，女儿在南京出生后，吴明珠仅仅坐完月子，就把孩子交给了嫂子，自己又匆匆赶回鄯善的实践基地。后来一直是哥嫂帮她把女儿带大，女儿将舅母叫“妈妈”，而将吴明珠称为“远方的妈妈”。

让吴明珠欣慰的是，两个孩子从小就有了一种自立精神，凭着自己的努力，两个子女一步步地走着自己的人生之旅。更让她欣慰的是，随着岁月的增长，儿子和女儿慢慢理解了吴明珠为事业奋斗的伟大和崇高，他们已经完全接纳了母亲。

如今的吴明珠安享晚年。每年夏季，杨夏都要开车带她返回新疆、海南的甜瓜育种基地，或是宁夏、江苏、上海、广西、湖南等甜瓜产地，让腿脚不灵便但壮心不已的母亲继续在她以前奋战过的地方遨游，让她再重温年轻时候的奋斗激情。“人事有代谢，往来成古今。”从头梳两条大辫子的姑娘到如今的耄耋老人，吴明珠在新疆一扎根就是一辈子，新疆的山山水水融化在她的血液中。回忆峥嵘岁月，老人说：“这一生，我没做什么大事，只是没有背叛理想。”

吴明珠能够在西部戈壁做出了不起的成绩，没有她丈夫的支持是难以想象的。为了甜瓜西瓜育种事业，吴明珠牺牲了很多很多，最大的牺牲是失去了自己的丈夫；而吴明珠的丈夫，则是用自己全部的聪明才智和青春年华，默默地为吴明珠遮风挡雨，无怨无悔地帮助吴明珠填平前进路途上的沟沟坎坎。曾经，有记者将吴明珠和丈夫的故事写成报道《基石》发表。时任中国工程院院长的宋健在读完《基石》后给记者写信道：“细读《基石》，我也流下了眼泪。吴明珠是值得大书特书的一位女杰。她的追求，她的成就，她的奉献和品德，是我们时代的骄傲……她应该得到中国科技界的崇敬，得到人民的热爱。我们共和国正是由吴明珠和杨其祐这样的基石铺垫起来的。”

首席科学家夫妇：
两地相望数载春秋

红 树

刘西拉，曾被国家科委任命为国家攀登计划土木、水利工程基础研究的首席科学家，现任上海交通大学讲席教授。刘西拉有一位同样做学术的妻子陈陈，上海交通大学电气工程系教授、博士生导师，她培养的学生遍布半个中国的电力系统。

这对教授夫妇，在改革开放之初，由国家选派，先后远赴美国留学并攻读博士。取得博士学位后，他们又先后带着国家需要的技术，成为第一对公派出国、回国报效祖国的留美夫妻。

为了祖国的科研事业，他们两地春秋 31 载，他们是靠挚爱的事业维系情感，用爱去理解和滋养彼此，最终托举起彼此一生的成就。

两地春秋鸣奏爱，肩负国之重任同赴美

1962 年春天，清华大学土木工程系大三学子，担任清华大学管弦乐队首席小提琴手的刘西拉，正在准备个人独奏音乐会，清华大学专门为他安排了钢琴伴奏——陈陈。

初秋的一个晚上，两人练完贝多芬的《F 大调浪漫曲》后，两人谈了对对方的感情，他们记住了那天是 1962 年 9 月 3 日。毕业前夕，刘西拉个人音乐会如期举办，大获成功。音乐会结束，两人正式成了恋人。

刘西拉和陈陈的成长背景有些相似，刘西拉的父亲是南京药科大学终身教授，他 9 岁开始学习小提琴。陈陈的父亲是电力设计工程师，中国早期华东地区的很多电站都由他设计，母亲是上海交通大学力学老师，她 7 岁学钢琴。

1967 年 9 月 3 日，刘西拉和陈陈两人研究生毕业后结婚。响应国家建设“大三线”的号召，陈陈到四川德阳一机部东方电机厂工作，刘西拉到四川成都国家建委西南建筑科学研究所工作。

两人同在四川，但德阳离成都 71 公里，每到周末团聚就要坐火车，有时刘西拉和同事骑自行车沿川陕公路骑三个半小时到德阳，匆匆度过一个周末，周一再起早赶回成都去上班。

刘西拉工作起来是个拼命三郎，很少休息。有一天晚上，刘西拉犯了阑尾炎，肚子疼得直冒汗，同学说可能是胃炎，他没当回事儿，一直挺着。陈陈闻讯赶到成都，看见刘西拉痛苦地捂着肚子，她根据经验判断是急性阑尾炎，天不亮就请校友用自行车将他推到医院，并跟医生商量，将排在前面的那位病人换到刘西拉后面手术。

刘西拉手术结束后，那位原来排在刘西拉前面的病人手术整整进行了 8 个多小时，这让陈陈吓出一身冷汗，如果不是她及时和医生商量将刘西拉的手术提前，后果不堪设想。

这事发生后，两人开始认真考虑是否应该结束两地分居，但两人仔细权衡后，还是留在国家建委西南建筑科学研究所能承担更多的国家任务，对国家贡献更大些，于是打消了调动的想法。

1970 年，他们的儿子出生了，陈陈从事发电机控制的工作要去东北、山东、河南等地出差，刘西拉就更忙了，两人都无法带儿子。因此，儿子被送到上海外婆家，半年后又被送到南京的爷爷奶奶家，交给两家老人轮流抚养。一家人“三分天下”，时间长了，双方领导都看不

过眼了，他们说：“这对书呆子，日子怎么个过法？”

那些年，刘西拉在自己的领域有了突飞猛进的发展，成为工程师，陈陈也成了发电机控制工程师。

20 世纪 70 年代末，中国三线建设有大批工业厂房要建。按照过去的办法，建厂房需要大量木材，而那时木材供应又十分紧张。

从 1978 年开始，刘西拉就和课题组一起对“钢筋混凝土离心管结构”进行研究，这项研究取得了重大突破，无论多大的厂房，不用木材，只用钢筋水泥制成的离心管就能拼建起来。这项研究成果在全国推广，用这种办法建起了 200 多万平方米的厂房，在工程建设中为国家节省了大量的木材。1978 年，在邓小平主持召开的国家第一次全国科学大会上，这项科研成果获得了第一次全国科学大会奖。

1978 年，国家改革开放，派知识分子去国外留学，一机部东方电机厂也有出国留学名额。陈陈英文基础很好，她以优异的成绩通过考试，作为首批访问学者赴美留学。普度大学是世界闻名的大学，我国著名学者茅以升、邓稼先等都在这里学习过。

陈陈到美国一年后，1981 年，刘西拉也来到美国普度大学攻读土木科学。分居 14 年后，夫妻二人终于在美国团聚了。他们是这所大学里第一对来自中国的研究生夫妻。

掌声留在拉法耶特，带着“先进武器”回中国

对刘西拉和陈陈来说，这是一段非常辛苦但又幸福的时光。那时，他们住在一间租来的房子里。每天早晨，夫妻俩吃完简单早餐，带上中午吃的三明治赶到校园去上课；傍晚回住所做顿饭吃，晚上 8 点再回学校各自工作到午夜，偶尔还干通宵。夜深了，两人才拨通彼此的电话：“我结束了，你那里怎么样了？”然后两人相约校门口，一起回家。

在普度大学，两人瞄着国内最需要的前沿科学奋力学习。当时，美国的计算机和自动控制走在世界前面，已经有了局域网，陈陈知道国内电力系统非常需要计算数学和自动控制理论，因此，她就重点钻研这两门学科在电力领域的应用，尽量汲取当时最先进的知识。刘西拉也瞄着世界土木建筑尖端领域发愤学习，为了让自己的思维更缜密开阔，刘西拉还在数学系上选听课。旅居海外五年，他们一次都没有回国。

陈陈仅用 3 年零 3 个月时间取得了硕士和博士学位，曾获得美国大学妇女联合会国际奖学金。全美 660 所大学，只有 40 名获得者。刘西拉除了获得了土木科学硕士、哲学博士学位外，还获得了美国土木工程结构最高研究奖——雷曼·瑞斯科学研究奖。

得知他们博士毕业了，美国的众多企业和研究机构纷纷瞄住了刘西拉和陈陈。他们收到了厚厚一沓面试邀请函，但他们心里没有一丝留在美国的想法：既然是国家派他们出来的，就要回国，用自己学到的知识报效祖国。

在普度大学学习期间，上海交通大学副校长赴美考察，与刘西拉和陈陈长谈后，诚恳邀约两人一起到上海交大工作。上海交大是陈陈父亲的母校，又是她母亲工作的地方，因此，她 1985 年初回国后就选

定到交大工作，儿子的户口也迁到了上海。

一年后，刘西拉回国。上海交大当然欢迎他来校工作。但是这时他的母校清华大学得知他回国的消息后，表示出更大的热情和决心，欢迎刘西拉回清华任教。当时清华大学土木工程系的系主任几乎是一天一封信劝说刘西拉回校。刘西拉明白：清华大学的土木工程系有很好的基础，的确是一个开拓前沿的理想位置。他的事业放在那里是有利的。可是，他们的家又安在哪儿呢？

刘西拉心情复杂地跟陈陈交流了自己的想法，没想到陈陈很高兴丈夫能在清华大学找到理想位置。面对再一次分居的问题，陈陈很洒脱，她说："夫妻俩就是整天待在一起，也不一定有什么意思，像树洞里的一对蘑菇。现在，我们岁数还不是很大，需要我们做的事情还很多。我们还是走老路吧！"

就这样，他们一个在北京一个在上海，又开始了分居两地的生活。所不同的是，同出国留学前相比，在地域上他们相隔得更远了。

刘西拉回国后，所学知识呈现出爆发状态。1985 年，他撰写的论文《关于钢筋混凝土柱的纵向弯曲稳定》获美国土木工程师协会结构科研奖，被誉为对美国土木工程界有突出贡献者，是荣获此奖的第一个中国学者。

1986 年 4 月，刘西拉到清华大学土木工程系任讲师。1992 年，刘西拉开始任清华大学土木工程系系主任。虽然刘西拉经常不在家，但他每次回到上海都非常关注儿子的学习，每天早晨都要早早起来陪儿子跑步，锻炼身体。1988 年，儿子考入上海交大自动控制系。毕业后，儿子又进入陈陈读博的美国普度大学电气工程学院读研。

1994 年，任清华大学土木工程系系主任的刘西拉被国家科委任命为国家攀登计划"重大土木与水利工程安全性与耐久性的基础研究"

首席科学家，该项目被专家评为“优秀”，专家认为“整体上达到国际先进水平”。这项研究成果对我国重大土木与水利工程建设具有非常重大的意义。

与此同时，在上海交大的陈陈也成了知名学者与教授，培养的研究生遍布半个中国的电力系统。

一生只做一件事，愿得此身长报国

1998 年，刘西拉 58 岁了，当初从美国回来，他曾答应上海交大要回来工作，现在，快到退休年龄了，他辞去做了两届的清华大学土木工程系系主任的职务回到了上海。他和妻子至此才正式结束了长达 31 年的分居生活。

在上海，他任上海交大土木与建筑工程系系主任和建工与力学学院副院长，同时作为清华大学双聘教授和主讲教授。陈陈教授也是到 70 岁才退休。

就这样，晚年好不容易才团聚到一起的两个人，没有过一天居家日子，又继续在各自的领域里辛勤耕耘、忘我工作了。两人除了正常的教书、带博士生外，都肩负着重大的科研任务。

有爱陪伴，刘西拉更加勤奋笔耕。2004 年，刘西拉任中国科协《2020 年的中国工程技术发展研究》主报告的第一起草人，获中国科协荣誉证书。

2006 年，刘西拉 66 岁了，再次到了退休的时候，可是，他又继续从事教学。2006 年 11 月 27 日，上海市人事局又下发文件，因他是“有杰出贡献的专家”暂缓退休。

这之后，刘西拉被中国土木工程学会聘为撰写《2006 ~ 2007 年土木工程学科发展报告》《2008 ~ 2009 年土木工程学科发展报告》的首席科学家，两份重要报告已分别出版。

陈陈同刘西拉一样，退而不休，受邀参加国际学术会议，评审学术期刊的论文，参加各学术会议讨论等活动，以各种方式保持和世界电气工程界的联系。陈陈培养了100多位研究生，并发表了100多篇学术论文。

刘西拉和陈陈并驾齐驱，因有广泛的国际影响和科研成就，2013年，世界工程组织联合会授予刘西拉“卓越工程教育奖章”。2017年1月，刘西拉入选为“发展中世界工程技术科学院”创始会士。2017 年 9 月她又获得了上海交通大学首届校级最高荣誉“教书育人一等奖”。

2018 年底，78 岁的刘西拉终于退休了，但他是形式上的退休，实际上他仍然奔忙在教学和科研的路上。2019 年 3 月 18 日，习近平总书记主持召开学校思想政治理论课教师座谈会时，他作为唯一一个不是教授思想政治理论课的工科教授出席了这次会议，受到了习近平总书记的接见。

刘西拉和陈陈用几十年做一份工作；用一生时间研究一个专业；用一辈子爱一个人。他们留不住岁月，但岁月却记住了他们的付出。

“极地船长”铁汉柔情：卸下战袍，梦回苏州谣

朱良胜

王建忠是闻名世界的中国南极科考船“雪龙”号的原船长。他曾21次参与极地科考行动，率领团队创下了安全航行6000余小时、冰区航行1万多海里的记录；还因带领“雪龙”号，成功解救被围困在南极的俄罗斯科考船“绍卡利斯基院士”号而名声大震。

然而，在这位传奇的“雪龙”号船长的心目中，妻子凌莉才是真正的“船长”，是他和他们家的“掌舵人”……

退居二线：卸下战袍的英雄船长想当普通人

2014年4月的上海，草长莺飞，春暖花开。那天，因为前不久营救俄罗斯科考船“绍卡利斯基院士”号而名扬全球的“雪龙”号回到了上海。船长王建忠和他的船员们相继从船上走了下来，脸上满是憔悴和疲惫。

和以往不同的是，当硬汉王建忠看到站在岸边迎接他归来的妻子凌莉和女儿莹莹时，突然淌下了热泪……

王建忠于1967年出生于江苏省张家港市一个农民家庭，在家排行老五，兄弟姐妹6个人；其他5人长大后有的经商，有的做工匠，唯有王建忠坚持念书，并如愿考上了大连海事大学。毕业后，王建忠被

分配到位于上海高桥的国家海洋局东海分局工作。

1990年，在同事的介绍下，王建忠与上海姑娘、在高桥一家外企工作的凌莉相识。相亲的那一天，穿着工作服的王建忠问凌莉："你有什么要求吗？"凌莉说："我就想找个对我好点儿的男朋友。""那没有问题，我会对你好的。"王建忠憨厚地说着。

如此简简单单的爱情表白，两个年轻人就走到了一起。不久，夫妻俩添了女儿莹莹。

和绝大多数女性一样，凌莉一直希望每到逢年过节时，就和丈夫一起抱着孩子回娘家、去婆家；一起带着孩子到公园玩，去看电影；一起分享孩子成长的过程，尽情地享受家庭的温暖。

可是，这样的想法，在长达20余年的时间里，注定只是一个梦想，一个遥不可及的愿望……

从1996年7月开始，王建忠就正式登上了"雪龙"号，任职二副，随后担纲大副、见习船长和船长，驾驭着"雪龙"号破冰逐浪，穿越地球南北，纵使极寒险境、离乡万里，也挡不住他遨游瀚海、探索未知的热忱和激情。

2013 年 11 月 7 日，王建忠驾驶的“雪龙”号踏上了中国第 30 次南极科考征程。12 月 25 日，“雪龙”号完成考察任务，在继续前行途中突然接到来自俄罗斯科考船“绍卡利斯基院士”号的求救信号，他们在南极雷蒙湾被浮冰围困，已经失去机动能力，并且还有两块几千万吨的冰山向其逼近，船上所有人员的生命随时受到威胁。

王建忠闻讯，马上命令“雪龙”号调整方向朝雷蒙湾驶去；同时，去救助的还有一艘法国船和澳大利亚“极光”号破冰船。可法国船由于主机发生故障，率先退出了救援，“极光”号也在多次尝试破冰失败后无法进入浮冰区。

2014 年 1 月 2 日中午 12 点，“雪龙”号靠近了“绍卡利斯基院士”号，王建忠派“雪龙”号上的“雪鹰 12”直升机出库救援，用了 6 个小时，历尽千难万险，成功地将困在船上的 52 名俄罗斯乘客全部运往澳大利亚“极光”号破冰船上。

被救人员登上了“极光”号，完成国际人道主义救援的“雪龙”号却被突变的天气和海况困住了，被四面坚硬的浮冰和冰山困得紧紧的。王建忠几天几夜没合眼，他整天扑在驾驶台观察、指挥着破冰，并随时和同事们一起在办公桌前分析资料。他用坚定的语气告诉所有人：“我一定会带领大家冲出冰块的包围圈。”

王建忠曾答应过妻子，答应过船上的每一位人员，他要驾驶着“雪龙”号安全回到上海。

第5天，奇迹发生了！层层叠叠的浮冰与冰山间出现了一道裂缝。王建忠马上回到驾驶舱里指挥起来，借助风力，果断将“雪龙”号向着裂缝驶去，终于突围成功。全体船员都兴奋地拥抱在一起，把船长王建忠高高地举过头顶。

在“雪龙”号被困的日子里，“雪龙”号船上全体人员的安危牵动着亿万人民的心，更是牵动着凌莉的心。在安慰父母的时候，她比谁都要难熬。直到1月7日早晨，一阵急促的电话铃声响起，凌莉不顾一切地向电话机扑去，当她拿起电话时，终于听到了一声熟悉的呼唤：“老婆……”

2014年4月，因成功完成国际救援而名扬世界的“雪龙”号回到了上海的港湾。见到妻女的那一刻，王建忠泪流满面。他深情地望着妻女，突然发现女儿已经长大了，长得和妻子一样高了；而妻子的眼角已悄然爬上了鱼尾纹；自己也不知不觉到了中年！

“接下来的岁月，我想做个普通人，好好地陪陪妻女，陪陪双方的父母。”抱着这样的想法，2017年，担任了11年“雪龙”号船长的王建忠，正式卸下了船长的职务。

“转型”不易：在生活这艘“船”上拜贤妻为师

退居二线的王建忠仍然为“雪龙”号的改装维修和“雪龙2”号的筹备建造工作着，也经常受邀去各地演讲，进行北冰洋北极航道、冰区航行及极地环保、安全保护等知识宣讲。

从大学毕业至今的航海生涯，已经成为王建忠生命里的一部分。尽管妻子特别希望丈夫“转型”成与妻女朝夕相处的家庭型男人，可这又谈何容易?

卸任船长一职不久，上级派人找王建忠谈话，希望他以副领队的职务随“雪龙”号再探南极，其实就是让他这位经验丰富的老船长带一带年轻人。

王建忠虽很快答应下来，但事后一想：每次出海，少则数月，多则半年。以前当船长时，是职责所在，使命所系；如今不在其位，是可以推辞的。如今头脑一热答应下来，妻子那边该怎么交代?

那天晚上，王建忠试探着对妻子说：“假如我又要出海的话，你同意吗？”凌莉果断地摇头：“不同意！”继而，她盯着丈夫问道：“你是认真的，还是说着玩儿的？你都已经退居二线了，还出什么海呀？”王建忠“嘿嘿”笑着将话题岔开了。

王建忠最终还是决定出海。直到他出海之后，凌莉才知道这一切。她懊恼地责怪丈夫为什么要这么做，王建忠笑嘻嘻地说：“这不是在海上漂惯了吗？等我回来后，再也不出去了。”

可等到王建忠回来不久，上级的任务又来了。不过，这一次，他还真的没有出成海。因为，妻子凌莉病倒住院了。

此前，王建忠出海归来，家里早就备好了热气腾腾的饭菜：豆米炒虾仁、油淋茄子……只要尝上几口妻子做的菜，王建忠满身的疲惫就会一扫而光。

可妻子入院后，做饭的事情就自然而然地落在了王建忠的身上。那天晚上，王建忠下班回家后，习惯性地阅读关于极地考察的相关信息、资料。不一会儿，女儿莹莹打开自己的卧室门，冲王建忠喊道：“爸，饭做好了吗？我饿了。”王建忠这才意识到，他还没有做饭呢！

王建忠赶紧下楼，买了几条鲫鱼回来。他笑着对女儿说：“今天，爸爸给你做红烧鲫鱼吃，包你喜欢！”莹莹的眼神里充满了期待。

把鱼洗净后，王建忠把天然气灶打开，锅里的油还没有烧热，他就迫不及待地将鱼放了进去。

随着“嗞嗞”的声音，王建忠煞有介事地炒着、翻着，油烧干了，鱼也翻烂了，外面的鱼皮已经烧成了黑色，里面的鱼肉还没熟。女儿闻着味儿从房间里跑出来，走到厨房灶台前一看，不禁眉头紧锁：“爸，您确定这是红烧鲫鱼？”王建忠尴尬地笑了笑，说：“将就着吃吧。”

连续数日吃爸爸做的菜，莹莹终于忍无可忍了。妈妈凌莉出院回家后，莹莹第一件事就是告状：“以后如果让爸爸做菜，我宁愿叫外卖，吃盒饭。”凌莉摸着女儿的脑袋，怜爱地说：“莹莹，别这样说你爸爸。他工作太忙，没时间做家务。如今能够做，就是一种进步。你要多鼓励他才对，不能挫伤他的积极性。”

凌莉出院不久，岳母又病倒了。那段时间，凌莉还在休养中。王建忠便自告奋勇地买菜做饭，给岳母送去。岳母吃着王建忠送来的饭菜，一边吃一边皱眉头，可又不好当面说破，毕竟那是女婿的一片孝心啊。私下里，岳母对凌莉说：“你家建忠不是做饭的料，你就别为难他了。”凌莉说：“妈，建忠现在比以前进步多了。我必须给他时间和空间，要不然，他就永远是一个不食人间烟火的英雄，而不是一个懂生活有情趣的男人。”

聪明的王建忠，最终还是领悟到了妻子的良苦用心：“老婆，说实话，在你病倒之前，我骨子里觉得，做家务是件再简单不过的事情了。但经历你和妈妈生病这些事之后，我觉得我错了。在船上，我是船长；但在生活中，在家庭里，你才是‘掌舵人’。你要是不嫌弃，就收我为徒吧。”凌莉欣慰地笑了笑，用手指轻轻地点了点丈夫：“好吧，我可以教你，不过，学费挺贵的哦。如果交不起学费，那就用你的时间来冲抵，多花点时间在家里就行了。”

铁汉柔情：往后余生目光所至都是你

在凌莉手把手的教授下，王建忠对从硬汉转型家庭主夫渐渐有了感觉。

那是个周六的上午。和妻子一起吃完早饭后的王建忠突然对她说：“要不，咱们今天去看一场电影吧？”凌莉高兴地说：“太好了！我拾掇一下。”

20 分钟后，穿戴整齐、略施粉黛的凌莉便挽着王建忠的胳膊从家里出发了。小区里有人认识他们夫妻俩，上前和他们打招呼：“出门哪？”凌莉兴奋地回应：“是呢，看电影去！”

夫妻俩来到离家较近的电影院，正准备到前台买票进场时，王建忠的手机响了。听着听着，他的脸色黯淡下去了。挂了电话后，王建忠说：“老婆，单位要我马上去造船厂，参加‘雪龙 2’号建造方案的研讨会议。要不，你先去看；或者，我们晚上再来？”凌莉雀跃的心情早已经烟消云散，取而代之的是无尽的失落。王建忠说：“我向你保证，会一开完，我就回来。”凌莉的脸色这才转阴为晴。

2018 年 4 月，即将大学毕业的女儿莹莹提前找好了工作。一天晚饭过后，莹莹对王建忠说：“爸爸，趁着五一劳动节休息，我请你和妈妈还有外婆一起去旅游好吗？”凌莉说：“我跟你爸结婚都快 30 年了，一家三口出去旅游是一件比登天还难的事情，这次你请客，正好满足一下我们一家的心愿。”一家人经过商讨后，决定去厦门旅游。

4 月 30 日，王建忠和妻子带着岳母和女儿出门了。在前往机场的大巴上，王建忠正兴高采烈地向妻子、女儿以及岳母介绍厦门的风土人情，这时，国家海洋局打来电话，领导让王建忠立刻赶往北京。

放下电话后，王建忠愧疚地说：“我不能陪你们去厦门了，我得改道去北京。你们仨去吧，好好玩儿。”

在北京出差的几天里，王建忠一直牵挂着她们的厦门之行。在会议休息间隙，王建忠打电话给凌莉：“厦门的空气比较湿润，你们习惯吗？他们的饮食与上海也不太一样，你们吃得惯吗？”当听到妻子说“我们在厦门玩得很开心，吃得也很好”后，王建忠这才放下心来。

这年，王建忠获得江苏省“苏州十大杰出人物”的提名。几天后，他接到苏州电视台的电话，邀请他去参加节目，可以带家属。王建忠当即决定将妻子带上，凌莉虽然是苏州媳妇，却从来没有在苏州真正地逛过、玩过。

做完节目之后，夫妻俩便在苏州城区逛了起来。东山雕花楼、虎丘景区、剑池、真娘墓……不知不觉中，夫妻俩已经玩了半天。

两人在著名景点“试剑石”旁边坐了下来。“试剑石”因干将莫邪夫妇献剑的传说而得名。王建忠笑着说：“我们夫妻俩穷其一生，只磨一剑。这把剑是科学之剑，为的是让我们的极地工作能够稳稳地位居世界前列。”凌莉把头紧紧靠在丈夫宽厚的肩膀上，望着如织的游客，说：“你呀，三句话不离本行。等你退休了，我们不仅可以经常来苏州，还可以去杭州，去昆明，去成都……凡是我们没有去过的地方，我都想看一遍。”王建忠深情款款地说道：“我答应你，一定带你走遍中国的名山大川。”

“公安楷模”痛失爱女：边防升冷月，万里望乡关

涂筠

赵永前，内蒙古出入境边防检查总站锡林郭勒边境管理支队负责人。2019 年 5 月，他荣获全国公安系统最高荣誉——“公安楷模”光荣称号，并被评为公安系统二级英雄模范，受到国务委员、公安部部长赵克志同志的亲切接见。“改革护航者，痴心卫北疆”，这是组委会给赵永前写的致敬词。他 30 年戍守边疆，破案无数，确保 7.4 万平方公里边境辖区、1100 余公里边境线的安全稳定。2018 年，他扛起公安边防部队改革重任，带领部队圆满完成了改革维稳任务。

谁也没有想到，这位铁骨铮铮的硬汉，却在长达 5 年的时间里，承受着爱女意外受伤直至罹患癌症的巨大悲痛。赵永前的女儿名叫乌英嘎，2019 年 2 月，19 岁的乌英嘎离世，成了赵永前一辈子的痛。近日，《知音》记者涂筠独家采访了赵永前的爱妻白树花女士，还原了一位悲怆而伟大的父亲失去爱女后的心路历程……

厄运降临，珍爱的女儿突染恶疾

1993 年 5 月，我与同为蒙古族的永前经人介绍相识。那时，他是内蒙古兴安盟勿布林边防派出所的一名民警，我在勿布林中学任教。确定恋爱关系后，我的准婆婆偷偷告诉我：“他存不住钱，你要管住

他。”后来我才发现，他的工资经常用于资助困难群众和失学的孩子，自己唯一“奢侈”的爱好就是买书。

永前 1971 年 11 月出生于离勿布林不远的好仁苏木。父亲赵少布曾是公安特派员，转业前任边防派出所指导员。受父亲影响，永前的理想就是成为军人。1991 年 8 月，他如愿以偿穿上军装，成为边防武警。

结婚前，永前表现得顾虑重重，踌躇不定：“我家经济条件差，我收入不高，工作也很忙，我怕你跟着我吃苦。”我说：“我爱的是你这个人，别的我不在乎。”1997 年 1 月，我们携手步入婚姻殿堂。

1999 年 4 月，我们的女儿出生，永前为她取名“乌英嘎”(蒙语，“音符”之意)。那时，我在一所民族中学当生物老师，永前任派出所指导员。

2001 年的一天，永前跟随所长扎木苏前往一处民房办案。屋内两名暴徒一人拿刀一人持棒，狂躁不安。即使民警们亮明身份也无济于事，双方僵持不下。永前当即决定独自进屋与歹徒谈判。扎木苏强烈反对，永前竟然说：“我都有老婆孩子了，我上最合适！”说完他就进去了。

好在有惊无险，危机被他机智化解。我得知他在现场说的话，气得发抖。永前想着法子哄我开心，我原谅了他，毕竟他也是为了工作。

小乌英嘎一天天长大，她与父亲特别亲昵。乌英嘎喜欢唱歌、跳舞、看书。永前工作很忙，但只要一有时间，父女俩就腻在一起。当永前为工作愁眉不展的时候，乌英嘎负责逗他笑，她边唱边跳，然后像小鸟一样扑腾进他的怀抱，快乐极了。女儿崇拜他，理解他。永前为了工作不得不放开怀中的女儿时，乌英嘎像个小大人似的说："爸爸，你去忙吧，我等你回来。"

女儿传承了永前的勤奋和坚毅，在学习上很努力，表现突出，是我们的掌上明珠，更是我们的骄傲。读小学时，我把她送到一家专业舞蹈机构学跳民族舞。她拼命练舞，想把最美的舞姿展示在永前面前。

永前那时长期在外办案，我打电话抱怨："家里的事你一点儿都不管，女儿你也不管，你光记挂着群众，可我们也是群众，更是你的亲人！"女儿马上跳出来帮他说话："妈妈，爸爸是去抓坏人，他很辛苦！"她书看得多，我说不过她。我就嘟囔："你们父女俩联合起来欺负我。"永前笑了，让女儿接电话，叮嘱女儿哄哄我……这样一对宝贝父女，让我感到幸福满满。

2011 年，我生下了乌英嘎的弟弟，每天，我既要上班，又要照顾两个孩子，比以前更忙碌了。

2014 年，乌英嘎在舞蹈培训班从杠上摔了下来，崴伤了左脚。当时她爸爸不在家，加上她的身体素质一向很好，我当时也没太在意，带她去医院做了简单的检查和包扎，就草草了事。永前总是鼓励乌英嘎"要勇敢要坚强"，因此，女儿小小年纪就很懂事，她疼也会忍着。正是由于女儿的懂事，更是由于我们的疏忽大意，导致了厄运的降临！

女儿上初三那年，左脚受伤部位越肿越厉害，脚脖子粗了一大圈，看着很吓人。初三是面临中考的关键时期，我们就想着等女儿中考后再去看病。当年中考，孩子很争气，以五百多分的优异成绩考上了当地最好的高中。就在这时，乌英嘎的脚踝肿块突然爆发，肿大的面积有顺着小腿转移的趋势。

永前当时特别忙，拖到一个月后休假时，我们才惶恐地带着女儿去医院。医生严厉地吼道："没见过你们这么做父母的！孩子的病都这么重了，咋不早点来治？"我被吓哭了，永前深深地埋下了头。

给女儿做检查期间，永前单位来电话，有要紧的公务需要他赶回去处理，永前左右为难。女儿眼巴巴地望着他，我也说不出挽留的话。检查结果还没出来，永前无奈地离开。女儿看到我不开心，反而开导我："爸是为了工作，他也没办法。"她懂事得叫人心疼。

一周后结果出来，女儿患了恶性淋巴脉管肉瘤！这种癌症的得病概率为百万分之三，治好的可能性几乎为零！乌英嘎才 15 岁，最美好的年华里，却遭此厄运！我濒临崩溃，哭着给永前打电话："你快回来！"

愧对爱女，戍边卫士家国两难全

永前赶到后，抓着我的手，颤抖着问我："怎么会这样？"我从未看到他如此惊慌，一时无语凝噎。他抱着头蹲在地上，痛苦自责："是我疏忽了，是我耽误了女儿的治疗，我对不起女儿！"

化疗暂时控制了癌细胞扩散，乌英嘎嚷着要回家。2015年春，我带她来到永前所在的锡林郭勒盟。呼吸着草原上新鲜的空气，乌英嘎气色不错，能够慢慢走路了。不久，她开始长头发、越走越稳，她戴着假发重返校园了。然而奇迹只维持了3个月，女儿的脚踝再次肿大，触地即痛，不得不返京治疗。

那段日子，永前在北京侦办一起涉毒案。他白天侦查，晚上守在女儿病床前，给女儿按摩，讲故事。女儿对他极其依赖，每次永前离开，她都要央求他留下，永前一遍遍安慰，却又不得不走。女儿的病情不稳定，身体疼痛，心情也糟，性格变得焦躁，她哭着说，同学们都在上学，她却要日复一日地躺着，什么也干不了！永前轻轻握着女儿的手："宝贝，要坚强！如果爸能替你疼就好了，爸宁愿患病的是自己！"好几次，我看到永前走出病房门，背着我擦泪。

住院一段时间后，女儿开始抗拒治疗，不愿再住院了。无奈之下，我将女儿带回家休养。

2017年底，女儿又因感染性休克紧急送医。"只有截肢，才有活下去的可能。"医生严肃地说。仿佛天塌地陷，我无助地抱着永前痛哭，他也满脸泪水。

当我们艰难地把这个残酷的决定告诉女儿时，她大哭起来，扭过头发狠似的说："要是给我截肢，我就活不下去了……"永前不知该说什么，轻轻抚摩着女儿的病腿，眼里写满了哀愁。

因为拒绝截肢，乌英嘎的病情越来越严重，实在不能再拖下去了。这天，永前走到女儿病床前，轻声问：“有没有什么想吃的？爸给你买。”女儿说：“我想吃草原上的奶干、奶片。”永前忙不迭地答应：“爸爸记下了，下次给你带来……你还有什么事要爸爸给你做的吗？”空气突然安静，女儿仿佛意识到了什么，惶恐地看看她爸爸，又看看我。永前的双眼发红，声音颤抖着说：“爸爸妈妈怕失去你……没有你的世界，将是黯淡无光的。”女儿懂了，半天不说话。

永前握着女儿的手，看着她的眼睛说：“活下去，比什么都重要。”看着他突然变得苍老的容颜，女儿冷静下来：“爸、妈，我要活下来陪着你们，等我好了，我们一家人去看大海。”永前的眼泪滚滚而下，使劲点头：“乖女儿，好样的！爸爸答应你，我们会给你装最好的假肢，你还要上大学，你还有很长的路要走。”我们一家人紧紧地抱在了一起。

2018 年 2 月，乌英嘎接受了截肢手术。从手术室推出来时，我看见她紧闭的双眼还挂着两道泪痕。我可怜的女儿啊！我的心痛得战栗！永前在女儿面前极力控制着自己的情绪，当他实在忍受不了的时候，就躲在卫生间压抑地悲泣。

2 月 22 日，东乌旗一个来中国务工的蒙古国公民自缢在雇主家。永前当即搭乘当天的末班车前往锡林浩特。涉及外籍人员，他不敢松懈，带人进行勘查，不放过一个漏洞。经过反复勘查检测，结果排除他杀，确认死者死于自缢。这件事得到了妥善解决，雇主也接受了行政处罚，并支付了应有的赔偿，避免了一场涉外事件。

刚处理完这个案件，又有一件大事迫在眉睫。公安现役部队改革方案公布：公安边防部队集体退出现役。任何改革都会牺牲一部分人的利益，永前作为支队政委，深知这次意味着全部脱下军装的改革之艰难。如何做好官兵的思想工作，成了摆在他面前最大的难题。他的压力倍增，白头发更多了。

女儿盼着他回家，她努力适应着新装的假肢，想让他看到自己重新走路的样子。永前只能经常给女儿打电话："等忙过了这阵，爸就回来看你，你要好好练习走路，爸会带你去看大海。"

女儿在永前的鼓励下，渐渐学会了戴假肢走路，然而可恶的病魔并没有放过她。这天，给女儿上门检查的医生告诉我："情况不理想，建议去医院做个检查。"我一刻都不敢耽误，慌忙打电话给永前。永前此时在侦办一起涉枪案件，脱不开身，我只好和孩子的姑姑带着女儿赶往中科院肿瘤医院。

很快，检查结果出来，厄运再次降临，癌细胞扩散了！永前赶到医院，疲惫不堪的他一把抓住我的手，眼睛通红，嘴唇颤抖着说不出话来。

永失吾爱，你是天堂最美的"音符"

涉枪案侦办结束后，永前下决心申请"自主择业"之路。他黯然道：作为父亲，自己亏欠女儿太多了，女儿剩下的日子，他想好好陪在她身边。永前向上级递交了申请。虽然申请交上去了，但该做的工作，他一件也没落下。此时，改革进入关键时期。很多家庭有困难的干部找永前帮忙，想抓紧最后一次转业机会。长期以来，永前不愿麻烦组织，女儿患病的情况，部队很少有人知道，偶尔有几个知情人，也了解得不是很清楚。永前耐心听他们诉说自己的困难，帮他们解决问题。谁也不知道他内心的悲怆。

不久，永前的自主择业申请被驳回，因为他是部队唯一的主官。

女儿日日盼着永前来病床前陪她，得知他自主择业无望，她也不埋怨他。

女儿患病的消息被永前单位知道后，内蒙古出入境边防检查总站领导到医院探望女儿，又把总站医院护士派到我家帮我照顾女儿，大家都希望出现奇迹。

然而奇迹并没有发生。癌细胞渐渐扩散到了乌英嘎的胸、肺、肝脏，痰中带血，进食困难。但她还是跟远在草原忙碌的永前汇报着“好消息”：“爸，我挺好的，妈和护士阿姨把我照顾得很好，您别担心。”

永前何尝不知女儿的苦痛，只能含泪配合女儿“演戏”。女儿很虚弱，说一句话就要停下来喘息一下：“爸，等我病好了，我们去海边游泳，好不好？”“我想养个小宠物，让它陪着我。”永前强忍心痛答应着。

她疼，疼得在床上打滚，但她从不肯告诉爸爸她有多疼，更不会跟爸爸发脾气，她怕爸爸没法专心工作。她只是躲在被窝里哭。那段日子，也是女儿最后的日子，她完全靠止疼针续命！

我再也无法忍受，与永前大吵了一架，连日的痛苦和焦虑，彻底爆发出来。我甚至吵着要离婚。我压抑的争吵声被女儿听见了，她很自责。几天后她对我说：“因为我的病你们才吵架的，都怪我。妈，你别怪爸好不好？你这样说他，我听着难受。”

承受着锥心之痛的永前，还是在艰难中完成了改革重任。2019 年 1 月 1 日，“锡林郭勒盟公安边防支队”的牌子被摘下，“锡林郭勒边境管理支队”正式挂牌。而这个时候，我们的女儿离天堂却越来越近。

2 月 21 日晚，女儿再度昏迷。经全力抢救，她苏醒过来，看到永前，剧痛中的她似乎心安了。23 日凌晨，是女儿生命中最后的清晨。因病床爆满，女儿没能转入病房，只能躺在病房外的走廊上。永前守在女儿睡的一张临时躺椅旁，安慰的话说不出口，他连“骗”她的力气都没有了，像被抽掉了三魂七魄。女儿身上到处都是针眼，清晰可见，永前心疼地抚摸着那些针眼，每一针都像扎在他的心上。

女儿用残存的力气说："爸，我讨厌医院，你带我回家。"医生也告诉我们："孩子撑不了多久了。"我们在救护车上，给女儿输着氧，一路向北飞驰。

救护车快要开到草原了。女儿艰难地问："快……到家了吗？"永前哽咽着："马上就到家了，孩子，我们马上到家了……"

2019 年 2 月 23 日 11 时，救护车上，乌英嘎靠在永前怀里，永远地闭上了美丽的眼睛。

女儿曾对永前说，她不想埋在土里。永前听从女儿的遗愿，将骨灰撒进家乡的东大河里，带她去看海……骨灰撒尽，永前搀扶着虚弱的我，一步一步缓缓离开，仿佛有一个世纪那样漫长……

在事业上，永前获得了至高的荣誉，他帮助过、拯救过很多人，但唯独无法把最心爱的女儿留在人间，这是他心中永远的痛。他一次次痛悔不已地对我说，如果时光倒流，他一定会拼命呵护女儿，不让她受到任何伤害。可惜，女儿永远不会回来了。

很长一段时间里，我深陷痛苦难以自拔，永前强忍着巨大的悲痛陪伴着我，细心地安抚我。

女儿走了，永前把伤痛深埋在心底，继续以"中国第一代移民官"的身份，带领着他的战友们踏上新征程，守护着边疆人民的安宁。我想，天堂里的女儿会原谅她父亲的，她知道他深爱着她，就像爱着那些离不开他的草原儿女一样。亲爱的女儿，一定会在天堂庇佑她最亲爱的爸爸健康、平安……

我的父亲何镜堂：一梁一柱的对白，一生一世的清欢

项文廷

他是南京大屠杀遇难同胞纪念馆设计者、上海世博会中国馆总设计师和北京奥运鸟巢部分场馆设计者，2019 年获中宣部授予的“最美奋斗者”称号。

2020 年 2 月 29 日，中国工程院院士、华南理工大学建筑设计研究院院长何镜堂，在央视一套《开讲啦》做了《用建筑记录时代》的演讲。何镜堂 45 岁前一直跌跌撞撞，曾趣言“五十而立”！在人生的几个重要节点上，妻子李绮霞给予了他最大支持。在女儿何菁眼里，父母是最佳搭档和幸福伉俪。

趣言“五十而立”：建筑梦激情燃烧

1992 年 7 月的一天，广东省深圳市科学技术馆前，20 岁的何菁站在这座由父亲设计的富有韵律感的建筑前，看着满脸惆怅的父亲何镜堂，眼圈一红：“爸爸，我们什么时候再见？”

“女女（广州话），你和弟弟过去后要好好读书，听话，照顾好自己。”何镜堂有些哽咽，“爸爸的事业在中国。将来你和弟弟学有所成，也要回来报效祖国，那时，我们一家自会再次团聚的。”

“爸爸，我知道了。”何菁依依不舍。

何镜堂出生在广东省东莞市的一个中医世家，却自幼喜欢美术。读高中时，老师对他说："你以后学建筑，建筑师是半个艺术家、半个工程师。"

高中毕业，何镜堂考入华南工学院（现华南理工大学）建筑学系本科。李绮霞比他低两级，秀外慧中。在华工校园宁静的河边，他们充满对未来的幻想，两颗心越走越近，坠入爱河。

何镜堂被保研，师从一代建筑宗师夏世昌。李绮霞大学毕业后被分配到北京市建筑设计院。1970 年，两人回东莞结婚。刚刚研究生毕业的何镜堂，此后辗转流落到湖北农村。何菁随母亲住在北京，何菁的弟弟何帆在台山老家，一家四口天各一方。

1983 年，华南工学院刚刚成立建筑设计院，急需吸纳人才，母校向何镜堂发出召唤。当时有很多朋友劝何镜堂，说走了就回不来了。何镜堂经过几晚的家庭会议，说："三十而立，我要五十而立！"

何镜堂带着一家来到广州。回到母校的第三天，时任建筑设计学院院长的陈开庆告诉何镜堂，深圳科技馆要重新举行设计竞赛，邀请华工建筑设计院参加，时间只剩下三个星期，问他想不想参加投标竞赛。何镜堂心里一热，果断表示："我参加！"

何镜堂预感到机会来了！雀跃的他当即骑着自行车载着女儿，何菁在车后用一双小手抱着爸爸，感觉到爸爸兴奋得心直跳。父女俩赶到五山街，将消息告诉了正在街头置办安家用品的李绮霞。

一向合拍的夫妻俩，立刻全身心投入这项工作。他们乘坐长途大巴赶到深圳。时间紧迫，在接下来的 20 多天时间里，他们日夜奋战，反复推敲。捂在心中数十年的创作激情，期待一次尽情燃烧，无暇顾及孩子。而当时华工房子紧张，何镜堂一家栖身的地方很小很简陋，何菁常被蚊虫叮咬，加上抓挠，胳膊、腿上满是新疤旧痕。常常父亲在画图纸，她拉着父亲的手恳求："我要回北京！"

最后一个晚上，何镜堂和妻子彻夜未眠，和另一个同事一起，赶在最后期限前完成了设计模型。经过焦灼难耐的等待，一个令人振奋的消息传来，他们设计的方案中选了，夫妻俩高兴得手舞足蹈。

深圳科技馆是何镜堂夫妇建筑设计生涯的一个标志性建筑。之后，他们的设计热情如岩浆一样喷发。

何镜堂先后主持和负责设计了全国一大批工程，并收获了大量的建筑奖项。尽管是一位迟到者，但这一份份丰盛的人生礼物，还是给予了他极大的信心。

让何菁想不到的是，就在这时，他们一家再次面临分离。1992 年，何菁被美国哥伦比亚大学建筑专业录取，因外公外婆和舅舅们都是华侨，早就希望李绮霞带着一家人到美国团聚。何镜堂为妻子和两个孩子办好了签证手续。

何菁知道，父亲之所以在离别之际带着一家人来到科技馆，是要追寻改革开放的足迹，让她和弟弟见证父辈的足迹，记住他们的根在中国。

打造"和平之舟"：父亲有一只"生命宝盒"

半年后，李绮霞回到广州。此时，何镜堂任华南理工大学建筑设计研究院院长。邻居和同事说何院长前段时间吃了冰箱里的剩菜，得了急性肠炎住院。李绮霞听后很心痛，眼窝里蓄满了泪水。

李绮霞说："我不走了，留下来和你一起奋斗，好吗？"何镜堂含泪点点头，一切尽在不言中。建筑早就把夫妻俩的心紧紧地连在了一起。

李绮霞随后打电话给女儿："我要回到你爸爸身边，为他减压。"何菁早有预料："妈妈，你负责照顾好爸爸，我负责照顾好弟弟。"

妻子回到身边后的几年，何镜堂硕果累累，主持设计了大都会广场、中国市长大厦、华南理工大学逸夫科学馆、鸦片战争海战馆等多项工程，几乎每项工程都赢得了各种国家级和部级奖励，树立起了华南理工大学建筑设计院良好的品牌形象。何镜堂因此被评为"中国工程设计大师"。

1999 年底，何镜堂当选为中国工程院院士。

何菁为父亲骄傲，更为父亲担心，父亲虽然精神矍铄，但身体问题不少，年轻时被忽略的高血压影响了多个脏器的功能。2004 年 10 月，父亲因为甲状腺瘤必须做切除手术。父亲住院后，母亲寸步不离，晚上他打点滴，母亲整夜整夜地坐在病床边看护他，父亲整个人都瘦脱了形。而病床上，父亲还不忘和学生讨论青岛海洋大学科技楼的设计方案。

2005 年初，国家发改委正式立项批准南京大屠杀遇难同胞纪念馆扩建工程。经过吴镛、齐康等十余位重量级专家的仔细评审，最终何镜堂、倪阳领衔设计的"和平之舟"方案，在国内外 13 种设计方案中脱颖而出。

何镜堂夫妇和其团队开始了历时两年多的设计、建设和思考过程，反复推敲，精益求精。他们和南京城建项目建设管理公司精诚合作，经过无数次磋商，反复磨合，最终共同完成了这个精品工程。

两年后，外交部、中宣部等中央七部委领导视察南京大屠杀遇难同胞纪念馆扩建工程，盛赞其为“世界一流，国内最好国家标志性的战争纪念馆”。这个是国家公认的工程，其建筑造型诉说着中华民族沉重的记忆，向世界发出呼吁和平的声音。之后，何镜堂还主持设计了北京奥运鸟巢摔跤馆和羽毛球馆，均广受好评。

何菁知道父亲有一只“生命宝盒”，这是母亲为父亲精心准备的。父亲做了手术之后，一日三餐要吃的药可谓“丰富多彩”，啥颜色的都有。在广州的家里没有问题，可他常常就是个“空中飞人”，所以母亲对药品就要有管理方法，给他随身带的小药盒里装的是中午一顿的药，因为中午他常在外面，饮食不定。药盒分 21 个小格，母亲每次把一大把药铺在茶几上，对着手机上的说明，将所有的药丸按早、中、晚排好，在接下来的 21 天里，父亲就按格吃药。每过三周，母亲就会把这只“生命宝盒”的药再填充一遍。

这只“生命宝盒”，也时时牵动着何菁的心。

最美好的搭档：建筑大师爸妈有颗“中国心”

这时，何菁早从哥伦比亚大学建筑系研究生毕业，在美国做了一名优秀的建筑设计师。她知道父母又要面临一项举世瞩目的建筑设计工程的考验。

2007 年初，上海世博会中国馆设计工作开始。在世博会的规划图中，中国馆紧邻黄浦江，处于南北、东西轴线交会的视觉中心，它的体量也让它雄踞于其他场馆之上。何镜堂带领团队亲自操刀。

何镜堂对中国文化情有独钟。而在上海建世博会中国馆，更要体现中国文化、中国元素，那颗火热的“中国心”在他的心里激荡和燃烧。然而出师不利，在第一轮方案评选会上，这个取名为“中国器”的设计方案在20强中被淘汰出局。远在美国的何菁也感到可惜。可是不久，她突然接到了母亲报喜的电话，说后来有三位院士反复看20强建筑方案，感觉没有体现出中国特色，无意中翻看落选的方案，经过反复商量，最终还是选中了“中国器”。母亲高兴地说：“它成功复活了！”何菁顿时又为父亲感到自豪。

8月30日，经过多轮激烈角逐，世博会中国馆第二轮方案评选结果出炉，何镜堂主持设计的“中国器”以及清华大学、上海建筑设计研究院合作的“叠篆”方案上榜。中国馆以何镜堂的“中国器”为主，地方馆则以清华的“叠篆”为基础，由何镜堂担任该联合团队总建筑师。

上海世博会中国馆，从打下第一根桩到主体结构封顶，克服了场地环境复杂、钢结构吊装难度大、施工工期紧张等诸多难题，渐渐展露雄风。2010年2月8日，在喧天的锣鼓声中，中国馆终于竣工。它的轮廓看上去像斗拱，构成则像中国传统木建筑，结合下部的4个核心筒看，又像一个四脚鼎，居中升起，层叠出挑，整体选用了“中国红”，形象更加突出。中国馆从外形到色彩都极具中国特色，有人说像传统建筑上的斗拱，像一顶古代的冠帽又像一个装粮食的斗，所以有人称之为“东方之冠”，还有人称之为“天下粮仓”。

5月1日，上海世博会成功举行，雍容大度、传达泱泱大国气度的中国馆吸引了全世界的目光。这年6月，何镜堂一家在何帆的毕业典礼上相聚，何菁打量着满头白发的父亲，既感到心疼，又着实为父亲感到骄傲。

何镜堂对女儿和儿子说：“让我自豪的是，你们终于学有所成了。是不是该考虑回国了？祖国会有你们干事业的大好天地。”

何菁知道父亲的那颗“中国心”，不仅体现在他带有中国元素和文化特色的建筑设计上，还体现在他对祖国的热爱与建设壮丽祖国的雄心上。正是在这次聚会上，她和弟弟都决定回国发展。

之后几年，何镜堂还主持设计了钱学森纪念馆、澳门大学横琴校区等有名的建筑。李绮霞仍给予大力协助。2019 年 2 月 27 日，广东院士后管委会给李绮霞颁发了“院士后证书”，称“李绮霞教授于 1970 年 6 月起在何镜堂院士背后默默付出、坚定支持，成就了一位闻名国内外的建筑大师”。

2019 年，已经 81 岁高龄的何镜堂平均每 3 天飞行一次，奔波于全国各地的建筑设计现场。许多工程项目，他都亲自画图设计和讲解，甚至在出差路上还在画图。何镜堂的建筑作品在国外轮番展出，他用中国现代建筑语言与世界进行交流对话。

在何菁眼里，父亲平时除了工作严谨，还是一个爱心满满、充满浪漫情趣的人。父亲陪母亲逛街，从不觉得是苦差，有时会花上半天时间亲自采购，为一家人张罗一桌丰盛的佳肴。父亲一边享受着工作的乐趣，一边也享受着天伦之乐。何菁8岁的女儿姚欣桐非常聪颖可爱，她从小耳濡目染传统建筑艺术，对建筑绘画有一种天生的敏感和兴趣。被称为“小才女”的她举办个人小画展时，父亲亲自跑去给外孙女“捧场”。父亲不仅有一颗建筑的“中国心”，还有一颗可爱的童心，他和外孙女玩抛小球、骑小童单车的温馨画面在中央电视台播出后，任谁看了都喜不自禁，电视机前的何菁也被逗得大笑。

2019年9月25日，由中宣部等多部门联合主办的“最美奋斗者”颁奖典礼在北京人民大会堂举行，何镜堂获此殊荣并到会领奖，组委会对何镜堂院士“与祖国同行，与时代共进”的数十载奋斗，给予了充分的肯定和表彰。

2020年2月29日，中央电视台播出《开讲啦》，何镜堂院士发表了《用建筑记录时代》的演讲。他说：“一个建筑，影响最大的还是它的文化。世界上所有著名的建筑，留下来的都是它的文化，如果创新离开了原来的文化，就会变得轻飘飘的，没有根，没有血脉。建筑是有基因的，我们要把它传承下来，要体现出国家和民族的特点。”

何镜堂的女儿何菁说，父亲身为中国建筑大师，面对母亲却静若秋水。父母从风华正茂到耄耋之年，这一路走来，不仅在中华大地上留下了许多有名的建筑，更用他们火热的“中国心”时时感染着后辈。

“时代楷模”：父爱亦缱绻

钟兆云

2020 年 9 月 7 日，由公安部新闻宣传局、中国电影家协会联合制作的系列电影《扫黑英雄》在福建省宁德市举行开机仪式，该电影以全国公安系统一级英模、福建省宁德市蕉城区公安分局原副局长杨春同志为原型创作，将作为 2021 年中国共产党建党 100 周年献礼影片。

杨春是一位从警 28 年的老民警。多年来，他始终奋战在第一线，屡破大案、要案，做出了突出的贡献。因长期超负荷工作，2019 年 1 月 23 日凌晨，杨春在加班时突发心肌梗死，不幸因公殉职。2019 年 8 月，中宣部追授杨春同志“时代楷模”荣誉称号。

这让杨春的妻子黄芳既悲痛又骄傲。在她心里，杨春不仅仅是冲锋在前的铁汉，更是让家人依赖的靠山，是充满柔情的丈夫和爱护女儿的好爸爸……

“春来吹发满庭花”，这个队长不一般

2020 年七夕，黄芳意外收到了女儿杨雯茜送的鲜花。女儿懂事地说：“妈妈，以往过节爸爸都会送你花，我在梦里答应过爸爸，每年都要替他送花给你。”黄芳含泪接过，她相信她跟女儿最思念的那个男人，始终活在她们心中，给她们最纯粹的爱……

杨春，1969年出生于福建省宁德市一个教师家庭。1990年，身为海军中士的他从浙江省宁波市退伍，原本可以到老家一所中学当体育老师，但他就是不去，再三恳求已在检察院工作的二姐，帮忙打听公安局是否招收退伍军人，哪怕去当临时工也心甘情愿。

这一等就是八个月，终于有了一个机会。当时，宁德市公安局（现宁德市蕉城区公安分局）买了一艘公安艇，向社会招人。杨春就此踏入公安队伍。

四年后，杨春参加全省考试，成为全艇辅警中唯一一个正式进入公务员编制者，分配在三都派出所。紧接着，市交警中队向有关派出所抽调人手，杨春又被选中，并以出色表现被推荐进了刑警队。

杨春初进刑警队，连妈妈都忍不住向他抱怨："你在三都时偶尔还能回来，回城关后倒难见人影了。"妈妈哪知她的儿子正在利用一切时间拜师学艺，钻研刑侦业务，吃住都在队里，还参加了大专函授，成了让同事和领导刮目相看的办案能手。

1994年，杨春经同事介绍认识了在宁德市物质局当会计的黄芳。漂亮温柔的黄芳，让杨春一见倾心。而人人称赞的杨春给黄芳也留下了很深刻的印象，他曾坚定地说："一个人难得能干一件自己喜欢的事，我就想一辈子当警察。"

黄芳义无反顾地嫁给了他。婚后，杨春被调到石后乡派出所任所长，夫妻俩分居十年。直到2006年，杨春进入刑侦大队，他们才要孩子。

进入宁德市刑侦大队，杨春担任刑侦大队副大队长兼城区中队中队长，工作更忙了。他总说，自己不是科班出身，得多钻研，多下功夫。黄芳相信这个对社会、对家庭皆有担当的男人，毅然办了内退，然后相夫教子，免了他的后顾之忧。

有了黄芳无条件的支持，杨春全身心地投入到工作中，经办的第一个命案就让人刮目相看。

当时，一户人家的女儿在家无缘无故失踪，直到几天后才在某小区公园发现尸体。刑侦队接案后分析：这个女孩会不会是接到某个电话后离家被害？可报案人说当天自己一直在家，没看见女儿离开过。

两天后，杨春召集大家讨论，亮出自己的观点："受害人压根就没有离开过家，至少失踪当天没离开过这个家，也就是说受害人极有可能是在家里遇害，第二天才被运出抛尸的。"

大家豁然开朗，把嫌疑点指向报案人家里，案件随之告破。扬眉剑出鞘之后，杨春对案件嫌疑人真诚相待。不见拍桌捶凳、吹胡子瞪眼，只是以聊天的方式，从嫌疑人的角度帮对方分析问题，疏导心理。精诚所至，再顽固的堡垒、再厉害的老手也都慢慢放弃了顽固的抵抗，从黑暗中被引向光明，交出口供。

"杨春是智勇双全的虎将，把队伍和任务交给他，把大案、要案和疑难险重的事交给他，局党委放心！"几任局长、政委都这么说，因为杨春给他们的印象实在是太深刻了！有他的地方，就是能让人找到一种说不出的归属感，就像是"春来吹发满庭花"。

“杨柳有情，春风化雨”，铁汉父爱亦缱绻

2007 年，杨春升任刑侦大队大队长。这一年，宁德市（现宁德市蕉城区）的刑侦业务综合考评位居宁德地区第一。杨春对工作尽职尽责，在家也不含糊。他的孝顺和顾家，在街坊邻居中一向有口皆碑。

每当忙完工作，他总是第一时间到父母跟前嘘寒问暖。阳光明媚的午后，他会一手推着父亲的轮椅，一手携着母亲，带二老到院子里晒晒太阳，呼吸新鲜空气，听父亲重复了一次又一次的唠叨：“做人少盐少米不能少良心，无衣无食不能无胸怀。”他常与队友共勉，说父亲这句话，涵盖的道理就是要求我们做人做事要与人为善，要包容别人。

对妻子黄芳，杨春除了赞扬还是赞扬，从不把工作上的辛苦和遇到的不顺、烦心之事带进家门。黄芳的生日、结婚纪念日，他都要送花和礼物，请她出去吃顿饭。黄芳也投桃报李，给他买了新衣服，他像个大男孩一般跟同事炫耀：“你们看我这衣服怎么样，嫂子给买的。快过年了天还这么热，你们嫂子买的冬衣一直都没机会穿。”真让人忍俊不禁。

而女儿杨雯茜更是他生命中的至宝，他微信的头像就是女儿照片，整洁的办公室里只放着女儿的照片！女儿还在襁褓中，杨春就对帮忙带孩子的小姨子说：“我家里什么东西摔了都没关系，唯独女儿不行！”

2011 年 9 月 28 日，一名吸毒人员产生幻觉而伤人致死。杨春带领民警赶到现场，嫌疑人正挥舞着两把锋利的砍刀在叫嚣。看到嫌疑人身后站着一名妇女，杨春压下民警手中的微型冲锋枪以防误伤，同时张开双臂将身后的民警护住，自己却近距离地面对嫌疑人。经过他

反复劝说，嫌疑人终于放下砍刀。

面对这样危险的情况，初次上阵的战友紧张得汗流浃背，可杨春却从容地说：“我的肉厚，一两刀还是经得住的。他砍我的时候，正是你们抓捕的好机会。”在抓捕现场，他蹲下身子甘为“肉凳”，扎好马步，然后耸起双肩用手拍几下，同行的民警以他的肩膀为支点飞速翻墙，最终合力解除危机。

事后，大家都说场面凶险，严重点儿都可能牺牲。杨春却说：“我是大队长，有危险冲上前很自然，他真要砍我也没关系，大不了帮我减减肥。”

在黄芳的相册里，有一张便笺纸一直被珍藏着。上面写着：“老婆，因有紧急案件，我去队里加班，有事打电话给我。楼下有柿子吃。晚安。春。”这是二十多年前的一个深夜，为了不打扰妻子休息，杨春在出门加班前给她留下的字条。此后无数个夜晚，杨春留下了许多诸如此类的“情话”，就夜以继日投身到工作当中。他不知道，每次他离开家后，黄芳都辗转反侧，为他的身体担心不已。

事实上，杨春在担任蕉城区公安分局副局长后，高强度的工作早就让他的身体亮起了红灯，但他仍忘我工作。2014 年，在前后两任局长亲自“押送”下，杨春在上海胸科医院做了胸部纵隔肿瘤切除手术。术后，身体还未完全康复，他就开始投身于工作。

2017 年底，杨春再次被查出患有重大心血管疾病先兆，医生建议对他行冠脉造影进一步明确诊断。

此时正值闽东数十年难得一遇的特大项目“上汽宁德基地项目”建设全面拉开，杨春受命兼负安保维稳工作。尽管感到分身乏术、压力重重，但面对这个备受关注的热点和组织重托，他二话不说就抽调人员安营扎寨，投入工作并顺利推进到位。

杨春选择保守治疗，医生只好留下了医嘱："患者拒绝，要求保守治疗。""注意休息，避免劳累。"可这份医嘱一到他的手中，便被锁进抽屉秘不示人。2018 年，扫黑除恶专项斗争伊始，他因"涉黑案件的线索都装在我的脑子里"而一次次推迟了治疗。

在杨春的带领下，蕉城公安分局 2018 年交出了一份亮眼的扫黑除恶成绩单：打掉黑社会性质组织 1 个、恶势力犯罪集团 5 个，破获九类涉黑恶案件 104 起，抓获涉黑恶犯罪嫌疑人 213 人，中央扫黑除恶专项督导组交办和公安部下达的线索办结率达 100%。杨春被同事们誉为"拼命三郎"、蕉城刑侦的"定海神针"。

黄芳察觉他身体的状况不佳后，强烈要求他住院检查和治疗，可他却说不打紧。为了安慰妻子，他还立下口头保证："等熬过这一阵子，就跟你去医院！"

无奈，黄芳只好给他买了瓶救心丸让他随身携带，她无论如何也没有想到，埋在他身上名叫"心梗"的炸弹，在全国扫黑除恶行动整整一周年时，在他拖着病体连轴转时，无情地爆了！

"化作天上星星呵护你"，以身殉国来世许柔情

2019 年 1 月 23 日，正在办公室加班的杨春，因劳累过度，突发心肌梗死，不幸去世，生命永远定格在扫黑除恶第一线。

等黄芳接到消息赶到杨春的办公室时，里面已经是人山人海，身穿警服的杨春倒在办公室冰冷的地板上，一手捂着胸口，一手还上举着，因痛苦而紧憋得脸呈紫色，眼眶里的泪痕似是血泪……黄芳只觉得大脑一片空白，瞬间晕厥了过去。

女儿更不敢相信，她知道爸爸有多爱她，在外吃到好东西，常常

不忘打包回来，让她跟着享口福。爸爸明明说好今晚要为她结束期末考试而举行家庭聚会的，怎么就缺席了？今后钢琴弹给谁听，毛笔字写给谁看，谁帮自己洗发吹干？

那年，爸爸在邻家姑娘婚礼台上深有感触地说：“以后等我女儿出嫁时，我一定要牵着她的手走上台。”他还说，这辈子最亏欠的就是女儿，因为工作没能好好陪伴她，等她毕业后一定要把她留在身边，好好补偿她……

爸爸曾教她王昌龄的诗：“秦时明月汉时关，万里长征人未还。但使龙城飞将在，不教胡马度阴山。”在她将这些诗句创作为书法佳作并得到爸爸的激赏后，她还夸赞爸爸就是专治坏人的“蕉城飞将”，却不料“人未还”的惨剧竟真的上演了。

为了安抚和体恤黄芳母女，杨春的部下自发为他办理后事。组织上批准将杨春的办公桌和警号长期保留，以此向英雄致敬和学习。

杨春生命最后的时光，一心都扑在扫黑除恶一线。那时，扫黑办每天接到的举报电话少则二三十个，多则上百个，几乎每一条电话记录杨春都要亲自过目，生怕漏掉有价值的线索。

有民警不止一次看到，连轴转的杨春疲惫不堪，伏在成摞成摞的案卷旁打盹儿。他的手机 24 小时不关机，遇上扫黑队在外追逃或办案，他彻夜不眠，只为等民警的一通电话。

分局民警提供了一份他牺牲前 48 小时的工作清单：2019 年 1 月 21 日，上午，部署扫黑除恶线索核查工作；下午，参加分局党委 2018 年度述职述廉会议；晚上，召集扫黑队研究专案组调查和攻坚审讯，拟定下阶段收网方案。1 月 22 日，上午，带领扫黑队民警到检察院、法院协调涉黑案件犯罪嫌疑人羁押期限、公诉等事项；下午，慰问困难民警，到刑侦大队和分局接警中心检查节前安全防范工作；20 时，带队到市公安局汇报并协调专案工作；21 时许，在办公室签批嫌疑人追逃手续；21 时至 23 时，召集民警研究起草专案联合调查组工作计划；随后，回到办公室继续带班值守。从监控视频中看到，他轻轻关上了办公室的门，可那个熟悉的身影却再也没能走出来……

这 48 小时中，他签批了 74 份案件法律文书，其中有 4 份是 22 日 23 时 30 分之后，也就是他临终前签批的。长期和杨春一起工作的同事说："杨局长真的是用生命在扫黑。"

杨春牺牲后，公安部扫黑办发来唁电，称赞杨春是"中国刑警的杰出代表"。证书、奖杯接连挤入杨春的办公室："时代楷模""人民满意的公务员""全国公安系统一级英雄模范""全省优秀共产党员"……每一个奖项都金光闪闪，分量很重很重。

中国力量

第四章

搏风击浪，赤胆忠魂

种子天堂的追风者：
青山埋忠骨，来世许柔情

梁永安 江南

“一个基因可以为一个国家带来希望，一颗种子可以造福万千苍生。”2018年3月，中宣部追授著名生物学家、长江学者、复旦大学研究生院院长钟扬教授“时代楷模”称号。

钟扬15岁考入中国科技大学少年班，20岁进入中国科学院武汉植物研究所，与同事张晓艳在荷花的清香中相恋。为了生态学研究，钟扬在西藏高原行程近50万公里，和团队寻找到4000多万颗植物种子。而他留给家人的时间却少之又少。他和张晓艳曾有过约定：两个双胞胎儿子15岁后，他管。谁知他却永远失约了……

荷花的清香中相恋：植物世界美不胜收

2002年9月9日，张晓艳生下一对双胞胎儿子。钟扬给他们取名云杉、云实，有个研究生贴出告示：“钟扬教授和张晓艳博士的遗传学实验取得巨大成功。”38岁了，一下来了俩孩子，钟扬很高兴。

1964年5月2日，钟扬出生在湖北省黄冈市，父亲钟美鸣、母亲王彩燕均在黄冈中学任教。1979年，15岁的钟扬考入中国科技大学少年班，上了两年的综合基础课后，他选择了无线电电子学系。

1984年8月，钟扬毕业被分配到中国科学院武汉植物研究所，这

年，中国科学院下属生物学研究所急需计算机人才。同时分配来的还有毕业于北京林业大学园林植物专业的张晓艳，她初期的工作主要是研究荷花，所里还交代给她一个任务：钟扬是植物学的门外汉，她要“一对一”地负责传帮带。

所里有16个特色植物专类园。在植物的浓浓绿阴中，两人工作得很愉快，张晓艳觉得钟扬率真、热情，钟扬觉得她模样有点像电视剧里的林黛玉。荷花养在一个个陶制大缸里，张晓燕每天在不同时间观察它们的形态，测量各种数据，找出规律性，做出精确的分类，把数据送到钟扬的计算机室。钟扬的工作是将植物学与计算机信息处理技术相结合，这是一种新的研究方法。张晓艳渐渐发现，钟扬的研究方法虽说很先进，但有些不接地气。她说你整天关在屋子里研究，不接触荷花的自然状态，对荷花的理解太抽象，培养不了对植物的感情。

钟扬一边工作，一边抽空到武汉大学生物系听陈家宽教授的课。清晨的熹光中，傍晚的红云下，他和张晓艳对荷花品种进行动态系统模糊聚类和最优化模糊聚类分析，完成了论文。

钟扬深切地感悟到：“一个基因可以为一个国家带来希望，一颗种子可以造福万千苍生。”他的灵魂被气象万千的植物世界所折服。不知不觉，他们也在荷花的清香中恋爱了。

钟扬承担了多项研究课题，显示出惊人的创造力。1986 年，他被破格晋升为助理研究员。

1988 年初，张晓艳下定决心返回武汉植物研究所。一天，她从外地结束工作回来，钟扬到火车站接她，乐呵呵地说：“我把证明开好了。”“什么证明？”张晓艳一头雾水。“我们的结婚证明啊。”钟扬说得挺轻松。张晓艳吃了一惊：“我还没同意呢，你怎么就把这个证明开了呢？”“到时间了。”他很笃定。

两人结婚了。1992 年，钟扬到美国密歇根州立大学做访问学者，不久张晓艳也受遣来到这里，他们一起做研究，攻读博士。回国后，钟扬创建了计算生物青年实验室，被任命为主任。1996 年，他被破格晋升为研究员。1997 年，33 岁的钟扬担任了武汉植物研究所副所长，是中国科学院系统最年轻的副局级干部。

2001 年春，钟扬被调入复旦大学当教授，既搞科研又搞教学，承担重建复旦生态学科的重任。张晓艳被调到同济大学任教，回到了父母身边。

搞植物学研究经常需要去野外考察。2001 年 8 月，钟扬组织了一次 6 个人的西藏之行。高原，瑰丽和危险相伴相生。当车子开到海拔 4900 米的高原湖泊羊卓雍措时，钟扬脸色发白，晕眩、恶心、头痛……可是接下来，他看到的却是不断的惊喜！

西藏是一个神奇的植物王国，高等植物有 5000 多种。高高的巨柏、山坡上的江孜沙棘、大花红景天……世界大部分地方陷入生态危机，西藏却有这么丰饶的植物资源，钟扬像发现了新大陆，一个前所未有的想法在他的心里酝酿。

回到上海后，钟扬对妻子感叹道："青藏高原，我去晚了！"2002年春，钟扬再次来到拉萨，直奔西藏大学。藏大的理科加起来只有6位教授，植物学学科无专业教授、无博士学位老师、无国家科研课题。钟扬想帮藏大培养人才。他取了个藏族名字：索朗顿珠，意思是"有福德、事业有成"。藏大的学生特别喜欢他，他讲课激情澎湃，上起课来风趣幽默，学生们觉得这位来自上海的名教授太酷了。

钟扬和同事琼次仁反复讨论，确定了一个很有开拓性的项目——西藏大花红景天的居群分布、化学成分变化及地理信息系统研究。他们千辛万苦搜集到一批新的原生植物样本，获得了丰富的第一手资料。钟扬一边插着氧气管，一边修改项目申请报告。2003年，这个项目成为藏大建校以来获得的第一个国家自然科学基金重点项目，整个藏大沸腾了！

生命的另一半交给西藏：执着与爱横盖天地

钟扬的到来让藏大如获至宝，钟扬自此成了援藏干部，每年有一半时间在上海，另一半时间在高原上。

5月，西藏千千万万的植物生机盎然，是植物学家从事研究的好时机。每年这个时候，钟扬都要亲自上高原，带领团队寻找和采集植物种子。他制定了长期的种子采集计划：到海拔2000多米到3000米处搜寻植物种子。因遗传间的杂交问题，规定两个样本间的空间距离不得小于50公里。一天走800公里，每走过50公里，看见一个种子赶紧收集几颗，再开车去另外一个点，每个样本要收集5000颗种子。

西藏东南部森林茂密，河流湍急，山体滑坡、道路坍塌和风暴会

随时袭击他们。一次，车辆冲出路面，掉到江里。另一次车子来到一个谷底，一块大石头砸在车顶上，幸好没有砸着人。而到了西藏的西北部，缺氧、植被稀疏，采集难度更大。

2009 年，钟扬成为西藏大学首位长江学者。在受聘仪式上，他宣布："西藏大学植物学的博士点不批下来，我坚决不走！"藏大的师生们都很动容。

高原反应自不用说，钟扬经常只能啃点干面包。而为了保存体力，他有时又吃得很多，导致胃被撑大，心脏肥大，血管脆弱，心跳最慢时只有每分钟 44 次。一次，他回到家，脚又肿又胀，鞋子都穿不上，原来他患痛风很久了，张晓艳见了心疼不已，嗔怪他不知道珍惜身体："你两个儿子还小呢，你可不能拼掉老本(身体)！"钟扬不在意地笑笑。

每年七八月放暑假，两个孩子多想父亲陪陪他们。可钟扬要上高原，有时没有信号，他和家人会"失联"好几天，妻子、孩子担心他，他也牵挂他们。每逢妻子生日，他都会给两个儿子一些钱，让他们去给妈妈买一份礼物。这是张晓艳最幸福的时刻。

钟扬和妻子约定：孩子 15 岁前，她管；15 岁后，他来管。张晓艳觉得他身体透支得太多了，找出他最难割舍的理由：“你错过了陪伴儿子成长会遗憾的。”钟扬愧疚道：“再给我 10 年时间，我就歇下来。”

在西藏，钟扬每天只睡三四个小时，足迹遍布最偏远、最荒芜的地区，挑战着身体和生命的极限，经历了无数生死一瞬的艰险。

2012 年，钟扬担任复旦大学研究生院院长。2013 年，西藏大学获批生态学一级学科博士学位授予点，藏大的植物学研究慢慢走到国内前端。同时，钟扬还带领团队在上海成功引种了红树林，创造了世界引种最高纬度的奇迹，为上海海岸生态保护打造了新的屏障，造福未来和子孙后代。

住院第三天，钟扬让学生拿出电脑，记录下他给党组织的一封信，在信里他写道：“14 年的援藏生涯对我而言，既有跋山涉水、冒着生命危险的艰辛，也有人才育成、一举实现零的突破的欢欣，既有组织上给予的责任和荣誉为伴，也有窦性心律过缓和高血压等疾病相随。就我个人而言，我将矢志不渝地把余生献给西藏的建设事业！”

13 天后，钟扬出院，医生说他一定不能再进藏工作，家人也纷纷劝钟扬不要去西藏了。他当面做出承诺。到除夕，钟扬打电话回老家，父亲问他春节能不能回来，他说不一定赶得回来。父亲说：“我八十了，还能和你过几个春节啊？”除夕下午，钟扬和妻儿赶回武汉，父母笑得多舒心啊！

春节后，钟扬就打破承诺，又去西藏了。母亲给他写了一封长信：“不能去上海，不能为你去做点什么，心有余而力不足了……”钟扬非常愧疚。

2016 年 7 月，钟扬在西藏欢迎援藏干部的座谈会上发言，说了最重的一句话：“每个人都会死去，但我想为未来留下希望。”参会者无不动容。

种子天堂的追风者：来世许你柔情

钟扬打造了高端人才援藏的新模式。因长期上高原采集种子，他的心脏早就不堪重负，2016 年做了心脏搭桥手术。张晓艳劝他以后不要再去西藏了，钟扬说：“做这个手术，就是希望能在西藏多干几年。再给我 10 年，很多事情就会取得应有的成果。那时，我才安心。”一席话听得张晓艳两眼湿润。

钟扬又去了西藏。2017 年 9 月 6 日上午，他在西藏大学和同事们商谈学科建设，下午乘飞机回到上海。哪知，这一次竟是他与西藏的最后诀别！

9 月 21 日，是钟扬在复旦的最后一天。这天，教育部的“双一流”建设名单正式公布，西藏大学的生态学科位列其中，钟扬自豪地对同事说：“未来 20 年，我们可能把西藏的高原植物收集到 75%。”

第二天，钟扬前往内蒙古讲学，三天后他将再次回到拉萨，开动员会。9 月 24 日晚，钟扬给鄂尔多斯市城川民族干部学院做了一场讲座，第二天清晨赶往银川机场，路过鄂托克前旗时天色微明，他乘的车辆突然与一辆铲车相撞，钟扬当场身亡。

在银川殡仪馆，张晓艳看着丈夫的遗容，心碎地问：“你答应过，儿子 15 岁以后就归你管，你的约定呢……”全国几十所大学、研究所的学者和学生赶来守夜，700 多个花圈，如雪如莲。云实流着泪给父亲发微信：“爸爸，你终于可以回家休息了！”

复旦大学的官网换成了黑白色。学生扎西次仁赶到银川殡仪馆，给老师敬献了一条洁白的哈达，深深地磕了三个头。钟扬培养的最后一位女博士德吉伤心地写下悼词：“希望千盏酥油灯点亮您的路，祈祷您超度为佛，因为您永远是我们藏族学生心中的佛。”

追悼仪式后，钟扬的部分骨灰由其培养的第一位博士生扎西次仁带回拉萨。生前，钟扬曾跟他谈到死后想天葬。扎西次仁把老师的一部分骨灰安放在拉萨市郊的山上，另一部分撒入雅鲁藏布江。

张晓艳和公公婆婆常在深夜打电话，起初互相宽慰，最后都失声痛哭。她和公公婆婆商量后，将138万元车祸赔偿金全部捐了出来，成立“复旦大学钟扬教授基金”，奖励复旦大学和西藏大学的优秀师生。钟扬去世后，获得“全国优秀教师”“上海市优秀共产党员”“时代楷模”等一系列荣誉称号。曾给钟扬授过课、比他大17岁的著名生物学家陈家宽说：“他53岁，做了100岁的人做不到的事。”一位同事感叹道：“钟扬是这个时代最稀缺的人！”

钟扬生前最喜欢一首藏族民歌：“世上多少玲珑的花儿，出没于雕梁画栋；唯有那孤傲的藏波罗花，在高山砾石间绽放。”藏波罗花，生长在青藏高原海拔4000米至5000米的沙石地。钟扬就像那生在青藏高原的藏波罗花，深深扎根，顽强绽放。

惊涛骇浪里飘扬的旗：夫妻哨所生命浩荡

刘晶林 江南

2018年7月27日，58岁的王继才因突发心脏病，倒在了自己用生命守护的开山岛上。

开山岛位于黄海，离江苏省连云港市灌云县燕尾港10海里，面积仅0.013平方公里，是黄海前哨军事基地。32年前，王继才和妻子王仕花到这里守岛。“家就是岛，岛就是国，我会一直守到守不动为止。”这对普通夫妻用生命践行了这一诺言！

岛上每天升起的国旗迎风飘扬，似在向辽阔的海空、飞翔的海鸟和人们讲述着这段海魂故事……

海岛夫妻哨所：与亲人隔海相望

1987年7月7日凌晨1点多钟，王仕花被宫缩的阵痛给疼醒了，她要生孩子了！再算预产期，她发现自己竟把这么重要的日期给算错了。

丈夫王继才急了，就是大白天也没办法。台风来了，海上浪这么大，没有船，根本出不了岛啊……

王继才原在江苏省灌云县鲁河村当生产队长兼民兵营长。1986年7月，县武装部安排26岁的他上开山岛值勤。开山岛是海防重地，12海里外就是公海。当年，日军侵占连云港便是以这座小岛为跳板的。

自 1962 年以来，岛上一直驻扎着一个连的解放军官兵。1985 年百万大裁军，连队官兵从岛上撤走了。此前，当地被派上岛的四个民兵最长的待了 13 天！王继才是第五个被派到岛上哨所值勤的人。

王仕花在灌云县鲁河乡小学当民办教师，马上就要转正，他们结婚两年，女儿王苏一岁。王继才怕母亲和妻子不同意，只告诉了父亲，便悄悄地上了岛。

王仕花接连多天没有丈夫的消息，急得到处寻找。见瞒不住了，公公才告诉了她实话。王继才上岛第 47 天，王仕花决定上岛看看。她坐着一艘渔船登上开山岛。丈夫头发乱糟糟的，胡子脏兮兮的。这是她的丈夫吗？她“哇”的一声哭了起来……

王仕花忙着给丈夫理发、剪胡子，洗衣服、做饭……王继才说他向领导立了军令状：岛在，人在！

回去后，王仕花晚上常常辗转反侧，突然冒出一个念头——追随丈夫上开山岛！她觉得丈夫在岛上，她就要上岛，这是天经地义的事。

王仕花放弃了即将转正为公办教师的机会，把女儿王苏交给婆婆照顾，来到了开山岛。王继才顿时觉得整个世界变了样。夫妻俩一起升国旗，一起巡逻放哨，共同守护海防。

眼下台风呼啸，妻子即将临盆，王继才根本无法把妻子送到岛外医院，只能帮妻子接生。他急得把电话打到燕尾镇武装部徐正友部长家，徐正友的夫人老李曾受过医护培训，在电话里向王继才下达“指令”，他按照“指令”，准备开水、剪刀、包被等。

听到孩子第一声啼哭，王仕花问：“是男孩还是女孩？”“是男孩！”此时是中午 12 时 3 分！海上，风大浪高……夫妻俩给儿子取名王志国，希望他长大了，能够像他们一样，立志镇守海疆，保卫祖国！王志国生在岛上，从小听惯大海的涛声。他的玩伴是两条狗、一群鸡和天上飞舞的海鸥、雨燕。王志国过完 5 岁生日，王继才说：“我们办一所岛上小学，你当老师。”王仕花说：“你当校长！”

开山岛小学开学了。教室是一间旧营房，王仕花用粉笔在门前一侧墙上写上了“开山岛小学”的醒目标志。王继才在教室的屋檐下挂一个旧铝盆，上下课时敲响它，声音可以传得很远。

王仕花有时把课堂搬到室外，让儿子尽可能地了解海洋。她在黑板上画出祖国的海岸线，告诉儿子我国的海岸线有多长，开山岛在我国海岸线中的位置以及他们为何要长年驻守在这个小岛上……

王志国在“开山岛小学”上了两年学。其间，王仕花还在岛上生下小女儿王帆。王帆 3 岁那年，不慎从岩石上摔了下来，昏迷不醒。王继才爬到高高的礁石上，挥动衣服，大声呼喊，向经过的渔船求救，渔船一靠码头，救护车便把王帆接走了。

王志国 7 岁时，夫妻俩把他送到岛外上小学。因为在岛上基础打得牢，他很快便成了“学霸”。

弟弟妹妹出岛后，王苏便成了“家长”，带他们上学，买菜、做饭、洗衣服，辅导弟弟妹妹的功课，参加他们俩的“家长会”。

一天晚上，点燃的蚊香倾倒引着了火，把被子烧着了。王苏从睡梦中惊醒，急忙把弟弟妹妹叫起来。兄妹仨用盆接水，把火扑灭后，王苏搂着弟弟妹妹大哭。

一天早晨，王苏把刚烧好的稀饭往桌上端，和王帆撞在一起，滚烫的稀饭泼在妹妹脸上，幸好没在脸上留下伤疤。

王继才、王仕花在岛上用的粮油、煤和烟酒，也是王苏用她柔嫩的肩膀一一背上渔船，找船老大把东西捎给父母。因此，王苏上到小学五年级就辍学了，这成了夫妻俩心中无法愈合的伤口。

夫妻俩常常站在岛上的哨所里，用望远镜瞭望家的方向，体味着和亲人隔海相望的滋味……

守护海防重地：那面惊涛骇浪里飘扬的旗

早晨，当第一缕阳光染红开山岛的山尖尖时，王继才和王仕花庄重地整理好衣服，然后出门，沿着门前的小路，向一座山崖走去。那里竖着一根用竹子制作的旗杆，他们要在那里举行升旗仪式！

前方是沐浴着朝阳的大海，头顶是蓝天白云，有海浪的低语，还有夫妻俩唱响的国歌声。歌声中，王继才把手捧的一面国旗打开，王仕花和他一起将旗帜系在事先准备好的绳子上，一面鲜艳的国旗冉冉升起来了，瞬间映红了开山岛四周的碧海……

一天早上，狂风发出歇斯底里的呼啸，王继才夫妇顶着台风登上哨所顶层。就在他们快要接近栏杆扶手时，狂风突袭，王继才身子一歪，王仕花没拉住他，眼睁睁地看着丈夫跌落崖下。她大声呼喊着“继才……”连滚带爬地向崖下扑去，紧紧搂住倒在地上的丈夫：“伤着了吗？”王继才用胳膊撑着地面说：“腰痛……”在妻子的帮助下，他咬牙忍着疼站起来，看了看天说：“走，去升旗！”王仕花扶着丈夫艰难地向上攀登，几乎是爬到旗杆前。国旗升起来了，在狂风中高高飘扬、猎猎作响，宣示着国家的主权。他们抬头，向国旗致以崇高的注目礼！

王继才跌断三根肋骨，到岛外住了半个月院。

小岛的腹部分布着五条坑道。当时，出于战备需要，无论哪个方向遇有敌情，官兵都可以通过坑道迅速进入阵地。作为国防工程，上级要求王继才夫妇要对五条坑道加以管理、防护和保养。海岛的空气中含盐量大，坑道防护门上的金属部件多有腐蚀。他们首先要除锈，然后用专用的钢丝刷反复刷，接着用砂纸打，直到部件被打磨得露出金属的光泽才涂防护漆，等漆干后，再抹上黄油。保养坑道不光累人，还脏。钢丝刷和砂纸打磨扬起的铁锈和粉尘，落了他们一身一脸。

坑道内外温度、湿度差别大，夫妻俩患有关节炎，坑道里的寒气钻进关节里，像无数个小虫子在咬。甚至大热天，他们也要穿上棉衣和厚厚的秋裤，但仍挡不住坑道内寒气的袭击。他们不时到坑道外休息，让身上的寒气散一散，再钻进坑道作业。

因位置特殊，开山岛被当成了走私或偷渡最好的中转站。王继才夫妇还要跟不法分子做斗争！一天早晨，一艘运输船停靠在开山岛码头，舱里的人一上甲板，便大口呼吸着海上的新鲜空气。王继才一瞅就知道是什么人了。他一一清点人数：49 人！

“蛇头”把事先准备好的编织袋朝王继才脚下一扔。王继才说：“这里是海防重地！你们是什么人？”“蛇头”说：“你只要打开岛上的坑道，把他们安排进去临时休息，等到晚上我们来船把人接走，事情就算办妥了。报酬嘛，喏，10 万块钱，就在这个袋子里！”说着用脚踢了踢那只编织袋。王继才说：“你就是把钱堆成山，也打动不了我！”“蛇头”恶狠狠地瞪了他一眼，捡起地上的编织袋，慌慌张张地爬上船，逃离了开山岛。但他们没能逃出法网。王继才及时向上级报告，武警边防支队的快艇迅速出击，将偷渡船堵截在海上。

另一天，一个娱乐公司的老总带着一群涂脂抹粉、穿着暴露的女孩坐船登上开山岛，掏出一张名片递给王继才，说准备在岛上投资旅游业，开办歌舞厅。王继才厉声拒绝道：“这里是海防重地，你们胆敢胡闹，国法不容！”

几个打手一阵拳打脚踢，王继才被打得吐血，重重地倒在地上，昏死过去。幸亏王仕花趁歹徒不备打电话报警，海上巡逻艇及时赶到。这伙歹徒终于落入法网！

32 年生命浩荡：家就是岛，岛就是国

终年与海岛为伴，蓝天白云、日出月落看腻了，王仕花想着法子排除孤独。夜幕降临，她和丈夫用石头在地上画好格子，用酒瓶盖当棋子下跳棋。

在连云港港口集团燕尾港工作的王苏要结婚了，王继才准备在女儿的婚礼上讲几句话。可是那天，海上风浪太大，没有船出岛。婚礼上，王苏一再对伴娘说：“爸爸妈妈会来的，他们已经出岛了，正在往这里赶，再等等。”此时，王继才夫妇正站在开山岛最高处的岩石上，朝着大陆的方向遥望！此时，他们能做到的便是在心里默默地祝福女儿。

夫妻俩还管理着建在岛上的灯塔。人在海上：一怕突如其来的大风大浪，二怕大雾。有了灯塔，从附近经过的渔船就能辨出船的航行方位。一次，海上刮强台风，一艘来自山东的渔船触礁，船上四名船员落水。王继才夫妇听到呼救声，冒着被卷入大海的危险，向落水者

抛出缆绳，四个落水渔民最终得救。王继才又把他们安排在岛上吃住，直到台风退去。

2008 年 8 月 13 日，渔民黄小国驾船在海上收海产品，因船舶油箱里的油耗尽，临时停靠在开山岛加油。当时天气炎热，加上他加油时操作不慎，导致起火，瞬间烈焰升腾。黄小国吓坏了，船上有油箱，火一旦蔓延，随时都有爆炸的危险！他决定弃船。当他匆匆忙忙从船上跳上码头，撒腿逃跑时，王继才抱着一床被子赶到码头，用浸了海水的棉被扑向船尾的大火，大火很快被捂灭了！黄小国仍惊魂未定，要不是王继才勇敢地冲上去，船就爆炸了！

从此，渔民把王继才、王仕花视为他们的“海神”。

2012 年 12 月，正值隆冬时节，岛上海风刺骨。一天，王苏突然打电话给父亲：“爸爸，奶奶每天昏睡，醒来就念叨说想你，说你再不回来，她就看不到你了……”王继才恨不得立即乘船回家，可是不行！过几天上级要来岛上检查工作。他站在礁石上，朝家的方向遥望。等他忙完工作，请假回家，母亲却已离世，他在母亲灵前长跪不起……2014 年，王继才和王仕花作为“开山岛夫妻哨”，被中宣部授予全国“时代楷模”的荣誉称号。王继才觉得小岛就好比是一根定海神针，有了它，大海就被牢牢地固定在祖国的版图上了。他说：“家就是岛，岛就是国，我会一直守到守不动为止！”2015 年 2 月 11 日，王继才出席在北京召开的军民迎新春茶话会，受到习近平主席的亲切接见。2 月 18 日除夕前，王苏、王志国和在连云港市广播电台交通台工作的王帆一起来到开山岛，陪同父母过春节。王继才把海岛墙壁上所有的标语用红漆涂了一遍，还写了一副春联，“立小岛山巅八方风云收眼底，听耳畔海涛万家欢乐在心头”，横批是“壮志豪情”。这是多年来全家第一次聚在岛上过春节，看着孩子们燃放的烟花把海岛和天空映得一片绚烂，夫妻俩眼里闪烁着喜悦的泪花。

2018 年 7 月 25 日早上，王仕花乘坐渔船离开开山岛，回到灌云县医院看病，她的关节炎越来越严重。下午 4 点，她急着赶回开山岛，一眼看到丈夫一动不动地躺在岸边的礁石上。她几步跑过去，大声哭喊着，但王继才没有反应。送王仕花回岛的渔船还没有开走，船老大和她一起把王继才抬到渔船上。王仕花把丈夫搂在怀里，不停地呼唤："老王，我们还要一起守岛呢……"王继才被送到岛外医院抢救。27 日 21 时 20 分，58 岁的王继才因突发心脏病，最终倒在了他用生命守护的小岛上。王仕花和孩子们悲痛欲绝。

8 月 6 日，王仕花申请接替王继才守岛："他的诺言也是我的诺言，我也要在岛上走。"灌云县武装部劝她不必驻守岛上，拟聘她为开山岛民兵哨所名誉所长，遇重大节日或重要活动时再上岛。这天，习近平主席指示："王继才同志守岛卫国 32 年，用无怨无悔的坚守和付出，在平凡的岗位上书写了不平凡的人生华章。我们要大力倡导这种爱国奉献精神，使之成为新时代奋斗者的价值追求。"

滔滔黄海，斯人已逝，开山岛上的灯塔仍亮着，为国为民传递着平安的信号，为渔民指着回家的路。岛上每天升起的国旗，似在向天空、海鸟和经过的渔民，讲述着一对守岛夫妻荡气回肠的故事……

舰船专家搏风击浪：此身已许国，无以许卿卿

红 树

狂风巨浪，扑向大连，扑向几个英雄之躯……

2018 年 8 月 20 日，第 18 号台风“温比亚”过境辽宁省大连市，中国船舶重工集团有限公司第 760 研究所的国家某重点试验平台出现重大险情。在危急关头，第 760 研究所党委委员、副所长黄群带领 11 名同志组成抢险队，对试验平台进行加固作业。加固过程中，黄群、宋月才、姜开斌被巨浪卷入海中，英勇牺牲。习近平主席闻讯后指出：黄群、宋月才、姜开斌三位同志用宝贵生命践行了共产党员“随时准备为党和人民牺牲一切”的初心和誓言，是共产党员的优秀代表、时代楷模。

事发前三天，正是农历七夕节，看到朋友圈里铺天盖地的祝福、秀恩爱，身在武汉的黄群妻子亢群心想：这么重要的节日，贴心的黄群一定不会忘记。可在等待了一整天后，黄群始终没提及这事，想不到三天后竟成了永别！留在亢群记忆里的全是丈夫对事业的热爱，对家人永不消逝的深情……

聚少离多：舰船专家也有儿女情长

黄群，1967 年出生在武汉，从小在湖北省荆州市长大，1989 年从华中科技大学船舶工程系毕业后，被分配到中船重工 719 所工作。

亢群在中船重工701所上班，两人单位仅一墙之隔。

1991年11月27日，经一位老师介绍，黄群和亢群在老师家相亲见面，老师介绍说，黄群很有上进心，工作能力强，非常敬业，但是有些腼腆。

那天晚上，黄群穿着西装，打着领带，人显得很有礼貌，很精神，但说话间一直低着头，没太敢看亢群。从老师家出来，黄群倒显得很主动，两人出去转了一圈，看到有个小摊子上卖汤圆，黄群主动上前买了两碗，亢群吃了一半就吃不下了，黄群也不嫌弃，主动把剩下的那半碗也吃了，亢群对他印象很好。两人第一次见面，就确定了恋爱关系。

之后，由于工作关系，黄群长期出差，不能像其他恋人一样经常花前月下，两人主要靠电话和鸿雁传书联系，虽然聚少离多，但很是甜蜜。

1992年12月6日，两人结婚。1994年春节前，儿子黄海智出生，由于黄群出差的项目没有结束，春节过后，一天没耽误，他又回到了远离家的某基地。

儿子两岁时得了哮喘，差不多每两个月就犯一次。有一次，黄群正好回本部开会，回家正遇上儿子哮喘发作，晚上一躺下就难受，喘得厉害，黄群看到后心疼地把儿子搂在怀里，一宿一宿地抱着孩子坐着，让儿子在他怀里睡，浓浓父爱中夹杂着深深的歉意。“你一个人在家太辛苦了，多休息。”这是黄群经常对妻子说的一句话，包含着他深深的愧疚，但是为了国防事业，只能舍小家顾大家。

1998 年，黄群长期出差项目终于结束，单位让他到质量处负责抓全所的质量工作，这关系到整个科研项目的质量，责任重大，马虎不得。黄群对自己要求很高，为了提高所内质量管理水平，他利用工作间隙，报考了中国新时代质量体系认证中心兼职审核员，通过三年严格的学习考核，最终成为主任审核员。黄群用其所学，带领团队摸索、建立起 8 套质量管理相关体系，编制完成 400 多份国家标准、行业标准，8 次夺得全国优秀质量管理小组“桂冠”，多次获评行业、集团公司质量先进，还曾荣获中船重工科技进步奖特等奖，成为行业翘楚。

由于工作任务重，“白加黑”“5+2”已经成为工作常态。有一次，黄群出差从北京回来，因飞机晚点，回到家已将近凌晨 3 点。那时，719 所总部已经搬到了武汉新区藏龙岛，离家 30 多公里，为了避开早高峰，一般 6 点 40 左右就要出发，8 点上班的他，7 点多就到了单位。这一天，亢群心疼黄群，想让他好好睡一觉晚点去，可是，第二天早上黄群仍像往常一样，匆匆忙忙地照常上班去了。

再一次远离：此身已许国，无以许卿卿

英雄也有柔情时。黄群对亲人充满深深的爱。

黄群的母亲是内科医生，退休后闲不住，每周四都要到社区给人义诊，10 年来已义诊 8000 多人。黄群和母亲聊天时，会问问母亲的义诊情况，都给哪些人看好了病。他知道母亲很在意自己对社会、对他人是否还有用，如果有用，精神上就会有一种收获。果然，一谈起义诊，母亲总是神采飞扬，和儿子儿媳说话时声音就轻盈不少，仿佛年轻了许多。

2017 年 4 月，组织上要调黄群去大连第 760 所任副所长，黄群放心不下母亲，和母亲商量，母亲觉得他应以工作为重，不要因为她牵绊住脚步。母子俩约定：每天下午 5 点到 5 点 30 分通个电话，随便聊聊，或报个平安。渐渐地，这成了母亲的一种期待，每天下午快到 5 点时，母亲准会放下手里的事，静静地望着手表，默默地守着这个时间点。母亲说每天最欢乐的时光，就是与儿子通话的这一刻。

2017 年 4 月 5 日，黄群去大连赴任，最放心不下的是儿子，他怕儿子一个人在国外遇到困难无法处理，想把毕生的经验都教给儿子，临上任前给儿子写了一封信，信中说道：“爸爸很想你……我们永远是你的倾诉对象、发泄对象，我们真的很爱你。”平时，他们跟儿子约好每周末视频。黄群特别想念儿子，总是等不到周末就想跟儿子联系，又怕听到儿子说学习、生活辛苦，就让亢群先跟儿子长聊，听听儿子说些什么，过滤一下讲给他听。

两地相思牵挂多。自从黄群来到大连后，夫妻俩每天都会通过视频聊天，相约观看同一台电视节目，这成为他们相互的陪伴。

8 月 9 日，黄群正好回武汉出差顺便探亲，11 日是周六，他处理完工作就去看望母亲。他在家里煨了排骨汤，做了条鱼，带了块里脊肉，还有水果和母亲喜欢吃的老面馒头，开车赶往母亲家。那天，亢群因为加班，没有跟过去。黄群给母亲做了午饭，拖了地，换了灯泡，检查了母亲家里的水电煤气，又在水电煤气费的卡里存够了钱。忙完这些，他坐下来跟母亲聊天。这次黄群刚剃了头，没剃好，母亲用手摸着他的头，问他怎么剃成这个样子。黄群笑笑说："过些天就长好了。"那场景亲热而温暖，谁都没有想到的是，这竟是他和母亲的最后一面。

第二天下午，黄群乘机飞回大连，亢群像往常一样送别，看着他匆匆离去的背影，心里实在割舍不下，想到他孤独一人在外，总会禁不住流泪。

来到大连工作，怎么也绕不开海，但黄群不会游泳，这让亢群很担心，两人每次通话交谈，她都要千叮咛万嘱咐，就怕黄群下水。亢群知道大海非常凶险，呼啸的海浪可怕，海涌更是可怕。

搏风击浪：台风中挺起英雄之躯

2018 年 8 月 17 日，第 18 号台风“温比亚”在上海登陆，此时的亢群并不知道台风会转向大连，而远在大连的黄群又要承受怎样的风险。

那天正好是七夕，恰逢周末，是牛郎和织女相会的日子。亢群因为挂念黄群，一夜都没睡好，早晨早早就起来了。她打开手机，朋友圈里满是朋友们相互间的祝福，亢群多么希望这时黄群也能给她发来七夕节的祝福啊！她知道黄群肯定在忙，准备晚上好好跟他聊聊。下班后，她静静地等到 20 点 30 分，黄群那边没有动静，亢群便拨打视频电话，但电话被挂断。亢群想起一年前的七夕节，那时亢群正好在大连出差，黄群下班后到车站来接她，两人去喜家德吃虾仁饺子，很是开心，饭后来到大连虎滩广场，看到许多大妈大爷们在那里跳广场舞和交谊舞，两人兴奋地走进跳舞的人群，尽情地跳了很久……

21 点 30 分，黄群该忙完了吧，亢群又一次拨出视频电话，这回黄群接了，他匆忙地说：“我刚改完一篇稿子，马上要去码头观察一下海水退潮情况。”

亢群反复叮嘱：“你不会游泳，晚上天黑，千万不要一个人去码头，你别出事，出了事可就是大事，我对你没有别的要求，就是任何时候不能下水。”

哪知，2017 年的七夕，成了永远的回忆；2018 年的七夕，成了永远的遗憾……

这个周末，亢群是在忐忑不安中度过的。

8 月 19 日晚上 8 点 55 分，当亢群再次点开微信时，看到黄群在微信上给自己留言说：“今晚有台风，我又去办公室值班了。”后来听说，那天晚上，他守在最前沿的值班室，通宵值班。

那天，大连出现罕见的狂风暴雨，海上巨浪滔天，760 所码头上国家某重点试验平台首部带缆桩因受力过大严重变形进而断裂，缆绳脱落，平台如脱缰的野马剧烈摇晃，一旦失控，后果不堪设想。上午 10 时许，在危急关头，黄群带领 11 名同志组成抢险队，冲上码头，对平台进行加固作业。

300 米长的码头，一个巨浪袭来，几名同志倒下了；浪头过去，他们又站起来，继续奋力往前冲！一个大浪打来，正在作业的黄群和姜开斌被卷入海中，剩下的人和平台上的人一起营救，一波大浪打来，又有人落水。各方紧急救援，4 人先后被救起，黄群、姜开斌和后来落水的宋月才壮烈牺牲……

黄群出事当天下午，760 所副所长带着亢群辗转 12 个小时，途径沈阳来到大连，亢群一路上都在幻想着没什么事，却被眼前的现实击碎，她眼前浮现出往日一幕幕幸福的情景，眼泪止不住地涌了出来。

在大连整理黄群的遗物时，大家发现在黄群调来的 480 多天里，他使用了 5 个笔记本，在他的笔记本上写着入党誓词。“随时准备为党和人民牺牲一切。”8 月 15 日，黄群在笔记本上写下了这句话。8 月 20 日，黄群用英勇的行动，对此做出了壮烈的诠释。

每个对国家有着深深责任心的人都有成为英雄的可能，刹那间的抉择就会改变一生。2018 年 8 月 20 日，在汹涌的海浪中，黄群心底的英雄情结被彻底点燃、激发，他奋不顾身地扑向将要被台风“温比亚”破坏的平台，那一瞬间成了永恒！

黄群等三位烈士牺牲后，习近平主席闻讯做出重要指示，指出：黄群、宋月才、姜开斌三位同志用实际行动诠释了共产党员对党忠诚、恪尽职守、不怕牺牲的优秀品格，用宝贵生命践行了共产党员“随时准备为党和人民牺牲一切”的初心和誓言，他们是共产党员的优秀代表、时代楷模。中宣部授予黄群等三位烈士“时代楷模”荣誉称号。

2019年2月，亢群在接受中央电视台4套访谈时，对着节目中“记忆的时光瓶”，深情地说：

“黄群，我知道，就算让你再选择一次，你也会义无反顾地冲上去，但是我还是希望你再做一次选择，哪怕你再一次冲上码头，但是这一次你一定要好好保护自己。

“黄群，你走了，最无助的是白发苍苍的母亲和还未踏入社会的儿子。母亲日日夜夜思念，多么盼望你能回来，陪她度过余生；儿子还期望你能帮他拿主意定方向，看着他结婚生子，但这一切都随你而去了。”

爱与思念，就如涌动的巨浪，在亢群的记忆里永远不停歇地奔涌……

泪忆英雄机长：
一生铁骨柔情，一世壮志凌云

涂筠

查显伟，安徽省安庆市人，上校军衔，特级飞行员（教员），四种气象机长。历任飞行中队长、副大队长、大队长、副旅长，两次参加首都国庆阅兵和朱日和沙场阅兵，以及奥运安保、“和平使命”联合军演等重大任务，先后被评为首都阅兵“训练标兵”“全军优秀指挥军官”，荣立二等功 2 次、三等功 3 次。

2019 年 4 月 26 日，查显伟执行专项飞行训练任务时，直升机突发机械故障。他在实施迫降过程中凭借过硬的驾驶技术，成功避开学生公寓、高速公路、高压电线和居民村庄等危险区域，不幸壮烈牺牲。

多年来，查显伟忙于执行各种军事任务，无暇顾及妻儿。牺牲前，他刚从副旅长的领导岗位上退下来，并答应妻子杨芳，将来多些时间好好陪伴她……

近日，《知音》记者涂筠独家采访了查显伟烈士的妻子杨芳。以下是杨芳的含泪讲述——

终圆飞翔梦，我的爱人壮志凌云

我的丈夫查显伟，1973 年 7 月出生于安庆市大观区十里铺乡的一户农家，比我大一岁。我父母的单位离他们村不远，我是工厂大院长

大的。婚后，听我婆婆说，显伟从小就是个“飞机迷”。

在我们家乡不远处有一个机场，查显伟常常呆呆地看着天空，村里人把他看作“呆子”。他很小的时候就天真地对母亲说：“我长大了要当飞行员。”在大家取笑他的时候，父亲查正兵鼓励他：“要想高飞，必先低伏。”查显伟后来告诉我，身为林场场长的父亲对他影响很大。

1992 年 8 月，查显伟如愿以偿考上长春飞行学院，与在安庆纺织厂工作的我通信更加频繁，他告诉我，他多次被评为训练标兵。1994 年，查显伟在宜宾开始飞行训练，我收到他的来信，字里行间透着兴奋。他说：“我想有一天能飞过你的天空，让你仰望时感到骄傲。”

经过三年多的异地恋，1998 年 3 月，我和查显伟领取了结婚证。他从军校毕业，我随军前往部队驻地。我们选在“七一”建党节那天举行了婚礼。查显伟说：“我们每年的结婚纪念日都是建党节，这是一种莫大的幸福。”

1999 年 7 月 30 日，儿子查煜杨降生，显伟特意把我的姓放进了儿子的名字里。巧的是，儿子跟他爸爸农历生日是同一天。查显伟开心地抱着儿子，温情地说：“宝贝，爸爸要送你一个最好的礼物。”他所说的“礼物”，是他即将参加的首都国庆阅兵，那是他第一次参加阅兵。作为一名军人，这是至高的荣誉。阅兵回来后，他向我绘声绘色地描述那些激动人心的场面。作为妻子，我内心充盈着骄傲和满足；作为军属，我有一种深深的荣誉感。

儿子出生后，我每天除了家务还是家务，有时会向他抱怨几句。显伟对我说：“你知道世界上最伟大的职业是什么吗？”我猜了好几个职业，他笑着说：“就是你现在的‘职业’——母亲啊。”他又说：“生孩子很辛苦，带孩子更累，你对这个家的付出比我多。”

时光荏苒，转眼到了 2004 年，显伟早已从一名副驾驶成长为一名优秀的机长、指挥员。他的单位与我们位于部队家属大院的家虽然只有一墙之隔，但他经常出任务，值班也多，他在家的日子屈指可数。古人“三过家门而不入”，他是一墙之隔不归家。一次参加家属慰问会议时，他说：“我们不能仅仅把飞行当工作，而要当一辈子追求的事业干！”我只有全力支持他。这年，一次军事演习中，作为当时全团最年轻的机长，显伟担负起首发导弹射击任务，凭借过硬的心理素质和军事技能，一击命中，惊艳全场。

由于工作出色，显伟经常被单位派出去执行任务，出差的时间更长了，有时一去就是两三个月。2007 年，他参加国际联合军事演习，飞出国门，长途奔袭 5000 公里，展现了中国陆航的雄风，又一次为国争光。2009 年国庆节，他再次光荣地参加首都国庆阅兵。他驾驶的飞机飞过天安门广场时，举世瞩目。2010 年，显伟被选派至国外某联合军事指挥学院培训。他认真学习先进的空突作战理论，并研究总结出一套适合我军的战法，受到业内好评。

小家有大爱，铮铮铁汉万种柔情

夫妻聚少离多，显伟担心我孤单，鼓励我多结交朋友。为此，他出差回来，不仅给我带礼物，还会为左邻右舍准备礼物，请他们多多照顾我。一次，他出国飞行 3 个月后回国，带回了 12 条披肩，让我自己留一条，其余的送给大院的军嫂们。远亲不如近邻，我和大院邻居们的关系都不错，大家也纷纷称赞显伟是个有心人。

显伟很少向我谈及他的工作，我也是在后来才知道，他在同批毕业的飞行员中，率先成为优秀机长、“全能射手”及能够精飞编制内所有机型的飞行员。这和他在飞行事业中不断追求、敢为人先的作风密切相关。在陆航部队率先垂范的战术空域科目中，他带头探索夜间实弹射击战训法；在新武器新效能试验中，他主动请缨担任射手并首发命中；在陆航部队某新型导弹试射集训中，他积极受领代教任务，担纲编写集训教案，带领集训队员圆满完成试射任务；在夜间复杂气象条件训练中，面对“右发停车”特情，他迅速判明情况，沉着冷静操纵，安全返场着陆……就这样，他不断突破自我，为中国的军事飞行保驾护航。

作为显伟身后那个守护小家灯火的女人，我为他感到骄傲，却没察觉到，超负荷的工作强度令他铁打的身体也难以承受。进入壮年，他的健康亮起了红灯，令我无比担心。

显伟的工作性质决定了他长期无法按时吃饭，因此患上胃病，并

陷入恶性循环，病情一次比一次发作得厉害。2018 年 7 月，显伟无奈地从副旅长的领导岗位上退居二线，工作没有以前忙了，但仍承担飞行任务。那时，他的胃变得十分脆弱，米饭也难以消化。我每天为他熬上一碗小米粥，偶尔做烙饼和其他面食，给他养胃。身体稍好一些，显伟又开始忙于工作，早出晚归。我恨铁不成钢：“你的身体都垮成这个样子了，还不懂得爱惜。别忘了，你是丈夫，也是父亲，是全家人的依靠！”他便又试图抱抱我、安抚我。以往我稍有不快，或者他想安慰我，都会抱抱我。可这次我铁了心不吃这套，躲开他的拥抱。显伟笑吟吟地说：“有你天天给我煮养胃粥，我已经恢复了。”说完，他挽起袖子，“炫耀”手臂上的肌肉。我和显伟结婚 21 年，从没红过脸，显伟虽不善于表达，给我的却都是实实在在的好，工资卡放心地交给我管。2019 年“情人节”，他给我送了一枝玫瑰，我制作成干花，心血来潮将这枝花保留了下来。谁也没有想到，这竟然是他此生送给我的最后一枝玫瑰！

没有你的天空，我也要学会飞翔

2019 年 4 月 26 日中午，显伟在单位吃完午饭，下午就要去执行任务了，他突然想回家看我一眼。很不巧，那天我在一位军嫂家吃午饭。他走到楼下，抬头看到了阳台上的我，就向我挥了挥手。我也朝他挥了挥手，目送他的背影，心里突然没来由地发慌……

当晚，显伟的同事来家里接我，说：“嫂子，显伟出了点事。”我当即就有不祥的预感，双腿发软，脑子一片空白。很快，我就得知噩耗：显伟在执行专项飞行训练任务中，直升机突发机械故障，他在迫降过程中，成功避开学生公寓等区域，不幸壮烈牺牲！坠机后，飞机起火，他被困在飞机内，烈火焚身！我见到他时，他的身体上覆盖着一面党旗……

天塌地陷！我把一辈子的眼泪都流干了！

5 月 16 日，显伟的骨灰运抵安庆。亲朋好友都来吊唁，我的公公婆婆悲痛欲绝，拖着病体送他最后一程。数百名家乡群众手持鲜花自发前来，拉着横幅表达哀思，“英雄查显伟魂归故里，愿你在家乡的怀抱中安息”。显伟的几十位家乡同学拉起“迎接英雄查显伟同学回家”的横幅。显伟走了，我的心被掏空了。

我尽最大的努力克制着心中巨大的悲伤，可悲伤还是藏在任何一个不经意的地方，突然跳出来。有时看到那枝最后的玫瑰，有时看到我为他熬粥的电炖锅，有时看到他常坐的椅子、他常看的几本书，都能令我瞬间泪崩。我和显伟共同生活了 21 年，他宠我如孩子，我依恋他如父兄。现在，我要迅速成长起来，照顾好双方的老人，照顾好儿子，也照顾好自己，不能让天堂里的显伟失望……

亲爱的显伟，你在天堂一定要保佑我不再因为思念你而悲伤，并把这份思念化为力量，勇敢地、开心地活下去，活出你生前喜欢的模样。给我力量吧，相信我一定会努力做到！

“死亡之海”有座石头警所：
戈壁荒漠的坚守

袁正琴

敦煌雅丹属于罗布泊东南边缘地带，俗称“死亡之海”，寸草不生，千里无人烟。矗立在荒漠之中的雅丹派出所，成为戈壁腹地的一道独特风景。

雅丹世界地质公园治安派出所所长、雅丹公安检查站站长李生寿，已在这里坚守了22年，经手处理治安和刑事案件4000多起，执行救助任务168次，救回20多条鲜活的生命。妻子李丰英从青丝到白发，成了他后方最温情的守候……

望断秋水：“死亡之海”有座石头警所

1998年初，36岁的李生寿告别妻子李丰英和女儿，来到离敦煌280公里的红十井派出所（今雅丹派出所），该所地处罗布泊沙漠腹地无人区。

李生寿曾在宁夏贺兰山部队当侦察兵，后转业到甘肃省敦煌市武装部工作。李丰英比他小两岁，在敦煌一家商场做服装导购。因为妻子上班站的时间多，脚背肿胀，李生寿总是贴心地给她揉脚。一家三口本来其乐融融，直到因工作需要，李生寿被调往敦煌沙漠腹地担任派出所所长。

这是一个千里无人烟、草木不生的地方。刚抵达红十井，没有房子，也没有办公室和宿舍。白天，李生寿带着四名干警一起动手，在坑洼不平的石头地面四处找点固定地桩，拉绳搭建帐篷。因风力太大，好不容易把帐篷撑了起来，晚上睡觉时，一阵大风几下就把帐篷刮飞了。漆黑的夜幕中，李生寿和同事只能睡在露天的营地里。

大漠孤烟，吸引了许多游客来探险。1999 年 7 月，退休的老高准备一个人穿越罗布泊。当时正值夏天，酷热难耐。老高不听李生寿劝阻，声称自己有多年的探险经验，曾经穿越过可可西里，便骑着摩托朝着沙漠腹地奔去，消失在黄沙深处。

第四天刮起大风，漫天黄沙，能见度极低。李生寿和两名干警备上干粮和水，沿着老高去的方向出发。高低起伏的沙丘，留下两行车轮压过的印子。找了两天，摩托车车辙消失。李生寿看见远处有一点白色，快步跑去。正是老高，他躺在地上，耳朵和嘴里都是沙子，几乎没有生命迹象。李生寿和干警赶紧掏干净老高口里的沙，给他做人工呼吸，老高仍没有一点生气，李生寿当即决定把老高带回去。也许是路面不平引起颠簸起了作用，老高脉搏似有微弱的跳动。他们赶紧停下车，再次给老高做人工呼吸和心肺复苏。半小时后，老高终于睁开眼睛。李生寿给他喝了水、吃了食物之后，老高感激地说："你们要不来，我真就没命了。"

罗布泊分布着很多矿藏，各地采矿人员为了争夺资源，屡屡发生打架斗殴事件。李生寿经常带领干警出警巡逻，完成治安处置任务，避免恶性案件发生，忙得顾不上家。李生寿八十高龄的父母身患肺气肿、支气管炎、高血压等多种疾病，两位老人相继生病住院，都是李丰英在床前照顾。

2001 年 3 月，李生寿从红十井调到雅丹。雅丹几亿年前还是一片汪洋大海，后来随着地壳的变化成了盐碱地，目光所及都是已经钙化的坚硬的雅丹体。夏季，白天地表温度达到 70 摄氏度左右，鸡蛋放在地上都能烤熟，正常气温也能达到 45 摄氏度。冬季，气温降至零下 25 摄氏度。

李生寿和四名干警忙完白天的工作，晚上借助煤油灯照明，在坚如磐石的雅丹山体上，一铁镐一铁镐往纵深掘进，计划凿出一个可以入住的窑洞。

2002 年春，李生寿爬上 20 米高的雅丹顶，准备挂上派出所的标牌，哪知墙体突然间轰然倒塌，他跟着跌落，昏迷半个多小时才苏醒过来。

李生寿和四名干警用了近一年时间，终于凿出一间三四十平方米的洞，这才告别帐篷。

解决了住的问题，另外一个最大的难题是缺水。平时，他们连喝的咸水都不是很充足，要从老远的沙漠低凹处去挖，等水一点一点渗出来后，打回来存放在水槽里保备用。

丈夫在雅丹，很少回来，家里的事都压在李丰英一个人的肩上，她要上班，要照顾年幼的女儿，还要照顾一直跟他们住在一起的公公婆婆。

李丰英最担心的还是丈夫。雅丹俗称“死亡之海”，罗布泊危机四伏，因为处于磁场中，指南针有时会失灵，找不到回去的方向，危险随时都会发生。她怕丈夫外出巡逻冻伤身体或不小心遇险。

李生寿远赴戈壁那年，女儿才上小学，每次开家长会都是李丰英去；女儿生日，她总是眼巴巴地盼着爸爸回来。李生寿也总是承诺女儿一定回来陪她过生日。然而总是直到夜幕降临，华灯初上，仍然不见爸爸的身影，小小年纪的女儿，心里觉得爸爸根本就不重视她。

而在人烟罕见的雅丹，每当夜半，李生寿侧耳倾听着鸣沙的声音，思念着几百公里外的家人。有时，他也在想什么时候可以结束这里的工作，回去陪伴家人，但是每当报警电话铃声响起，他转身又投入茫茫戈壁，消失在漫漫黄沙之中。

远方迢迢：铁血男儿一生的愧疚

矗立在荒漠之中的雅丹派出所，成为戈壁腹地上一道独特的风景线。李生寿和干警们前后用了近十年时间，将窑洞一点一点拓宽，增加到 200 多平方米，有办公室、接待室、宿舍、洗浴间、食堂。窑洞冬暖夏凉，驻扎在无人区的干警们，晚上终于能避开风沙了。

每次巡逻出发之前，李生寿和战友们得准备一天的食物和水，如果途中遇到沙尘暴，他们就只能找地方停下来。有时一停留就是好几天，车子走不了，他们就只能徒步。夏天，地表温度达到六七十摄氏度，车轮有时会被炙烤到爆胎。厚厚的、发烫的沙子随着风的作用形成流沙山，流沙山会不断移动，走进去的人很容易迷失方向。盐碱钙化形成的路面，像搓板一样非常难走，遇到磁场强的地段，指南针也会失灵。冬天天气冷，中途只能吃冰冷的食物充饥。黑夜里，罗布泊更是危机四伏。

有一次，车子开出 100 多公里时，发动机出现故障。李生寿和一名干警冒着六七十摄氏度的高温检修了半天，车子还是纹丝不动。汗水沿着他黝黑的脸颊流下来，他两眼望着前方茫茫的沙漠，期待有车辆经过。然而几个小时过去了，望穿双眼，都没有发现人影。身上的汗水湿透了衣衫，几分钟就被烤干，汗腻在身上不一会儿就发臭。

他们爬到车底下，除了能稍稍避开酷热的骄阳外，地表热气不断地冲击着两人。等了一天，仍然不见有车辆路过。他们准备的干粮也只够两人吃一天的量，如果第二天第三天仍然没有车辆路过，干等在原地，要么热死，要么渴死。

两人在车底下躲避着，挨到第三天，李生寿决定徒步出发。趁着天亮气温稍低，他们一口气跑了十几公里。到了中午，气温达到 70 摄氏度，穿的鞋子已被烤得脱胶，鞋帮和鞋底分开。四处是光秃秃的石头和一眼望不到边的沙漠，停下来危险性极大。他俩拿出挎包里面的衣服包着脚飞快地走，才走了四五里路，衣服也被磨破了。他俩光脚走起来，滚烫的沙子石头，很快就把脚底磨出了血泡。他们走一截停一会儿，背靠着凸起的石头的背阳面歇歇脚。终于到了雅丹，他们找了一处低凹的沙地，用手刨出了一米多深的坑，开始有水渗透出来，但是水也是咸水，两人小口地喝着，总算缓解了饥渴。

有水的地方，一定也有草根！他们在周围寻找可以吃的草根，扒开沙子，扯了许多草根，就靠嚼草根充饥。就这样坚持到第五天，才遇到一个上矿的车辆把他们送进医院。李生寿的整个脚掌已经发黑，皮一层一层地脱落。

李生寿后来对妻子说，那个时候他已经做好了最坏的打算，他托付那位年轻的战友，如果能活着出去，请他帮忙照顾自己的妻女……

2011年冬天，李生寿的父母相继病重，两位老人感到时日不多，非常希望儿子能回来陪伴一段时间。可是一天天过去，嘴里答应着回来的儿子一直没有回。老人弥留之际，一直唤着儿子的名字。

茫茫戈壁气候多变，不熟悉的人进去就会迷路。而李生寿当时驻守在罗布泊的咸水泉地区，没有通信设施，对父母病危的消息无从知晓。

公公最终没有撑住去世了，披麻戴孝的李丰英为了等丈夫送公公最后一程，做主在家多停了两天，眼见李生寿回家无望，才不得已下土安葬。十几天后，婆婆也去世了，同样没有等到李生寿回来。

母亲下葬四五天后，李生寿匆匆从沙漠腹地赶回家，跪倒在父母的坟墓前，涕泪横流：“老父老母，原谅儿的不孝啊！下辈子，儿再孝敬双亲……”

跪别了生他养他的父母，李生寿又要启程前往雅丹。李丰英轻声地对他说：“你能不能跟领导说调回来？你常年在那里，我在家不放心，万一你有什么危险，我也照顾不到你。”这样的话，李生寿听妻子说过多次。他一时默然不语。

李丰英接着说：“我没想过跟着你大富大贵，只求你回家和我一起，我们过普普通通的日子。”

李生寿处于两难之中，他心里装着雅丹。他说：“如果我自己带头离开那个恶劣的环境，新来的干警更加待不住，派出所的工作怎么办？”

再说也无益，李丰英眼眶湿润道：“你心里哪里还有这个家啊，你心里只装着你的工作！”

李生寿内心愧疚，但他还得选择再次出征。出发前，他悄悄地给妻子留下一张字条：“假如我哪天遇到危险，有个好歹，你要好好照顾女儿。警察工作时时有流血，天天有牺牲，你不要伤心。”

李丰英见到字条，哭了。

22 年的坚守：那是妻子青丝白发的守候

在罗布泊时有遇险的事发生。一次，一名外地游客独自离开旅游团队，走入雅丹 400 平方公里的待开发区，迷失方向。沙漠的天气瞬息万变，一场沙尘暴不约而至，游客发出了求救信号。

李生寿立即带领干警前往搜救。在能见度不足 10 米的恶劣天气下，他和干警们顶着漫天的风沙，展开地毯式搜索。直到第二天天亮，他们终于找到奄奄一息的游客，将其紧急送往医院救治。

2012 年 1 月，距雅丹约 60 公里外的罗布泊咸水泉矿区发生 12 名采矿工走失事件。接到报警后，李生寿和干警们立即出发展开搜救。矿区附近车辆无法行驶，他们一路小跑给身体增加热量。整整搜寻了 36 个小时，最终在一个流沙山的背后找到又饿又困的 12 名矿工，经紧急送往医院救治后，12 名矿工最终全部脱离危险。

2014 年 9 月，又有几个游客在罗布泊走失，李生寿带领干警在方圆几百公里范围内展开地毯式搜索。而此时，李生寿的女儿躺在病床上，医生正在对她进行紧急抢救。

原来，女儿生完孩子十多天出现大出血，感染造成肠粘连，生命垂危，从敦煌转到酒泉，又转到兰州。虚弱的女儿裹着一件大棉衣坐在轮椅上，由女婿推着上了火车。在女儿最需要照顾的时刻，李生寿却在罗布泊寻找失踪者，无法脱身。

六七天以后，李生寿一行终于找到走失的游客，他急匆匆地赶到兰州。女儿刚刚脱离危险，因饱受折磨，脸上一片苍白。他心疼地走到病床边，内心不禁涌起一阵内疚。女儿小时过生日等不到他，考大学、填志愿时也只有妻子陪伴她。女儿谈男朋友时，他心想要对男孩进行一下考察，但心有余而力不足。好在女婿也是一名警察，他倒也放心。

看到丈夫一副木然的样子，李丰英终于忍不住了："女儿在鬼门关都转了两圈，你都没有离开你那个雅丹，难道雅丹就这么离不开你吗？"李生寿好像突然醒悟过来，轻轻给女儿拉上被子，然后饱含歉意地立在床边，好一阵不说话，噎在喉咙的那句"女儿，对不起"始终没能说出口。半晌，他擦了擦眼睛，才发现自己早已泪水纵横。"不是雅丹离不开我，其实是我离不开雅丹，我的魂、我的根、我的战友都在雅丹啊……"

李生寿在荒漠戈壁坚守了20余年，平均每年经手处理治安案件200多起、刑事案件20多起，为边界稳定、矿区安全和景区秩序做出了突出贡献。同时，他带队完成罗布泊探险遇难救助任务168次，从死亡线上救回21条鲜活的生命，探险者称他为茫茫沙海中的一座"灯塔"。2019年，李生寿荣获"全国模范退役军人"称号。

从青丝到白发，妻子李丰英成了李生寿后方最温情的守候。有了她，他才能毫无牵挂地把自己置身在戈壁腹地和"死亡之海"中。

最牛拆弹专家与妻说：
灯火可亲，烽火亦未灭

涂筠

50 多万米导火索，30 多万枚雷管，100 多次排除 130 多个爆炸装置和爆炸可疑物，4000 多发炮弹炸弹，1500 多次防爆安检任务——这些惊人的数据，是我国一名拆弹专家缔造的。20 年前，军校弹药专业的他从部队转业，做起了和平年代最危险的职业：公安排爆警察。如今，54 岁的他本可以选择安逸的工作，但他毅然选择了继续战斗在排爆最前沿。他就是山东省济南市公安局特警支队作训处副调研员、排爆中队负责人张保国。多年来，他获得"全国优秀人民警察""全国公安系统一级英雄模范""全国最美退役军人"等至高荣誉。

张保国从事着最危险的职业，无数次命悬一线，他的身后，始终站着一个战战兢兢、无比担心的女人——妻子李静。她经历了无数个心惊肉跳、痛苦煎熬的日夜。当丈夫烧伤致残后，从最初的反对到含泪继续支持丈夫的排爆工作，她走过了一段极不寻常的心路历程。近日，《知音》记者涂筠独家采访了李静女士，以下是她的讲述——

瞒着家人，柔情铁骨的英雄不断赴险

我与保国的相识，缘于他的一个科研成果。20 世纪 90 年代初，我的父亲领回来一个帅气的小伙子，向我介绍说："他叫张保国，你

们认识一下。”我当时并不知道，父亲刚接触了几次，就喜欢上了这个因工作认识的年轻军人。

1965 年 10 月出生于山东省德州市农村的保国大我 7 岁，毕业于中国人民解放军军械工程学院弹药专业，当时在位于泰山脚下的原济南军区军械雷达修理所弹药修配站工作，1993 年他就获得过科研成果——将山区钻探失败的深水机井“起死回生”，解决了当地百姓的灌溉和饮用水问题。我的父亲时任章丘市水利局钻井队队长，当他从报纸上看到保国的深井钻探专利正好可以解决他的难题后，便开车去部队求援。后来，保国在我父亲的邀请下，几次来到父亲的钻井工地服务。没想到，他帮我父亲解决了难题之后，我们之间的缘分也开始了。

保国在部队是搞技术的，他话不多，也不懂浪漫，但他待人真诚、做事严谨专注，令我感到踏实而安全。那时我刚从成人教育院校毕业，也到了谈婚论嫁的年龄。保国说，他在部队从事弹药修理和废旧弹药处理工作，是部队最危险的工种之一，让我考虑清楚。我毫不犹豫地说：“我崇拜军人，军人不碰枪支弹药还算军人吗？”他没说话，微笑着点点头。

1994年，我们结婚了。婚后，他在泰安，我在济南，我们聚少离多，短暂的相聚，却也甘之如饴，厚厚的一沓车票票根，见证了我们的爱情。

我当时在粮库工作，1995年初，部队领导考虑到我们两地分居的不便，将他调到本单位位于济南市区的弹药检验站。1999年，他作为特殊人才转业到济南市公安局，我当时并不清楚他从事的是最危险的拆弹排爆工作，问他时，他总是轻描淡写地说：“还能干啥，继续搞技术呗。”

其实在保国转业前，已是济南市公安局的“老援兵”了。20世纪90年代，随着城市建设步伐的加快，曾遗落在济南战场上未被引爆的各种炸弹、炮弹，不断在工程施工中被挖掘出来，处置销毁这些危险品，成为公安机关亟须解决的问题。当时缺乏拆弹专家，公安局便向部队求援，每次任务，保国都冲锋在前，早在转业前就无数次被市公安局邀请，穿着军装排爆。但保国从来没有向我说起过这些。

2000年年末，我们的女儿张汝佳降生了。那段日子，保国经常抽空回家做饭，把家里打扫得干干净净，脸上洋溢着幸福的笑容。一天，我听到他抱着女儿轻声说着话。我问：“你嘀嘀咕咕说什么呢？女儿听得懂吗？”他说：“我对女儿承诺，一定要平平安安陪伴她长大。”后来我才想清楚，他这话其实是给自己的承诺，他经常身处险境，女儿对他意义非凡，是令他内心笃定的“定海神针”。

慢慢地，我发现保国越来越“不对劲儿”。他基本上没有了时间概念，从来没有准点下班过，周六周日也经常加班，有时睡到半夜，一个电话就把他从我身边拉走。我实在忍不下去了，愤愤道：“你上班是‘白加黑’‘5+2’吗？一个搞技术的，又不是办案，怎么能全年无休呢？”保国愧疚地说：“老婆，我是队里的负责人，一摊子事等着我呢。我保证，工作之外的时间，我都陪着你们娘儿俩。”其实，我也看出他确实太忙，身体也非常疲惫，只能默默支持他。

2003 年 9 月的一天，保国刚驾车从幼儿园把女儿接出来就接到出警电话，市内某施工路段挖出废旧炮弹。他当即把车停下，狠下心把女儿锁在车里，对她说“爸爸一会儿就回来，你等我一会儿哦”，就跑到现场疏散群众，处置炮弹。直到近 3 个小时后，现场安全了，他才猛然想起女儿。他迅速跑到车前，女儿已哭累到虚脱，瘫软在座椅上，车窗上满是她挣扎的小手印！幸好那天气温不高，否则后果不堪设想！

我下班回到家，发现女儿眼睛红肿，无精打采。在我的追问下，保国的眼圈红了，向我“交代”了事发经过，他无比愧疚地说：“碰上了，没办法，我以为一会儿就能处理完，没想到处理了那么久。”我怒吼道：“你像个做爸爸的吗？是工作重要还是孩子重要？如果时间再长一点，佳佳恐怕就……”那天，我吵了很久，他一直低头沉默，等我发泄够了，他才讷讷地说：“这种事以后再也不会发生了，我听你的。”每次我吵闹，他总是这样隐忍并安抚我，后来我问他为什么从不跟我“对着干”，他幽默地说：“我是拆弹专家，你这个‘火药桶’的量太小。”我气得捶了他一拳，他“见招拆招”拉我入怀。

险境里重生，默默承受那难熬的岁月

2005 年 3 月 2 日，一场意外将我们整个家庭推入巨大的痛苦之中。

那天下午，保国的同事开车跑到我单位，对我说了句："嫂子，保国受伤了，现在在齐鲁医院。"我的脑子里"嗡"的一下，几乎站立不稳。我不敢多问，我知道，他的工作，不出事则已，一出事就是大事。赶往医院的途中，我给自己打气：不管保国变成什么样，只要他活着，女儿就有爸爸，这个家还是完整的就行。

在医院，见到保国的那一刻，我的心猛地战栗起来，受到了巨大的冲击！我分辨不出保国的五官，我想看看他的身体，揭开被子时，他已经醒了，轻声对我说："老婆，没事。"我强忍着的眼泪奔涌而下。我当即请人把我母亲从泰安接过来照顾孩子，我衣不解带地住在医院。我不知道，保国对自己的伤情害不害怕，反正我无比恐惧，我要守着他。

那段日子，女儿天天喊着要爸爸妈妈，我只好告诉她："爸爸被火烧伤了，不过现在快好了。"女儿小小年纪根本不懂烧伤是怎么回事，等她真的见到了爸爸，本来开心的脸上，瞬间满是惊愕、恐惧。过了好一会儿，她突然号啕大哭："我再也不玩火了！爸爸你以后也别玩火了好不好？"我紧紧搂住女儿安慰她，在场的所有人都流下了眼泪。

从保国的同事那里，我得知了事情经过。那天，保国带着排爆队将废弃弹药运往山里销毁，一个老旧发烟罐突然起火。"快跑！"保国大喊一声，迅速推开记者和同事，冲到火药堆旁，迅速踢飞了发烟罐。他还没来得及跑开，瞬间蹿起的大火就将他包围……那次事故，造成保国全身 8% 的面积烧伤，脸部二度烧伤，双手深二度烧伤，落下七级伤残。

在漫长而揪心的治疗过程中，我精神上的弦始终绷得紧紧的，一次次对保国说："你一直瞒着我说工作没危险，现在受了伤，人也残疾了，你不用再去拆弹排爆了，至少留着一条命给我和孩子。"保国总是回避这个话题。一天，领导来探望他，让他安心养伤，他却说："我

不放心啊，徒弟们经验不足，一点点小失误，就是非死即伤。他们要是出了事，我会内疚一辈子的。”我当即冲上前说：“你的命就不是命了？你还想让家人继续为你担惊受怕吗？”保国没说话，眼睛红红的。那个时候，我很难理解他对拆弹排爆工作的执着与责任心。

保国在医院治疗了两个月后，出院在家休养，而我恢复了上班。我本以为，他这个样子，就与拆弹排爆工作彻底“绝缘”了，我私下里感到一种解脱后的轻松。可我万万没想到，他 4 月 29 日出院，5 月

2日竟瞒着我偷偷跑出去排爆！

那天我下班回到家，他遮遮掩掩的，我仔细一看，他的脸又红又肿，尤其是眼睛，整个眼皮充血！跟我出门前看到他的样子完全不同。我知道，他受伤后的皮肤不能见阳光，否则就会红肿，钻心地疼。我忙问他怎么回事。他嗫嚅着说："我去了趟单位，没上现场。"我说："你憋得慌，可以去单位和同事说说话，但要注意做好防护啊！你现在一点阳光都不能见！"第二天，我看到报纸，才发现他又对我隐瞒了！那天，他的队员接警到某爆炸可疑物处置现场，发现处理不了，就给他打电话，他当即让队员接他过去。出门前，他随便找了一顶遮阳帽，到了现场就指挥排爆，顺利完成了任务，但他却被晒伤了。我简直气疯了，大吼道："你自私！丝毫不考虑家人的感受！"保国低下头，没吭声。他当时双手根本不能做任何事，他的吃喝拉撒，包括洗澡都要我来帮忙。我恨恨地"威胁"他："你今天必须答应我不再出现场，否则我懒得理你！"他马上答应："好，我只上班行了吧？"看着他"可怜兮兮"的样子，我既心疼又无奈。晚上躺在床上，我背着他，心疼得忍不住落泪，泪水濡湿了枕套。

灯语呢喃，守候我的孤独英雄

保国的身体恢复到能上班的程度后，他去了单位，我也时刻观察着他，生怕他出现场再次受伤。他已是七级伤残，没有人给他做心理疏导，我相信那次受伤给他留下了深重的心理阴影，他应该不会再去冒险了。后来我发现，保国竟然又开始出现场，并且亲自动手排爆！这下，我又开始担心不已。

他一回到家，我就跟他摊牌：必须转岗，否则这日子没法过了！

他耐心地向我解释：排爆队里只有他是专家，他又是负责人，跟着他的队员换了一茬又一茬，他这样冲锋在前，是因为不能让没经验的队员去送死！他动情地说："我如果让战友去，万一战友出事了，造成了严重的伤亡后果，我这辈子能好受吗？"我无言以对，只说了句："你要记住，你是我的丈夫，佳佳的爸爸！"他深深地埋下头，我能感受到，他的内心一定是纠结而痛苦的。

我害怕听到救护车和警车的鸣笛，这两种声音令我无比焦虑。一次，一辆救护车从楼下经过，我心惊肉跳地祈祷：不是我家的！千万别停下！

这是一种折磨、一种煎熬。保国也意识到了我的"不正常"，他每次处理完现场，都会第一时间给我打电话："没事了，我一会儿就回家了。"接到这个电话，我心里的巨石才落了地。保国回到家，客厅里的那盏灯仍是亮着的，他关掉灯，一切归于宁静祥和。这盏灯，是我和保国之间无声的对话——"灯亮着，我在等你""我平安归来，熄灯吧"。一直以来，我长期重复着这种"过山车"般的心灵历险。好在，保国受伤后直到现在，去现场排爆时，再也没有出过事。

作为妻子，我想得更多的是丈夫的安危，想着我们这个家一定要完整。我从来没想过，保国有着怎样的内心世界，是什么力量支撑着他无所畏惧地砥砺前行？直到 2018 年，我作为家属受邀参加为他举办的"公安部一级英模表彰报告会"，我才深深地理解了他，内心深处无比震撼。

"张保国同志，十九年如一日，坚持战斗在排爆安检工作最前沿，带着七级伤残不断向死神挑战，用鲜血和生命时刻守卫着泉城的安全。一年最多时完成 330 多场次防爆安检任务，一天最多时有 11 个安检现场，先后完成重大活动防爆安检 1500 余次，用忠诚之魂、血肉之躯，为党和人民筑起一道坚不可摧的金色盾牌。他先后荣获中国青年五四奖章，荣立个人一等功1次、二等功5次、三等功3次……”当大屏幕上打出这些荣誉时，我惊呆了！一颗心痉挛着疼痛起来。这些荣誉，是保国拿生命换来的啊！他在家人面前表现得风轻云淡，也许前一刻刚与死神擦肩而过！他太苦、太难了！

英模报告会，让我这个后知后觉的妻子知道了保国更多的事迹，更多与死神擦肩的瞬间。他经历过炸弹排完后，发现还有3分钟就炸，命悬一线！真是生死难料！如果路上堵车几分钟，或者，如果他的排爆动作慢了3分钟，也许人就没了……保国的排爆服重达40公斤，密不透风，普通人穿一会儿就会汗流浃背、腰酸背疼。即使穿着防爆服，也仅能保证1公斤炸药在3米外爆炸的基本防护。如果爆炸发生在3米内，就只能与死神赌博——赌自己的拆弹技术、赌炸弹的威力……放眼全国，很难找到在排爆岗位连续干了十年的人，可保国一干就是二十年！他最发愁的是，找到一个像他一样专业的接班人，很难很难。只要一想到他身先士卒，孤独地冲到拆弹排爆第一线，我就无比心疼，同时也为他感到自豪。保国还有几年就退休了，我知道，就像他父亲给他起的名字一样，他还要继续保国，不到退休，他是不会放下拆弹排爆事业的。我也知道，他并不仅仅属于我们这个家庭，属于父母、妻子和女儿，他还属于国家，属于人民！

中国力量

第五章

青春作赋，玉壶冰心

奥运火炬手：
与死神同行

周小玲

1995 年，9 岁的武汉女娃董明遭遇了命运的暴击，她脖子以下高位截瘫，更失去了语言功能。接下来的 10 年里，她往返于医院 ICU 和家里，一次又一次和死神较量。然而，令人惊叹的是，她不仅活了下来，还创造了一个又一个奇迹，成为一轮闪耀的骄阳。

一夜长大：活着，是责任

2008 年 5 月的一个深夜，夜色笼罩着满城废墟。一处帐篷内传来绝望的哭声："我不活了，你们就让我去死吧！"一个被地震吞噬了双腿的年轻人，几近崩溃地呐喊着。

一个坐着轮椅的美丽女孩，平静地看着年轻人说："你想听听我的故事吗？一个 9 岁起就跟死神打交道的女孩的故事。"

这个女孩，叫董明。她 1986 年出生在湖北省武汉市，爸爸董财钢是做木雕工作的，妈妈陈汉英在商业部门工作，他们对董明呵护有加。在武汉市硚口区凌云小学读一年级时，董明因身体条件优秀，被选入跳水队。

父母接送她上学、训练，风雨无阻。董明进步很快，是一颗冉冉升起的新星。

谁也没想到，意外突然降临。1995 年夏，董明在一次比赛中，为了避让队友，导致她入水角度发生变化，她的头，撞到了池底！

她被送到医院时，几乎没有了生命体征，医院连下三道病危通知书。恍惚间，董明听到妈妈撕心裂肺地哭喊着：“救救我的孩子啊！”在医生、护士竭力抢救之下，她才渐渐恢复了心跳。经诊断，她的颈椎、脊柱断裂，脖子以下截瘫。

董财钢夫妇还没来得及喘口气，董明就因多种并发症持续高烧，体温达 40 摄氏度，医生用尽办法都无法降温。生死一线，董财钢和陈汉英含泪一遍遍求医生相助。他们得知有种德国产的特效药效果好，但奇贵，一个疗程 3 针，需要花费 4 万元！

董财钢和陈汉英毫不犹豫地卖掉了房子，并向亲朋好友借钱，凑齐了费用。好在，3 针下来，董明终于退烧了，捡回了一条命。董明的身体情况稳定下来后，董财钢夫妇将她送到北京进一步治疗。

可惜，手术无法修复董明损伤的颈髓和脊髓神经。因高位颈髓神经受损严重，这部分神经管理肋间肌肉和膈肌的运动，而这些肌肉是人体呼吸的主要动力肌肉，虽然董明尚能微弱呼吸，但是，她连咳嗽、打喷嚏，甚至擤鼻涕的力气都没有了，更无法开口说话！

她好想伸手让妈妈抱抱自己，但她感受不到自己身体的存在。她想大哭，想说自己好累，她想问，自己为什么不能下地走路，但她无法开口。尽管爸爸妈妈脸带笑意，可她已觉察他们的心碎与疲惫。

年仅 9 岁的她感到无比绝望、无助。她想到了死，可她连自杀的能力都没有，她只能绝食！

在董明绝食的第四天晚上，董财钢夫妇终于意识到，女儿不是厌食，而是想死！可无论他们怎么劝说，董明都不肯再吃东西！陈汉英捂着胸口痛哭，这么多日日夜夜他们都熬过来了，可是，眼见这么幼小的

爱女一心求死，她崩溃了。

董财钢拉过妻子，一起跪倒在女儿床前：“明明，爸爸妈妈求求你，求求你活着……”董明的眼泪顺着脸颊滑落。她深深依恋着爸爸妈妈，看到他们如此憔悴、慌张、绝望，她的心也碎了！

缓缓地，她用眼神示意自己愿意进食了，妈妈起来端过碗喂她，爸爸也狂喜地站在她床头。董明仰望着父母，爸爸胡子拉碴，妈妈的眼角已经爬满了皱纹，他们眼里全是泪，笑容却好温柔。董明突然明白了，活着，是一份责任。她仿佛一夜长大。

十年奇迹？不，生活没有奇迹

对于高位截瘫的董明来说，活着，很难，被理解，更难。董明身体外观无恙，面容姣好，大家都觉得，她看上去一切都好。可谁又知道，她大小便失禁的窘境和血液无法正常循环、躯体犹如冻住一般的无奈！

更可怕的，是并发症会随时夺走她脆弱的生命。有一次，董明感冒了，引发严重肺炎，无法呼吸，被紧急送往ICU抢救。对别人来说的小小疾病，都是横在董明面前的鬼门关！

一天，因为太过辛苦，陈汉英突然在家晕倒了。董明眼看着母亲倒在自己面前却无力相助，只能在心底一遍一遍狂喊着妈妈，用目光守护着，直到爸爸进门的一瞬间，她才哭了。目睹了父母的辛酸，董明更希望自己能做点什么，能给父母带去一点骄傲。

董明不愿漫无目的地熬下去，她想继续学习，想看书！可她不能开口说话，也不能点头、摇头。每当自己的小伙伴或者爸妈的朋友来看望她时，如果他们手中有书本，董明就用眼睛直勾勾地看着那书。就这样坚持了四个月，陈汉英终于意识到，女儿想看书！陈汉英赶紧向董明的同学借来课本拿到床前。董明平躺着，仰视着被挂在眼前的书本。父母和她之间渐渐达成了默契，她眨一下眼睛，就是请他们翻页，眨两下，则是阻止他们继续翻页。就这样，董明在床上自学了小学到高中的课程。

2001年，董明想要一台电脑，那时，家里经济非常困难，可父母四处奔波，给她买了一台二手电脑。医生断言，董明根本无法使用电脑，父母不敢奢望什么，只想把电脑摆放在女儿面前，给她一个念想。妈妈让董明侧着身体，把她的一只手搁在键盘上，让她试着一点一点去蹭。董明只有一半的大臂力量，只能微微抬起手臂，根本无法控制手指。

她一次次地满怀希望，又一次次失望，但她不想放弃。日复一日，董明终于用大臂带动小臂，加上嘴唇的帮忙，学会了打字。为了尽快自力更生，她开始在网上写稿，每一个字，每一句话，她都会在心底反复说上几遍。短短500字的稿子，却需要她从早上6点写到晚上11点，她把稿费全都攒了下来，资助农村失学的学生，并用自己写的文章感化服刑人员。由此，她开始走上志愿者之路。

在积极的锻炼和良好的心态下，董明的身体越来越好。2005 年初，董明感觉到喉部的肌肉有了力量，她竟能开口说话了。10 年来，虽然她无法发音，但她一直在心里默默地说着。董明立即注册成为湖北省志愿者，开始到聋哑学校支教。在这个过程中，她恢复了大部分语言功能！

很多人觉得，董明身上发生了奇迹，但她却说，生活里没有奇迹，她之所以能打字、开口说话，是因为她坚持锻炼，坚持学习，坚持自己在心底组织语言，坚持不断尝试医生断言她不可能做到的事情，哪怕一次次受挫。

想要走出家门，且不麻烦父母，又是一道难关。董明需要用手臂的力量拨动控制杆，操作电动轮椅到公交车站。那时候，还没有残障人士的设施，她必须找四位陌生男士相助抬她，才能上公交车。

一天，她好不容易找了四个人相助，可公交车司机看到她，骂骂咧咧："都这样了，还出来丢人现眼，滚，下去！"董明很难过。那段时间，她不愿出门，可她发现，越闷在家中，她越绝望。为什么要因为别人的一句话就放弃自己的追求呢？调整好心态后，她鼓起勇气再次出门。

经过了无数次挫折后，董明发现，很多人不愿相助，是不知道该怎么帮她。因此，她每次锁定适龄男士后，就会"装温柔"，轻快地说："帅哥，你等会儿能帮我一下吗？"接着，她会明确告诉别人该怎么帮她抬轮椅或是如何扶她。此后，每次出行她几乎都很顺利，如果遇到出言不逊的司机，她不会怒火中烧，而是平静地请对方理解、帮忙。

2005 年的 10 月，经过了激烈的筛选竞争，董明成为残奥会第一批备战橄榄球项目的运动员，她是团队中唯一一个女孩。为了锻炼，董明不仅增肥几十斤，还弄得浑身都是伤，但她一点都不觉得苦。

作为橄榄球运动员，2007 年，董明代表湖北队参加了在昆明举办的第七届残疾人运动会，被评为全国最佳球员！从 9 岁到 21 岁，董明用了 12 年，重新回到了运动赛场！她的故事渐渐流传开，经过层层选拔，她被选为 2008 年北京奥运会的火炬手！

走起，那尾逆流而上的鱼

2008 年 5 月 12 日，汶川地震，董明连续 6 天在街头为灾区人民募捐，还反复和父母商谈，拿出了他们很不容易攒下的准备为她治病的 1 万元钱，捐给了灾区。

得知有伤员被转到武汉的消息后，董明多次前往同济医院，去爱心病房给受伤的孩子们做心理辅导。不久之后，中国心理协会组织人去四川做心理援助。董明参加过心理学知识的学习，也在公益活动中积累了心理辅导的实践经验，她立刻提出，想去四川。

妈妈陈汉英坚决反对："那里太危险，每天都有余震……没了你，我怎么活？"董明震惊了：一向不善言辞的妈妈，这一刻，为了自己的安危，居然说出了这样饱含爱意的话。

董明含着泪对妈妈说："你们生下我，给了我第一次生命，我没有选择的权利。我 9 岁出事时，你们拼命救我，让我活下来，给了我第二次生命，那时候，我也没有选择的权利。我截瘫后，最怕的就是，对于这个世界来说，我没有了价值……"

陈汉英号啕大哭，为女儿远去的危险而揪心，也为女儿的勇敢坚强、想要活得更加灿烂而感动。陈汉英终于松口，拉上丈夫，一同陪女儿

去灾区。

董明一家不想成为灾区人民的负担，出发前，他们购买了物资去了北川。他们经历了暴雨、山体滑坡等困难。因为灾区道路的坎坷不平，董明的轮椅一度被摔成三截。因为没有地方让她上洗手间，她不能多喝一滴水。因为物资严重匮乏，董明和家人两天没有吃过东西，四个星期没洗过澡。当有余震和山体滑坡时，一家人抱在一起，互相宽慰。

董明的爸爸负责抱伤员，搬物资，妈妈负责给伤员换药，她则负责心理辅导。于是，便出现了文首那一幕……就这样，董明一家跟着部队辗转一个月，走过了北川、都江堰。

在帐篷学校，校长拜托董明去帮助一个年仅 7 岁的男孩，那孩子的父母和家人都在地震中身亡了，他有应激性心理障碍，始终不开口说话。此前，孩子接触过两名心理专家，但因为各种原因，两个专家都没能成功疏导孩子的心绪，校长担忧，多次转诊会对孩子造成心理的二次伤害。

董明与这个孩子同吃同住 7 天，终于打开了孩子的心扉，帮他战胜了情绪障碍。董明信心大增，辗转数个震区，成功让 5 名父母双亡的孩子开口说话，让 40 多位因为地震造成重度残疾的人重新树立起活下去的信心，为 1000 多名救灾战士鼓劲。

离开四川时，一家人身上只剩下去北京参加奥运会和残奥会的车票钱，她又马不停蹄去奔忙……

奥运会结束后，董明更加发奋，她不仅学习了英语和日语，并在 2009 年考取了国家心理咨询师资格证书。2011 年，她还成为了武汉软件工程职业学院的教师，负责学生志愿服务。

自此，董明开始利用所学的心理学知识和多年来对抗绝望与抑郁的经验，给迷茫无助的网友做心理辅导。随后，董明成立了自己的爱心志愿者团队，用自己的微笑和阳光，给轻生者带去生的希望。

渐渐地，董明坚信，努力活成一轮骄阳，为在寒夜里徘徊的生命，带去温暖和阳光。她将此作为毕生的追求，父母非常支持她。

2011 年 9 月 20 日，在第三届全国道德模范评选中，董明荣获“全国助人为乐模范”称号，她还成为了湖北经视的主持人。2012 年，董明成为伦敦奥运会的火炬手！在父母的全力支持下，董明的公益事业越做越好。2014 年，董明获得五四青年奖章。2015 年，她荣获“武汉精神文明代言人”称号。

董明，用十年时间创造了生命奇迹，又用十年时间燃烧自己，去呵护在黑暗中独孤前行的生命。2019 年 1 月，董明被评为 2018 武汉年度城市温度人物，这是对她最美的褒奖。

呦呦朱婷：

难忘老爸开着三轮驮来馒头和咸菜

涂筠　娉娉

2019 年 10 月 1 日，刚刚夺得世界杯冠军的中国女排队员和主教练郎平在国庆游行的彩车上齐齐亮相，彩车上写着“祖国万岁”。

北京时间 9 月 29 日下午，在日本大阪，中国女排在 2019 世界杯最后一场比赛中，以 3 ∶ 0 完胜阿根廷队。至此，中国女排以十一连胜的完美战绩结束了全部比赛。

2016 年里约奥运会，中国女排勇夺奥运金牌，朱婷再次当选为 MVP（最有价值球员）。2015 年女排世界杯，朱婷也是万众瞩目的

MVP。2016年10月，朱婷以年薪110万欧元加盟土耳其瓦基夫银行队，成为继姚明、刘翔之后的又一位国际体坛巨星。

荣光背后的朱婷是一位地道的农家女孩，身世坎坷：因家庭变故，朱婷的父亲举债度日；朱婷备战奥运期间，母亲面临双目失明。为了让朱婷安心训练，父亲朱安亮两次含泪向女儿编织谎言，并驾驶家里“突突突”的农用三轮车，碾出了朱婷的奥运金牌路。朱安亮与朱婷的父女深情催人泪下，荡气回肠……

忍痛隐瞒伤情，她在家庭变故中成熟

朱婷1994年11月出生于河南省周口市郸城县秋渠乡朱大楼村，父亲朱安亮和母亲杨雪兰是地道淳朴的农民。朱婷上有姐姐，下有妹妹。朱安亮农忙时和妻子种地，农闲时在村里修机动车，勉强能养活一家人。

朱安亮身高1.86米，杨雪兰1.79米，受遗传因素影响，朱婷12岁时身高就达到了1.72米。2006年9月，朱婷读初一了，2007年2月新学期开学时，朱安亮对朱婷说：“你姐姐的成绩比你好，你就别上学了。”朱婷哀求父亲：“爸，我想读书，我一放假就打工挣学费。”朱安亮却不为所动。

趁爸爸没注意，朱婷还是偷偷背着书包去了学校。朱安亮紧追过去，班主任得知情况，赶来对朱安亮说：“朱婷这么小，不能辍学。她身高出众，适合搞体育，你不妨带她去周口体校试试。”

于是，朱安亮驾驶家里的农用三轮车，载着朱婷赶往周口体校。二月的河南春寒料峭，冷风飕飕从耳畔刮过。朱婷被母亲用围巾包裹得严严实实的，只露出两只眼睛。

周口体校的教练对朱婷的身高非常满意。通过百米跑、双脚起跳摸高、垫球等测试，教练兴奋地对朱安亮说：“朱婷是我见过的最有天赋的排球苗子，这个孩子我们要了！”朱婷如释重负。然而，得知每年的学费不菲，朱婷悄悄拽父亲的衣角：“爸，我不上体校了，咱们回家吧。”

朱安亮回来后，和妻子拎着自家蒸的花馍，去亲戚家借钱。朱家的亲戚大多在农村，手头都不宽裕，但还是你500、他1000地给夫妇俩凑钱。经过三天的奔波，朱安亮和杨雪兰终于艰难地凑齐了学费，满怀憧憬地将朱婷送进了周口体校。

不久后的一天上午，朱安亮在修车铺修理一台农用车时，吊车绳突然断裂，车身重重压下来，将趴在地上专注拧螺丝的朱安亮砸伤，造成他的腰部严重骨折，经医院诊断，必须马上接受手术治疗。

朱安亮忍着钻心剧痛叮嘱家里所有人，一定要瞒着朱婷。为筹集十多万元巨额手术费，朱安亮让妻子将家里存放的粮食、小麦收割机等一切值钱的东西都变卖了，凑了3万元。他又找亲戚朋友借钱，这才凑齐了手术费。

3月初，杨雪兰租了一辆车，将在省城医院成功手术的丈夫接回了家。朱安亮在家卧床休养，朱婷的姐姐主动辍学，赴江苏无锡打工还债。朱安亮再次告诫妻子和大女儿不要告诉朱婷。每周例行一次与家里电话联系的朱婷，对家中发生的剧变毫不知情。

就在这时，朱婷因生长发育过快，训练强度大，浑身关节疼痛。她三天两头给父亲打电话：“爸，我想退学。”病床上的朱安亮焦躁不已。

5月11日，朱安亮接到了教练的电话：“朱婷训练消极，我说她几句，她就赌气回家了。”朱安亮血压骤升，感觉脑子里嗡嗡作响。

傍晚，朱婷拎着行李回来了。一进家门，发现妈妈容颜憔悴，爸爸竟然躺在床上一动不动，面容消瘦，头发白了不少。朱婷哭着问：“爸，你这是咋了？我姐去哪儿了？”杨雪兰含泪讲述了朱安亮意外受伤，家里欠下十多万元巨债，朱婷的姐姐辍学打工的家庭变故。朱婷的心被撕裂了，泪如泉涌。

朱安亮哽咽着告诉女儿：“爸爸就是不想影响你训练，希望你将来有出息。现在你是家里唯一的希望，你要是退学了，我和你妈这辈子就没什么盼头了。医生说，我的手术很成功，只要在家静养一段时间就会慢慢好的，你千万别担心啊！”

那一刻，朱婷彻底读懂了父亲。原来谎言背后，浸透着父亲身心的剧痛和对自己的全部希望！朱婷流下了懊悔自责的泪水：“爸、妈，都怪我，让你们太操心了。爸，你一定要好好养病，不能再像以前那样拼命干活了。妈，你把爸照顾好、管好。请放心，我以后不会再让你们失望的！”次日，朱婷返回体校，开始为改变自己和一家人的命运拼搏！

“突突突”农用三轮车，碾出排球天才冠军路

此后，朱婷成了周口体校训练最刻苦的孩子。每天起跳、挥臂扣球无数次；双休日，有的同学回家休息，朱婷经常一个人在训练馆练球，球技突飞猛进。

而为挑起家庭的重担，朱安亮积极康复，加上妻子的精心照料，两个月后身体渐渐恢复。他迫不及待地在电话里向女儿告知喜讯，朱婷心中的痛和纠结这才渐渐淡去。岁月如水，沉淀了父女俩的牵挂和深情。

朱婷从小吃爸妈做的馒头、腌制的咸菜长大，所以她格外想念家里馒头和咸菜的清香。一次朱婷给家里打电话，无意中对父亲说：“爸爸，我好想吃家里做的馒头和咸菜，学校食堂里虽然也有，但不是家里的味道。等我放假回家了，一定要把咱家的馒头吃个够。”女儿朱婷从小离家，没有享受多少父爱母爱，朱安亮决定给女儿送馒头和咸菜。

从 2007 年 10 月起，朱安亮开始每个星期给朱婷送馒头和咸菜。每逢星期六凌晨两点，朱安亮就驾驶家里的农用三轮车，带着 20 个馒头和一罐自家腌的咸菜赶往体校，偶尔会带点炒熟的肉丝。经常天还未亮，朱安亮就到了。他趴在方向盘上休息两个小时，待朱婷起床后，再将馒头和咸菜送到女儿宿舍。朱婷将咸菜贴近鼻子，幸福地对父亲说：“爸爸，真香。”说完，她拿起一个馒头，就着咸菜大口吃起来。朱安亮脸上浮现出舒心的笑容。

一次突降大雨，三轮车卷起的泥浆溅了朱安亮一脸一身。为了不给女儿丢面子，他躲到一处公共厕所里，将脸颊和棉衣棉裤上的泥点弄干净。结果全身都弄湿了，在寒风中冻了一天。回到家，朱安亮发

起了高烧，病了整整一个星期……

从朱大楼村到周口市体校路途遥远，朱安亮每次往返需 8 个小时。每次体校放假，朱安亮就驾驶农用三轮车将女儿接回家，开学时再用三轮车将女儿送回体校。这位农民父亲，驾驶着“突突突”响个不停的农用三轮车，碾出无数道深深的车辙，也碾出了朱婷的人生梦想……

2008 年，表现出色的朱婷被选拔进河南省体育运动学校，她对自己的要求更高，训练也更加刻苦，丝毫不敢懈怠。

2010 年 6 月，河南省少年女子排球赛在开封举行，朱婷表现抢眼，被省青年女子排球队主教练詹海根招至麾下。如此一来，朱婷不仅不需要父母再负担学费、生活费，每月还有津贴。她一分钱也舍不得花，全存下来交给父亲还债。

经詹海根等教练精心雕琢，朱婷脱颖而出。次年，朱婷顺利入选国家青年女排。而此时朱家还欠着近 10 万元债务，朱安亮承受着巨大的经济压力。

2013 年 6 月，世界青年女排锦标赛在捷克布尔诺打响，中国队在时隔 18 年后再次夺魁。作为队里的头号得分手，朱婷扣球成功率达 52.48%，荣膺最佳得分、最佳扣球以及 MVP 三项大奖。赛后，国家女排主教练郎平破格将朱婷招入国家队。

接到通知时，朱婷正在家休假。朱安亮驾驶着农用三轮车，送女儿坐火车赶往北京。在车站告别时，他叮嘱女儿：“到了国家队，要尊重教练，团结队友，别闹情绪。咱是农村孩子，走到今天不容易。”朱婷点点头：“爸，经历了生活的风风雨雨，我早就不是当年那个闹着要回家的小丫头了，我不会让你和妈妈失望的。”两人洒泪而别。

此时，朱婷身高已达 1.95 米，扣球尤其出色，被郎平誉为“国内 30 年才出一个的排球天才”。然而，朱婷虽身高突出，体重却只有 70

公斤，两只胳膊依然纤细，训练时间一长就体力不支。朱安亮焦急万分，在电话里向詹海根教练询问对策。教练告诉他：“朱婷训练强度大，你如果担心她营养跟不上，最好给她多补充些蛋白质。”

朱安亮如获军令状，连忙将家里新收的玉米卖了，买了 4 罐蛋白粉，杨雪兰积攒了 200 枚土鸡蛋。两天后，朱安亮千里迢迢赶赴北京。从父亲手里接过沉甸甸的土鸡蛋和蛋白粉，朱婷流下了长长的热泪。什么叫父爱深沉？父亲为自己付出的点点滴滴就是最好的诠释。

父亲朱安亮身上的坚韧，深深激励着朱婷。出众的天赋加上“魔鬼训练”，朱婷渐渐成为中国女排最让人放心的头号主力。此后一年多时间，朱安亮又三次到北京给女儿送营养品。在父爱的滋润下，朱婷的体重增加到 75 公斤，肌肉力量明显增强，扣出的球像一发发威力无穷的炮弹。

2015 年 9 月，第十二届女排世界杯在日本举行，中国女排以 10 胜 1 负的骄人战绩摘取金牌。这是中国女排时隔 11 年之后再次登上世

界巅峰。进攻核心朱婷当选为 MVP，被国际排联官网誉为“世界第一主攻”“世界女排超级球星”。

载誉归国，朱婷回家探望父母。到达火车站后，当地体育部门热烈迎接，并准备用专车送她回家，被朱婷婉拒了。她还是让早就等候在那里的父亲，驾驶“突突突”的农用三轮车载自己回家。此时，父女俩没有眼泪和悲伤，充盈在两人心头的是满满的喜悦与幸福，朱婷的笑声在空中飞扬。

到家后，朱婷用比赛获得的奖金，替家里还清了全部债务，朱安亮和杨雪兰感到前所未有的轻松。

苦心编织谎言，父女深情荡气回肠

2016 年春节，朱婷回河南与家人团聚。朱安亮买回一只上好的活羊，准备给女儿熬汤喝。可羊还没来得及杀，朱婷就要于大年初二一大早返回国家队。朱安亮眼里涌满遗憾的老泪：“孩子啊，你 12 岁离家，这些年待在爸爸妈妈身边的时间太少了。我总想给你点儿父爱，可没有机会。”朱婷动情地告诉父亲：“爸，等奥运会结束了，我会守在家里喝你亲手熬的羊汤。”

杨雪兰患有先天性高度近视，2016 年 4 月，她又得了白内障。县医院的眼科大夫告诉朱安亮：“你爱人的眼睛现在还有微弱光感，得赶紧动手术，再拖下去有失明的危险。”

4 月下旬，朱婷给家里打问候电话，杨雪兰无意中说漏了嘴：“你爸在给我联系医院，等一会儿我们再通电话。”朱婷顿时紧张起来：“妈，你怎么了？”杨雪兰正想将自己双目几近失明的事告诉女儿，朱安亮从卧室冲出来，一把抢过电话，再次向女儿编织谎言：“你妈妈除草时，眼睛被玉米叶刺红了，我给她滴几天眼药水就没事了，不用去医院。”

虽然朱安亮编织的谎言合情合理，但朱婷内心还是掠过疑虑。此时女排备战如火如荼，朱婷每天早晨 6 点就起床训练，直到晚上 8 点才结束。晚上 10 点，队员们回宿舍休息了，朱婷因牵挂母亲的眼疾，又给家里打电话。

为打消朱婷的疑虑，5 月 3 日，朱安亮开始一字一句地教杨雪兰背诵报纸上的文章。待妻子倒背如流后，他给朱婷打电话：“你妈妈的眼睛好了。”朱婷半信半疑。朱安亮对妻子说：“来，给女儿念一段。”杨雪兰接过手机，给女儿“表演”读报纸，其实是在背诵。朱婷这才彻底放下心来。

5 月中旬，朱安亮带妻子赶往郑州，专家为她实施了双眼晶体置换手术。不久，杨雪兰康复出院，双眼视力渐渐恢复。

2016 年 7 月 30 日，朱婷随中国体育代表团赴巴西。朱婷吃不惯西餐，最爱的还是家乡的面条。朱安亮专门做了 10 斤挂面，还买了小锅，于出征前赶赴北京送给女儿。每一根面条都是父亲的一份牵挂和期盼，朱婷决心以骄人战绩回馈父亲。

8 月 20 日，中国女排与世界劲旅塞尔维亚女排在巴西拉卡纳奇诺体育馆展开巅峰对决。为此，朱安亮夫妇特意买了一台 52 寸的液晶电视机，摆放在自家院子里收看直播。亲友、邻居和媒体记者赶来了，200 多人围在一起收看现场直播。当中国女排以 3 ∶ 1 击败塞尔维亚女排夺取金牌时，院子里沸腾了。

里约奥运会，朱婷再次惊艳世界排坛，全部 8 场比赛独得 179 分，再次当选为 MVP。从里约凯旋，朱婷破例在家休整了 4 天，一家人其乐融融。

9 月 5 日，朱婷意外从褥子底下翻出了妈妈的眼部手术病历。这时，

朱安亮才歉意地说：“对不起，爸爸又对你撒谎了。”朱婷能体会到妈妈面临双目失明时，父母的恐惧、压力、无助，及双亲走过的惊心动魄的岁月。“爸，您虽说是农民，没有文化，但在我心里您最伟大！”

鉴于朱婷在国际排坛的地位，周口市相关部门将朱安亮接送朱婷的农用三轮车当成特殊见证物永久收藏。工作人员来取车时，朱婷央求父亲：“爸爸，我想再坐一次您的三轮车。”朱安亮发动破旧的农用三轮车，载着女儿围着村子转了三圈。

坐在颠簸的车厢里，听着熟悉的“突突突”的发动机声，与父亲走过的风雨岁月汹涌而来：10 年前，自己还是一个 12 岁的青涩小女孩，父亲就是用这辆农用三轮车，载着自己去体校，进而走上排球之路。每次体校放假，父亲也早早驾驶着这辆车等候在校门口，然后将归心似箭的自己载回家，开学时又满怀希望地送自己回体校。

一切仿佛历历在目，只是那时父亲还是一个 40 出头的中年男人；

而今父亲老了，满头白发在风中飞扬，朱婷热泪盈眶。每一道车辙，每一声“突突”作响，每一缕青烟，都是朱婷与父亲一段难忘的故事。这辆不起眼的农用三轮车，载起了朱家两代人的梦想。阵阵风吹来，朱安亮也热泪盈眶，但是，这是幸福喜悦的泪！

在父母的大力支持下，朱婷积极投身家乡的公益事业，网友称赞朱婷是“最美最有爱心的女孩”！

11 月中旬，朱婷赶赴土耳其，开始了海外拼搏生涯。此后 3 个多月时间，朱婷带领瓦基夫银行队取得了十五连胜的骄人战绩。《环球时报》称赞朱婷是国内继姚明、刘翔之后的又一位世界体坛巨星！

女儿有能力挣钱了，但朱安亮夫妇的生活依然没什么改变，还像从前一样修车、种地、喂鸡。受父母影响，朱婷的生活也简朴依旧。在土耳其，她自己去超市采购食材，在公寓里做饭。她平时穿的是运动服，也不用高档化妆品，背包也是普通品牌。

2017 年 1 月 28 日，大年初一，朱婷在手机视频里给父母拜年，并晒出自己做的几道美食。她骄傲地告诉父亲：“爸，5 月土耳其联赛一结束，我就可以回家了，到时候我给你们做正宗的土耳其美食。”朱安亮一脸幸福：“太好了！爸盼望这一天早点到来。”虽相隔万里，但父女俩的心紧紧连在一起，从未分离！

排雷英雄：
最美的刀尖起舞，最长的净土告白

李燕燕

“你退后，让我来！”2018年10月11日，杜富国和战友在云南老山雷区搜排，发现一枚裸露部分弹体的67式加重手榴弹，他对战友说。一声巨响，火光冲天！杜富国倒在了雷区，被紧急抬去抢救，他失去了双眼和双手……2019年5月22日，杜富国被中宣部授予“时代楷模”荣誉称号。

杜富国的妻子王静毕业于贵州大学，十分景仰军人。扫雷行动，被称为“在刀尖上跳舞”；扫雷兵，是离“死神”最近的人……王静和自喻为“雷神”的丈夫，有着怎样非凡的经历和大爱情缘呢？

扫雷兵有情有爱：“你退后，让我来”

2016年，杜富国从云南边防某部回老家贵州省湄潭县探亲。一个周末，他到县城附近一座小山上玩。山顶有一块大石头，刻着一个“缘”字，杜富国想拍照留念。一路过的女孩拿出自己的手机，帮他拍了几张照片。两人加了微信，女孩把照片通过微信传给杜富国，两人渐渐熟悉了起来。

女孩名叫王静，毕业于贵州大学，在县城一家事业单位工作。她从小崇拜军人。两人发现有太多的共同爱好，不禁相恋了，果真应了那个“缘”字。

王静首先要面对的是聚少离多的现实。而与一般军人不同的是，杜富国是一个扫雷兵，从事的工作风险极大，但王静并没有因此而退缩……2017年8月，杜富国和王静在老家举行婚礼，王静成了一名光荣的“军嫂”。

杜富国，1991年出生在农村。2010年，杜富国参军入伍，来到云南边防某部。2015年，中越边境云南段第三次大面积扫雷行动开始。同年6月，杜富国主动申请从原单位加入临时组建的扫雷部队。

扫雷行动被称为在“刀尖上跳舞”，扫雷兵是一群离“死神”最近的军人。杜富国给自己的微信取名“雷神”。他熟练掌握了听声辨物法，通过声音就能辨别出十几种地雷的种类和型号。凭借着精湛的排雷技术，他成为所在扫雷四队第一个排除反坦克地雷的战士，也是四队发展的第一批党员。

杜富国到了雷场，永远冲在前面，而且停不下来，战友们因此送给他一个外号“雷场小马达”。一次，他和战友扫出4枚火箭弹，之后又传来10多处报警。杜富国让战友退到50米之外，自己小心翼翼地开始作业。一上午的时间，他就排除了20余枚火箭弹和8枚地雷。由于天气炎热，防护服穿在身上很容易出汗，他的迷彩服几乎没干过。

三年中，杜富国共进出雷场1000多次，累计作业300多天，搬运扫雷爆破筒15吨以上，在14个雷场累计排除地雷和爆炸物2400多枚。

2018年10月11日，杜富国和战友艾岩两人一组，在雷区进行人工搜排时发现了一枚裸露部分弹体的67式加重手榴弹。这种雷，杜富国以前排过很多，但潜藏的风险依然很大。他迅速向分队队长报告，在接到“查明有无诡计设置”的指令后，杜富国以命令的口气对艾岩说：

“你退后，让我来！”

杜富国每次带着比自己年轻的艾岩去扫雷，发现最难排的爆炸物时，他对艾岩说的都是这句话。

艾岩后退，杜富国用探针对爆炸物进行检查，并剥开面上的浮土等伪装层。突然，爆炸发生了！杜富国下意识地倒向艾岩这一侧。艾岩刚往后走了两三米，便感觉身后涌起一股强大的冲击波，伴着一声巨响。他扭头一看，只见火光冲天……杜富国往艾岩这一侧一倒，等于救了艾岩一命！

听到爆炸声，扫雷四队副队长张波迅速向爆炸地点冲了过去，同时向作业队员发出停止作业的指令，呼叫在附近待命的医生。只见杜富国身上血肉模糊，他斜躺在地上，咬着牙，身体在轻微地颤抖。杜富国被战友们紧急抬去抢救。他身上的伤口密密麻麻，痛得几近休克。在泥泞的陡坡间，战友们与“死神”展开了赛跑！

杜富国先是被送往猛硐乡卫生院和麻栗坡县医院，随后又被迅速

转往解放军第 59 医院。在医生的全力救治下，他的生命从“鬼门关”被拉了回来。

一片黑暗中，杜富国的心里还是放不下战友。听到艾岩没有受多大的伤，他才安心地睡了过去。

至爱亲人莫伤心：军人自有铁血荣光

杜富国发生意外后，部队的电话连夜打到他家里，正准备休息的王静甚至连睡衣也没来得及换下来，就带着公公婆婆往云南奔去……

最为残酷的是，不仅杜富国毁伤严重的双手保不住，由于两只眼睛的玻璃体已经破碎，没有恢复的可能，也必须马上摘除。战友们都格外揪心。

杜富国在刚刚苏醒还不知道伤情时，甚至提出了尽快归队的请求。他对张波说：“队长，我的手能不能不要截肢？以后我还要接着扫雷。你能不能拿点牛奶、鸡蛋、肉给我吃，我想让手上的肉赶紧长起来。”

当王静赶到医院时，医生已经给杜富国做完手术，他失去了双手、双眼。躺在病床上的他双眼蒙着一层白色纱布，病号服的下半截袖筒空空荡荡。

昔日英俊、有一双浓眉大眼的丈夫，此时却看不见自己，她也无法再握住他的手。因耳膜在爆炸中穿孔，杜富国的听力也受到损伤，王静说话得提高音量，她强忍眼泪大声说：“富国，我来了……”

“不要伤心……”还不知自己伤情的杜富国安慰妻子。那一刻，他嘴角甚至露出了一丝微笑。

受伤后，杜富国的体重一下子掉了 20 多斤。战友、医生迟迟不敢告诉他双眼眼球已被摘除……

2018年11月16日下午，就在杜富国负伤的坝子雷场，扫雷大队官兵手拉手，用徒步检验的方式，把最后一块已经扫清的雷场移交给当地百姓，标志着中越边境云南段第三次大面积扫雷行动结束！消息传来，病床上的杜富国露出了久违的笑容。

11月17日，部队领导和医生决定把真实伤情告诉杜富国，甚至给他安排了心理医生，准备了几套心理疏导方案。但是，杜富国得知伤情后情绪平稳，并安慰父母和妻子。他不愿让亲人伤心。

杜富国出现了幻肢痛，有时感觉自己的手还在……他努力调节自己。王静钦佩丈夫的坚强。

2018年12月14日，是杜富国生日，怀有“播音梦”的他，在生日这天跟随电视台主播学习如何专业地吐字发声。他对王静说：“我虽然没有了手，没有了眼睛，耳朵也受了伤，但我还有嘴，还有机会当播音员，还可以给大家讲讲我和战友排雷的故事，那里有我洒下的热血，更有我的战友们。”

王静感动之下，陪着他一起练习普通话。

12月20日，杜富国在被授予一等功奖章和“云岭楷模”荣誉称号后，又被授予陆军首届“四有”新时代革命军人标兵称号。在颁奖仪式上，他对再次奔赴排雷第一线的战友说：“对不起！原谅我再也没有办法跟你们一起扫雷了，请替我继续完成任务。向你们致敬，我等着你们胜利归来！”说完，他举起残缺的右臂，敬了一个震撼人心的军礼！

12月21日，杜富国被转到陆军军医大学西南医院接受康复治疗。医院组织呼吸科、心内科、眼科等15个科室专家进行第一次全院会诊，发现杜富国的伤情十分复杂：双眼球缺失，双眼无光感；双前臂部分缺失，吃饭、洗漱、穿脱衣裤等日常生活完全依赖他人；全身瘢痕增生，颌面、颈、胸腹、大腿增生明显，颈胸部增生影响颈部活动；双耳鼓膜穿孔，听力下降……康复治疗的难度很大。

“我要回到部队，回到自己的岗位！”这成了杜富国打赢这场康复战役的强大精神支撑！

针对杜富国增生性瘢痕问题，医生对他开展了“瘢痕局部注射＋弹力衣＋瘢痕贴使用”的综合治疗方案。“瘢痕局部注射”是直接把针打在瘢痕皮肤下面，非常疼；而“弹力衣”比女性塑身衣还要紧，这些都是巨大考验。杜富国一次次地闯了过来！

争取早日归队：生命中最温暖的爱情支撑

2019 年 2 月 18 日晚，中央电视台举行 2018 年“感动中国”人物颁奖典礼。当晚，在父亲和妻子的搀扶下，杜富国走上了颁奖台。

“感动中国”人物组委会给予杜富国的颁奖词是：“你退后，让我来！六个字铁骨铮铮。以血肉挡住危险，哪怕自己坠入深渊，无法还给妈妈一个拥抱，无法再见妻子明媚的笑脸。和战友们拉着手蹚过雷场。你听，那嘹亮的军歌，是对英雄的礼赞！”

杜富国双前臂截肢。西南医院为杜富国制定了双侧残肢装饰性假肢配备、右侧残肢“肌电手”配备方案。

有一次，用“肌电手”训练精细动作时，护士在杜富国跟前摆了两枝花，一枝是康乃馨，一枝是玫瑰。杜富国小心翼翼地拿起康乃馨，递给自己的母亲；又拿起另一枝玫瑰，献给妻子。那一瞬间，医护人员们纷纷鼓掌，而王静早已热泪盈眶。

经过艰苦的练习，杜富国的双前臂残肢已能分辨物体的部分形状，并可进行部分物体识别，能完成穿脱部分衣裤、清洗残端、洗脸等动作。在配备辅具的情况下，他还可完成独立进食、在画板上写字。

接着，医生又对杜富国开展了减重下的跑台训练、室外跑步训练、核心稳定平衡训练等项目。虽然是初春季节，但不断加大的运动量依然使重伤初愈的杜富国浑身是汗，不断涌出的汗水刺激他身上大面积的厚重瘢痕，全身刺痒、刺痛难耐。即便如此，他也从不叫苦，更不会减少训练。

一段时间以后，杜富国离开跑台，出现在陆军军医大学操场的跑道上。王静穿着一身灰色外套加弹力裤，搭一双适宜走动的运动鞋，每天陪着丈夫奔跑在陆军军医大学的操场上，做丈夫的“眼睛”和“路标”。“运动可以使人快乐。”她一边陪跑，一边这样鼓励丈夫。杜富国跑起来更有力量了。

4 月初的一天下午，杜富国奔跑在 400 米的标准跑道上，陪跑的有妻子和战友。“好，13 分 3 秒！”这是受伤后的杜富国跑出的 3 公里成绩，甚至在规定的军人体能训练及格线之上。刹那间，操场掌声雷动。王静忙给丈夫擦汗，流下了激动的泪水。

经过半年的康复治疗，杜富国实现了“三大突破”：一是体能基本恢复；二是残肢的日常生活功能被挖掘出来，假肢可以完成一些精细动作；三是应用目前国际上临床最先进的视觉辅助设备，进行部分数字、字母、物体的识别，下一步还将过渡到以室外障碍物识别、行走训练为主。

5 月 22 日，中宣部授予杜富国“时代楷模”荣誉称号。扫雷大队八名战友来到央视舞台，为杜富国举行了一个归队仪式。大家喊着整齐的口号：为人民扫雷，为军旗增辉！杜富国举起残臂，和战友们一起敬了一个庄严的军礼。

感动中国的“樵夫”：南平生死一诺

李春雷

2018年3月，原福建省南平市委常委、常务副市长廖俊波，被评为“感动中国”十大人物，组委会在给廖俊波的颁奖词中称他为“人民的樵夫”。廖俊波因公殉职，年仅49岁。中宣部追授廖俊波“时代楷模”荣誉称号。

廖俊波和妻子林莉在大学时相恋。毕业后，廖俊波追随林莉来到福建省邵武市乡村中学当了一名物理老师，继而一步步走上政坛，有开拓、有担当，最终把生命献给了这片热土。痛失亲人的林莉说：“俊波，懂你是最长情的告白。作为妻子，我理解你，我想对你说，那一诺，我无悔！”

身先士卒：妻子总有担惊受怕时

2004年12月下旬，福建省邵武市（县级市）龙山一带发生森林大火。邵武市副市长廖俊波率领灭火队伍进入现场灭火。熊熊大火，像一群下山猛虎，呼啸着向山脚下的几个自然村扑去……

廖俊波已经失联三天四夜！妻子林莉寝食难安，不敢随便打听，也不敢把焦虑传染给女儿廖质琪，唯求山火早日熄灭，丈夫能够平安回家……

1968年8月，廖俊波出生于福建省浦城县仙阳镇岩步村。1984年，廖俊波参加中考，以全县第二名的成绩考入浦城一中。

1987年高考，他考取了南平师专物理系，和家在南平市下辖邵武市城区的林莉成了同班同学。

廖俊波被推选为物理系学生会副主席，而全班学生中，数林莉年纪最小，也是“班花”。没过多久，廖俊波就开始追求林莉并最终俘获了芳心。

1990年大学毕业时，林莉被分配到家乡桂林乡中学当物理老师。投奔爱情的廖俊波则落脚大埠岗乡中学，担任初二四个班的物理老师兼班主任。

这个偏远的角落成了他们的天堂。廖俊波喜爱摄影，买来照相机和洗相设备。林莉便缝制了两副窗帘，平时挂上淡紫色，洗相时换上深黑色。两人一个洗相，一个剪边，不知不觉东方既白……

1994年国庆节，林莉和廖俊波结婚。此时，廖俊波已被调入乡政府工作，不久，业绩突出的他又被调入邵武市政府，林莉成为邵武一中的物理教师。他们在邵武城内，正式安置了自己的小家。

廖俊波把心思和精力全放在工作上。1998年，闽北地区遭遇一场百年不遇的山洪。灾后的拿口镇一片狼藉。同年11月，廖俊波被任命为拿口镇党委副书记、镇长。他一上任，立刻投入灾后重建。1999年春节之前，所有灾民全部迁入新居。

廖俊波又马不停蹄地投入修路，建设600亩工业园等紧迫的工作。一次，女儿天真地问他："老爸，你是镇上最大的人吗？"廖俊波笑："不，老爸是全镇最小的人，因为老爸是为全镇人服务的。"

2004年2月，廖俊波当选邵武市副市长，分管工业、交通、安全等工作。他刚上任，闽北地区遭遇百年不遇的大旱，邵武全年发生数百场森林山火，最严重的一次山火，有8位村民奋勇扑救，全部牺牲。廖俊波深感责任重大，总是身先士卒！

2004年12月，廖俊波再次带领灭火队伍，进入龙山一带的森林灭火，指挥部连夜组织的三道防火线还没有完成，就被大火吞没，山脚下几个自然村面临威胁，于是出现了本文开头惊险的一幕……

当时，廖俊波和大家一边撤退，一边想办法，一位当地干部建议：以毒攻毒，主动放火。廖俊波稍稍考虑，当机立断，决定采纳这个建议！大家选择一个远离村庄且不易蔓延的山坳地形，主动点火，火上浇油。人工大火熊熊燃起，疯狂的野火与人工大火迎面相撞，抱为一团，停滞不前。此举成功化解了附近几个自然村被大火吞噬的危险。

继而，廖俊波马上又带领队伍，顺着悬崖峭壁、山间小路进入龙山深处，投入彻底扑灭余火的战斗中。连续三天四夜，通信中断……三天后，市长刘山鹰亲自带队，背着一袋包子、馒头、火腿和榨菜上山，一边督战，一边寻找失联的副市长，终于在一个山坳里找到浑身黑灰、蓬头垢面的廖俊波。

作为最年轻的副市长，廖俊波常临时承担一些急、难、险、重的棘手工作，被戏称为“消防队长”。

2005年4月的一个傍晚，一辆从宁夏过来的大货车，运载着数十吨电石，进入邵武境内。数千公里的长途行驶，驾驶员过度疲劳，导致车辆倾翻。大量电石散落，吸收地面上的水分后，燃起熊熊大火。整辆大货车的几个油箱和20多个轮胎相继着火爆炸，火焰腾空几十米。特种化工用品偏偏最忌用水，消防大队从全市调来上千瓶干粉灭火器，全部喷完，没有任何作用。

情况万分紧急！此时阴云密布，如果现场降下大雨，这几十吨电石与水发生化学反应所产生的电石气，可以将周边几平方公里变成火海。不远处的村庄、加油站以及成片的山林都将化为灰烬，极有可能引发更大的连锁灾难，而且在现场抢险的人员也完全来不及撤离。后果不堪设想！

大家劝在现场指挥的廖俊波撤退到远处，但他却像石头一样坚定，果断发出一道道抢险命令，两台长臂挖掘机将烧得通红的电石从田中挖起，摊放在国道上。整整战斗了一个通宵，终于赶在大雨到来前把全部电石装桶密封，并进行了安全处理……

这次，林莉是在事后看电视报道时才知道的，她心有余悸。廖俊波笑着说：“你放心，我会注意安全。”

两地相思：你若安好，便是晴天

2007年10月，廖俊波又被任命为南平市荣华山产业组团管委会主任。荣华山所在的仙阳镇，是他初中时期求学所在地。十几年过去了，这里仍是一片野山。廖俊波到荣华山上任时，林莉帮他收拾行李。除衣物之外，她特意在他的行李箱中装入了一只熨斗。荣华山离南平市区 260 公里，全是山路，廖俊波想回一次家不容易，他只有自己照顾自己了。

廖俊波是个忘我的“工作狂”，为人却细致、温柔、幽默、坚毅，但跟随他最久的林军，常能窥见他的另外一面——劳顿、困乏和偶尔的孤独。

一家人难得团聚，林莉有时想打个电话给丈夫，都要先发个信息，问廖俊波方不方便接听，生怕耽误了他工作。廖俊波通常就回复一个字：忙。

结婚这么多年，廖俊波没有时间陪妻女外出旅游。2009 年暑假，林莉带女儿去桂林旅游，回到南平已经凌晨 3 点多了。在离家大概还有 5 分钟的路程时，母女俩突然发现前方的路灯下站着一个人。女儿廖质琪眼尖，认出了是爸爸，高兴地对妈妈说：“爸爸怎么来接我们了？”

原来，廖俊波当天恰巧从荣华山回到南平，特意记着母女俩返程的时间，在家里煮好稀饭、炒好菜，知道她们怕黑，就出来在那里等着……

在荣华山的 4 年里，廖俊波行程 36 万公里，平均每天达 250 公里。一辆崭新的汽车跑成了旧车，而一个年产值近百亿元的产业组团，已蔚为大观！

2011 年 6 月，廖俊波被任命为政和县委书记。政和县偏居深山，只有 3 条省道过境，没有国道，更没有高速公路。全县 23.5 万人，财政收入只有 1.6 亿元，位居全省倒数第一。政和县委书记历来被戏称为“省尾书记”。整个县城，没有一盏红绿灯，没有一条斑马线，没有一根独立杆路灯，没有一家规模超市和自由市场，没有一处正规停车场。高压电缆，布满天空；弱电线路，密如蛛网；居民用水，时常瘫痪，像一个偏远地区的大集镇。

廖俊波紧锣密鼓，33 个具备开工条件的建设项目相继开工！他总是一个月也不见回家。偶尔周末，林莉会乘坐班车去看望丈夫，悄悄地住在宿舍里，出门买菜做饭，谁也不认识，谁也不关注。有人建议廖俊波在政和安一个家，林莉问他，他却一口拒绝：“这是我当政的地方，不能这样做！”

有时，父亲去看望儿子，都是偷偷来去，从不与儿子打招呼，更不住招待所，而是借宿在一个老同学家里，就近地闻一闻儿子的气息。

在廖俊波到任的一年内，政和县共引进机电企业 86 家，总投资 52 亿元，用最快速度在国内建起了一个新型的机电制造业基地，引起业内惊呼！随后，传统企业全面提档升级，一片热土，全面发酵。

教师出身的廖俊波特别关心教育，在他的重视下，2013 年高考，政和县一中实现了学生考入北大的重大突破。而对女儿的学业，他却无法顾及。廖质琪从来都是班上前几名，极有可能考入名牌大学，但这一年，正是廖俊波最忙碌的时候，整月不回家。林莉担任高三年级物理教研组组长，同样工作繁忙。由于父母疏于关爱，致使女儿出现心理波动，上体育课时手臂骨折受伤，受此影响没有考入理想的重点高校。廖俊波给女儿写了一封信，“这是一段痛苦的经历，更是一笔宝贵的财富。因为人生不可能是坦途，这就需要有顽强的毅力。琪儿，你要记住：‘顽强的毅力可以征服世界上任何一座高峰。’”并鼓励女儿将来考研、考博。

为了工作，廖俊波忍受着夫妻分离，放弃了很多天伦之乐。在他的努力下，政和县先后进来四家上市公司，政和白茶、乡村旅游也一个比一个热。

廖俊波因为长时间超负荷工作，身体吃不消，有时睡到半夜，他会突然推醒林莉，请她帮忙按揉一下肩膀和腰。看到丈夫一天天衰老，不到 50 岁，脸上已长了两大块老年斑，手上更多，林莉心里难过，但也只能劝他多休息，并给他买西洋参丸服用，一次要买上十几盒，外界没人知道。

"人民的樵夫"：一诺无悔

2015 年 6 月，廖俊波被授予"全国优秀县委书记"称号，受到习近平总书记的亲切接见。一年后，廖俊波被任命为南平市委常委、常务副市长，兼任武夷新区党工委书记。武夷新区与南平市区相距约 120 公里，两年后，南平市政府行政中心要迁移至武夷新区。轻轨、绕城高速、森林生态小镇、商务写字楼、云谷小区、引供水工程、学校、汽车客运总站……涉及市政设施、景观建设和社会事业等 39 个重点项目，投资高达数百亿元。

为了追赶进度，廖俊波经常加班加点，创造了“俊波速度”。对他来说，最奢侈的就是时间！

尽管时间如此紧张，工作压力如此之大，廖俊波也没忘了关心家人。2017年2月14日“情人节”，他给林莉发了一条微信：“你若安好，便是晴天。”

3月4日，女儿到上海做毕业设计，廖俊波在会议间隙和女儿微信聊天，问她感冒好了没有，毕业设计进展如何，提醒她不要满足于现状。哪知，这竟是父亲最后一次和廖质琪通话。

3月18日，周末，廖俊波并未休息。白天，他在南平旧城区开会讨论干部住房分配、综合片区地价和武夷国家公园等相关议程。傍晚6点回到家，他匆匆吃罢饭，本想在床上多睡一会儿，但是晚上8点半，他要赶往140多公里外的武夷新区，研究招商和规划方案，因此叮嘱林莉叫他起床。

从家里出发，足有140公里。此时，窗外黑云翻滚，大雨将至。林莉看着头发白了一半、睡得正香的丈夫，不忍叫醒他，但又怕耽误了他的工作，还是把他推醒了，却又希望他不要去，轻声说：“今天是周六，你休息一下，也给大家放个假吧。”廖俊波反问：“林老师，下雨天，就可以不去上课吗？”林莉无语。她无声无息又手脚麻利地帮他收拾行李：熨好的西服、衬衫，还有一条红色领带。廖俊波接过她递过来的衣物，点点头，笑一笑，仓促走出门，稀疏的白发，少见的有些凌乱……坐上车后，极度困乏的廖俊波在后座补觉。外面大雨如注，他乘坐的汽车中途发生侧滑，同车醒着的其他同事逃过一劫，而在后座上睡着了的廖俊波则被甩出车外，当场不省人事，被送到医院急救室，最终未能醒来……

廖俊波因公殉职后，仅政和县就有10万多人在网上发帖纪念，南平市和其他地方的网上吊唁者超过40万人。林小华是邵武市老市长，廖俊波曾跟他一起工作，这位步履蹒跚的老领导，深深三躬，泣不成声："现在人们总说政治资源，现实中也有人苦心经营。我很清楚，俊波没有。如果说有，他的政治资源就是老百姓……"

廖俊波去世后，习近平总书记作出了重要指示，中共中央追授廖俊波"全国优秀共产党员"称号，中宣部追授廖俊波"时代楷模"荣誉称号。

2017年8月29日，林莉在廖俊波先进事迹报告会上说："俊波，知夫莫若妻。我知道，从你面对党旗举起右手宣誓的那一刻起，你就不完全属于这个家了，更多的，你属于党，属于党的事业。今天，看到组织这么肯定你，百姓这么想念你，我终于明白，你做事为什么总是那么乐此不疲，所做的事意义究竟在哪里。懂你，是最长情的告白。作为妻子，我理解你，我想对你说，那一诺，我无悔！"

2018年3月1日，廖俊波被评为2017年"感动中国"十大人物，组委会在颁奖词中称他是"人民的樵夫"。2019年5月，党建读物出版社和鹭江出版社联合出版了长篇报告文学《县委书记》一书，感动了许多干部、读者和网友。在政和县街头耸立着一块石头，上面刻着"爱在政和"，这是廖俊波曾经写在日历本上的四个字。

黄文秀“青春骊歌”：一缕忠魂，扎根乡土

宕 媛

2019年6月16日晚，广西壮族自治区百色市乐业县暴雨倾盆，山洪暴发。当晚，回老家田阳县看望父母后，急着赶回乐业县参加次日扶贫工作会议的新化镇百坭村第一书记黄文秀，被突如其来的洪水卷走，不幸遇难。7月1日，中共中央宣传部追授黄文秀“时代楷模”荣誉称号。中共中央总书记、国家主席、中央军委主席习近平称赞黄文秀同志，用美好青春谱写了新时代的青春之歌。

黄文秀，这个毕业于北京师范大学的法学硕士，本有机会留在北京或者出国深造，是父亲的殷切期盼，让她毅然做出了不同凡响的选择……

回大山去：北师大女硕士惦记父母不舍故土

2016年初，北京天安门广场。时值隆冬，寒气逼人。在观看凌晨升国旗仪式的队伍里，站着一老一少。老的叫黄忠杰，少的叫黄文秀，是一对父女。他们不停地跺着脚，用嘴巴向双手哈着气，但就是不愿离开半步。凌晨6时，随着“嚓嚓”声音的由远及近，仪仗队的战士们扛着国旗，迈着整齐划一的步伐走了出来。当嘹亮的国歌声在广场上唱响，鲜艳的五星红旗缓缓升起的时候，黄忠杰的眼泪夺眶而出！

他没想到，自己这个一辈子没有迈出大山的农民，有生之年，竟能在天安门广场亲眼观看升旗仪式，他看了看身边的女儿，发现她也全神贯注地观看着，镜片内分明有晶莹的泪光在闪烁……

出生于1989年4月的黄文秀，是广西壮族自治区田阳县巴别乡德爱村多柳屯一对农民夫妇的小女儿。母亲黄彩勤患有先天性心脏病，几十年来药物不断；父亲黄忠杰身体也一直不好。黄文秀有一个哥哥和一个姐姐。黄文秀的名字还是姐姐黄爱娟起的，取“文静秀丽”之意。

为了让家人过上好日子，黄忠杰起早贪黑，不辞辛劳。黄彩勤在精心抚育3个孩子的同时，也帮丈夫一起下农田，干农活。夫妻俩勤扒苦做，华发早生，岁月的沧桑布满了瘦削的脸庞。

穷人的孩子早当家。目睹双亲的艰辛，黄文秀除了刻苦念书之外，还早早地学会了做家务。每天放学回家，写完作业后，黄文秀就挽起袖子，打扫屋子，洗衣做饭。黄忠杰总有些愧疚，没有给黄文秀更好的物质生活，但黄文秀却说，贫穷并没有给她带来任何不愉快的记忆，她的童年并不因为贫穷而没有色彩，反而因为一家人的相亲相爱而充满温暖。

初中毕业后，黄文秀先在田阳高中就读，后进入百色祈福高中读书。2008年，她考入山西长治学院，攻读思想政治专业。2012年，她再接再厉，考上了北京师范大学哲学系。大学期间，早就知道父亲有看升国旗愿望的黄文秀暗下决心，一定要让父亲心想事成。

毕业之前，黄文秀用勤工俭学积攒的钱买了往返的车票，将远在广西大山里的黄忠杰接到了北京。

在北京的那半个月里，黄忠杰后辈子是怎么也忘不了的。黄文秀不仅带他去天安门，完成了他观看升旗仪式的心愿，还带着他将北京的几个著名景点看了个遍。其间，他怕女儿花钱，怕耽误女儿写论文，几次要求回家，都被女儿挡住了。

2016 年 6 月，黄文秀硕士毕业后，北京好几家实力相当不错的公司向她抛出橄榄枝，邀她加盟；国外一所一流大学为她提供奖学金，让她可以出国深造。可黄文秀始终牵挂着年迈体弱的双亲，怀念澄碧湖畔的好山好水，大王岭里的百果飘香……

回归田园：她是父母的贴心棉袄，是乡亲的邻家小妹

2016 年，考中了广西选调生的黄文秀回到家乡，被分配在百色市委宣传部，担任理论科副科长。

不久，市委宣传部物色派驻贫困村的扶贫干部，黄文秀第一时间报了名，她将自己的决定打电话告诉了父亲："爸爸，要是咱老家个个都能够住上新房，过上好日子，那该多好。我想试试看，看看我有没有这个能耐。"黄忠杰沉默片刻，说实话，女儿在机关里工作，风刮不着雨淋不着，回到乡里，那就完全不一样了。可这孩子心眼好，为人实诚，她是希望乡邻们都过得舒坦啊。既然如此，自己有什么理由反对呢？他说："秀，爸支持你！"

2018 年 3 月，黄文秀成为乐业县新化镇百坭村第一书记。尽管对

此前的困难有所预估，但当黄文秀开着自己贷款买的汽车，一路颠簸来到这个大山深处的贫困村时，她才发现：自己所要面对的情况比实际想象的要复杂得多。

就在黄文秀慢慢调整心态的时候，村里的村民并没有对这个孤身来到深山里的姑娘表示出好感，而是带着不屑与怀疑："一个年轻女孩，能待多久？""她能带我们脱贫致富？"一向乐观自信不轻言放弃的黄文秀哭了。她回家时，一把鼻涕一把泪地对父亲说："为什么我翻山越岭地到他们那里，走街串户地想帮他们，他们却这样说我？"黄忠杰一直耐心地听女儿倾诉，看到女儿哭了的时候，他突然"扑哧"一声笑了，弄得黄文秀嗔怒不已："爸，您幸灾乐祸。"黄忠杰笑着指了指黄文秀："看看你这身行头，连衣裙，高跟鞋……这样子，走得了乡间小路，下得了农田吗？"黄文秀沉默片刻，说："爸，我明白了！"

从那以后，黄文秀每天上班，不是一身运动服、运动鞋，就是在当地地摊上买的土布衣裤，她还特意购买了几双长筒靴。到贫困户家中走访时，黄文秀不再是拿着本子问东问西，记这记那，而是一边和农户聊天，一边帮他们干活儿。渐渐地，黄文秀瘦了，黑了，那个硕士毕业的白净女孩，褪去了好不容易才培养出来的都市味与书卷气，身上沾满了泥土香。村民们开始接纳她，不少贫困户跟她开玩笑："你这个女娃娃，真是难'缠'得很哩！"

经过两个多月的摸底，黄文秀基本掌握了全村村民的基本概况，内心有了十分具体的脱贫思路。有了思路就开始定方案，搞预算，具体实施。黄文秀一下子忙得不见了踪影，这可急坏了家里的父母。

黄文秀眼看快 30 岁了，还没结婚。为此，黄忠杰总是掐着时间点给她打电话，催她赶快找个对象嫁了，而父亲认为她应该闲下来的时

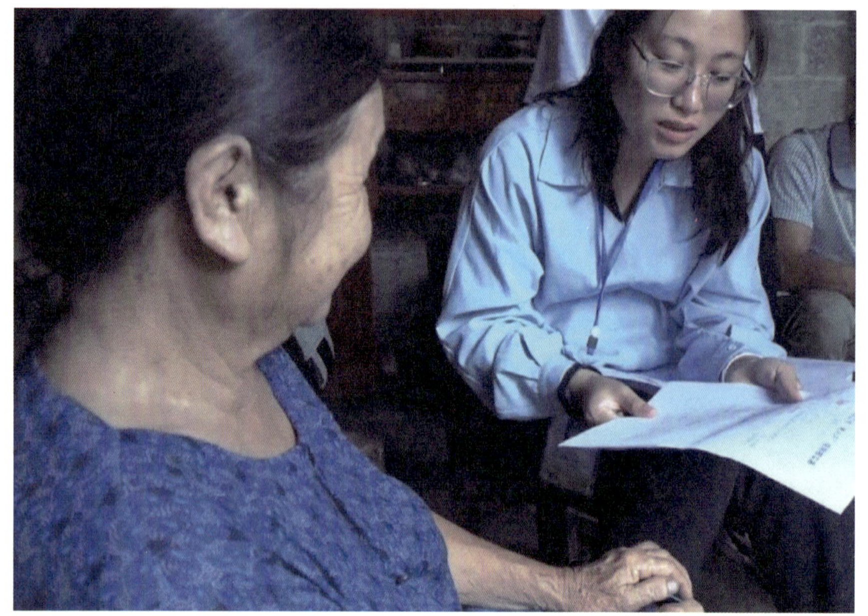

刻，她还在忙，根本没有时间与父亲聊这件事。有一次黄文秀回家后，黄忠杰再次提及此事。黄文秀一听父亲又催婚，不仅不生气，反而乐呵呵地说："爸，您别着急呀。等百坭村这两年全部脱贫了，我一定给您带个才貌双全的姑爷回来。"见女儿又用这种玩笑方式糊弄自己，黄忠杰不再多说什么。但他内心，比任何人都着急。

黄忠杰之所以着急，是因为一年来他的身体状况越来越差，人也迅速地瘦了下来。

有一次，黄文秀正在乐业县城办事，给一个贫困户申请"雨露计划"教育扶贫资金，手机响了，是母亲打来的。黄文秀问母亲身体怎么样，母亲突然小声啜泣起来，黄文秀的心揪了起来："妈，您别哭，有事慢慢说。"母亲这才小声告诉女儿："你爸病了，医生说是重症……"放下电话，黄文秀跃上汽车，一路飞奔来到父亲就诊的医院。在病房里，黄文秀看到正在病床上昏睡的父亲，在一旁默默垂泪的母亲，以及面色凝重的哥哥姐姐。黄文秀蹲在父亲的病床边，轻轻地握起父亲的手。

那是一双历经几十年风雨磨砺的粗糙的老农之手，是曾为黄文秀和哥哥姐姐遮风挡雨的大手！如今，这双手那么的无力，手背上的青筋清晰可见。看着，抚摸着，黄文秀的泪水决堤而下……

此后每个周末，黄文秀都在乐业与田阳两县之间穿梭。

不久，黄忠杰接受了第一次手术。黄文秀将村里的工作安排妥当后，和哥哥姐姐轮流在医院照顾手术后的父亲。

本以为做过手术，身体肯定越来越好的黄忠杰，不久病情又出现恶化，他不得不做了第二次手术。文秀再也顾不上劳累饥饿，连夜开车回到老家，在医院里陪了父亲一夜。次日凌晨，她又要赶在上班前，回到百坭村。临走前，黄忠杰握着病榻之侧小女儿的手，语气缓缓地说："文秀，爸现在没有什么奢求，只希望在有生之年，看见你结婚、生子……"那天，黄文秀搂着姐姐大哭了一场："我得赶紧把自己嫁出去，让爸爸安心。"

大地含悲：30 岁的生命谱写出最动人的青春之歌

2019 年 6 月中旬，一场暴雨冲毁了百坭村部分灌溉渠。14 日那天是周五，黄文秀和其他村干部分头勘查后，确定了被冲毁水渠的方位、损毁情况、修复方案以及所需费用等。将这些资料准备好后，黄文秀打算在下周一乐业县扶贫工作会议上向领导详细汇报，以尽早帮村民解决灌溉渠修复问题。

6 月 16 日父亲节。下班后，牵挂父亲的黄文秀再次驱车返回田阳县。她要在这个节日里，帮父亲捶捶背，陪母亲唠唠嗑。吃过饭，看着母亲日益佝偻的身影在家里忙里忙外地为她收拾东西，看着久病之后更加瘦削羸弱的父亲，黄文秀泪眼婆娑。当天，她发了一条微信朋友圈，表示以后“每年要定期带家人做一次体检”。

晚上9点左右，黄文秀说要返回驻点村。本以为她要在家过夜的父亲皱了皱眉头，说：“天气预报说晚上有暴雨，你回去怕不安全，明早再回吧！”黄文秀为难地说：“明天一早要开会，怕赶不及。”尽管百般不放心，但知晓女儿脾气的黄忠杰，没有强行挽留，只是将一提兜女儿爱吃的食品帮她放在后备厢，吩咐着：“回到村里后打电话啊，听见没有啊。”怕父亲担心，黄文秀故意轻松地回答：“听到了，您的话我哪敢听不见？”然后便上了车。再然后，车一拐弯，那两粒微弱的红灯一闪，消失在雨幕中。

深夜，大雨变为倾盆暴雨。就这样，在父亲的揪心、焦虑、恐惧、侥幸中，17日凌晨，黄文秀的哥哥终于收到小妹黄文秀发来的视频。视频中，山洪暴发，黄文秀的车陷在茫茫的汪洋中，进退两难……

害怕父亲知道了担心，哥哥一直不敢把手机给父亲看。但随后，手机又接连响了几次，父亲知道肯定是黄文秀的，他一看，果然是黄文秀发在家庭群里的消息，除了视频，她还说：“我被山洪困住了。前面后面全是水。”黄忠杰忙让儿子与小女儿发信息，可信息发出去后，一直没有回应。

此时，被洪水围困的黄文秀发现了一辆警车，遂呼喊着向警车求救。那是百色市凌云县公安局交警大队的车，副大队长席道怀和同事当时正在车上。听到黄文秀呼救后，席道怀打开车门下车，将黄文秀安顿在警车上，而他则开着她的车在前面带路。

等到席道怀将车开到安全地带时，却发现黄文秀乘坐的警车没跟上来，她的电话无人接听，席道怀车上的同事也不接电话。席道怀忙原路返回，这才发现他刚驶过的路面大面积塌方，现场一片狼藉。

6月18日，搜救人员在下游河道发现了一具遗体。经指纹比对，确认系在山洪中失踪的黄文秀。

6 月 22 日上午，黄文秀同志的告别仪式在百色市举行。上午 8 点，追思的音乐在百色市殡仪馆告别大厅回荡着。一个个花圈寄托着人们无尽的哀思，表达着对这个年轻生命的惋惜与不舍。

各级领导来了，黄文秀的同事来了，黄文秀的同学来了，百坭村的村民来了……黄文秀的妈妈身体不好，家人没有让她参加。她的姐姐哥哥都哭得像泪人一样，黄忠杰同样悲泪长流。这个感觉自己身体每况愈下，不再能保护女儿的男人，本想着女儿能带回一个替他好好爱她的女婿回来，然后在他的有生之年，亲手把她交给他……谁料到，未曾看你着嫁衣，竟然送你一路去。他本该好好地在最珍爱的小女儿葬礼上抚棺大哭一场，可是面对女儿的骨灰罐，他却咽下了所有悲痛与伤心。他知道，有一种人，生得伟大，死得光荣。

2019 年 6 月 21 日，全国妇联作出决定，追授黄文秀“全国三八红旗手”称号。6 月 23 日，广西壮族自治区党委宣传部决定，追授黄文秀“八桂楷模”称号。6 月 28 日，人力资源和社会保障部、国务院扶贫办决定，追授黄文秀同志“全国脱贫攻坚模范”称号。7 月 1 日，中宣部向全社会宣传发布黄文秀的先进事迹，追授她“时代楷模”称号。

中共中央总书记、国家主席、中央军委主席习近平对黄文秀同志先进事迹作出重要指示表示，黄文秀同志不幸遇难，令人痛惜，向她的家人表示亲切慰问。他强调，黄文秀同志研究生毕业后，放弃大城市的工作机会，毅然回到家乡，在脱贫攻坚第一线倾情投入、奉献自我，用美好青春诠释了共产党人的初心使命，谱写了新时代的青春之歌。广大党员干部和青年同志要以黄文秀同志为榜样，不忘初心、牢记使命，勇于担当、甘于奉献，在新时代的长征路上做出新的更大贡献。

“洞庭之子”余元君：不得长相守，慷慨歌未央

罗正伟

洞庭湖美哉壮兮！范仲淹留下“先天下之忧而忧，后天下之乐而乐”的名篇佳句；屈原留下“路漫漫其修远兮，吾将上下而求索”的千古绝唱。

如今，有一位名叫余元君的水利专家，连续72个小时工作在洞庭湖防洪第一线，直到生命最后一刻。25年间，余元君走遍洞庭湖3471公里的一线防洪大堤和226个大小堤垸。他爱着八百里洞庭，亦深深爱着家人，然而这份爱又有歉疚，因为他是“洞庭湖的儿子”……

不得长相守：八百里洞庭魂牵梦绕

2000年5月29日，经闺密介绍，黄宇和余元君在长沙九龙城饭店见面相亲。闺密的男朋友告诉黄宇，余元君是他们单位公认的“精英男”，工作能力强，有责任心，美中不足的是个子不高。

那天，余元君穿着深蓝色长裤和白色衬衣，显得格外精神，敦厚的脸上洋溢着微笑。他对黄宇很满意，见她有些犹豫，意识到问题出在他的个子，因此不无自嘲地说：“身高是无法改变的，但知识和能力可以拔高人的高度。”就是这句话让黄宇对他颇生好感。

余元君，1972年9月出生在湖南省临澧县的一个农民家庭，自小在洞庭湖边长大，知道水患之害。1990年，余元君考取天津大学水利

工程专业，毕业后分配到湖南水利设计院工作，后调到洞庭湖水利工程管理局工作。和黄宇认识的时候，他是洞工局工程处副科级干部，负责洞庭湖抗洪抢险和堤坝建设，责任不小！

黄宇比余元君小两岁，大学毕业后在湖南省残疾人康复研究中心工作。两人年龄、学历上都很相配。

相识后，余元君挖空心思追求黄宇，陪黄宇看电影、听音乐，黄宇很快认可了他。

2001 年国庆节，余元君和黄宇结婚，住进余元君的单位大院。这时，国家对全国水利建设实施项目法人制改革，洞工局又是改革的重点，整个水利厅没一个现成可实施的标准方案，余元君接受了这个任务，必须在一年之内完成。他歉意地对黄宇说："老婆，等我完成这项任务，那时我就有时间好好陪你了。"

余元君开始了疯狂的"白加黑""五加二"的工作模式。黄宇心疼，担心他身体吃不消，劝他不要玩命加班，余元君笑了笑说："我是农民的儿子，我身体棒棒的，没事。"他边说边紧握双拳，抬起手臂，肌肉高高地鼓起，黄宇嗔怪地笑了。

为了完成这项任务，在接下来的一年里，余元君没有陪黄宇度过一个完整的周末。岳父岳母生日，他只陪老人吃了一顿饭，就匆匆赶回单位加班，岳父岳母对他又爱又心疼，疼爱地叫他"工

作狂人”。

经过一年鏖战，2002 年，余元君编写了《洞庭湖治理工程建设与管理适用文件汇编》，全书厚达 426 页，洞工局人手一本。从此，洞庭湖法人制和招投标走上正轨，这本书也成了国家重点水利工程建设管理指南。

2003 年国庆节，夫妻俩结婚纪念日那天，余元君对黄宇说要来一次新奇的旅游。他们已结婚两年，这是第一次旅游，黄宇乐坏了，充满期待。然而，到了常德，黄宇才知道上了当，余元君租了条渔船游洞庭湖，一边熟练地划船，一边给她讲起他与洞庭湖的不解之缘。余元君在洞庭湖畔长大。洞庭湖十年九患，发洪水时，浊浪滔天，冲毁家园，天旱时庄稼又颗粒无收，湖区人民过着靠天吃饭的苦日子。

“我是洞庭湖的儿子！可是八百里洞庭不安稳。等它不再有水患了，我把欠你的都补上，陪你游遍祖国的名山大川，尝遍天下美食。”

余元君停棹靠岸，放眼烟波浩渺的洞庭湖，如数家珍地给黄宇讲起洞庭湖每一个堤垸的故事。他说随着洞庭湖面积的减小，蓄洪能力变弱，它并不安稳。黄宇终于读懂丈夫是为洞庭湖而生的，她偎依在丈夫的怀里：“元君，我永远支持你！”

爱的愧疚：“君子协议”传递最深的疼爱

2005 年初，黄宇怀孕，余元君乐坏了。黄宇要他兑现诺言好好陪她。可余元君这时已担任洞工局工程处副处长一职，负责整个湖区的防洪堤工程，下乡成了工作常态，一去就是两三个星期。每天，他和同事扛着设备穿行在洞庭湖畔，中午在湖区的农民家里凑合着吃顿午饭，晚上回去还得加班加点，对当天采集的数据资料进行整理和分析。

为了掌握准确的数据，余元君和同事栉风沐雨，他总是深入到第一线，划小船，骑单车，靠着双脚，走遍洞庭湖 3471 公里防洪大堤和 226 个堤垸。洞庭湖空气常年潮湿，沼泽淤泥遍布，出行大部分时间都得穿雨靴，余元君双脚长起了水泡，磨破了皮，钻心地痛。一起工作的同事受不了，对余元君说："有些工作是不是可以能省则省？"余元君断然否决："治理洞庭湖不是一朝一夕的事，不能有任何马虎！"

忙完一天的工作，余元君就会点燃一支烟，望着浩浩汤汤的洞庭湖，拿出手机翻看妻子的照片。为了不影响妻子休息，他给黄宇发短信或 QQ 留言诉说衷肠："老婆，我曾立誓要做一座山，来呵护你和我们的孩子，作为我的妻儿，理应受到我的娇宠、疼爱。可我是一个男人，应以事业为重。"

余元君出差的日子，黄宇每天醒来的第一件事，就是看丈夫给她发的短信或 QQ 留言。怕影响他工作，她学会了照顾自己。怀孕初期，妊娠反应很强烈，她咬牙忍着从不向他诉苦，反而提醒丈夫注意安全。每次孕检，她都是一个人挺着大肚子去医院。

2005 年 12 月，黄宇顺利生下一个白胖的儿子。那天，余元君正在岳阳防洪大堤工地上，接到妻子打来的电话，让他快给儿子取个名字，余元君这才知道自己已经做爸爸了。赶回医院看着虚脱的妻子，他心疼地亲了亲妻子的额头。

余元君给儿子取名余虹墨，希望儿子长大饱读诗书。他陪伴妻儿不到一个星期，工作上的事等着他去安排，余元君心急如焚，黄宇洞悉他的心思，说："你去上班吧，有我妈照顾我就好啦。"

2010 年，余元君任湖南省洞工局工程处处长，每天要处理的事情更多更繁重，常加班到凌晨 1 点。去乡下、湖区，也跟以往一样如同家常便饭。为了开发一款管理软件，他曾创下了连续工作 5 天 5 夜的纪录。2012 年，我国首款“千里眼项目管理系统软件”诞生，它可以对人事、工程和湖区三方位进行无死角管理，在全国得到推广应用。

这时，小虹墨已经上小学，家里所有的事情都落在黄宇的肩上。一天吃晚饭时，小虹墨突然仰着小脸问爸爸：“小伙伴都说从没见过你送我到学校，爸爸是不是只爱洞庭湖，不爱我呀？”

黄宇一愣，耐心地解释：“儿子，爸爸也像妈妈一样爱你，只不过爸爸有重要的事要做。”

儿子的抱怨让余元君意识到自己为了工作，陪家人的时间实在太少了。从此，他给自己立了个规定，每周都要抽空陪伴儿子，给儿子做他同样爱吃的口味虾。虹墨在爸爸的熏陶下逐渐独立，并且渐渐也爱上了烟波浩渺的洞庭湖。

万里长江，险在荆江，难在洞庭！险情在哪里，余元君便出现在哪里，险情不除，不下火线！洞庭湖一进入汛期，黄宇总是牵挂丈夫的安危。

2012年6月，长江支流资水上游下起了暴雨，益阳市小湖口出现险情。益阳市委向洞工局请求技术支援，余元君告诉妻子要去抗洪抢险。此时，洪水已经撕开了一道 200 米长的口子，滔滔洪水涌进了烂泥堤垸，垸内有 72 万人口，70 万亩良田，还有一个国家粮食储备库。余元君当机立断采取铁框装石堵漏的办法，经过 38 个小时的奋战，终于堵住了缺口。

抗洪回来，余元君看到妻子变成了一双“熊猫眼”，才知道黄宇守着电视机，从新闻里看到他冲在抗洪的最前线，整夜都没有睡好觉。

为了不让妻子担心自己的安危，余元君与黄宇定了一个“君子协议”：黄宇不得过问他工作上的事，他也从不把抗洪抢险的事告诉黄宇，再大的危险，他都一个人扛！

2014 年，华容堤垸出现险情，余元君增援抢险，在堤垸上连续工

作了 38 个小时。一次，余元君和同事检查一条地下涵洞，为了摸清涵洞内的情况，他穿上水裤，打着手电筒下到涵洞里工作了 3 个小时，上来时全身湿透，散发着难闻的臭气，大腿上肿起红斑。事后，黄宇才从余元君同事的嘴里知道这些。

这个“君子协议”，传递的实际上是一份爱！

慷慨歌未央：生命最后的 72 小时

20 多年时光荏苒，余元君从科员成长为总工程师，成为洞庭湖复杂水系的“活地图”，他的硬盘变成了洞庭湖信息宝库，门类清晰，包罗万象，成为共享资料包，他的才华和勤奋让同行心生钦佩。

余元君为洞庭湖区安全发展殚精竭虑，将心中所爱倾注于洞庭湖的万顷碧波中。他陪伴家人仅仅在一座城里，唯一的一次全家游还是在 2018 年暑假，余元君带妻儿去了四川。到达都江堰时，黄宇和儿子感慨地说："你哪是带我们旅游，是叫我们陪你搞水利考察吧。"

2019 年 1 月，因天气原因，华容县大东湖东垸分洪闸工程项目有些滞后。4 月 1 日，洞庭湖就要进入汛期，如果不能按时完工，垸区 32 万亩耕地和 12 万农民就会受到洪水的威胁。

1 月 16 日晚，余元君回家说明天要去工地勘察工程。他一边整理出差用品，一边看湖南天气预报，脸上露出从未有过的焦虑。

余元君是个性格很稳健的人，他常对黄宇说：兵来将挡，水来土掩，世上没有解决不了的问题。凭直觉，黄宇知道湖区的工程出现了难题，但她不便过问，不能越过夫妻间的"君子协议"……

1 月 17 日，天气放晴。当天上午，余元君在单位上班，中午加班写完评审意见后，从单位出发去湖区，奔赴华容县。黄宇有几分担忧，但她想现在还没有进入汛期，紧张的心又轻松了一些。

第二天天一亮，余元君又出发了，勘察了 3 个项目，在工棚里召开了三次会议，就地解决工程中出现的技术难题。中午，他在工地上吃了份盒饭，在办公桌上躺了半个小时，就马不停蹄地勘察了两个防洪工程。

晚上回到华容县城已是夜里 9 点，余元君主动跟儿子视频，问儿子的期末考试情况。他说："你若考了全科 A，老爸明天就回来给你煮好吃的。"

这天晚上，余元君又加班到凌晨 1 点，对每一处工程制订了新的施工方案。

1 月 19 日，天下起了小雨，洞庭湖区阴冷潮湿。余元君匆匆吃了早饭，便带领同事赶赴君山区野猪湾防洪工地，调研后开会做了周密部署。忙完已经 12 点了，余元君准备和同事一起吃盒饭。

这时，黄宇打来了视频电话，高兴地对他说："儿子全科都得了 A。"

余元君乐坏了，答应当晚再晚也要赶回家为儿子庆祝。黄宇见他又在吃盒饭，告诉他今天下午她去买菜，晚上犒劳他。黄宇万万没有想到，这次与丈夫的通话却成了永别……

当天下午 2 点，余元君又急忙在工地的会议室召开工作会，在会议快接近尾声时，他突然胸口闷痛，呼吸急促，豆大的汗珠从他额头上冒了出来，同事慌忙拨打了 120，并打电话通知了黄宇。120 急救医生赶来展开急救，余元君在同事们焦急的凝视和呼唤中停止了呼吸，把宝贵的生命献给他守护了 25 年的洞庭湖……

余元君因公殉职后，中宣部追授余元君“时代楷模”荣誉称号，称他不忘初心，牢记使命，从事水利工作 25 年，为根治洞庭湖水患倾尽一生!

丈夫没能给儿子庆祝，也没能最后“犒劳”他一顿，她和儿子再也吃不到他做的色香味俱佳的口味虾了……黄宇无法从悲伤中走出。

2019 年 8 月 5 日，在“时代楷模”节目现场，主持人朗诵了黄宇写给丈夫的一封信：

“元君，昨晚我又梦到你了，梦里的你瘦了，你和孩子在篮球场挥汗如雨，孩子笑得那么灿烂……我总是忍不住想你，总觉得你没走，你只是出了一个很长、很远的差……

元君，这么多年，咱们聚少离多，就连咱们一家三口的合影，也只有十年前拍的那两张全家福。你总是说以后日子还长，不用着急。可是我万万没想到，咱们十八年的夫妻情，永远定格在了 2019 年 1 月 19 日那一天……为什么元君你说走就走？为什么你连一句话都没有给我们娘俩留下？”

八百里洞庭，让母子俩梦魂牵绕。黄宇和儿子总想去洞庭湖看看，可又十分害怕去，因为在烟波浩渺的洞庭湖里，有他们亲人的魂魄。

慷慨自古英雄色，80后一级英模热血致青春

咕咚

刘彦，年仅30岁的80后英雄，生前任南川监狱特警队二级警司。因勇斗持刀歹徒不幸壮烈牺牲。30岁青春年华，停留在2018年11月23日这一天，他尚未欣赏够这个世界的美丽，却为了让这个世界更加美好而永远地离开了。

刘彦牺牲后，司法部追授他“全国司法行政系统一级英雄模范”称号；重庆市团委追授“重庆青年五四奖章”，并入选2018年度“感动重庆十大人物”提名。

刘彦走了，留下了和他相识相恋仅6年的妻子李倩雯。6年，对很多夫妻来说还在甜蜜期，而他们却走完了一生的缘分。

近日，刘彦的妻子李倩雯接受本刊独家专访，含泪回忆了她和丈夫短暂而深情的过往，展现了这位80后英雄有血有肉的形象——

穿上藏蓝色警服：终究圆了“警察梦”

2014年9月15日，顶着酷暑，刘彦汗涔涔地从外面跑回家，顾不得喝水，他喘着粗气跑到李倩雯面前，一把抱着妻子，高兴得转了好几圈。“倩雯，我考上了！我当上警察了！”

“太好了！”这份梦想的实现是如此不易。李倩雯也高兴地跳起来，

随即抬手温柔地擦去刘彦额头的汗珠。

1988 年 5 月 30 日，刘彦出生于重庆市渝中区，从小乖巧伶俐，深得长辈的喜爱与呵护。他的爷爷是一名老公安，从小爷爷讲得最多的就是警察故事。“我长大了要当警察”，这份情结在他幼小的心灵扎下了根。学生时代的刘彦是个品质优秀的好学生，喜欢打抱不平，教过他的老师至今对他印象颇深，说他活泼、阳光，思想端正，热爱学习，勤奋刻苦。

从重庆电子工程职业学院毕业后，由于所学的是计算机专业，他进入中国移动重庆公司工作。就是在那里，刘彦与同在公司实习的李倩雯相识、相知、相爱。两人相恋后，李倩雯发现刘彦虽然性格稳重，内心却是个大男孩，喜欢唱陈奕迅的歌，喜欢漫威电影。一次，他对李倩雯说：“我希望能成为像钢铁侠那样的人。”李倩雯抬头，看见他眼睛里有少年的光芒。

2012年下半年，刘彦对李倩雯说：“我想辞职考警察。”“辞职？你爸妈知道吗？”李倩雯很惊讶，她没想到刘彦的“警察梦”并不是说说而已，而是真的要放弃收入稳定安逸的生活。

看到刘彦坚定的目光，李倩雯认真地说：“我支持你！”得到爱人的支持，刘彦顿时有了信心和力量。在备考的那段日子里，刘彦白天看书做笔记，晚上一有空就拉着李倩雯一起去锻炼身体。李倩雯回忆说，为了支持刘彦备考，她不久就从移动公司辞职了。那时刘彦真的非常努力，看过的书甚至比一般高考考生的复习资料都多得多。

2014年8月，在千军万马过“独木桥”的公务员考试中，刘彦终于实现了从小向往的“警察梦”，穿上了他一直以来梦寐以求的藏蓝色的警服。他进入南川监狱，成为一名监狱人民警察。

2016年9月，刘彦和李倩雯步入了婚姻殿堂。从重庆到南川水江89.5公里，这是家和单位的距离，夫妻俩只能两地分居。每次轮休，就是夫妻俩宝贵的相聚时光。刘彦总是用一种朴素的方法让李倩雯感动着。

记得刚结婚3个月，一天刘彦抱着一只黑乎乎的泰迪狗，三步并作两步地冲上楼，气喘吁吁地站在门口，笑眯眯地看着李倩雯说：“你看，乖不乖？朋友送我的，平时我不在，就让它陪你。”李倩雯激动地接过那只小狗，看着刘彦深情的目光，幸福溢满了内心。两人给小狗取名“熊猫”，后来两人微信头像一直都用的是“熊猫”的照片……

“他太懂得疼人了，哪怕就是个灯泡坏了，都要亲自回来给我装好，生怕我弄不好被电到，和他在一起真的好幸福。”李倩雯回忆起生前的刘彦，哽咽难言。如今，“熊猫”两岁了，喜欢守在门口等刘彦回来，但他却再也回不来了。

2017年8月，李倩雯在江北红旗河沟开了一家便利店。每次轮休，刘彦都第一时间去帮着李倩雯打理便利店。

而每次上班前，他总提前把家里的事一件件安排好，把便利店货架上的货品一件一件地数好、码好，把“熊猫”的狗粮备好。

“晚上早点睡，记得关好门。”每次临走前，尽管对话几乎都是这些，可再也没有什么比这些内容更让她心头安稳了。正是这些不多的话，却让李倩雯回味了好久。

刘彦不光对妻子好，对家人也特别细致周到。他定期去看望 90 岁的外公，有一次岳母生病住院，恰好刘彦轮休，他一直连续两天守在医院照顾，细心程度让住院的病友都以为是亲儿子。

珍爱这抹藏蓝：用生命践行忠诚与担当

刘彦生前在南川监狱特警队有个绰号——“铁牛”。这是同事们给他取的，一是因为他喜欢运动，健壮得像头牛；二是因为他做事认真、执拗，倔得如犟牛。

最初两年，刘彦在南川监狱八监区当管教民警，他总是不懂就问，不会就学。新民警最初任务是 10 天内完成 20 名服刑人员的个别教育。但他真的“犟”，硬是将二分队所有服刑人员的基本情况摸了个遍。

渐渐地，刘彦成了服刑人员眼中既严格公正又贴心的“刘警官”。为了更好地与他们沟通交流，刘彦还在工作之余自学参加了国家二级心理咨询师考试。许多服刑人员都说“刘警官待人温和，有种被尊重的感觉”“和刘警官打交道，能感受到人格上的平等”。

2015 年 1 月，刘彦分管的服刑人员敖勇（化名）抗拒改造，不吃不喝，还摔摔打打，他蛮横地说：“谁也不要来惹我！”

刘彦却不怕，他说：“我就不信不能把你教育过来。”刘彦是篮球场上的主力，得知敖勇喜欢打篮球，就从篮球技巧入手，主动跟他谈。

刘彦把人生比作球场，他说打球最讲规则，你在场上是主力，懂这个道理，为啥在场下就糊涂，就不讲规则。刘彦的话入情入理，循循善诱。敖勇终于打开了心结。

两年里，他完成服刑人员个别教育600多人次，个别教育记录本码起来就是高高的一摞。“有事儿找刘队”也因此成了八监区二分队服刑人员的“口头禅”。

“现在天气冷了，你得多穿点。”“我已经穿很多了，放心吧，现在去监区施工现场看看有没有什么安全隐患，回头见。”一想起这番对话场景，南川监狱民警于大伟就会情不自禁地红了眼圈。于大伟无论如何也想不到，刘彦在11月21日晚和他讲的这句“回头见”，竟会成为永别。

慷慨自古英雄色：此心安处是吾乡

对李倩雯来说，这个寒冷的冬天，刘彦走得一点声响都没有，就像他平常每一次出门上班，不言不语。

“你在家等着，我预约了安宽带的人来。你喜欢看电影，以后我们就可以一起看很多电影了……”2018年11月22日中午11点，这是刘彦打给李倩雯的最后一通电话。李倩雯每每想起都泣不成声：“电视机顶盒安好了，可以看电影了。刘彦却不在了……”

当天下午，刘彦的同事龚泽润给李倩雯打电话说：“嫂子，刘彦身体有点不好。”李倩雯当即就有不祥的预感，双腿发软，脑子一片空白。

很快，她得知，11月22日12时20分许，一名歹徒在南川区西城街道文体路附近将南川区人民法院法官田晓腿部刺伤后逃跑。刘彦

和同事听到人们急切的呼救声，毫不犹豫地追了上去。面对持刀的凶残歹徒，刘彦不顾自身安危迎刃而上，歹徒持刀将刘彦的胸部、腹部刺伤后逃离现场。

李倩雯接到刘彦出事的消息后，和刘彦的父母一起赶到医院，见到的却是一张紧急手术家属签字单，还有一截刘彦被切下的小肠……李倩雯当场哭得晕了过去。本来这次轮休，他们约好了要去看外公……11 月 23 日下午，刘彦终因伤势过重抢救无效不幸牺牲。

刘彦的父母悲痛欲绝。刘妈妈清楚地记得，儿子心里最大的三件事，一是好好珍惜工作；二是计划明年要一个孩子；三是好好孝顺外公和父母。就在几天前，刘彦还在微信上跟她说，周末把染发剂给她带回去，还念着回去探望 90 岁高龄的外公……对刘彦的父亲来说，儿子不在了，家就空了。父子在一起时，喝点小酒，谈点家常，是刘彦爸爸最幸福的事情了。可是，家冷了，空了。

刘彦牺牲后，他的英雄事迹很快在网上广为传播，上百万的热心网友纷纷为他祈福、为他点赞、向他致敬。11 月 24 日至 26 日，刘彦的遗体在殡仪馆和灵堂之间转送时，南川区 10 多万名群众冒雨自发到现场送别英雄。

送别过程中，人们手持菊花，有的高唱《送战友》，有的大声喊着：“南川英雄，一路走好！”很多人都流下了悲痛的泪水。

截至 11 月 26 日，自发到南川监狱悼念英雄的群众超过 2 万名，到了出殡时间，还在大门前、围墙外排队的众多群众只好含泪而归。

追悼会上，李倩雯泣不成声地说：“我知道就算再给他一次选择的机会，他依然会勇敢地冲上去和歹徒搏斗，只是没有想到，这次他竟然会伤得这么重……刘彦是我的好丈夫，也是个大英雄，是我们全家人的骄傲，我爱他！”

人生的意义，不在于生命的长度，而在于生命的高度、厚度和温度。刘彦牺牲后，中共中央政治局委员、重庆市委书记陈敏尔专门听取了关于刘彦英雄壮举的汇报，并作出重要批示，要求总结好刘彦的英勇事迹和精神。司法部追授勇斗歹徒不幸牺牲的重庆市监狱人民警察刘彦同志“全国司法行政系统一级英雄模范”称号；重庆市团委追授刘彦同志“重庆青年五四奖章”，刘彦入选 2018 年度“感动重庆十大人物”提名。

刘彦的朋友圈封面上，占据屏幕一半的是一个黑衣人，在荒漠中，渐行渐远的身影，背后是一深一浅的足印。“试问岭南应不好，却道：此心安处是吾乡。”斯人已逝，但精神仍在延续。在李倩雯心里，丈夫只是去天堂执勤了……她告诉自己不能沉浸在悲伤中，必须振作起来，坚强地活下去，把这份思念化为力量，活出刘彦生前喜欢的模样……

生态卫士搏命探案：殷殷赤子心，巴山蜀水间

罗正伟

自小尝受过水土流失之苦，四川省通江县环境保护局环境监察大队副大队长刘永涛，30 年里，带领一支生态环保铁军，不惧威胁和利诱，铁面无私执法。当他患上肺腺癌晚期后，仍忘我工作，守护一方碧水蓝天。2020 年 4 月，刘永涛当选为四川省第八届先进工作者。

而对家人，他更多的是愧疚。妻子为他挑起了家庭的重担；儿子上大学后，一去不回……可是家人最终读懂了他，他守住了青山绿水，家人守住了他的铁血丹心……

情定大巴山：励志的丈夫是个工作狂

1994 年 7 月，26 岁的刘永涛在通江县环境保护局环境监察大队工作了 4 年。此时，他的儿子 3 岁了，要上幼儿园，刘永涛才把妻儿从乡下接到县城，一家人团聚……

刘永涛出生在四川省通江县三合乡一个半工半农家庭里，父亲在原通江县防疫站工作，母亲务农，有一姐一弟。为了减轻父母的负担，刘永涛初中毕业后就辍学帮助母亲种地。

通江县地处大巴山区，生态脆弱，因过度砍伐森林，水土严重流失。1985 年夏天，一场暴雨，三合乡发生泥石流，刘永涛家种的三亩水稻

被汹涌而下的泥石流瞬间吞没，颗粒无收。

刘永涛在心里立下誓言：身为大巴山的儿子，一定要保护大巴山的生态环境。他买来有关环境治理的书籍，白天跟着母亲种地，晚上在油灯下学习。1986 年 12 月，刘永涛以第三名的成绩，考入四川省通江县城乡建设开发公司。

1989 年 8 月，经亲戚介绍，刘永涛和本乡女孩向俊兰见面相亲。刘永涛一身制服，格外精神。向俊兰比刘永涛大一岁，肤白貌美，心灵手巧，一袭碎花衬衫，青色长裤，温婉中透着秀气。两人一见钟情。

1990 年 4 月，刘永涛被调入通江县环境保护局从事环境监察执法工作，成了一名环保人。1990 年国庆节，刘永涛和向俊兰结婚了。

婚假结束，刘永涛忙着要回单位上班。刘永涛的奶奶瘫痪在床已有两年，他对向俊兰说："老婆，妈妈既要种庄稼又要照顾奶奶，她一个人应付不了，我也不能全身心投入工作，希望你能留在乡下做妈妈的帮手。"向俊兰二话不说就留在了乡下，与婆婆一起种地、照顾老人。

向俊兰粗活儿重活儿抢着干，把奶奶照顾得很好。1991 年，她生下儿子刘才裕。一周后，刘永涛从县里赶回来。看着白胖的儿子，刘永涛一脸愧疚。直到 1994 年，奶奶去世已两年，儿子也到了上幼儿园的年龄，刘永涛才把妻儿接到通江县城。

刘永涛每月工资 103 元，一家三口租住在一间不足 40 平方米的瓦房里，日子捉襟见肘。岳父岳母心疼女儿，每月从乡下背来米、面和蔬菜。而刘永涛工作繁忙，执法、搜集证据，每天深夜才回家，周末更是忙得不见人影。

一天中午，刘永涛下班回到家后，埋头拟一份环保处罚决定书，向俊兰忙着做饭。儿子口渴要喝水，刘永涛给儿子倒了一杯开水，又开始忙自己的事。儿子不小心把水杯打翻，左手背烫出一个鸡蛋大小的水泡，痛得哇哇大哭。向俊兰终于忍受不了，夺过丈夫手中的笔摔在地上，含泪埋怨道："你不是一个有血有肉的男人，而是一个冰冷的工作机器。"刘永涛这才回过神来，抱起儿子去看医生。

环境监察是打击破坏环境违法的职能部门，是整个环保局工作的矛盾集中地。身为环境监察大队副大队长的刘永涛，常常站在风口浪尖上。

刘永涛对通江县情做了具体分析，制定了环保宣传和环保执法"两手抓"的工作策略，走街串巷宣传，进社区座谈，而对违反环保法律法规的则毫不留情地严厉打击。为了拿到铁的证据，刘永涛和同事们常带着监测仪，乔装打扮来到群众举报的地方。时间一久，违法人员摸透了刘永涛的工作策略，安排线人跟踪，和他玩起了猫捉老鼠的游戏。只要刘永涛一来就停止生产，他一走就立马开动机器，乱排乱放。

与违法者斗智斗勇，成了刘永涛工作和生活的常态，他用自己的稿费在当地请了线人，以获取准确的情报；有时，他会在天寒地冻的冬夜里蹲守，一身凉透；有时，他还说服妻子帮自己打掩护。

殷殷赤子心：生态卫士搏命探案

2000 年 12 月的一天晚上，天空下起了大雪。这时，环保投诉电话响起，有人投诉县郊一蜂窝煤加工厂深夜违规生产。这家蜂窝煤加工厂环保不达标，粉尘严重影响了周围居民的生活环境，已经受到行政处罚，却在背地里偷偷生产。

刘永涛的搭班同事小孩感冒请假，向俊兰担心丈夫一个人去会有危险，主动陪他一起踩着厚厚的积雪，步行到郊区的蜂窝煤加工厂。狡猾的老板采用断续的工作方式，夫妻俩在厂门外守候到天亮，终于拿到了蜂窝煤加工厂生产粉尘、噪声污染的证据。回到家，两人衣服上都结了一层厚厚的冰。

刘永涛铁腕执法，让个别不法商人对他恨之入骨。2002 年 2 月的一天，通江县一家预制板加工厂既不履行排污申报登记，也不缴纳噪声超标排污费，刘永涛和另一位同事前往送达排污申报通知书。老板掏出 20 元钱扔在刘永涛的脸上，不屑道："你们不就是想要钱吗，拿去发奖金吧。"

刘永涛备感羞辱。他不卑不亢地对该老板说："我们执法不是为了钱，而是要维护法律的尊严，是为了给全县人民营造一个优美的生活环境。”

刘永涛运用所学的环保知识，与对方展开激烈的辩论，对方感到理屈词穷，道歉并接受了处罚。

然而，有的顽固分子却向刘永涛发出人身威胁。

一次，城内一建筑工地无视环保局开出的夜晚停工令，半夜偷偷开工，扰得居民无法安睡。刘永涛接到群众举报电话后，立即赶赴施工现场，敦促老板停工。就在他返回的途中，接到一个陌生的电话：“刘永涛，你少管闲事，否则，等着瞧！”

面对恐吓，刘永涛没有退缩，这个建筑工地的整个施工期间，他驻扎在工地上严格执法。

个别老板想用金钱和物质来腐蚀刘永涛。送礼，刘永涛不要；请吃请喝，他拒绝。

随着通江县经济迅速发展，城市建设步伐加快，环境问题日益突出。通江县境内最大的河流诺水河两岸企业林立，乱排乱放日益严峻。为守护好通江县的绿水青山，确保全县人民饮用水安全，刘永涛经年累月奋战在第一线，他开启了“白加黑”“五加二”的工作模式。一年到头，他都没有陪家人过一个完整的节日，没参加一次儿子的家长会，也没有好好地陪一天父母。

父亲 70 岁生日那天，刘永涛给父亲庆生。席间，他接到举报电话，二话不说就奔赴举报地执法。

2009 年夏，儿子刘才裕参加高考，刘永涛正忙着处理通江县一家屠宰场排污问题。直到刘才裕接到天津商业大学的录取通知书，刘永涛才第一次请了一星期假，送儿子去天津报到。

由此，刘才裕对拼命工作、很少顾家的父亲有意见。2013 年大学毕业后，他没有听从父母的劝说回四川工作，而是选择留在天津创业。

一次，向俊兰患了重感冒。此时，通江县打响保护小通江河环保大会战，刘永涛无暇照顾妻子。闺密杨媛实在看不下去，扶着向俊兰去医院看病，输液时向俊兰出现肌酐过敏，险些酿成医疗事故。这次，向俊兰住了20天医院。

一个月后，刘永涛回到家里。刘才裕在天津得知后，打电话质问父亲："爸爸，你对妈妈尽到照顾的责任了吗？"刘永涛愧疚地掉下了眼泪："儿子，爸爸对不起你和你妈妈。"

此生终无悔：妻儿助力的生命传奇

为了弥补对妻儿的亏欠，从那以后，刘永涛每天早上提前半小时起床，给妻子做好早饭。

2018年10月11日，刘永涛正在通江县毛浴镇一沙石厂现场执法，突然出现一阵剧烈的呛咳，呼吸急促，痰液中带着血丝，他在现场处理完毕才乘车返回单位。当天，他加班到深夜才回家。

同行的同事担心刘永涛的身体，建议他赶紧去医院做检查，刘永涛不以为然地说："我身体强壮得很，一年到头感冒冲剂都没喝过。"

刘永涛对自己的身体非常自信，仍没日没夜地加班。11月初，他咳嗽并带血痰的症状加重，实在撑不住了。在妻子的苦劝下，他来到四川大学华西医院做检查，医生发现刘永涛右肺上叶出现约3.8厘米×2.4厘米×2.4厘米的肿块，活检后确诊为肺腺癌晚期。

看到检查结果，向俊兰顿觉天旋地转。她不敢把检查结果告诉刘永涛，只得和儿子在电话里商量，一定要千方百计先瞒住病情。

此时，刘才裕才读懂了父亲。他连忙请假回到成都，用电脑制作了一张假的检查报告单。

做事一向谨慎的刘永涛很快发现了破绽，他指着报告单问儿子：“怎么没有医院的章，到底是怎么回事？”向俊兰哭着向他坦白。

刘永涛一听自己已是癌症晚期，顿时崩溃，掩面大哭：“老天，你为什么对我这样残忍，我还没有好好地孝敬父母，照顾妻儿……”

11 月 19 日，是刘永涛接受手术的日子。在手术前 5 小时，刘永涛接到电话投诉污染，他立即打电话叫单位的同事前去处理。之后，他才放心地进入手术室。

手术后第二天中午，刘永涛醒了过来。这时，他的手机再次响起，向俊兰接听了，是一家企业联系刘永涛缴纳排污费及滞纳金的事。刘永涛忍着剧烈的疼痛，示意妻子把手机拿过来，他声音微弱，用微信告诉了单位的同事。

刘才裕实在看不下去了，把母亲拉出病房，哽咽道：“妈妈，你把爸爸手机收了，让他好好养病。”

12 月 14 日，向俊兰起床后发现丈夫床上空空的，手机放在床头柜上。她去刘永涛的办公室，发现他正在工作。刘永涛看到一脸担忧的妻子，像一个做错了事的孩子，说：“老婆，我晨练时想起了一个环保课题，想写篇论文，没跟你说，就来单位了。”

向俊兰心疼地关掉刘永涛的电脑，硬把他拉回家中，勒令他不准再提工作的事，在家好好休养。

刘永涛仿佛失了魂似的，每天愁眉不展，唉声叹气。

2019 年 11 月，刘永涛再次去四川大学华西医院复查时，癌细胞已扩散到大脑，剧烈的疼痛让他寝食难安。向俊兰清楚丈夫离不开工作，不如就让工作成为他与癌魔抗争的“特效药”吧。

向俊兰不再阻挡丈夫工作。刘永涛再次回到工作岗位，加班、下基层，做调研，又恢复了生气，完全不像一个癌症晚期患者。

向俊兰又痛又恨地对刘永涛说：“为了你老婆和儿子，你要悠着点。”刘永涛木讷地一笑：“老婆，工作时，我感觉自己就是一个健康的人。”

2020年1月，刘永涛当选为“2019全国十佳最美基层环保人”。在30年工作时间里，刘永涛在全国权威媒体上发表了300余篇环保学术论文，为中国环境立法提供了科学的依据；他铁面无私，忘我工作，用无悔的青春，守护着一方绿水青山。生态环境部副部长庄国泰称赞他为“实干型优秀环保专家”。

2020年3月，刘永涛再次到四川大学华西医院复查。医生发现他脑部的癌细胞没有了，肺部的病灶也得到了很好的控制，都惊叹这是一个奇迹！

2020年4月16日，刘永涛当选为四川省第八届先进工作者，他激动地对妻儿说：“去领奖那天，我一定要坐飞机去成都，这也是我的人生梦想啊！”

最后一个军礼：
泪别洪水深处那抹“火焰蓝”

大 平

他上有老下有小，陪伴家人却变成他最奢侈的事；他明知水火无情，却不惜用自己的生命托起别人的希望；他风华正茂，却将自己的热血人生献给了深爱的消防救援事业！他就是抗洪英雄陈陆。

2020 年 7 月 22 日，在抗洪一线搜救被困群众时，年仅 36 岁的陈陆不幸被卷入洪流，英勇牺牲。

坚守基层奋战：铮铮铁汉也有柔情

陈陆，江苏省江都区人，1984 年出生于安徽省合肥市，一级指挥员消防救援衔，曾被评为“优秀共产党员”，获得“安徽省优秀人民警察”“合肥市抗震救灾先进个人”等荣誉称号，生前任合肥市庐江县消防救援大队党委书记、政治教导员。

2008 年，汶川地震发生后，陈陆成为合肥第一批去汶川支援的消防队员。因震后环境差，以及水土不服和毒虫叮咬，他浑身起满水泡，仍坚持完成繁重的救援工作，还和两名战友徒手刨土，将一位被垮塌房屋掩埋的女孩从死亡线上拉回来。回到家时，见他腿上的大水泡都破了，母亲陆红不忍直视，抹着眼泪对儿子说：“陈陆，别干了，要不咱转业吧？”

陈陆安慰她说："妈，我不累，我还年轻，如果大家像我这么年轻就转业，那消防队的工作还怎么开展呢？救援行动虽然很辛苦，但每次抢救了老百姓的生命财产，我也挺自豪的。您就放心吧，这点小毛病很快就会好的。"陈陆字字珠玑，军人出身的父母心疼之余，也只得继续默默支持儿子。

2009 年，陈陆和王璇经朋友介绍相识、相爱。王璇 1987 年出生，安徽省砀山县人。当时，她刚被分配到安徽省黄山边检站工作，陈陆是合肥消防支队的一名指挥员。2011 年 2 月，陈陆和王璇走进了婚姻殿堂。不久，在上级领导的关怀下，王璇被调往合肥边检站工作。虽然同在一个城市，但因陈陆经常加班、值班，两三个星期才回家一次，夫妻俩还是聚少离多。

身为指挥员，陈陆很关心自己的队员。得知一个队员家遇到了困难，他带头捐款；每次队员的家属来消防队探亲，他都亲自开车接送，热情接待；有救援任务，他不顾危险冲在第一线，将安全留给队员，这也是王璇最担心的时刻。知道妻子牵挂自己，每次出警归来，陈陆都第一时间打电话报平安。

2015 年，陈陆被调到合肥市庐江县消防大队任党委书记兼政治教导员。那时，王璇怀孕了，陈陆却很少有时间陪伴孕妻。王璇也丝毫不娇气，一直坚持上班，直到快到预产期才请假。

王璇临盆那天，不巧庐江县突发一起火灾。因作为直系亲属的陈陆忙着救火，无法赶到医院签字，王璇不能注射无痛分娩针，只能忍着剧痛自然分娩。

灭完火后赶到医院，陈陆看着妻子苍白憔悴的脸，瞬间红了眼眶。身为边防民警，通情达理的王璇明白丈夫身上的责任重大，不但没有责怪丈夫，还反过来安慰他。看着勇敢坚强的爱妻，陈陆感动的泪水夺眶而出，俯下身给了妻子一个深情的吻。

儿子小金伦出生后，陈陆特地请了 3 天假在医院照顾王璇。第一次见到粉嘟嘟的儿子，他抑制不住内心的激动和喜悦，把微信头像换成儿子的照片，还打破自己不发朋友圈的惯例，发了一条有儿子 4 张照片的朋友圈。这也是他生前唯一的一条朋友圈。

不久，因为工作需要，王璇没休完产假就回到岗位。为方便她照顾家庭和孩子，领导将她从检查员岗位调到上下班时间固定的后勤岗位。

时光飞逝，小金伦长得越来越可爱，陈陆对儿子的爱也与日俱增。可他经常不在家，小金伦很想他。一次，王璇带儿子上街，路上看到一辆消防车，小金伦竟哭着要追，还一个劲儿地喊着："爸爸、爸爸。"

听王璇说起此事时，陈陆笑着笑着泪水就湿了眼眶，动容地搂着儿子说道："宝贝，爸爸以后多陪你。"小金伦听了，高兴地抱着爸爸的脸亲了又亲。抹着儿子留下的满脸口水，陈陆笑得像个孩子。

儿子生在军人家庭，王璇很重视对他的教育，经常告诉他，答应别人的事情一定要做到。为了让儿子明白这些，她和陈陆都以身作则，可有一次却例外了。

那天，陈陆原本说好回来带儿子去海洋馆玩，小金伦一起床就在门口盼着爸爸，结果陈陆因临时出警失约了。"爸爸骗人，爸爸撒谎，呜呜……"小金伦很伤心，嗓子都哭哑了。王璇心酸不已，却笑着告诉他："金伦乖，我们下次还可以去海洋馆，但爸爸要是今天不去灭火，着火的房子就要被烧没了。"终于，在王璇的耐心解释下，小金伦原谅了爸爸。

几天后，陈陆抽时间带儿子去了海洋馆。见小金伦玩得非常开心。王璇希望陈陆以后多陪陪儿子，便买了一张海洋公园的年卡，可陈陆之后再也没陪儿子来过，他实在是太忙了。

2018 年，消防部队实行改制，陈陆依然选择在基层奋战。因为他的坚守和付出，庐江大队庐城中队多次被安徽省消防救援总队和合肥消防救援支队评为"先进中队""安全工作先进单位"等。

响亮的"我打头"：洪水中的生死营救

2020 年 7 月，合肥地区连续普降暴雨，庐江多地发生洪涝灾害，陈陆忙于抗洪，近一个月都没有回家。一天晚上，小金伦很想看爸爸，王璇在确定陈陆有空后，母子俩与他微信视频通话。在他与儿子亲密对话时，王璇发现丈夫的脖子明显有些僵硬。

得知陈陆颈后有一颗不起眼的瘤子长大了，还伴有化脓症状，王璇催他尽快去医院看看。陈陆连忙"保证"："我 7 月 18 日先回家，再到医院动手术切除瘤子。"不料，7 月 18 日 8 点多，陈陆打来电话，说庐江县盛桥镇汛情告急，他要带队去救援。王璇和公婆都提醒陈陆注意安全，陈立山还叮嘱儿子："抗洪形势非常严峻，你最近就不要回来了，注意安全！"

后来，王璇才了解到，那天，陈陆带队在盛桥镇转移疏散群众，一直忙到 19 日零点。1 个多小时后，附近的庐城镇发生内涝，需要疏散群众，陈陆又和队员们火速前往。当他回到消防大队时，已是 7 月

20日凌晨。至此，陈陆已有30多个小时未合眼。

因长时间浸泡在水中，再加上磕磕碰碰，陈陆的两只膝盖红肿疼痛，连脱下裤子都需要战友帮忙。大队长提出要换下他休息，陈陆不同意，只是在短暂休息时敷上冰袋，缓解一下膝盖的疼痛。

7月21日晚，由于连日全力疏散、解救群众，陈陆的双膝发炎发烫，肿得无法弯曲，浑身起满红疹。实在太难受了，尽管那天晚餐是他最爱吃的米面，可他只勉强吃了半碗，就赶紧找了两块凉毛巾来敷膝盖。

此时，王璇在家看新闻报道，得知庐江水患远比自己想象的严重，担心不已的她和丈夫视频。看到了陈陆的膝盖后，王璇急得声音都变调了："陈陆，你要适当休息啊！"陈陆却坚定地说："这次洪水非常大，我是教导员，必须要带头！"的确，那几天，虽然战友们连续多日抗洪，个个都疲惫不已，但因为有陈陆在前面冲锋陷阵，大家也都勇往直前。

就在他们视频后不久，因接到通知，庐江县白湖镇有发生溃口的可能性，陈陆又拖着病腿，带队赶往白湖镇。他们用橡皮艇救出多名被困群众，直到晚上11点多才回到大队。后来，战友们回忆，陈陆躺到床上后，两腿已肿得发紫，疼得难以入睡。

天亮后，合肥市庐江县巢湖防洪大堤突然决口，洪水如同发狂的猛兽，迅速将周边4个村子变成一片泽国。虽然当地第一天已组织转移，但还有多位行动不便的老人被困家中，等待救援。

接到庐江县防汛救灾指挥部的指令后，陈陆又带着队伍赶到现场。上橡皮艇前，他的膝盖已疼得受不住裤管的摩擦，只能在同事的帮助下，换上一条短裤。和同事们安全救出两位老人后，得知还有一位残疾老人需要转移，陈陆又要登艇救援。这时，见他状态疲惫，双腿红肿，大队长让他休息，陈陆不答应："我跑好多趟了，了解水况，兄弟们还不熟悉，我不放心让他们去。你放心，我很快就回来。”

在大队长的叮嘱中，陈陆和当地村领导以及 3 名队员乘坐一艘橡皮艇赶往下一个救援点。途中，他们与前来支援的蓝天救援队和水上救援队速编出一支船队。“我打头！”听到陈陆这句话，他所乘的消防艇义无反顾地冲在另外 4 艘橡皮艇的前面。

不料，此时因决口处面积再次扩大，水位快速上涨，危险来得猝不及防。在经过当地村委会附近时，原本平缓的水面落差陡然从 40 厘米涨到 3 米多，形成了凶险的“滚水坝”。肆虐的洪水翻滚咆哮，狠狠冲击着陈陆乘坐的橡皮艇。“掉头！快掉头！”陈陆连忙大喊道。他的话音刚落，橡皮艇就被狠狠掀翻，艇上的 5 人全部落水。与此同时，听到陈陆的呼喊，后面的 4 艘船都及时掉头，离开了危险水域。

见此情形，当地立刻组织营救，成功救起了 3 名消防队员。可是，陈陆和村干部却不见踪影。

泪别烈士夫君：送你最后一个军礼

时间一分一秒地过去，洪水依然肆无忌惮地叫嚣着，战友们还没找到陈陆。消息传来，王璇蒙了几秒钟，差点晕倒。缓过神后，想到陈陆自小就会游泳，曾在游泳比赛中获过奖，王璇心里又燃起希望，焦急地在电话里叮嘱陈陆的同事：“小窦，请你们赶快看看树顶，说不定陈陆就在上面等着大家救他。”“陈陆会不会在哪个小土坡上，被水冲晕了？”那两天，王璇心急如焚，每天打无数个电话给陈陆的同事，时刻祈祷奇迹的发生。然而，最终等到的却是噩耗！ 7 月 24 日下午，在陈陆落水处下游约 2.3 公里的水域，搜救者发现了陈陆的遗体。

消息传来，王璇的心仿佛被掏空了，她无法接受这个残酷的事实，

泪飞顿作倾盆雨：“老公，你给儿子买的消防车模型还没送回来；你说马上就是我们结婚十周年的纪念日，等疫情和洪水都过去了，你就陪我去旅游的；你脖子上的瘤子还没开刀……你一直说话算话，怎么能就这样离开了我们啊？”

陈陆的同事含着热泪告诉王璇，洪魔实在是太狰狞了，橡皮艇侧翻后，一直在滚水坝里翻滚，他们的身体根本就不受控制，完全游不动。而且陈陆太累了，从7月18日一直到牺牲的前一刻，他已连续奋战了96个小时，出警400余次，辗转5个乡镇，行程600余公里，解救和疏散群众2600余人……

这些数字，都是年仅36岁的陈陆用生命书写的啊，王璇心痛如绞，忍不住失声痛哭……

那几天，家里不断有人来看望陈陆的父母和王璇，才4岁的小金伦也看在眼里。一次，王璇的同事来家里时，小金伦竟拿着玩具金箍棒大叫着：“走开，我要把你们都赶走，不然我爷爷奶奶和妈妈又会哭。”王璇赶忙制止儿子，眼泪却怎么也不受控制。

因为陈陆的离开，王璇甚至不敢面对小金伦，尤其害怕孩子问起爸爸。每逢这时，她都强忍泪水，说爸爸出差去了。“好，那我去练习敬礼，等爸爸回来就敬给他看。”一次，小金伦天真地说完，蹦蹦跳跳地跑到镜子前，表情严肃地一遍遍练习敬礼。

7 月 27 日，陈陆被国家应急管理部评定为烈士，追记一等功，同时被追授为“全国消防救援队伍优秀共产党员”“安徽省优秀共产党员”。

7 月 30 日上午，在合肥市殡仪馆，已战胜洪魔的战友们和各界群众都赶来参加陈陆的追悼会。王璇憔悴不堪，因过于悲伤，她瘫坐在椅子上，靠吸氧强撑着。

在同事的搀扶下，王璇一步步慢慢走向丈夫的灵柩，缓缓抬起颤抖的手，给陈陆敬了个军礼：“陈陆，我会好好把孩子带大，特别特别好地带大，你放心。”“陈陆，我想你，我会帮你撑起这个家……”

8 月 19 日，习近平总书记到安徽视察，看望慰问了包括王璇在内的三位因抗洪牺牲的烈士亲属。感受着习总书记的关心，王璇热泪盈眶。她知道，此刻她不仅代表自己在接受习总书记的接见，还代表着陈陆，代表着几十万消防指战员及其家属。她在心里告诉天堂里的丈夫：“亲爱的陈陆，你是全家人的骄傲，你的精神与我们同在。请你安息吧，我会好好照顾爸妈和儿子，也会永远怀念你……”

中国力量

第六章

平民英雄，凡人力量

退役女军官支教大凉山：这是风和蒲公英的约定

涂 筠

谢彬蓉，空军某部退役军人，高级工程师，大校军衔。2013年，她转业到重庆市渝北区，之后主动放弃安逸的生活，前往偏远的四川大凉山做了一名支教志愿者，先后在西昌附近的民办彝族学校、美姑县瓦古乡扎甘洛村学校支教。她把爱和温暖传递到彝族同胞的心里，在民族团结的大家庭里守望相助，为孩子们点亮了改变命运的希望之光！2018年11月，谢彬蓉被中宣部、退役军人事务部评选为“最美退役军人”。

来自大山的召唤，退役女军官深山支教

2014年2月初，退役女军官谢彬蓉的家中。女儿手里拿着理发剪，再次向母亲确认：“妈，您真的舍得吗？这可是您20年来第一次留这么长的头发啊！”谢彬蓉闭上眼睛，深吸一口气说：“剪吧。”转眼间，青丝落下，谢彬蓉恢复了多年前一直保持的齐耳短发。

时年43岁的谢彬蓉是重庆忠县人，1993年，她从四川师范大学毕业，之后便毅然投笔从戎，在内蒙古额济纳旗边远地区服役长达20年，她是空军某实训基地高级工程师，技术七级，大校军衔。2013年，她从部队转业，在重庆渝北区自主择业。谢彬蓉的丈夫也是自主择业

的退役军官，两人的独生女在上海读大学。退役之初，谢彬蓉就开始思考如何发挥“余热”。

2014 年初，谢彬蓉在网上看到四川省大凉山彝族地区需要能吃苦耐劳的支教老师的信息。谢彬蓉对丈夫说：“我还有个‘教师梦’没有圆，我想去大凉山。”丈夫说：“大山里的日子很苦，你才安逸了几天？还是先留在重庆，好好治疗你的头疼病吧。”谢彬蓉知道丈夫心疼自己，她说：“在戈壁滩待了 20 多年，对我来说，什么苦都不叫个事，我现在头也不疼了。”女儿也在一旁说：“妈，我支持您，只要您自己觉得开心就好。”见有女儿支持，谢彬蓉开心地朝丈夫挤了挤眼。她迅速与支教部门取得联系，很快就被吸收为老师。她是支教老师中年龄最大的一个，大家得知她是退役大校，都亲切地称她“大校姐”。

出发前，谢彬蓉给家人做了一顿丰盛的饭菜，丈夫一个劲儿地往她碗里夹菜，谢彬蓉的眼眶湿润了，一家三口即将在三个地方，只能在心里互相牵挂。饭后，女儿帮母亲整理行李，一边把唇膏、洗面奶等护肤品塞进行囊，一边说：“妈，要保养好皮肤哦。”她哪里知道，到了山里，这些东西全都用不上。

2 月 24 日，谢彬蓉背着行囊抵达四川省凉山彝族自治州西昌市太和镇故哲小学。这所民办彝族小学学生不多，但卫生条件极差，没多久，谢彬蓉的左眼就因严重感染而不得不进行手术。丈夫听到这个消息，准备过来接她回重庆治疗，谢彬蓉在电话里说：“我还有一只眼睛好使，你千万别过来，免得耽误大家的事。”谢彬蓉坚持用未动手术的右眼给孩子们上课。

丈夫很支持她，她承诺过他，再教完一个学期，就完成了支教任务，也圆了自己的教师梦，她将回家陪伴他。忙碌的岁月里，谢彬蓉竭尽全力为孩子们做到最好，她出资 1000 多元，募资 2 万多元，修建了教

室，让128个没有学籍的孩子全部进入一所公办学校学习，并统一进行了学籍注册登记。

半年过去，谢彬蓉失信了："我走不开，这边太需要我了。"这种心灵的煎熬，来自她期末去乡中心学校监考，原以为这所软硬件均好于她支教的学校，学生成绩应该不错，但看到卷面上大片空白、很多错别字时，她的心揪紧了。老校长抹着泪说："老师都走光了，娃们就散漫了。"谢彬蓉默默地把打包好的行李拆开，放回原处。她向丈夫道歉，丈夫说："我还不了解你吗？你想继续支教，就安心留在那里吧。"

2015年7月，所有的孩子都能工整地写自己的名字，大部分孩子的成绩得到了大幅提升，谢彬蓉终于完成了自己定的支教任务，回到家中。一家三口下馆子、逛商场，谢彬蓉不改"本色"，一会儿说："这么贵的菜，够全班孩子们好几顿饭钱了。"一会儿又说："这么贵的衣服，能换好几套教具。"女儿没好气地说："妈，您还没完成角色转换吗？"谢彬蓉怅然，她心里放不下的太多了，那书声琅琅的简陋教室，那一双双渴求知识的眼睛，总在脑海里萦绕，挥之不去。

8 月 11 日，谢彬蓉从微信群里得知，四川省美姑县瓦古乡扎甘洛村小学因为没有老师，即将面临解散。谢彬蓉坐卧不安，这回，女儿心疼了："让年轻人去吧，您别再遭罪了。"谢彬蓉看着女儿，说："娃们没书读，才是真遭罪啊。"丈夫无奈地说："你先去看看吧，否则整天跟丢了魂似的。"谢彬蓉向丈夫敬了个军礼："知妻莫若夫，谢谢老公！"随即，她又亲了女儿一口："乖，你知道妈妈闲不住，你就放心吧，妈妈不觉得苦。"

再苦也能承受，因为我曾是军人

2015 年 8 月 23 日，谢彬蓉跋山涉水，先是乘车来到美姑县瓦古乡镇上，再徒步十多个小时，抵达海拔 3000 多米的彝族村寨扎甘洛村。眼前的景象实在不能称之为学校，两间 20 世纪 70 年代建的土坯房，一间是教室，另一间作为老师宿舍、办公室兼厨房。教学点只有六年级 10 个孩子。全村教育基础极差，仅有吉克古克书记会一点"川普"，能简单地与村外人交流。

抵达当天，谢彬蓉拉着吉克古克书记做"翻译"，一户户统计学生信息。令她忧虑的是，村民并没有把孩子上学的事放在心上。

开学这天，学生们总算到齐了。这些孩子大多十四五岁，年龄最大的已经十八九岁了，但讲不出一句完整的普通话，有的连两位数的加减法和乘法口诀都不会，平均成绩只有 10 来分。更让人头疼的是，他们完全没有纪律观念，想来就来，说走就走，要么去玩，要么去放羊、做农活儿。孩子们根本不听谢彬蓉在说什么，因为在他们的记忆中，来这里的老师，一般待不到一个月就会主动离开。谢彬蓉换上迷彩服，用树枝当教鞭，敲着讲桌大声说：“从现在起，我既是你们的老师，也是教官，一切行动听指挥！”孩子们被镇住了！

谢彬蓉步行 11 个小时下山，从镇上买来 10 套洗漱用品和一面大镜子。有的孩子从没用过牙刷，谢彬蓉就教他们。洗漱干净的孩子们轮流站在镜前，看着自己的“新模样”，露出笑容。接下来，谢彬蓉对孩子们进行了军训和礼仪训练，站军姿、跑步，互相问好，挥手道别。可是新鲜感过了，孩子们又懒散起来，谢彬蓉命令他们列队，严肃地说：“你们第一次测验平均分才 10 分，下次必须达到 20 分！”以前的老师要求他们及格，谢老师却只要求达到 20 分，孩子们笑了。

谢彬蓉要求他们签字立下“军令状”。一个孩子签字后说：“谢老师，你不会没等我们考完试就走吧？”其他孩子纷纷附和，在他们看来，谢老师一样会坚持不下去。谢彬蓉掷地有声地说：“我会送你们毕业，其中努力的人，会考上初中！”孩子们不作声了，读初中是他们的渴望，这个新老师能帮他们实现吗？

更大的挑战来得充满恶意——学校老鼠成灾。谢彬蓉天不怕地不怕，但从小就怕老鼠，山里的老鼠个头大，不怕人，在房里横冲直撞，俨然这里就是它们的家，而谢彬蓉则成了客人。窗外风声飒飒，屋子里满是硕鼠的冲撞啮咬声，谢彬蓉打开灯，和衣靠在床头，挨过漫长的夜晚。由于经常失眠，她出现了严重的神经衰弱，憔悴了许多。孩子们发现了端倪，对老师怕老鼠而感到好笑，笑过后，有人送来捕鼠笼，有人送来鼠夹，还有孩子抱来一只猫。谢彬蓉终于能睡安稳觉了。她笑着对孩子们说："你们是老师的保护神，老师爱你们！谢谢你们！"孩子们羞涩地面面相觑，怯于表达情感的他们，已经喜欢上了这个可爱的谢老师。

小伙伴们收起羊鞭和木头玩具，在谢老师的辅导下，循序渐进，发奋汲取知识。谢彬蓉一边学彝语，一边带着"翻译"到各个学生家，向家长传递知识改变命运的理念，请家长支持孩子学习。期中考试成绩出来，10 个孩子的平均分从 10 来分提高到了近 30 分。谢彬蓉特意下山买来饮料和零食庆祝他们突破自己，孩子们在学习上更有信心了。

转眼间，谢彬蓉陪伴六年级孩子快一年了，为了让他们能继续读初中，她没日没夜地给落后学生"开小灶"。2016 年的一个夏夜，暴雨滂沱，山村停电。谢彬蓉半夜摸黑起来喝水，却一脚踩在淹过脚踝的水里。她点上蜡烛，这才发现，雨水倒灌进了屋子，她的鞋也漂走了。谢彬蓉好不容易才将积水清理出去，却万万没想到，被雨水浸泡的房子已成危房！第二天晚上，谢彬蓉在教室里给一个学生辅导功课，一阵异响突然从屋顶传来，尘土扑簌簌而下，谢彬蓉暗叫不好，立即拉起学生跑出教室。几秒钟后，几声巨响，屋顶垮塌了，她的卧室兼办公室轰然倒塌！等倒塌结束，她和学生手忙脚乱地抢出教案和试卷，却赫然发现，自己的行李箱都被砸烂了！谢彬蓉内心一阵后怕！

老乡们连夜送来衣服和食物，一起修理房屋。一个星期后，新教室修好了，谢彬蓉的住房也修复一新，孩子们的功课一点也没落下。小升初考试后，10 名毕业生中有 7 人继续读初中，升学率达 70%，当年已经 19 岁的女生也入读初中，这在重男轻女的彝族山寨很是罕见。

按照最初的约定，送走了第一届毕业生，谢彬蓉的支教工作就告一段落，她要返家了。淳朴的村民舍不得她走，但大家谁也没有提，他们知道，谢老师是多年来留在这里时间最长的支教老师，已经非常难得。

吉克古克书记代表村民给谢彬蓉送来一包野山菌，谢彬蓉推辞不收。书记突然流泪了："你走了，娃儿们就又没得学上了！"谢彬蓉看看这个，看看那个，含泪笑了："我知道，还有十多个小娃娃要上学，等过完暑假，我就来开新班！"这句话，让在场的所有大人和孩子一下子欢呼起来，像过年一样开心！

爱如高山，巴渝女儿哟，彝族的亲人

当谢彬蓉风尘仆仆地出现在丈夫和女儿面前时，他们都愣住了。曾经秀发飘逸、皮肤白皙、有着一双柔荑的那个妻子和母亲呢？眼前的这个人，头发干枯，皮肤黯淡粗糙，一双皲裂的手不知该往哪儿放。"怎么了？不认识为娘了？"谢彬蓉故作愠怒地问女儿。女儿抓住母亲的手，心疼地说："我的娘啊，您这是遭了什么罪呀？"丈夫用幽默化解尴尬："送去的是西施，回来的是无盐。不过，你还是那样有精气神！"谢彬蓉也开玩笑道："你们嫌弃我，我走！"父女俩一左一右抱住了她："您别走！""请留步！"

谢彬蓉一心想说服家人，每天都要给他们讲她的支教故事，在她的描述下，每个孩子的形象鲜活而生动，她与孩子们、村民们之间淳朴而真挚的情感，她发自内心的快乐渐渐地感染了家人，父女俩这才意识到，支教对于谢彬蓉的非凡意义，那是她生命中最珍贵的馈赠，无可替代！

快开学了，丈夫依依惜别妻子，女儿不舍地挥别母亲。丈夫说：“去追梦吧，尽管翅膀沉重，可你飞翔得如此快乐，我仰望你。”女儿说：“妈妈，我终于理解了‘崇高’这两个字的含义。”

新学期，又来了一群七八岁的“新兵蛋子”，谢彬蓉深知，要给这些彝族山寨的孩子们一个全新而良好的开端，自己肩上的担子很重很重，必须拼尽全力。学生年龄小，更加难以管理。一年级开学的第一周，谢彬蓉照例给孩子们军训。渐渐地，孩子们变得懂规矩、有礼貌，也没人逃学了，他们的行为也影响了家长。为了与家长更好地交流，谢彬蓉随时随地学彝语，小本子上记满了资料，不久，她就能用简单的彝语与村民交流。吉克古克书记开心地对谢彬蓉说：“我发现，你来了之后，我的村民都变得更好管理了。”

对于谢彬蓉来说，时间永远不够用。每天放学后和每周六，她都要给“慢生”补课。连续数年的劳累，诱发了她10年没犯的偏头痛，她在课堂上讲一会儿课，就要撑着头休息一会儿。学生家长得知后送来头痛粉，却毫无效果。她只得在家长的陪同下，去了县城看医生，病情稍有好转，她便返回山里给学生们上课。

期末统考那天，其他老师来校监考，谢彬蓉因为家中有急事必须要离开，她担心影响孩子们考试，便没有声张，悄悄下山。晚上，她夜宿途中的旅店，接到学生家长的电话，那端传来孩子们哇哇大哭的声音！原来，学生们考试完发现谢老师不见了，以为她不辞而别，都伤心得大哭。谢彬蓉眼睛湿润了，她哽咽着说：“宝贝们，老师和你们约定：一直陪伴你们到毕业！”几天后，谢彬蓉返校，在黑板上写下她创作的一首诗——《风与蒲公英的约定》：“每年这个时候 / 风儿就会带着蒲公英的孩子们 / 去远方旅行，看缤纷的世界 / 你们就是蒲公英 / 刚一放假，就开始了对老师的等待 / 老师是风儿 / 刚一开学，就回来了 / 这就是我们的约定。”孩子们读着，脸上洋溢着微笑，眼里噙着泪花……

几年来，谢彬蓉针对山里娃的特点，摸索出了一套独特的教学方法，注重课本之外的培养。孩子们基础差，抽象的概念难懂，她就从孩子们最熟悉的玉米、土豆、核桃入手，教他们学会加减法。她自编了朗朗上口的三字经歌谣，教孩子们认识拼音和汉字。她从网上“现学现卖”，编排了《种太阳》《我是勇敢小兵兵》和彝舞《上学歌》等节目，带着孩子们走出大山，参加各种会演。为了培养孩子们的阅读习惯，她募集了大量课外读物，建立了图书室。孩子们眼界开阔了，变得大方、自信、阳光，讲究卫生、懂礼貌，能用流利的普通话与人交流，能写出工整的汉字……

多年来，谢彬蓉默默地在贫穷偏远的大凉山上播下希望的种子，延续着一名军人的责任感和奉献精神。她多次获评“优秀志愿者”，荣获美姑县“突出贡献奖”“优秀教师”称号。2018 年 11 月，她被中宣部、退役军人事务部授予“最美退役军人”称号，并当选为 2018 年“感动重庆十大人物”，还被国务院副总理孙春兰亲切接见，光荣地参加了人民大会堂先进事迹报告会。

2018 年度“感动重庆十大人物”评选组委会授予谢彬蓉的颁奖词是：你放得下城市的繁华，却放不下彝村的娃；你思念长江边的故乡，却离不开大凉山扎甘洛的家，这是风与蒲公英的约定：巴渝的女儿、彝族村寨的“阿嬷”，要用知识丰满梦想的翅膀，等待雏鹰骄傲地飞翔……爱如高山！

女校长供养2000个娃：此一生踽踽，这一世滚烫

大　平

一件过时的黑白碎花外套，一条褪色的牛仔裤，身为云南省丽江市华坪女子高中的校长，张桂梅朴素得如同一位农村大妈。她幼时失去父母，中年失去丈夫，一生没有孩子，却先后供养了近2000名学生，其中有数百名孤儿……

我不能白活着：茕茕孑立扎根山区

1997年7月的一天，医院手术室。一位医生喊着"张桂梅家属"，对迎上前来的张桂花说："真是无法想象！她体内的肿瘤重达两公斤多，腹腔内的器官全部移位了，肠子都黏到后壁上了！"

时年40岁的张桂梅生于黑龙江省牡丹江市，因父母早逝，比她大20岁的姐姐张桂花和哥哥都很宠爱她。18岁那年，张桂梅远赴云南支边。后来与在大理任教的董老师相爱后，她考上了丽江教育学院中文系。婚后，夫妇俩一起到云南大理喜洲镇一中任教。不幸的是，1995年，董老师罹患胃癌去世。

一年后，张桂梅不愿再触景伤情，决定调往偏远的华坪县民族中学。

到华坪的中学后，张桂梅看到很多穷孩子吃饭不打菜，把生米泡到热水瓶中"煮"稀饭……山里孩子这么苦都不放弃读书，张桂梅不

再伤春悲秋，她将心思都放在了学生身上。见学生们因营养不良经常生病，她每个月轮流带他们去餐馆改善一次生活。为省出这笔钱，她规定自己每天饭钱不超过 3 元。

得知一个女学生的爸爸病故，家里穷得交不起书费，张桂梅二话不说就给她交了钱；见女孩衣着不合身，又给她找了两套衣服，并含泪拿出丈夫送给自己最后的礼物——一件新衬衣，亲自给女孩穿上……

那个冬天，她又将丈夫留下的唯一纪念物——他的毛线背心，送给了一位因缺少衣服而冻病住院的男学生，还替他付了 580 元的住院费。

当年寒假，姐姐张桂花身体不适，想让张桂梅回东北看看。知道她的钱都花在学生身上，张桂花特地给她寄来路费。结果，张桂梅却打来道歉的电话：就在她准备买车票时，一位学生突然生病要住院，家里却没钱，她将路费全给了他。

张桂花难以置信："你咋这么傻啊？我日盼夜盼……"她生气地挂了电话。

1997年4月的一天，张桂梅被查出子宫肿瘤，必须马上动手术！回到宿舍，张桂梅的眼泪止不住地流淌。她摁下姐姐的电话号码，又连忙挂断：姐姐年纪大了，不能让她伤心，再说自己要动手术也没钱，更何况学生们马上就要参加中考……想到这些，张桂梅藏起诊断书，每天靠吃止痛药继续给孩子们上课。

不久后的一天，张桂梅晕倒在讲台上。这时中考临近，学校领导要她去看病，她硬说自己只是累了，休息一下就会好的。

中考后，张桂梅独自来到省城一家医院，在和医生确定好动手术的日期后，她才给姐姐打去了电话，年过六旬的张桂花吓得连夜动身……看到医生从妹妹体内取出硕大无比的肿瘤时，她心如刀绞。

张桂梅醒来后，姐姐老泪纵横地劝她："桂梅，离开云南吧，跟我回家好好养病。"张桂梅却说："姐，我不能走。"见姐姐又要生气，她说出了一件事。

在中考前几天，她又晕倒了。校领导急得向上级汇报了她的病情。没想到，在随后召开的全县妇女代表大会上，全体代表都为她捐了款。有人把给孩子买衣服的钱捐给了她，一位家在山区的代表将仅有的5元回程路费捐给了她，自己走了6个小时才到家……"姐，华坪的父老乡亲给了我第二次生命，我就在这儿扎根了，我不能白活着……"说完这些，两行热泪从张桂梅的眼角涌出，张桂花替她擦去眼泪，重重地点了点头。那一刻，姐妹俩心意相通……

挑战不可能的梦想：大山深处办女高

手术后，医生叮嘱张桂梅要休养半年。可仅仅24天后，张桂梅又出现在新一届初三年级的课堂上。

1998 年初，张桂梅体内再次出现肿瘤。又是拖到中考后，她悄悄去做了第二次手术。虽然身体孱弱不堪，但张桂梅的教学成果却很惊人。1999 年至 2001 年的全县统测，她所教的科目荣登全县第一名。

2001 年 2 月，华坪县委领导希望张桂梅出任刚成立的华坪儿童之家福利院院长，张桂梅欣然答应，开始义务当孤儿们的妈妈。张桂花打电话“训”她：“你身体弱，做好本职工作就不错了，给一群孤儿当妈妈可不容易，你不要命了？”“姐，这是我回报华坪父老乡亲的好机会，我不能言而无信。”

儿童之家成立的第一天就收了 36 名 2 岁到 10 岁的山里孤儿。第二天一早，他们就把宿舍弄得乱七八糟的，还有孩子在院子里随地大小便。张桂梅一阵反胃：“怪不得姐姐说，这个妈妈不好当。”张桂梅带头收拾院子，全然忘记了自己有洁癖。

因经费不足，张桂梅经常用工资补贴孤儿院的开支。得知她的困难后，在姐姐暗中安排下，外甥开始用自己的工资给儿童之家捐卫生纸。

2003年中考前，民族中学安排张桂梅接手一个班风差的班级。为“盯住”孩子们，张桂梅把床褥搬进男生宿舍，和32个“捣蛋鬼”住在一起。她进山找回逃课的学生，每天上课都清点人数。怕有的男生趁自己起夜时溜出去泡网吧，她从下午开始就不敢喝水，确保自己整晚都不离开宿舍。一段时间的朝夕相处，男孩们都说像在家里一样，有个妈妈陪着他们，学习态度也变得积极了。两个月后，中考成绩揭晓，这群孩子中有22人达到500分以上！校长激动地对她竖起大拇指：“张老师，你真神啊！考出这么好的成绩，真是奇迹！”张桂梅的脸上乐开了花。

不久，张桂梅去山里接一名孤儿时，见一个十四五岁的女孩坐在山坡上发呆。女孩哭着说她想读书，可父母为了3万元的彩礼要她嫁人。张桂梅无比感慨：山里人重男轻女，女孩读书的机会太少了！她找到女孩父母，表明自己身份，说要带女孩去读书。无奈这位母亲以死相逼，张桂梅只能放弃。

回去后，张桂梅的心情久久不能平静。想起学校里屈指可数的女生，想到只有提高女性的素质才能避免更多女性悲剧的发生，张桂梅萌生了一个想法：办一所女子高中，让山里的女孩免费接受高中教育。

2006年下半年，张桂梅荣获“兴滇人才奖”，得到30万元奖金。原本她想将这笔钱用来创建女高，但想到之前家访时，见到山区一所小学很破旧，校长想重建，又缺少资金，便决定将这30万捐给该小学。

不料，就在这时，姐姐打来电话，说外甥病重，找她借钱救命。她左右为难：“姐，我有苦衷啊……”张桂花在电话里哭道：“连很多不常走动的亲戚都给你外甥送钱看病，你俩关系最好，以前你没钱我知道，可现在你有30万，我只是借……”外甥和自己情同手足，连续5年给儿童之家捐卫生纸。可没这30万，那所小学里的孩子们还要坐在危房里上课。张桂梅陷入痛苦的抉择中。末了，泪流满面的她狠心告诉姐姐：“对不起，姐，奖金是乡亲们投票才有的，只能用在这里……”电话那头忽然没了声音……不久，外甥去世的噩耗传来，张桂梅伤心欲绝，瘫坐在地号啕大哭……自此，张桂花很长时间都不能原谅妹妹。

十万公里家访路：不是妈妈胜似妈妈

办学之事还没着落，张桂梅急在心里。2007 年 10 月，她作为党代表赴京参加十七大。其间，一位记者采访她时，张桂梅坦陈了想创办免费女子高中的梦想。此事被央视报道后，很快，丽江市委、市政府拨给她 100 万元建校启动资金。

但这些钱还不够，张桂梅又继续筹款。一次，央视经济频道要为她的办学梦想录制一期节目，但她刚到北京，就接到哥哥病危的消息。张桂梅心急如焚，想抽空赶回老家。谁知，央视编导告诉她：“我们找了个大企业家和您对话，能不能帮您解决女高的办学问题，就看您自己了。”权衡之后，张桂梅痛苦地选择留在央视。等到企业家现场答应给女高 50 万至 100 万的承诺时，她也等来哥哥火化的消息。

2008 年 9 月 1 日，随着 17 名老师和 100 名贫困家庭女孩的到来，华坪女子高中建成开学了。2008 年冬天，张桂梅第一天出门家访就吃尽苦头。那几名学生的家路途遥远，张桂梅一路饱受汽车颠簸之苦，一直不停地咳嗽，并伴有胸口疼痛。随行老师见她满头大汗，还痛得龇牙咧嘴，就劝她返程休息，她却咬牙走访完那几个孩子家。回去后，张桂梅去医院一检查才得知：自己两根肋骨竟被生生颠断！

也许是心有灵犀，张桂花仿佛感受到妹妹正经受着痛苦，主动打来电话，得知这些事后，张桂花当即“问责”妹妹：“你都 50 岁出头的人了，怎么还这么拼命？不要命了吗？”虽然姐姐是在责怪自己，张桂梅却含泪笑了：这说明姐姐已经原谅自己了啊！

在这之后，姐姐给她打电话的次数多了。2010 年 6 月的一天，姐姐又打来电话：“今天是你生日……”张桂梅心里一热，接着笑道：“姐，我都忘了，还是你记性好。”姐姐叹息了一声，声音里带着笑和疼爱：“咱俩虽是姐妹，但更像母女，这几年我也想明白了，你心里只有那些孩子，我要不惦记你，你迟早累垮……”亲爱的姐姐正以母亲的胸怀包容她的一切，所有的误会都在这一刻烟消云散！

2011 年 6 月，女高首届参加高考的 96 个女孩都考上了大学，综合上线率达 100%，在丽江市的高考综合成绩中排名第一。张桂梅激动地将喜讯告诉姐姐，许久，张桂花说：“山里孩子太苦，你在做一件功德无量的好事，我们之前错怪你了。”张桂梅喜极而泣……她的付出没被辜负，很多儿童之家的孩子也上了大学，有了理想的工作。

张桂梅没有钱，却先后将自己的 70 余万元工资和奖金捐给了华坪这片异乡的热土。她亲手创办的华坪女高，连续 10 年荣获丽江市高考综合成绩第一的佳绩。在为儿童之家 136 个孤儿送去母爱的同时，她也让 1645 名贫困女孩免费在女高就读后考上大学，还用自己纤瘦的双脚丈量出 10 万公里家访路……

付出的同时，张桂梅也成为全国五一劳动奖章获得者，全国十佳师德标兵……面对荣誉，一贯淡泊名利的张桂梅不以为意，而张桂花则引以为傲，她也曾不无遗憾地说，妹妹既没有个人财产，也没有自己的孩子。张桂梅知道后，笑着说：“姐，你说错了。我什么都有，我有学校，有千千万万个孩子……”

农民工校长搬砖办学：
清风明月在，桃李自成蹊

涂筠

19岁的吴丽曾是一名农村留守儿童，由于家庭贫困、母亲失踪、父亲外出，她在12岁时便辍学了。幸运的是，她遇到了河南省项城市官会镇昌福学校的校长马刚，并得以免费入学，重新捧起书本。求学期间，她意外发现曾是少林武僧、影视演员的马校长，竟还有一个“隐秘”身份——农民工！

近日，《知音》记者涂筠深入采访了校长马刚和他的学生吴丽等人。真相背后，是一个感天动地的办学故事。满身灰浆的农民工，传道授业的校长，错位的身份之下，一位“大侠”的办学传奇传扬开来……

失学的留守孩子，绝境中伸来温暖大手

2000年6月，吴丽出生在河南省周口市项城市官会镇。1岁那年，母亲离家出走，之后再也没有出现。父亲把她扔给祖父祖母后外出打工。吴丽断断续续上了三年小学后，爷爷抹着泪对她说：“你爸没寄钱回来，你就别上学了吧。女娃读书也没啥用。”吴丽体谅爷爷奶奶的难处，嘴上答应了，心里却很难受。她把父亲藏在镜框后的一张照片拿出来，看着照片默默流泪——那是妈妈留下的唯一东西。命运不公啊，被妈妈抛弃已经够惨了，如今，连上学的权利也被剥夺了！

2012年9月初，看着其他孩子背着书包上学，吴丽无比绝望。就在此时，爷爷听到了一个消息：镇上的昌福学校对贫困留守儿童免除所有费用。爷爷决定带吴丽去昌福学校找马刚校长。吴丽此时已12岁，是个“高龄”小学生，有些自卑。马校长似乎看出了吴丽的心思，和蔼地说：“别担心，大一点更懂事，如果你有能力，可以竞选班干部。”因为父母不在身边，吴丽经常被同村孩子欺负，所以很难相信他人。直到生活老师领着她来到寝室，发给她全新的被褥和生活用品，她才确信，这一切都是真的！

吴丽缺课时间较久，学习很吃力，马校长就安排老师给她补课，很快她就赶上了学习进度，并通过努力当上了班干部。马校长鼓励她说：“没有伞的孩子，要学会在雨中努力奔跑。你很努力，我相信你能行！”此前从未获得过鼓励的吴丽听了，内心激动不已。

马刚校长是个传奇人物。他1973年出生于官会镇，有一弟两妹。他从小家庭贫困，但心地善良。12岁那年，马刚受到电影《少林寺》

的影响，又听说去少林寺出家能吃饱饭，便前往少林寺学武，把口粮省给弟弟妹妹。

在少林寺，他成为一名出色的武僧。在第一、第二、第三届国际少林武术节上，马刚分获棍术、剑术和拳术冠军，开始跟随少林寺武僧表演团赴世界各地表演武术。几年后，他被派到香港传授少林武功，成为一名武术教练、武打演员，年薪高达百万港元，还与陈奎安、吕小龙等港星成了朋友。

马刚在香港演艺界如鱼得水，在家的母亲身体却每况愈下，患有多种疾病，双目也几近失明。1999 年 3 月，马刚从香港回了趟老家，看着母亲佝偻的身子，满头的白发，迟缓的动作，他的心疼痛不已。

马刚背着母亲遍访名医，经过一年的对症治疗，母亲的身体大有好转。她劝儿子回香港，马刚却摇头道："妈，我不走了，留在您的身边我更放心些，大不了我从头开始打拼。"身怀绝技的马刚决定在自家院子里创办一所家庭式武术学校。他看到村里大量留守儿童无书可读，开武校，既可教他们习武健身，也能让孩子们学文化；另一方面，他可以陪伴母亲。很快，武校招收了 30 多名学生。当过民办教师的时美荣教文化知识，马刚传授武术。

2001 年下半年，马刚在香港的几位好友来内地旅游，目睹马刚家乡落后的现状后很吃惊，纷纷劝他返港。马刚谢绝了友人的好意，并请他们停留几天。

看到孩子们争抢一本小人书，马母拖着病体批改作业，香港友人唏嘘不已。马刚又带着他们踩着泥泞去了几名留守儿童家里，家徒四壁的窘境再次震撼了众人。马刚说，"村里还有很多这样的留守儿童，如果你们想帮我，就帮帮这些小朋友吧！"朋友们二话不说，当即捐资 30 万元。马刚也拿出自己的积蓄，决定共建一所正规学校。

马刚选址、建校舍，到教育局申请办学许可证。几个月后，项城市官会镇昌福学校建成，招收的全是打工子弟、留守儿童和孤儿……

吴丽入学时，昌福学校已经开办了十年，此后几年的时光，吴丽见证了马校长在苦苦支撑学校运营的同时，用宽厚博大的爱影响着全校师生，也将她从心灵的苦海中拯救出来。

惊人的秘密：校长竟在工地上搬砖

一天，镇上的两个男生说吴丽穿着破衣服上学，是个没妈的小乞丐，她气坏了，当即和同学厮打起来，把对方打得头破血流。马刚把吴丽叫到办公室，严厉批评了她，当吴丽哭着说出缘由后，他马上起身说："跟我走。"马刚开车把吴丽带到了县城的商场，给她买了两套新衣服。他说："这是对你努力学习的奖励。记住，内心要强大起来，你不比别人少什么。"吴丽忍不住说："马校长，您能帮我找到我妈妈吗？"

马刚愣了一下，点点头，算是答应了。

从那以后，吴丽每天盼着马校长兑现承诺，但一直没有消息。一次，吴丽忍不住来到校长办公室，拿出仅存的妈妈的照片，大声道："马校长，您答应了帮我找妈妈……"吴丽哭着跑开，马校长叫住了她，给她擦了擦泪，说："我答应你的事，会做到的。"

几天后，马刚根据线索，独自前往重庆寻找吴丽的妈妈，但没有结果。放暑假时，他又带着吴丽去了重庆外婆家寻找，可外婆也不知女儿去向。面对无比失望的吴丽，马校长安慰道："你母亲的离开并不是因为你，而是她自己的原因，你不必自责。"吴丽释然了些，她一直以为，妈妈是因为嫌弃她才抛弃了她。

2014 年 4 月的一天，吴丽看到马校长的面包车停在校园里，于是和几个同学打开车门，看见车里放着沾满泥巴的安全帽和工作服。同学小军说，他爸爸跟马校长一起在工地上打工，让他保密。

校长竟然在工地上打工？吴丽想起班主任说过，他们这些留守免费生的费用都是马校长个人承担。难道，他瞒着师生在工地打工来补贴这些费用？见到马校长时，吴丽问："我们的学费生活费，都是您在工地上做苦力挣的吗？"马校长说："大人的事你们别操心，把学习搞好才是正事。"说完便匆匆走了。

吴丽向班主任张老师求证，张老师也很惊讶。吴丽决定自己寻找答案。那个周末，她约上小军去县城探望他爸爸。果然，两人在工地见到了马校长，他浑身沾满灰浆，正费力地挑着两大桶水泥踩着梯子往上走，他的双腿有些摇晃，快到终点时，他差点摔了下来！吴丽不敢惊扰马校长，便拉着小军离开了，泪水打湿了她的面庞。

直到几年后，吴丽才从媒体了解到马校长办学的艰难，他做农民工实属无奈。当年，昌福学校可免费入学的消息传开后，十里八乡的贫困孩子纷纷涌进入该校。随着物价上涨，教师工资也水涨船高，加上学校地处偏僻乡村，若不涨薪根本留不住老师。2004 年，马刚决定另寻出路，想办法挣钱补贴学校的运营。

项城是全国闻名的“建筑工程防水之乡”，这年暑假，为了挣钱，马刚跟随一位做防水工程的学生家长来到北京，加入了建筑民工队伍。在北京干了一个月后，他又在郑州顶着酷暑干了一个月，共挣得两万元，马上汇给了学校。

开学时，马刚回到学校处理完事务，随即赶赴郑州工地。为免去麻烦，马刚改了名字，只要能保证学校正常运营，吃再多苦受再多委屈也值得。不久，马刚摸清了工地上的门道，自己组建了一支小工程队，开始承揽工程，收入基本上能应付学校的开支。

这一干，就是十多个春秋。2012 年 4 月的一天，马刚在工地上忙到很晚，疲惫不堪的他睡得很沉，以至于没有接到患病母亲的求救电话，当他赶回家时，母亲已经永远离开了人世！马刚悲痛欲绝，在墓前守了整整一个月！

直到这时，大家才明白，马校长之前除了在校主持工作，其余所有时间都在工地上拼命干活，用挣来的钱补贴学校亏损！全校师生都感动得哭了，几个准备离校另谋出路的年轻老师也因此留了下来。

每次马校长回到学校，吴丽和几个同学就悄悄地找机会帮他洗衣服。这天，他们把洗得干干净净、叠得整整齐齐的工作服放在他的车里，还夹着一张张小字条：“爸爸，注意安全，别感冒了。”“爸爸，你早点回来哦！”他们偷偷地藏在不远处看着马校长，他拿着字条，怔怔地看着，突然用手背擦了擦眼睛，然后向四处看了看，似乎担心别人发现他在流泪。

吴丽和几个小伙伴也相拥而泣——马校长已经成为他们生命中最

重要的人，他就是孩子们的亲人！

找妈妈之约：大爱传承，桃李自成蹊

马校长的学校只有幼儿园到初中，这时，吴丽面临初中毕业。这些年，她的脑海里常浮现出马校长挑着水泥、艰难爬上梯子的画面。她和其他留守儿童只是马校长的学生，他却为他们付出那么多，承受着常人难以想象的苦累！马校长曾向吴丽承诺，只要她坚持求学，他将负担她的高中、大学费用。可她真要这样一直拖累他吗？学校里还有那么多留守儿童，马校长该多累啊！这样一想，吴丽就感到不安和愧疚。

吴丽做出了一个决定：报考有国家补贴的职业中专。马刚得知后，语重心长地说："你完全有能力上大学，我不同意你读中专。"吴丽说："读中专一样有前途。我也可以读完中专再考大学。"见吴丽主意已定，马校长为她选择了一所"3+2"五年制大专。

2017 年 9 月，进入大专后，吴丽发现，学费和生活费都比初中时期高了很多，马校长为她承担的这些费用可以供好几个贫困孩子读小学和初中。吴丽无法心安理得地享受这份恩惠，第一学期结束后，她找了一家餐馆刷盘子，想自己挣够学费和生活费，可是临近开学时，她也没挣到多少钱，便决定辍学打工。

马刚安排会计给吴丽缴纳学费时，才发现她没有到校报到，急忙给她打电话，吴丽流着泪说："马校长，您已经为我付出太多了，我绝不能再拖累您！"马刚着急地说："那不是你该操心的事，千万别放弃学业！"吴丽便将手机换号，辗转几家餐馆继续打工。

吴丽得知，被网友亲切地称为"最美农民工校长"的马校长，

2015年底荣获第五届“河南省道德模范”“全国关心下一代爱心大使”等荣誉，并荣登“中国好人榜”。2016年，有关部门还以他的办学经历拍摄了一部微电影《大爱无声》。

吴丽不知道的是，马刚一直在寻找她，他几次赶到重庆的吴丽外婆家，还找过她父亲和同学。但吴丽没有与他们联系过。2018年8月，吴丽正在餐馆洗菜，一个身影突然出现在她面前，竟是马校长！“终于找到你了……”马刚眼眶湿润了，他告诉吴丽，知识改变命运，他从2000年起就开始自考，2018年6月，已考取南开大学教育管理硕士学位。在他的感召和鼓励下，弟弟妹妹们也取得了出色的成绩。弟弟是浙江大学博士后、国内某知名大学文学院院长、哥伦比亚大学访问学者。复旦大学硕士毕业的小妹，在建行上海分行工作……

马刚几经周折，为吴丽联系了一所师范中专。他告诉吴丽：“我知道你自尊心强，怕麻烦别人，但这不是你放弃学业的理由。你要继续奋进，成为一个对社会有用的人！”吴丽郑重地点头：“我再也不会让您失望！”

马刚一有空就带着教职工做公益。每年除夕前，马刚都会将全校教职工的父母接到学校，接受他的跪拜答谢礼，感谢教职工父母的培养付出，才得以让子女在昌福学校安心工作。这项“跪谢教职工父母”行动，马刚已坚持了十多年。

2019年“五一”，马刚荣获“河南省劳动模范”光荣称号。17年来，马刚心系慈善，造福社会，先后资助了2000多名贫困儿童和880名孤残儿童。在他的努力下，昌福学校人才辈出，曾跟随马刚习武的申豫强，在国际散打比赛中获得冠军。孤儿刘军杰，在汉字英雄全国大赛中晋级为汉字秀才。6岁的孤儿小秋菊登上央视三套讲述自己的励志故事，感动无数人！朱学勤成长为武警新疆总队天鹰突击队中队长。

李阿芳、李莉、孙肖男等 58 人进入大学深造。

接受采访时，吴丽告诉记者，马校长已与央视寻人栏目《等着我》联系上，将继续帮她寻找妈妈。等她毕业后，她会回到昌福学校当一名教师，传承马校长的办学理念，帮助更多的留守儿童达实现读书的梦想！

一个药箱万里山路：村医妈妈和400个“生命孤岛”

涂筠 张洁

远离繁华都市的四川省凉山彝族自治州冕宁县健美乡，坐落于狭窄陡峭的雅砻江峡谷里。波涛汹涌的断崖层上矗立着一栋两层小楼，这正是该乡洛居村的新卫生站。站里唯一的乡村医生马丽，19岁就来到这里，她深知大山深处的乡民求医问诊的困难，也历经了国家乡村医疗事业改革的巨变。马丽18年如一日地坚守在此，经她接生的婴儿达400多个。而为了帮乡民治病，她跌落山崖而流产，导致终生不孕；常年与家人分居，她甚至连父亲的最后一面也没见到……

乡村白衣天使，大山深处的白月光

2010年6月，有人将一名8个月大的当地男婴送至乡村医生马丽的家中。原本哭闹的孩子被马丽抱入怀中，竟露出甜甜的微笑。那一刻，马丽第一次感受到了做母亲的喜悦：“乖乖，我以后就是你的妈妈了！”怀抱婴儿的马丽为何如此激动？她为何要收养孩子？

马丽1981年出生于冕宁县城一个普通家庭，还有一弟一妹。上小学时，母亲因心脏病离世。年幼的马丽暗下决心：长大后要当医生，守护天下母亲平安！

1998年，马丽考取了四川省卫生学校。毕业后，她被分配到冕宁

县人民医院实习。一次老乡聚会上，马丽认识了来自冕宁县健美乡的小伙杨晓波，两个年轻人一见钟情。交往中，杨晓波告诉她，健美乡在冕宁最偏远的山区，一直没有通公路。从山里去一趟县城，往返得十天。那里的人病了，只好硬撑或随便吃点药。杨晓波还说起了父亲突发心脏病，被乡邻抬了 5 天才送至医院救治的事。不久，两人确立了恋爱关系。马丽想，自己学医就是为了帮助最有需要的人，而缺医少药的健美乡，不正是自己一展所长的地方吗？

2001 年秋，马丽背着几箱常用药品出发了。辗转十几个小时的车程后，她坐着拖拉机进入健美乡。要进入大山深处的洛居村，必经一座破旧的铁索桥，桥上连一块木板都没有，只有十几根光秃秃的铁链，走在上面摇摇晃晃，感觉一不小心就会跌入水中。马丽第一次过桥时也是胆战心惊！进村后她才得知，这儿连自来水和电都没有，想喝水只能去几里外的水井打水，照明仅靠蜡烛。马丽联系了一户老乡的房子，作为卫生站——那是一间四面漏风的土坯房，所谓的床，仅是两块木板拼搭而成的。

当人们以为马丽准会吓得离开时，她却把包袱一放，将卫生站收拾得干干净净，准备开门营业。

当时一个村只有一名医生，附近几个村的医生都是男的。马丽的卫生站地处四川甘孜和凉山两州的四县交会处，十里八乡的妇女们纷纷来找马丽看病，原本做全科医生的她逐渐偏向了妇科和产科。

马丽第二次接生时，发现产妇竟跪在地面的草席上。家属说，怕弄脏了床铺。马丽哭笑不得，在她的坚持下，产妇被抬到了床上，顺利生下了孩子。这时，接生婆把家用剪刀淋上白酒消毒，准备给孩子剪脐带，马丽吓得赶忙阻止。她用消毒的医用剪刀为婴儿剪断脐带，并用碘伏消毒包扎好。

一天晚上十点多，马丽接到一个难产求助电话。这户人家在海拔3000米的高山上，徒步过去得两三天。马丽当即联系了一位骑摩托车的老乡，让他载自己去。摩托车快速行驶在崎岖的山道上，在海拔约2000米的一个拐弯处忽然抛锚，车前轮只差一点就要跌下悬崖，幸亏老乡够镇定，技术够好，两人才化险为夷。马丽来不及后怕，等老乡将摩托车修好，两人又向着山上出发了。抵达产妇家后，马丽发现情况非常严重，孩子已出生，胎盘却下不来，产妇有大出血倾向。马丽果断地人工剥离了胎盘，母婴平安。

女村医马丽赢得了好口碑，她成了大山里最受欢迎的人。因交通不便，这位城里的姑娘还学会了骑马，翻山越岭为更远的乡民们提供医疗服务。

马丽个性开朗，也很健谈，每次去走访时，大家都争相邀请她到自家吃饭。一次，一位刘姓老乡的腿受伤了，马丽特意赶去治疗。老乡一家热情地留她吃饭，盛情难却，马丽只得同意。那顿饭，老刘让妻子把家里唯一一只下蛋的老母鸡宰了。离开时，马丽看到老刘家连食用油的桶都空了。第二天，她从山外买回两桶菜籽油，打电话喊刘妻来取："这是我从家里带来的，你拿回去吃吧！"她又将一盒云南白药气雾剂放在刘妻手里："老刘的腿问题不大，你照着说明书给他按时喷药，十天半个月就能好。"刘妻感动得眼泪都流出来了，磕磕巴巴地说："马医生，我……没钱。"马丽笑了："谁要你的钱了，拿去吧。"

马丽的美名传开了，再远的病人都愿意到她的卫生站来看病。因为大家知道，只要有马医生在，哪怕他们没钱，她也不会看着他们生病而不管的。尽管山里人没什么钱，可大家对马丽充满了感激。很多乡民收获了新鲜蔬菜水果，都会给马丽送去。

难舍稚声呼唤，甘当村民守护神

马丽在洛居村的医疗事业红红火火之际，远在400多里外的杨晓波也进入了盐源县一家电力公司工作，两人的感情在2003年修成正果。2004年6月，马丽怀孕了，这让身为独生子的杨晓波开心不已。他提出让妻子回家养胎，可马丽放心不下大山里的乡民，在她再三保证会照顾好自己后，杨晓波这才不得不同意妻子留在健美乡。

9月的一个傍晚，一位老人摔伤了。当时马丽已怀孕四个多月，孕吐严重，但她还是强忍身体的不适，坚持出诊了。在为老人处理好伤口后，漆黑的天空下起了小雨。老人的家属留马丽住一晚再走，可考虑到第二天一大早肯定有村民会找自己看病，马丽坚持当晚要回到卫生站。老人的儿子送马丽下山时，由于下雨路滑，四周漆黑，马丽一脚踩空，跌下了十几米深的山崖！马丽只觉得阵阵剧痛从腹部传来。面对山崖上老乡的呼喊，她连回应的力气都没有，昏死过去。老人的儿子赶忙招呼来附近的乡邻将马丽抬上山坡，连夜送往县医院。尽管医生全力救治，马丽还是流产了。杨晓波匆匆赶来。当看到妻子虚弱地躺在病床上嘤嘤抽泣的那一刻，他疼惜不已，安慰道："我们还年轻，以后有的是机会。"

流产后的两年，马丽发现自己总不能怀孕，便去医院检查，才得知，上次流产后，导致子宫受损严重，引发腹腔粘连，同时伴有子宫肌瘤和囊肿等疾病，被确诊终生不孕。马丽不禁泪如雨下。

妻子失去了生育能力，杨晓波虽然也很难受，但他还是安慰马丽说："没事，只要你平平安安就好。"

2008 年 7 月的一天，难得休假的马丽回了趟娘家。父亲马定伦上街买回她爱吃的菜，做了一桌丰盛的菜肴。饭后，马定伦说："我最近胃疼得很，你帮我看看。"马丽简单地在父亲腹部按压了几下，说："很可能是胃病，明天让马辉带你去县医院，做个胃镜检查一下吧。"当晚，马丽就匆匆返回了健美乡。

3 天后，弟弟马辉来电："姐，你快回来！爸的病很严重，已经转到市里的中医院了！"马丽急匆匆赶过去后，才得知父亲竟已是胃癌晚期，到县医院当天肿瘤就破裂了，虽然经过抢救暂时保住了性命，但情况还是不容乐观。马丽心中一阵撕心裂肺的痛，忍不住深深自责。由于自己这些年总在大山里，疏于对父亲的照顾，这次父亲住院，马丽寸步不离地守在病床前，给父亲洗脸擦身、熬汤喂药。马定伦的病情逐渐得到控制。而这段时间马丽已请了两个月假，村民们时不时打电话来问她啥时回村，村里好几个产妇临近预产期，还有很多乡亲生病了，也不知该吃什么药。

虚弱的父亲也从马丽时不时接听的电话中听出了眉目，老人家深明大义，说："你回去吧，别因为我耽误了工作。"马丽的眼眶红了："爸，我照顾您是应该的。"杨晓波说："爸现在的病情也稳定了，你就安心回去上班吧。这里交给我和弟弟妹妹。"马丽这才急匆匆返回大山里。

2009 年 2 月的一个夜晚，马定伦忽然被下病危通知书，马辉急忙电话联系姐姐。当时马丽正在深山中一户老乡家刚出诊完，接到电话后，她立刻往冕宁赶，却最终没能见上父亲最后一面……

大爱无疆，"最美女村医"感动中国

2010 年 6 月，养子牛牛的到来，给这个小家增添了不少欢乐。马丽尤其开心，她给儿子取乳名"牛牛"。孩子小，不能离开妈妈，牛牛在 3 岁前，一直跟着马丽在健美乡生活。

独自带孩子的日子异常艰辛，马丽既要坐诊，又要出诊，还要做家务和照顾孩子。有几次她专注于看病，害得还走不稳的牛牛摔了跤，头破血流，令她心痛不已。

一次，马丽要去很远的一户人家接生，不得不将牛牛送到了一位女邻居家中。夜里 12 点马丽才回来，女邻居说："这孩子真乖，就是不知为啥，睡觉时怎么都不肯脱衣服，两只小手把衣服拽得死死的。"马丽也感觉奇怪，将牛牛抱回去的路上，就问他为什么。牛牛用稚嫩的声音回答："我不脱衣服，脱衣服就要睡到天亮了，我要等妈妈接我，我想妈妈！"说着，他抱住马丽的脖子，在她脸上亲了又亲。马丽既开心又心疼。回到家后，牛牛乖乖地让妈妈帮他脱衣睡觉。

从牛牛上小学一年级开始，马丽不得不拜托妹妹马凤来冕宁县城帮她照顾牛牛，这让她很放心，她也对马凤深怀感激。日渐长大的牛牛特别懂事，每逢特殊节日，牛牛都拿出压岁钱，给小姨和妈妈买礼物。每逢寒暑假，牛牛都会来山里陪妈妈。一次刚放假，牛牛等不及马丽去接他，自己背着书包搭车过来了。那晚，马丽一直在村口等到 9 点才看到牛牛的身影。牛牛说："妈妈，我肚子饿扁了，赶紧给我做饭吃吧。"马丽回到卫生站就给牛牛煮了一大碗面条。看着孩子大口吃起来，马丽帮他清理行囊，却发现包里还有很多零食，她愣住了："有这么多好吃的，你路上饿了咋不吃？""这都是留给你的，可好吃了！"牛牛说完，拿起一块巧克力，撕开包装纸，塞进马丽嘴里。巧克力在口中丝丝融化，马丽的嘴里心里都是甜甜的，眼里却涌出了泪水……

从 2011 年开始，国家鼓励少数民族地区产妇入院生产，直到 2014 年，马丽在洛居村接生了最后一名男婴后，就再没有接生过。十多年来，经马丽接生的婴儿达 400 多个，而且产妇和孩子无一例意外，全都是母婴平安。马丽欣慰地说："这些孩子就像我亲生的一样，看着他们出生、长大、读书，我也感到快乐。"

如今，经马丽接生的第一个孩子已读高中了，她的工作重心也逐渐由妇产科转为日常门诊和入户宣传。那间雅砻江畔的小诊所，也在政府的支持下建成了两层楼。马丽还自掏腰包购置了一台便携式 B 超机，好及时、准确地给乡民们做诊断。

常年超负荷工作，加上饮食没有规律，马丽患上了严重的胰腺炎。起初，她以为是老胃病犯了，就简单地吃点胃药控制着。2019 年 7 月 10 日下午，疼痛越来越厉害，马丽这才意识到可能是胆囊或胰腺出问题了。她请老乡帮忙约了车，准备连夜赶往县医院看急诊。乡民们要送她，但马丽坚持一个人去。从洛居村到县医院的路上，马丽疼得浑身打战，整个人几乎虚脱。

到达医院后，马丽被紧急送往手术室急救。这次生病从接受手术到后期康复，持续了近一个月，直到记者发稿时止，马丽还在服中药调理。在身体稍微恢复后，她又马不停蹄地回到了她的乡村诊所。

18 年来，马丽舍小家为大家，以医者仁心的高尚品质，大爱无疆的奉献精神，感动了所有人。她先后荣获“四川好人”“感动四川十大年度人物”“四川省道德模范”等诸多荣誉。2018 年 12 月，马丽荣获中央电视台和国家卫计委联合授予的“最美医生”光荣称号。2019 年 8 月，马丽被评为“2019 年度凉山优秀医务工作者”。

如今，马丽依旧忙碌在健美乡医疗工作第一线，谈及未来，她兴奋地说：“咱们国家对乡村医生的培训和资助越来越完善，我相信，以后会有更多高学历、高水平的医生加入到乡村医疗队伍中来，到那时，乡民们看病就更便捷了。”

“最美家庭”至孝起锚：8 年救父卧冰哭竹扇枕温衾

陈建立

2019 年 5 月，全国最美家庭评比中，来自湖北省襄阳市的惠随琳一家的故事格外动人。惠随琳夫妻八年如一日精心照顾瘫痪的父亲和患重病的母亲，成功帮助年迈的双亲战胜病魔；在让父母好好活着的同时，还用祥和有爱的家庭氛围提高两位老人的生存质量，孝心感人。

更为难得的是，在照顾父亲的同时，惠随琳坚持工作和创作，先后荣获湖北省、襄阳市、枣阳市的多项荣誉称号，他撰写的描写母爱的作品《母亲的情怀》荣获中央电视台全国电视散文征文一等奖。惠随琳的妻子靠自己的不懈努力，在公司一步步升为经理；儿子在上小学三年级的时候便开始发表作品。积极乐观的家庭氛围使他们全家作为孝老爱亲模范，先后获得“襄阳最美家庭”、湖北“荆楚最美家庭”等荣誉，并最终入选全国最美家庭……

慈父突发急病命悬一线，追梦赤子紧扣老父生的希望

对于惠随琳来说，三十而立推迟了一年。

2011 年 7 月 31 日，湖北省襄阳市枣阳市笼罩在亚热带低压下，闷得让人透不过气。晚上 12 点左右，惠随琳刚合上一本小说，突然听到母亲孙发芝的呼唤：“你爸爸刚刚看书时突然晕倒，滑到书桌底下

了！”在去医院的途中，父亲惠本修已出现失语、昏迷的状况，到医院一检查，证实是由血压骤然升高引发的脑出血。

次日上午 9 时许，惠本修做了开颅手术，取出两大块瘀血。惠随琳寸步不离地陪护左右。

惠随琳 1980 年出生于湖北省襄阳市吴店镇，2000 年 7 月毕业于武汉市经济管理干部学院经济管理专业。工作后惠随琳热衷于文学创作，其间创作的作品先后在《人民日报》《散文选刊》等全国百余种报刊上发表。

妻子惠琳是他的笔友。后来两人在市委党校重逢，因为对文学的共同爱好，走到了一起。儿子惠孜贤 2007 年出生。

惠随琳的父亲惠本修是当地一所中学的语文老师，执教三十八载，桃李满天下，母亲孙发芝内退在家。婚后，惠随琳夫妇一直跟父母住在一起。这是一个和睦平凡的五口之家。惠本修为了让儿子安心创作，他和老伴揽下家里的大小事，也包揽了照顾孙子的活儿。一家三代同堂，如果不是父亲突然生病，惠随琳一直把自己当作一个追求文学的赤子。

8 月 17 日，惠本修出现术后颅内感染，终日高烧不退，医院建议转到武汉协和医院。当即，惠随琳联系好救护车，将父亲送到武汉。抵达武汉协和医院后，惠本修被送进了重症监护室。惠随琳守在重症监护室外面，不知道怎么办才好，急得在门口踱步，心急如焚。他每天只能隔着重症监护室的玻璃看着昏迷不醒的父亲。

2011 年中秋节，惠随琳独自在医院陪床。病床上的惠本修突然烦躁起来，碰掉了胸脯上的监测贴片，还拉扯着胃管，神情痛苦不堪。惠随琳帮着父亲整理好这些医疗用品，按医生要求保留了尿管，然后盖好被子。

突然，心率监测仪发出一连串急促的提示音，惠本修随即被送去紧急抢救。父亲命悬一线，惠随琳的双眼噙泪。突然，妻子惠琳的电话来了，母亲在那头询问病情。惠随琳振作精神回答：“不用担心，正逐渐好转。”其实，上周末，主治医生悄悄叫他到办公室，对他说：“该用的药都用了，该想的办法我们都想了，说句实话吧，你父亲最好的结局也就是个植物人，在医院耗着没有实际意义。”医生话里的意思惠随琳明白。可回到病房里，看到骨瘦如柴的惠本修用唯一有些知觉的手死死抓住床沿不放，那一刻，惠随琳泪如泉涌——父亲这哪里抓的是病床，分明是生的希望啊！父亲想活下去。

日子一天天过去，惠随琳眼看着来时带的二十余万元的治疗费越来越少，心急如焚。为了省钱，惠随琳每天只吃两顿饭，每每餐厅就餐到尾声时，他才去打一点简单的饭菜将就一下。那时最坏的打算不是没想过，他却从未有放弃治疗的念头。惠随琳在心里一遍遍虔诚地祈祷：“爸爸，您快点好起来吧！我们不能没有您。”对于惠随琳来说，父亲病后这段日子，他才像个男人一样立起来，扛着家，扛着妻小。

卧冰哭竹扇枕温衾，夫妻合力保父母安康

9月底，医疗费即将告罄。就在惠随琳一筹莫展之际，手机“嘀”的一声响了，一条银行短信提示，他的银行卡打进了十万元钱。这时，妻子打来电话说：“知道爸的治疗费快花完了，刚才我又往你卡里汇了十万元钱，若还不够，要早点说，我再想办法！”并一再叮嘱，“全力抢救爸爸，有爸、有妈才是一个完整的家，没有钱我们全家共同想办法。”刹那间，惠随琳双眼潮涌。危难之际，妻子深明大义，及时地转来了这笔救命钱。

其实，惠随琳心里愧疚，结婚后他们一直跟父母住在老房子里。四邻的房子都装修了，唯独自己家没有装修。为了攒这笔装修钱，惠琳省吃俭用，舍不得为自己多花一分钱。父亲病了，惠琳除了上班，还担负起照顾母亲和儿子的职责，现在又毫不犹豫地将这笔钱拿出来给父亲治病，他感动不已。但他深知，母亲、妻儿也希望父亲能够创造奇迹。

奇迹出现了，10月初，惠本修不再发烧了。随后，惠随琳谨遵医嘱，试着用小勺给他喂水。渐渐地，父亲也能咽下去一点点了。此后，惠随琳每天给父亲喂水、喂米粥上的那层稀稀的米油、喂流质食物，像他小时候父亲对待他一样，一勺一勺给他喂食。

经过一个多月的护理，惠本修渐渐康复。但要恢复父亲的记忆，必须进高压氧舱治疗。惠随琳患有鼻炎，身体比较弱，陪父亲进高压氧舱治疗，容易引起耳痛、鼻痛流血等不适症状，医生建议他不要陪父亲进去。可是想着能够治好父亲的病，让父亲尽快恢复记忆，自己忍受点痛苦算得了什么呢？惠随琳坚持陪父亲进高压氧舱治疗，连续

治疗十多次，医生的预言应验了，惠随琳开始出现头疼耳鸣、鼻子出血等症状。但他不顾个人的身体，坚持陪伴在父亲左右。

配合治疗和护理，惠本修的记忆慢慢开始恢复了。12月初的一天，在惠随琳热情的呼唤下，父亲慢慢睁开了眼睛，缓缓地动了动嘴唇。刹那间，惠随琳热泪滚落："爸爸，您终于回来了。"一个七尺男儿握着父亲的手，热泪长流。

2011年11月，经过一段时间的康复治疗，惠本修终于能够正常进食了，病情也基本稳定了。医生给他做了仔细的全身检查后，宣布可以回家休养了。惠随琳高兴不已，随即为父亲办理了出院手续。

惠本修是一名初中语文老师，爱干净，从事教育工作三十八年。如今突然瘫痪，生活完全不能自理，吃喝拉撒都在床上靠人伺候。他很不习惯，丧失了对生活的信心。

2012年2月，惠随琳为了开解父亲，他将书房搬到父亲卧室，还特意装了一个书架，放了很多书报杂志，和父亲一起看书读报，写了文章交给父亲修改，父亲也常常对惠随琳的文章提出修改意见，指导惠随琳的文学创作。

可是，风雨接踵而至。2013年4月20日，惠本修因长期服药加瘫痪在床致肾功能衰竭，再次被送入枣阳市第一人民医院。因为抢救及时，惠本修很快出院。回家后，惠随琳看到医生在出院小结上写道：瘫痪病人要保护好肾。惠随琳除了遵照医嘱，给父亲喝尿毒清和前列康，每隔三个月，就带着父亲去医院复查一次，适时监测病情发展情况。

2013年9月，枣阳暴雨。惠随琳照例带父亲去做检查，遇到医院电梯检修，需要爬楼梯到三楼。惠随琳将父亲从轮椅上扶起来，随后蹲下来背起父亲。惠本修突然伸出手给他擦了擦额头的汗。惠随琳眼窝一热，脑海浮现出年幼时父亲背着他的情景。

那晚，惠随琳照料父亲睡下后，在日记写下一段话：“中国向来讲究以孝治家。从小到大，父亲给我讲过不少孝亲故事，卧冰哭竹，扇枕温衾……以前我没当回事，现在才懂得，只要父亲能好好活着，让我做什么都愿意！”其实，惠随琳照顾父亲这些年，一边上班一边顾家，说不累是假的。但能够以这种形式反哺父亲，何尝不是一种幸福。每晚父亲睡后，他坐在书桌前看看书、写写字，便是最静谧、最享受的时光。

2013 年 10 月，母亲孙发芝去菜市场买菜不幸滑倒，摔断了胳膊。随后，孙发芝被紧急送往枣阳市第一人民医院救治。孙发芝住院后，惠本修的情绪又一次陷入低谷。为了让父亲安心，惠随琳特意在父亲的房间安了一个黑板，他还给儿子安排了个任务，每天背诵一首诗歌。同时，要让爷爷给他讲解这首诗背后的意思。渐渐地，惠本修忙于给孙子当古诗词老师，不再过度忧思。可是，麻烦接踵而至。

孙发芝住院后，随后出现冠心病、胰腺炎等并发症，医院也好几次下达了病危通知书，几经周折才抢救过来。那段时间，惠随琳和妻子做了分工，妻子白天在医院陪母亲治疗，他负责在家给父亲端水喂饭，刷牙洗脸，伺候父亲大小便，晚上再匆匆赶到医院接替妻子照顾母亲，妻子则再匆匆赶回家中照顾孩子，照看父亲。经过大半年的照料，母亲终于出院，但生活不能自理。

惠琳知道，夫妻俩上班后，婆婆总是做一些力所能及的事，比如洗衣、拖地、打扫卫生。儿子惠孜贤耳濡目染，每天完成学习任务后，也帮助干一些倒垃圾，给爷爷端水、倒尿壶，给奶奶端茶、递药等之类的家务活。惠孜贤每天睁开眼不是洗脸刷牙，而是冲到爷爷奶奶房间，第一时间将他们要吃的药放在面前。

惠琳担心婆婆忧心过重，经常让丈夫带着她去公园散步。其间，惠随琳根据自己母亲的生活经历，写下了《母亲的情怀》这篇散文，感怀母亲的伟大。很快，这篇饱含着母亲挚爱、深情的散文，被央视文艺频道配上音乐和人物，制作成了电视散文专题片播放，并荣获中央电视台全国电视散文征文一等奖。

2014 年初，母亲孙发芝终于恢复健康，但是需要长期服药。天气晴朗的时候，惠随琳会背着父亲下楼晒太阳，然后用轮椅推着他到公园去散步。身后，惠孜贤紧紧牵着孙发芝的手，时不时做个鬼脸逗奶奶。

在惠随琳工作的党校，人们常常看到他边走边与父亲开心地交谈。其实，惠随琳与父亲交谈，就是想训练父亲的语言功能，希望他能够像正常人一样讲话。在惠随琳和妻子的精心照护下，惠本修渐渐胖起来了，脸色红润，人也越来越精神，越来越清醒，他记起了家人，常常对着惠随琳和孙子惠孜贤微笑，同事们纷纷向他们一家三口竖起大拇指。

病房里走出的作家，最美家庭至孝起锚

2014 年 9 月，惠随琳在父亲的卧室里安装了电视。平时父亲看电视，他就在一旁进行文学创作。有次，惠本修难得吟起韦庄的一首诗："春水碧于天，画船听雨眠。"惠孜贤歪着脑袋问爷爷这首诗的意思，惠本修笑着说："我瘫痪这么多年从未生过褥疮，躺在病床上却心知天下事，就是这种状态。"

多年来，父母接连生病，惠随琳收到的病危通知书加起来有十余份，但他总是坦然应对。其间，惠随琳创作的作品主要是散文，偶尔也写点诗歌和小说，发表在《散文选刊》《中华读书报》《辽宁青年》等杂志和一些大型网站上，结集出版的有五部。

2016 年，一家五口的日常节目就是围坐在电视前收看《中国诗词大会》。惠本修甚至鼓励小孙子："等你有所积累后，可以去挑战这个节目。"

2017年6月,惠随琳专门给父亲的卧室安装了空调,保持卧室恒温，他们夫妻俩和孩子却舍不得用。等父亲入眠后，他打开电脑，创作一本反映干部教育问题的长篇小说《干部蝶变》。

虽然照顾父母很是辛苦，但夫妻俩从来不耽误工作。惠琳因工作出色还连连升职，而惠随琳也坚持伏案创作。惠随琳撰写的散文《拥抱西部》荣获"走进西部"征文一等奖。同时他也被湖北省作协吸收为会员，担任枣阳市政协第七届、第八届委员会文史委员、枣阳市作家协会主席团成员兼副秘书长等。

捷报频传，惠孜贤凭优异成绩荣获2018年度襄阳市新时代好少年。2019年5月，惠随琳的感人事迹也先后被"学习强国"学习平台、人民网、《襄阳日报》等全国 50 多家主流媒体争相宣传报道。

2019 年 12 月 14 日，惠孜贤还跟着惠随琳参加了中国襄阳孟浩然田园诗词论坛颁奖大会领奖。现场，惠孜贤对着镜头念了一首诗："莫听穿林打叶声，何妨吟啸且徐行。竹杖芒鞋轻胜马，谁怕？一蓑烟雨任平生。料峭春风吹酒醒，微冷，山头斜照却相迎。回首向来萧瑟处，归去，也无风雨也无晴。"他说，爸爸惠随琳像东坡居士一样，洒脱地面对生活的苦难。而他，将学习和继承父亲的这种美好品质。惠本修和老伴在病床上看直播，感动不已。这种苦而不悲的生活态度，将会打动更多人。

重庆最美戒毒志愿者：
用一万种力量逆光飞翔

高晓燕

如果有一份工作，需要你每天面对吸毒者，随时可能面临恐吓、辱骂甚至生命威胁，你愿意干吗？你能撑多久？在重庆市九龙坡区有这样一位医生——何有志，21 年如一日，坚守在重庆戒毒第一线，燃烧青春和梦想，无怨无悔……

“不靠谱”的丈夫：从精神科到戒毒科

何有志 1968 年出生于重庆市。1992 年从重庆卫校临床医学专业毕业后，他被分配到重庆市九龙坡区精神病医院，成为一名精神科医生。

1991 年，何有志经人介绍，认识了同是九龙坡人的陶红。陶红与何有志年龄相当，在国营友谊商店当营业员。何有志长得浓眉大眼，为人老实本分，又是医生，陶红父母非常满意。然而，毕业分配后，何有志却迟迟不敢告诉陶红，他在精神病医院上班。

有一天，趁着约会，他将情况一五一十地告诉了女友，还邀请她去医院参观。看何有志和病人打交道，他的认真、耐心，让陶红忘记了自己被“蒙骗”的懊恼。1995 年，两人领证结婚，将家安在离何有志单位很近的杨家坪。

结婚不久，因工作需要，何有志又瞒着妻子和岳父岳母，悄悄调

去了精神科病房。那时，在精神科病房工作的医护人员，每月发 8 元钱的特殊岗位津贴，民间俗称“挨打费”。何有志上岗后，很快体会到了这笔津贴的“福利”——被病人以各种理由突然袭击。何有志当然不敢告诉陶红。

有一次，何有志正在给一个病人检查服药情况，突然被这个病人挥了一拳。脸上挂了彩，没法瞒住妻子。下班回家，何有志笑着“自首”道：“今天我终于拿到特殊岗位津贴了。”看到丈夫脸上的伤，再看看他一副笑眯眯的样儿，陶红又心疼又忍不住生气地说：“你怎么去了病房？你又哄我！赶紧换岗！”何有志不接话，也不接招，就冲着妻子笑。面对这样的何有志，陶红实在无奈。

1997 年，陶红生下女儿何泠筱。她和父母都劝何有志，为了女儿着想，最好换个岗位。何有志在精神科干得带劲儿，总安抚妻子和老人：“我总结了一套跟患者打交道的技巧，效果不错，不会有事的，放心吧。”

1999年，何有志的单位要开设戒毒科。早在几年前，何有志的同事被广州一所民营戒毒所高薪挖走，他敏锐地开始关注戒毒领域，对戒毒以及吸毒人员的心理颇有研究。当时，重庆市九龙坡城区吸毒人员，仅禁毒支队登记在案的就超过3000人，对当地社会治安产生了很大的负面影响。医院领导知道他是个业务能手，希望他能接受戒毒科主任一职。

所学有用武之地，还能守一方安宁，何有志踌躇满志。他回家跟妻子商量说："医院开了戒毒科，领导想让我过去牵头。你说我去不去？"得知丈夫要换岗，对戒毒不了解的陶红开心地说："你能离开精神科病房了？那太好了！"何有志狡黠一笑。陶红哪里知道，何有志又在故意"哄骗"她。

起初，戒毒科全名"自愿戒毒科"，但真正自愿的病人占比非常小。在病房，当戒断症状开始出现时，病人就千方百计带毒进医院偷偷吸食。对于各种想要偷食毒品的行为，何有志相当"刚"。一次，他接到病员举报，说有人在厕所吸毒。何有志立马带人冲到厕所，一把抓过毒品就扔进蹲坑，打开水阀冲走了。这套流程，快得偷吸者根本反应不过来。何有志不仅动作敏捷，眼睛也贼"尖"。有一天傍晚，一个病人手撕床单当绳索，从二楼放下去，接上来一个烟盒。何有志来查房时，发现烟盒，立即觉察出不对劲，冲上去就给缴了。病人气急败坏："何有志，老子一定找人'弄'你！"有时，即使保安在场，何有志都会被围攻。

干戒毒，太危险了。但一想到许多家庭因为这些白色粉末而妻离子散，家破人亡，何有志就觉得自己肩上有千钧重担，不敢有丝毫懈怠。自从当了戒毒科主任，何有志就彻底以科室为家了。

而自己家，全扔给了陶红。有一次，陶红正在上班，接到母亲的电话："快回来，孩子发烧了。"她匆忙赶回家将孩子送到医院。医生给孩子做了检查，开了药，就让她带孩子回家。看着孩子烧得通红的小脸，她心疼得直掉泪，情急之下，她给何有志打电话。何有志说："相信医生，按医生说的去做。"女儿病了，做爸爸的却如此气定神闲，气得陶红咆哮道："就知道你的病人，自己的女儿呢？你是个合格的主任，但不是个合格的丈夫和父亲！"

不过，生气归生气，在行动上，陶红从来都是支持丈夫的。2001年，女儿上幼儿园，已经做到公司主管的陶红选择了内退，回家当了全职妈妈。

妻子为自己做出了这么大的牺牲，一家老小整天为自己担忧，不做出点成绩，就太对不起他们了。何有志在工作上越发卖力。

这个男人很"刚"：戒毒一线的钢铁卫士

2006年9月，随着国家禁毒模式的转变，何有志所在的戒毒科转型为辖区唯一的美沙酮药物维持治疗门诊。美沙酮在门诊是药品，到了外面就是毒品。100毫升美沙酮可以卖1000元，一瓶500毫升混着唾液的美沙酮流入市场也可以卖好几百元。巨大的经济利益让不少人铤而走险。为此，何有志的门诊有严格的监督机制，严控戒毒者的服药量和吞服过程，防止其含药到市场倒卖。

何有志的美沙酮门诊开门没几天，就有吸毒人员在接受治疗时跟何有志套近乎，想找他合作倒卖美沙酮。何有志一脸正气，将对方喝退了回去。不久后，有社会人士私下找何有志，问他："何主任，你这日日夜夜地看门诊，一个月能拿多少钱？"何有志摆摆手："你们别在我身上下功夫了。我不做违法乱纪昧良心的事儿！"

几次三番收买不成后，何有志开始接到莫名其妙的骚扰电话："不合作可以，但你也别管闲事！"何有志只当是吓唬他，没放在心上。

一天晚上，何有志和陶红正在看电视，手机响了。他接起电话感觉不对劲，背过身走到远处去接听。细心的陶红发现后，紧跟在丈夫身后。对方态度凶狠，声音特别大，她听得一清二楚："你家在哪里，父母住在哪里，女儿在哪里上学，我们都清楚。再次警告你，好自为之！"

这分明是在恐吓！陶红惊呆了："老何，这些事你还要瞒我多久？"实在瞒不下去了，何有志只好老实交代。得知实情，陶红怒不可遏："我放弃了事业，一心照顾这个家，你呢？总是哄我，还让一家老小为你提心吊胆！"何有志赶紧道歉："就是怕你担心才没告诉你。""一个小戒毒门诊，算好大个事业？值得你拿我和娃儿的命去冒险？"陶红多年的委屈都变成了泪，像断了线的珠子往下掉。

何有志愧疚不已，嘴里却只能安慰："你放心，他们不敢动真的。"陶红一听，更加生气："那些人不是吸毒就是贩毒，他们什么事干不出来？你性格这么"刚"，随时可能被报复，那可怎么办？为了女儿，你就不能换个岗位？"何有志沉默不语。

第二天，陶红开始和母亲一起接送女儿。怕女儿害怕，陶红特意嘱咐家人不要将实情告诉孩子。那段日子，陶红的神经一刻也不敢松懈，每天清晨，她都紧紧拉着孩子的手，直到亲手把孩子交到老师手里才敢离开。何有志也意识到问题的严重性，赶紧给单位领导打了报告，单位将他家人遭受威胁的情况报给公安部门做了备案。为了安全，陶红还是坚持亲自接送女儿上学。

对于爸爸的工作，年龄尚小的何泠筱并不太清楚，很多事，父母也没跟她说。但有一次，班里一个同学聊天时突然说到了她父亲，这让她对父亲的职业有了别样的认识。原来同学家有个亲戚因为吸毒，现在正在她爸爸工作的门诊戒毒。同学怀着格外敬佩的语气对何泠筱说：“你爸爸真厉害！”何泠筱渐渐认识到，父亲从事的职业有些神秘，也很危险，但父亲在同黑暗邪恶做斗争，充满了正义感。从那时起，她再也不气父亲不陪她玩、不参加她的家长会了，小小年纪的她立志要当警察。

为方便送女儿上学，2012 年，何有志买了一辆车。车还没开两天，车身就被人用硬物划了很长一条印子。车子刚修好没几天，又被划了。何有志警觉，这是有人蓄意报复！

有一天，在门诊，有个患者神秘地跟何有志说：“何医生，你知不知道，划你车的，就是你的老同学！他自己在我们圈子里吹嘘，好多人都知道。”何有志这才想起，这个同学第一次来门诊，就想拉关系躲开查血环节，他坚决没同意。过了几天，这个老同学来看他的门诊。何有志装作不知道划车的是他，对所有来门诊的病人说：“我对任何人都一视同仁，有得罪之处可以来找我，也可以到主管部门投诉，不要搞些小动作。”这次之后，这个同学就消失了。

划车的人，不止老同学一人。有些人还专门划十字，补漆都得补整面。自从买车后，何有志每年修车费都是一大笔钱。

可划车真的算是最不值一提的糟心事了。2013 年 7 月的一天下午，何有志像往常一样站在发药窗口，监督戒毒者当场服药。突然，护士杨佳所在的窗口传来争吵声：“药不能带走！请喝完再离开！”只见窗口前一个高个儿病人根本不听劝阻，揣着药就往门诊外跑。杨佳上前拦截，没想到大高个儿竟掏出来一把约 30 厘米长的匕首，门诊顿时炸了锅。混乱中，何有志想也没想就冲到杨佳身前。大高个儿叫道：“何医生啊！来得正好，老子早就想弄你了！”何有志这才发现，这是之前多次想来收买他的“老油条”。

何有志威慑道："你这是犯罪！你想让你儿子走你这条老路吗？再不放下刀，我就报警了！"提到儿子，大高个儿眼中闪过一丝迟疑，何有志趁机一个箭步上前，一把抓住了他握刀的手，保安伺机而动，一起制服了他。危机解除了，所有医护人员终于松了一口气。有护士突然惊叫："何医生！你受伤了？！"何有志这才发现，胸口的衣物在扭打中被刀划开了一道口子……怕妻子和女儿担心，何有志嘱咐同事们千万别声张。

2014 年 5 月，陶红到门诊来探班，无意间得知何有志被划伤的事。自己又是最后一个知道的，委屈翻涌而上。回到家后，陶红问何有志："这么大的事儿，你又瞒我？"何有志还是一副笑脸，说："我不是没事儿吗？这叫吉人自有天相。"

陶红了解丈夫，他太"刚"了，更不会惧怕威胁。但一家人就住在丈夫门诊所在的地区，太容易被那些坏人找到了。这次是匕首刺伤，下次会是什么？陶红冷静地说："老何，老人年纪大了，受不得惊吓。女儿上高中，眼看就要考大学，不能被干扰。为了他们，咱们搬家吧？"这年年底，何有志夫妇举家搬迁到离医院很远的渝北区。

为了顽石点头：21 年大爱不舍初心

陶红气了大半辈子，担心了大半辈子，这些糟心而无解的经历，确实让她产生过离婚的念头。可每当她冷静下来，回想这半生，她爱的这个男人，从来都没有变过啊。他始终是她当初认识的那个人，爱岗敬业、勇于担当，是最有正能量、最有温度的人……陶红选择了接受和包容，就像年轻时选择不顾一切爱他一样。

在何有志的戒毒门诊，随着戒毒患者一拨拨回归社会，他已不再年轻。而陶红也不再唠叨让他换岗了。

何有志平日爱钻研，通过大量学习，融合国内外先进治疗模式，不断提升患者治疗效果。他坚信，戒毒这个岗位，技术重要，关爱更重要。

他真诚地和每名戒毒患者交朋友，常自掏腰包资助困难患者。遇到有患者两三天没来服药，他就会打电话“查岗”。成功戒毒的患者定期来电汇报生活工作状况，将何有志当成挚友。2015 年，他荣获重庆市禁毒工作“成绩突出先进个人”。

何有志的门诊先后两次获评全国优秀美沙酮药物维持治疗门诊。2018 年 8 月，何有志被评为重庆市最美禁毒志愿者、重庆市禁毒先进个人。

截至目前，何有志所在门诊累计建档的毒瘾患者有 1700 余人，每天上门服药治疗的患者达到 620 余人，远远超过全国每日 125 人的平均数。对病人来说，成功戒断率可提升到 30%。

何有志 51 岁了，陶红说：“老何，你都这把年纪了，就不当这个主任了吧。当个普通医生，也比当这个主任轻松安全嘛。娃儿我一手带大了，用不着你管了。现在，我老了，需要老伴儿。”

“那些老病号也需要我。再说，这个门诊是领导交给我的任务，当初我答应了的。我又是党员，不能推卸责任，给单位添麻烦。”何有志正色道。陶红早料到是这个答案，笑着说：“好大个事业嘛！了不起！”

最美巾帼逆行艾滋无人区：黑暗中乘风破浪

高晓燕

2015年10月19日晚9点30分左右，重庆市九龙坡区第二人民医院妇产科手术室。柴文玲手持柳叶刀，独自一人为一名艾滋病产妇进行剖宫产手术。就在手术刀划过产妇腹部时，柴文玲遭遇了职业暴露。

这一刻，对于柴文玲而言，只是28年医生生涯中无数次与死神交战的“日常”。每一次，她都要乘风破浪去黑暗中一趟，拽回光明……

收留艾滋病产妇：“我一个人上手术台”

柴文玲1965年出生于四川省遂宁市。1990年，她从华北煤炭医学院毕业，因成绩优异，被分配到四川省攀枝花市矿务局总医院妇产科任医师。经人介绍，柴文玲认识了江东川。

江东川与她年龄相仿，重庆市大足区人，攀枝花市矿务局下属单位的青年骨干。柴文玲对他印象不错。两人第一次约会，柴文玲背了个大包，打开一看，全是专业书。江东川喜上眉梢：“这个书呆子，还挺可爱的。”而重庆汉子特有的温柔细心，也让女汉子柴文玲心仪。很快，两人恋爱、结婚。1993年，儿子江寒出生。

结婚之后，江东川发现，自己被柴文玲“骗”了。大大咧咧是可爱，专注是有魅力，但她一心扑在工作上，对家务很少上心。为此，江东川批评了柴文玲，但没用。既然老婆不适合管家，那就自己上吧。为了照顾好妻子和儿子，江东川自愿从管理岗位上退了下来。

1996 年，柴文玲作为医院先进人员被派往北京中日友好医院妇产科进修一年。这一年，她的医疗技术突飞猛进，而国家顶级妇产科专家的高尚医德和职业境界也深深感染了她。

从北京回来后，因老人需要照顾，柴文玲和丈夫一起回了重庆。柴文玲以特殊人才的身份被引进到重庆市双桥区人民医院，江东川也应聘到医院工作。双桥区人口不多，卫生事业相对滞后。柴文玲在这里做了大量临床工作，积累了丰富的基层经验，考取了副主任医师职称，还当上了副院长。

柴文玲专业过硬，为人善良谦和，一方百姓口碑相传，让她很快成为当地名医，周边区县的不少患者都慕名而来。柴文玲的门诊常常被挤破门，手术一台接一台。门诊挂不到号，那就半夜去敲门。柴文玲从不拒绝“冒昧”找到家里来的病人。

儿子江寒不能理解，别人家的妈妈每天给孩子做可口的饭菜，天天陪着孩子做作业、讲故事，而自己妈妈连跟自己说个话都太奢侈。江寒四年级时，有一次，江东川要出差一周。江寒可高兴了，这下总算能吃到妈妈做的饭了。那一周，柴文玲果真是为儿子下了厨——让儿子吃了一周方便面配凉拌黄瓜，害他饿得差点昏倒在学校。江东川得知后，既心疼儿子，又哭笑不得，赶紧给儿子做了一大桌好菜。

转眼，江寒到重庆市九龙坡一所中学住读，一个月才能回家一次。一天夜里，江寒和同学跳木马摔倒，脸直接着地，门牙可能都保不住。江寒害怕了，赶紧给柴文玲打电话。柴文玲和江东川连夜赶到医院。看到儿子满脸是血，柴文玲心疼得大哭。这还是妈妈第一次为自己落泪，江寒竟有些开心。自从发生事故后，柴文玲做了一个重要决定：放弃

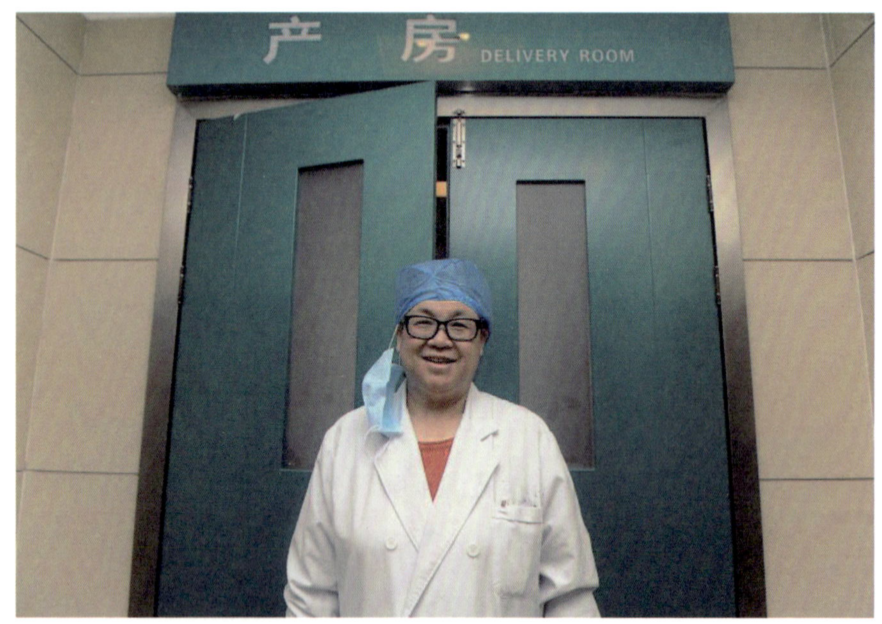

一切荣誉和身份，到重庆主城区来工作，一家团聚。

2006 年，柴文玲考入重庆市九龙坡区第二人民医院（前身为中梁山煤矿医院），担任妇产科主任，江东川也考入医院担任医院设备科科长。

柴文玲再一次从零开始。她所在的妇产科条件简陋，仅有简单的冲洗设备，很多检查只能凭借医生的手感和实践经验。她的到来，实现了多项医院技术“零的突破”。

妇产科是一个责任重大的特殊科室。可基层医院人才少设备少资金少环境不佳，而辖区病人又日益增多。柴文玲不得不早出晚归多看病人，日积月累下，身体也拖垮了。

2015 年 8 月的一天，柴文玲接连做了几台手术，正准备休息，又临时来了一位大出血病人。她咬咬牙坚持上了手术台。病人转危为安，她却在下手术台的瞬间昏倒在地。休息了两天后她又赶去杭州开会。不料，途中，“隐忍”很久的急性胰腺炎突然“爆发”，命悬一线。

她知道情况不妙，第一时间将电话打给了江东川。江东川当即联系上柴文玲在上海的同学。最终，柴文玲被紧急送去上海抢救，捡回来了一条命。回到重庆，江东川劝她好好休息，把病彻底养好。可柴文玲休息了两周就回去上班了。

2015 年 10 月的一天下午，柴文玲正要下班，一名男子带着即将临盆的妻子闯了进来，跪下哭着哀求："医生，我老婆有艾滋病，我们跑了好多家医院都不收，求求你救救我们吧！"艾滋病产妇生娃娃！柴文玲第一次遇到。要降低孩子的感染率，必须进行剖宫产手术，并且需要特殊的防护装备，稍有不慎，不但母婴有危险，医生也极有可能感染艾滋病。

柴文玲非常清楚，医院根本不具备给艾滋产妇做手术的条件。可看着这对夫妇满脸绝望的泪水，她擅自接下了这台手术，也决定不告诉丈夫！

科室沸腾了。有好心医生劝柴文玲放弃，有的医护人员打退堂鼓："我们都拖家带口的，万一感染了怎么办？"新上岗的小护士吓哭了。喧闹中，柴文玲又做了第二个决定："我一个人上手术台！"

爱病人也爱家人：活下去才有希望

按常规，剖宫产手术一般需要 5~6 名医护人员共同完成。这次，除麻醉师外，手术全程所有操作只有柴文玲一人，而防护装备为零。柴文玲拿出了 200% 的谨慎。尽管如此，仍因高度紧张和疲惫，柴文玲的手术刀划过产妇的腹部，随即穿过两层乳胶手套，划破了她的手指。那一瞬间，她大脑一片空白，但很快又清醒过来，对伤口做了紧急处理后随即投入手术中，直到产妇顺利诞下一名女婴。

走出手术室，柴文玲几近虚脱。看着焦急等在手术室外的众人，她只轻轻说道："对不起，我遭职业暴露了，莫跟老江说。"怕家人担心，她决定掩盖真相。

阻断治疗是目前针对职业暴露的唯一方法。每天定点吃好几次药，每次药量加起来有20多颗，这对生活上粗枝大叶的柴文玲来说太难了。最痛苦的是副作用。治疗才开始几天，她开始大量掉发，还严重发胖。江东川和儿子看到，她自嘲道："哎，真的是老了，脱发又发胖。"可细心的江东川觉得不对劲。他悄悄打听，同事们不忍心，将实情告诉了他。

"这么多年了，啥子事都自己扛，太不负责任了！"他回到家质问柴文玲："你想过没，你如果突然走了，我和儿子怎么办？"结婚这么多年，这是江东川第一次冲她发脾气。柴文玲哭了："我也没办法，那个孕妇情况危急，我不救哪个救？"

江东川沉默了。多年夫妻，他知道妻子的性格。每一次病人危急，她都义无反顾冲在最前面。他顿时有些气馁。可看着妻子满脸委屈和看得到的头皮，他心疼。冷静下来后，江东川与柴文玲商量，要隐瞒江寒，两人一起走过阻断治疗的日子。

28天阻断治疗，背负着压力的二人常常觉得度日如年。夜晚时分，江东川也会忍不住愤愤地问："怎么就那么逞能，非要一个人上？"柴文玲说："我是医生，是主任，是党员，我不上谁上？"江东川苦笑起来："你就一点不怕死吗？"柴文玲小声说："比起死，我更怕疼啊。"江东川这才知道，阻断治疗有多折磨人。伴随掉发和发胖，柴文玲还出现了持续加重的血尿和肾痛，有时痛得直不起腰。

有一天，柴文玲到市里的治疗点，碰到了一位同样接受阻断治疗的年轻女医生。同病相怜的两人聊了起来。当得知柴文玲想要放弃时，年轻女医生向柴文玲讲起了她自己的经历。

她从事的是艾滋病毒检验检疫工作，每天都得和从各个区县送上来的疑似艾滋病血样“打交道”。有一次，因基层单位血样采集和保管不规范，用了玻璃试管运输血样。她刚将血样取出来，试管就破了，玻璃碎渣刺破了她的手指，而这已经是她遭遇的第二次职业暴露。柴文玲惊愕地看着她。她粲然一笑：“这是我的工作，我不愿意放弃。坚持治疗，算是对家人的弥补吧，所以再痛苦，我都咬着牙坚持。”

年轻医生的一席话触动了柴文玲：自己平安与否不只属于个人呀！她知道在卫生行业里，医务人员职业暴露感染艾滋病病毒者高达0.3%，感染乙肝病毒者更是高达6%~30%。在职业暴露的人群中，相比那些成天与艾滋病毒打交道的更高危岗位，自己受这点苦又算得了什么呢？

那天下午，她还没到家，江东川的电话就打来了：“快点快点，到点吃药了！”柴文玲心里一阵暖意，眼泪忍不住在眼眶打转：自己一辈子用最大的努力去爱护每个病人，而家人也用最大的努力在爱着自己。自己头发掉完了，老江也好不到哪里去，这才几天时间，头发白了一大半。挂掉电话，柴文玲眨眨眼睛，将眼泪转回去，坚定地往家走。

治疗28天，病休不到2个月，柴文玲就回到了岗位，因为她的病人太多了。

2016年3月的一天，柴文玲看诊时，办公室闯进一个带着锦旗的年轻男子。柴文玲认得，他是那位艾滋病产妇的丈夫。男子哽咽道：“柴医生，我女儿过关了，是个健康娃儿！”柴文玲的眼泪差点掉下来。而另一个好消息也随之传来，柴文玲顺利通过了第6个月的艾滋病感染复查，阻断取得阶段性成功。

医者仁心：基层战线上的三口之家

柴文玲得知结果后，赶紧打电话向丈夫汇报，夫妻俩又跟儿子通了电话。江寒得知事情原委后，一直没作声。晚上，江寒赶回家，怒气冲冲地质问：“妈，你做的每个决定，为我和爸考虑过吗？这种事不跟我们商量，出事后还瞒着我，你还当我是你儿子吗？”柴文玲一改往日的严肃，嬉皮笑脸地说：“哎呀，你应该高兴，我第一次做艾滋病产妇的剖宫产就这么成功，娃儿一点都没被感染，你妈做了一件好事呢。”

江寒一个大男孩，掉着眼泪哽咽道：“万一阻断失败呢？都怪我，当时莫名其妙要分家，我也没有追问到底……”柴文玲紧紧抱住了儿子……尽管阻断治疗成功，但治疗的副作用将伴随柴文玲一生。

柴文玲救治艾滋病产妇的故事，感动了无数人。她被评为当年九龙坡区“九龙好人”。在颁奖典礼上，江东川和江寒作为家属代表坐在台下。江寒看着母亲，那些与母亲有关的记忆排山倒海般涌出来。他似乎突然读懂了母亲的一生，这个缺少些生活经验的妈妈，是那么多家庭得以幸福的救星。

2016 年，即将大学毕业的江寒，决定投身基层医院宣传事业。工作以后，江寒更加理解父母。

2017 年年初，柴文玲又获得了重庆市巾帼建功奖章。因为低调，她获得的奖项并不多，但她也不在乎荣誉，病人一句“你是我遇到过的最好的医生”，才是她取得的最高奖项。

因为遭遇了职业暴露，柴文玲反而掌握了给艾滋病产妇进行剖宫产手术和预防职业暴露的第一手资料。此后，柴文玲花了大半年的时间，对艾滋病产妇剖宫产手术以及手术室预防职业暴露的课题进行了大量研究。考虑到医院是九龙坡区艾滋病防治的定点医院以及当地艾滋病产妇的实际情况，柴文玲多次对科室医护人员做思想教育工作。同时，她还对科室医护人员进行了艾滋病职业暴露防范方法的培训，让大家科学认识艾滋病职业暴露是可以防范的，从心理上战胜对职业暴露的恐惧。

为了切实保护科室成员的安全，柴文玲还在手术准备上花了很多心思。因为手术室防护装备没有得到大的改善，为了保护其他医护人员安全，手术中除了她近距离操作之外，其余人员的操作工位被安排在了足够大的距离之外，以最大限度保护他们的安全。

2017 年夏天，妇产科又来了一位即将临盆的艾滋病产妇。柴文玲二话没说接下病人。这一次，她不再是孤军奋战。“我相信柴主任。”护士长带头站了出来要跟柴文玲进手术室。紧跟着，另一名曾被艾滋病产妇吓哭的护士也站了出来。

这一次手术非常成功，医护人员全体安全！这给了整个团队极大的信心。

这次经历让柴文玲为自己的职业生涯确立了全新的重点，那就是为全市建立完善的艾滋病母婴阻断干预工作体系贡献微薄之力。

柴文玲在工作之余，主动参与到辖区艾滋病防控工作中。如今，她肩负着辖区 200 多名艾滋病产妇的母婴阻断干预任务，需要定期走访。

这项工作极易遭遇产妇家庭的误解，也可能面临不可控的风险。有一次，柴文玲好不容易根据线索找到了一名艾滋产妇的家。她下班后找上门想做阻断干预，她刚说明来意，产妇就将她一把推出了门外，还站在门口破口大骂。自己是一番好心，不料对方却满口污言秽语，柴文玲委屈极了。这样的情况，发生了好几次。江东川得知后，叹着气劝她量力而行，可柴文玲坚持不放弃。

在她和无数一线卫生工作者的呼吁与努力下，重庆市公共卫生医疗救治中心建起了具备国际资质和专业防护水平的手术室，并为全市艾滋病产妇搭建了交流平台，艾滋病产妇终于有了一个更为规范和安全的生产环境。

江东川可高兴了，大环境好了，妻子终于可以停下脚步好好休息好好养病了。可有一天，他在柴文玲的背包里翻出一大堆书。柴文玲笑着说："我报了个进修课程。"江东川怼她："你都五十多了，一定是全班最老的学生。你说你这么大岁数了，吃吃老本等退休不好吗？"柴文玲还是笑笑，说："医学发展太快了，不学习就落伍啦！"

看着妻子那一本正经的模样，老江忍不住哈哈大笑："算啦，说不赢你。但你得注意身体。"他的笑里，装满了对妻子最深的爱和敬意。

“黄河岸边守护神”：
一生惊涛骇浪，一腔修身至诚

关 耳

牛振西，河南省红十字会义务救援队队长。14 年来，他带领这支救援队伍出征 400 多次，打捞各类溺水者遗体 400 多具，挽救 100 多名落水者生命，开展水上安全知识普及教育讲座 500 多场，受益的中小学生、大学生超 3 万人，间接受益群众达十几万人。从建队那天起，牛振西坚持绝不要溺水者家属一分钱，义务救人。他和队员们被称为“黄河岸边的守护神”。

近年来，牛振西先后被评为河南省优秀红十字志愿者、郑州市首届“五星志愿者”、郑州慈善风云榜人物（慈善志愿奉献奖）、2016 温暖郑州十大民生人物、郑州市第四届道德模范（见义勇为类）、2019 年第七届全国道德模范候选人，被授予郑州市“五一劳动奖章”。众多荣誉背后，牛振西还有一个不为人知的身份：中国首位女航天员刘洋的舅舅。这么多年，他一直伴随着刘洋的成长。对于这些，牛振西鲜有提及，外人更是知之甚少。

2019 年 12 月，《知音》记者采访了牛振西，听他讲述了这么多年的经历及和外甥女之间鲜为人知的亲情故事……

义守黄河，硬汉子有颗热血仁心

河南省郑州市地处中原腹地，黄河绕市郊而过。1962 年出生的牛振西就在黄河岸边长大。

十几岁时，牛振西就开始学习游泳，郑州附近的水域如西流湖、金水河等地方，经常留下他的身影。

在 16 岁那年的夏天，有件事深深刺痛了牛振西：这天他去黄河游泳，看到河边聚集了很多人。他没有多加考虑，也快速地向人群奔去。刚到堤坝上，他就看见离河岸不远的地方，一个穿浅色衣服的女子在湍急的河水中浮浮沉沉，已经没有了挣扎的力气。在岸边，溺水者的家属在哭着呼救："快来人啊，谁去救救她，求求你们了！"可是水流湍急，再加上前段时间突降暴雨，水位很深，很多熟悉水性的人都不敢轻易尝试。看到这种情况，牛振西就要往水里跳，却被身边的大人死死拉住，说："孩子，你太小了，这样下去岂不是白白送死？"

过了一会儿，附近过来几个渔民，他们乘船驶往河里，最终把溺水者捞上岸。但是因为时间太长，那个女子已经没有了呼吸。看到家属哭天喊地的样子，牛振西感到十分内疚，心想如果自己的水性再好一些，说不定就能救下这名女子，同时下定决心，一定要苦练游泳，将来好救人！

经过一段时间的苦练，牛振西的游泳技术突飞猛进，屡次在游泳比赛中获奖。1979 年，牛振西被分配到郑州市糖业烟酒公司上班。1986 年，他和青梅竹马的女友李金玲结婚。两年后，他们的孩子出生了。

婚后，牛振西还是经常去黄河，遇到有人溺水，总是第一个下水救人。时间长了，大家都知道有人溺水就找牛振西。有时候睡到半夜，有人在楼下喊一声“振西啊”，他就急急忙忙穿上衣服，去河边救人。每当这个时候，李金玲都提心吊胆。

这年夏天的一场暴雨过后，黄河的水位急速上涨，牛振西和几个游泳爱好者去黄河边，正好遇到一只船发生事故，牛振西等人忙碌了几个小时，终于把四个溺水者救上岸。

到了傍晚，牛振西和几个同伴回到市区，李金玲已在路口等候，其中有个同伴对李金玲说：“嫂子，牛哥真了不起，今天要不是他们，那四个人就没救了！”李金玲却冷着脸看着他们。牛振西知道妻子的心思，轻声对她说：“金玲，没事儿，咱们回家吧。”婚后从未发过脾气的李金玲，藏在心里的积怨一下子爆发了：“四个？我管不了那么多，我只知道，你是我们家的顶梁柱！你要是有点意外，我们娘俩还活不活？”

牛振西顿时有点尴尬，对妻子说：“你看看你，我这不是没事吗？放心吧，我很小心的，不会出事的。”李金玲却不依不饶：“常在河边走，哪有不湿鞋？你又不是神，又不是菩萨，怎么能保证不出事？咱们说好了要白头偕老，你怎么能这样不负责任？”看到妻子咄咄逼人的样子，牛振西还是乐呵呵的：“好吧，我听你的。你消消气，我请你去饭店吃烩面怎样？”

说不动丈夫，李金玲担心的时候常常暗自垂泪。一次，正巧被在他们家过暑假的刘洋看到了，那时她还是管城区实验小学的一名小学生。

刘洋是牛振西的外甥女，牛振西姐姐的女儿，已经参加工作的牛振西对刘洋格外照顾，刘洋也经常来舅舅家玩。

小小年纪的刘洋问舅舅：“你不顾危险去救人，别人也不给你钱，你为什么这样做？”牛振西回答刘洋说：“我觉得人来世上一遭，就要做一个社会需要的人，做对社会有意义的事。”牛振西这样想的，

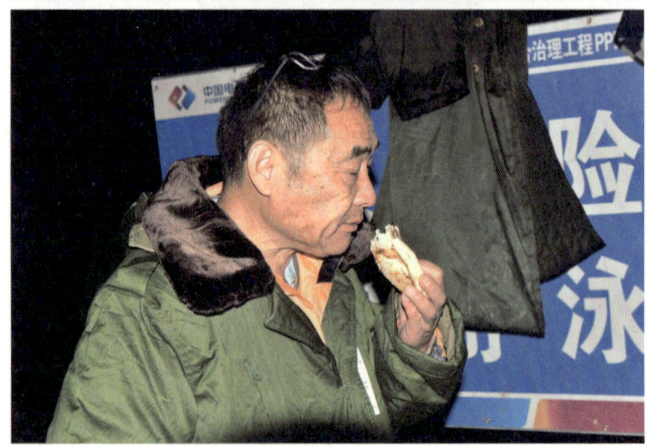

也是这样做的，他也希望外甥女能成为一个对社会有用的人。

“舅舅，你有没有想过，你哪天会一去不复返了，不怕吗？”刘洋不解地问。

牛振西若有所思地说：“你还记不记得咱们一起看过一篇文章，别人问孙悟空，说大圣意欲何为？孙悟空回答：踏南天，碎凌霄。然后又问：若一去不返？他回答：便一去不返。我想这就是每一个人对待理想的态度。”刘洋听完若有所思。

此后，刘洋开始关注舅舅的救人行动。因为舅舅，她比别的小女孩更早关注到人生追求和价值。1997 年，刘洋高中毕业，迎来了她人生的第一个十字路口。成绩优异又是团支书的她本来可以顺理成章地考上一所好大学，但是身体素质过硬的她还有一个似乎更适合她的机会——去空军飞行学院，实现她从小就想探究太空奥秘的梦想。对于刘洋的选择，父母担心她的安全，并不赞同。这个时候，她第一个想到的人就是舅舅，于是她给牛振西打去了电话。电话那头的牛振西思考了片刻后说了一个字，“中”！

得到舅舅支持的刘洋，信心满满地选择了部队。最后，她以超过当年地方重点院校录取线 31 分的高分考入空军长春飞行学院，成为一名女飞行员，也是新中国成立以来空军在河南招收的首批女飞行员之一。进入飞行学院后，刘洋一有时间就跟舅舅联系，舅甥俩的交流更多了。

团队作战，修身至诚永怀一腔悲悯

牛振西想把自己这份“义务救援”的事业做好。但是，一个人的能力毕竟是有限的，如何发挥团队的力量？牛振西和朋友们经常探讨这个问题。

2005 年 9 月，牛振西和几个热血汉子一商量，决定成立郑州市义务救援队。从救援队成立那天起，大家就商量好，无论如何，绝不要溺水者家属一分钱，完全是义务救人。

每年的 5 月到 11 月，是救援队最忙碌的日子，有时一天会接到两三个溺水求助电话。牛振西平时无论走到哪里，身上必带三块手机电池。他的手机每天 24 小时从不关机。牛振西把自己的手机号码作为水上安全求助报警电话，已经在郑州市 110、119 指挥中心备案形成联动机制。无论什么时候，只要是 110 或 119 指挥中心接到郑州市区有人溺水的报警电话，都会第一时间通知牛振西。

刘洋虽然在求学，但她经常跟舅舅打电话，一直关注舅舅的事业，她知道舅舅是个做事雷厉风行，要求很高的人。她不想让舅舅失望，自己也在不断进步——历经10年，从一个懵懂的少女成长为空军某飞行大队副大队长，安全飞行1680小时，被评为空军二级飞行员。

2010年5月，刘洋正式成为中国第二批航天员。

舅甥俩你追我赶，谁都不甘落后。不久后，牛振西的救援队被郑州市红十字会授予“郑州市红十字水上义务救援队”旗帜。

牛振西知道自己做的事情让李金玲无法安心。如果在家里没事，他会帮忙把地拖得干干净净，或者做几个菜，让妻子好好休息一下。但一说到救人，他就什么也顾不上了。牛振西也知道李金玲的担心是有道理的，因此，他不断告诫队员，要“见义智为”，一定要在保障自身安全的情况下，再下水救人。

但是很快又出现新问题：救援队的人员越来越多，出去救人，吃饭是个大问题。于是，牛振西把工资拿出一大部分，作为救援队的基本开支。他家当时的条件并不好，李金玲为此很不解，她想不通丈夫为什么出力又出钱。牛振西只好跟妻子解释：“大家是信任我，才跟着我出去救人，总不能让他们饿着肚子吧？放心，我以后会注意，尽量弥补你！”李金玲很无奈，谁让自己当初看上了这个“傻瓜”呢。

牛振西很倔，刘洋更倔。时光飞逝，刘洋在家人的期盼和舅舅的鼓励下，艰苦训练，严格要求，一次次冲破人生旅程中的各种艰险。2012年3月，刘洋入选神舟九号任务飞行乘组，2012年6月，刘洋被选为中国第一位飞天的女航天员……

2012年6月15日下午，中国载人航天工程指挥部宣布，男航天员景海鹏、刘旺和女航天员刘洋将组成飞行乘组，执行神舟九号与天宫一号载人交会对接任务。而在此时，牛振西正在姐姐家，看到外甥女穿着宇航服，将翱翔在太空中，他忍不住流下了激动的泪水。

执着坚守，443 个生命书写大爱与坚韧

这些年，牛振西和他的队员们名气越来越大，出去救援的次数也越来越多。在救援过程中，也经常遇到危险，被水草划伤、被玻璃扎伤都是常有的事儿，但他们并不在意，他们难以消化的是有些家属的态度。

一个初冬时节，有个孩子落水，牛振西和队员们赶到时，孩子已经落水十几分钟了，围观群众很多。牛振西和队员们没来得及做热身运动就下河救人，一个猛子扎下去，顿觉刺骨的寒冷。有个队员刚把头露出水面换气，就听到孩子的家人说："快下去啊！为啥还不赶快去救他？是不是不给钱就不好好救了？"队员们听到这话，都委屈得掉眼泪……

事后，牛振西跟队员们聊起这事，他说无论家属的情绪如何过激，只要溺水者有一丝生还希望，大家都不会放弃也不能放弃。每一次"出征"，对于溺水者家庭来说，几乎都意味着一场悲剧的来临！在救援现场，家属撕心裂肺的哭声，溺水者挣扎求助的表情和眼神，都会触动队员内心最柔软的东西，让他们忘记疲劳和委屈。

而此时的刘洋，正在部队进行紧张的训练。只要一有时间，刘洋就会和舅舅联系，如果是舅妈接电话，刘洋就知道，舅舅又出去救人了。尽管相隔遥远，但她仿佛会看到舅舅"出征"归来的喜悦、疲惫、沮丧，以及舅舅在面对失去的生命失声痛哭的情景。

有一年秋天，气温已经非常低，为救助一个落水少女，牛振西在黄河上漂流了两天两夜，身上带的面包被河水泡成了糨糊，他身上的

皮肤都泡肿了，他多次想放弃，但内心有种信念让他坚持。最后，奇迹在一个弯道处发生——少女落水后，刚好抓住了一块木板，木板后来卡在河水湍急的弯道处，无法上岸，只能等待援救……牛振西发现时，落水少女已经奄奄一息。

心中的不放弃，让他救回了一条生命。

救援队不但救人，一些重大事件也有他们参与的身影。2018 年 5 月 5 日晚上，一空姐在执行完当日的航班任务后，在郑州航空港区通过滴滴平台叫了一辆顺风车赶往郑州火车站，结果惨遭司机杀害。嫌疑人疑似跳河自杀。消息传出后，在网上引起了轩然大波，对滴滴平台和凶手的声讨一浪高过一浪。

2018 年 5 月 12 日凌晨 4 时 30 分许，牛振西和队员们在距离嫌疑人跳河点下游约 50 公里处的郑州市西三环附近一河渠内打捞出一具尸体。经过公安部门认定，尸体的牙齿、文身等外部特征符合嫌疑人体貌特征。“空姐乘滴滴遇害案”正式告破。

牛振西和救援队英雄们的坚守，终于得到社会的认同，市民都称他“见义勇为”“舍己救人”，中央电视台也采访了牛振西，称他站在“最恐怖岗位”。

为降低风险，牛振西强化团队的技能培训，不断提升紧急救援能力，还自费装备了水下机器人、水下声呐成像装置等高科技装备，鼓励志愿者自费考取国际潜水员教练资格证，免费开设了潜水救援人员培训班，成为全国水上救援领域的“领头羊”。

如今，这支队伍已经有 200 多名成员，骨干成员 90 多人。牛振西有个账本，每次出去救援的人员、地点、事发经过，都记得清清楚楚。截至目前，这支救援队成功在落水现场救活 100 余人，打捞遗体 443 具。对于牛振西和队员们来说，这 443 条生命，每一条背后都有一个悲伤的故事。因此他在外经常宣传：一定不能以身试水，否则就可能给整个家庭带来灾难！

对于未来，牛振西也未雨绸缪，他注重培养救援队的后备力量。如今，秦德良、孙文学、刘政军、李二阳、阮建海等人都已成为救援队的中坚力量。队员们大都有自己的工作，有的是公务员，有的是做生意的老板，还有大学教授、警察等等。大家聚在一起，就是一个目标：救人！

为了更好地防患于未然，牛振西和队员们开始侧重事前预防。他们在水域周边的学校启动水上安全知识普及教育讲座，倡导“见义智为”“救人不舍己”的科学救生理念。7 年来，他们开设讲座 500 多场，受益中小学生、大学生超 3 万人次，大大降低了溺水事故发生数量。

如今，牛振西和刘洋这舅甥俩，一位下五洋捞人，一位上九天揽月，还在继续书写自己的传奇人生。他们对事业的坚守，对社会的付出，对人间的大爱，展现了了不起的中国力量。

图书在版编目（CIP）数据

中国力量 / 《知音》编辑部著. -- 北京 : 中国致公出版社, 2021
ISBN 978-7-5145-1831-3

Ⅰ. ①中… Ⅱ. ①知… Ⅲ. ①纪实文学 - 作品集 - 中国 - 当代 Ⅳ. ①I25

中国版本图书馆CIP数据核字(2021)第033696号

中国力量 / 《知音》编辑部 著
ZHONGGUO LILIANG

出　　版 中国致公出版社
（北京市朝阳区八里庄西里100号住邦2000大厦1号楼西区21层）
出　　品 湖北知音动漫有限公司
（武汉市东湖路179号）
发　　行 中国致公出版社（010-66121708）
责任编辑 李　潇　方　莹
责任校对 邓新蓉　魏志军
装帧设计 李艺菲
印　　刷 武汉新鸿业印务有限公司
版　　次 2021年7月第1版
印　　次 2021年7月第1次印刷
开　　本 710mm × 1000mm　1/16
印　　张 24.75
字　　数 295千字
书　　号 ISBN 978-7-5145-1831-3
定　　价 59.80元